Vergonha

Obras da autora publicadas pela Editora Record

ABC do amor
Um amor desastroso
Arte & alma
As cartas que escrevemos
Um encontro com Holly
Eleanor & Grey
Landon & Shay (vol. 1)
Landon &Shay (vol. 2)
No ritmo do amor
Sr. Daniels
Vergonha

Série Elementos
O ar que ele respira
A chama dentro de nós
O silêncio das águas
A força que nos atrai

Série Bússola
Tempestades do Sul
Luzes do Leste
Ondas do Oeste
Estrelas do Norte

Com Kandi Steiner
Uma carta de amor escrita por mulheres sensíveis

BRITTAINY CHERRY

Vergonha

Tradução de
Natalie Gerhardt

20ª edição

EDITORA RECORD
RIO DE JANEIRO • SÃO PAULO
2025

CIP-BRASIL. CATALOGAÇÃO NA PUBLICAÇÃO
SINDICATO NACIONAL DOS EDITORES DE LIVROS, RJ

C449v
20ª ed.

Cherry, Brittainy
  Vergonha / Brittainy Cherry; tradução de Natalie Gerhardt. – 20ª ed. –
Rio de Janeiro: Record, 2025.
; 23 cm.

  Tradução de: Disgrace
  ISBN 978-65-5587-524-9

  1. Ficção americana. I. Gerhardt, Natalie. II. Título.

22-77834

CDD: 813
CDU: 82-3(73)

Gabriela Faray Ferreira Lopes - Bibliotecária - CRB-7/6643

TÍTULO EM INGLÊS:
DISGRACE

Copyright © 2018 by Brittainy C. Cherry

Publicado mediante acordo com Bookcase Literary Agency

Texto revisado segundo o Acordo Ortográfico da Língua Portuguesa de 1990.

Todos os direitos reservados. Proibida a reprodução, no todo ou em parte, através de quaisquer meios. Os direitos morais da autora foram assegurados.

Direitos exclusivos de publicação em língua portuguesa somente para o Brasil adquiridos pela
EDITORA RECORD LTDA.
Rua Argentina, 171 – Rio de Janeiro, RJ – 20921-380 – Tel.: (21) 2585-2000, que se reserva a propriedade literária desta tradução.

Impresso no Brasil

ISBN 978-65-5587-524-9

Seja um leitor preferencial Record.
Cadastre-se no site www.record.com.br e receba informações sobre nossos lançamentos e nossas promoções.

Atendimento e venda direta ao leitor:
sac@record.com.br

Para aqueles que já foram abandonados:
Que vocês se lembrem do som das batidas do seu coração.

"Algum dia, em qualquer parte, em qualquer lugar indefecti-velmente te encontrarás a ti mesmo, e essa, só essa, pode ser a mais feliz ou a mais amarga de tuas horas."

— *Pablo Neruda*

Prólogo

Jackson

Dez anos de idade

Que cachorro idiota.

Passei anos tentando convencer meus pais a me deixarem ter um cachorro, mas eles achavam que eu não tinha idade suficiente para cuidar de um bichinho de estimação. Prometi que conseguiria cuidar de tudo, mesmo sabendo que não conseguiria.

Ninguém tinha me dito que filhotes não paravam quietos nem obedeciam. Papai disse que era a mesma coisa quando eu era pequeno, porque eu meio que nunca parava de falar nem escutava o que me diziam.

— Mas o amor vale a pena, Jackson — dizia papai quando eu reclamava que o novo membro da família não estava se comportando. — Sempre vale.

A palavra "sempre" meio que soava como mentira, porque aquele cachorro idiota me irritava muito.

Já tinha passado da minha hora de dormir, mas eu queria terminar o quadro do pôr do sol que eu estava pintando. Minha mãe me ensinou uma nova técnica usando aquarela, e eu sabia que poderia ficar muito bom naquilo se ficasse acordado até mais tarde treinando. Tucker ficava choramingando enquanto eu tentava acrescentar alguns tons alaranjados à pintura. Ele ficava me puxando pela perna e, depois, derrubou o copo de água, molhando tudo em volta.

— Argh! — reclamei, saindo para pegar uma toalha no banheiro e secar aquela lambança.

Cachorro idiota.

Quando voltei para o quarto, lá estava Tucker, mijando num canto.

— Tucker, não!

Agarrei sua coleira e o puxei pela porta dos fundos de casa enquanto ele baixava as orelhas.

— Vamos lá, Tucker! — resmunguei, tentando fazer o cachorro sair para fazer suas necessidades na chuva. Mas ele não cedia, nem um pouquinho. Mesmo sendo um grande labrador preto, ainda era só um bebê de quatro meses. Além disso, estava com medo dos raios e trovões lá fora.

— Para fora! — ordenei com raiva, bocejando porque já tinha passado da minha hora de dormir. Além disso, eu queria terminar o pôr do sol antes de amanhecer para mostrar para minha mãe. Ela ficaria muito orgulhosa de mim.

Um dia eu conseguiria pintar tão bem quanto ela — principalmente se esse cachorro me deixasse em paz!

Tucker choramingou e tentou se esconder atrás das minhas pernas.

— Vamos lá, Tuck! Você está sendo um bebezão.

Tentei empurrar o cachorro para o quintal, mas ele não deixou. A chuva caía forte no pátio e, quando ouviu um trovão alto, Tucker passou correndo e seguiu direto para a sala.

— Ugh! — gemi, batendo com a mão no rosto enquanto o seguia.

Quanto mais eu me aproximava da sala, mais nervoso eu ficava enquanto ouvia papai e mamãe discutindo. Eles andavam discutindo muito ultimamente, mas, sempre que eu me aproximava, fingiam que estavam felizes.

Mas eu sabia que não estavam, porque meu pai não sorria tanto quanto antes, e minha mãe sempre tinha que enxugar as lágrimas quando me via. Às vezes, eu a pegava de surpresa, e ela estava chorando tanto que nem conseguia falar. Eu tentava ajudar de alguma forma, mas ela parecia estar tendo dificuldade até para respirar.

Papai me disse que eram ataques de pânico, mas eu ainda não entendia por que minha mãe estava tendo aquilo. Ela não precisava ter pânico por causa de nada; papai sempre tomaria conta dela.

Era isso o que eu mais odiava — odiava quando minha mãe estava tão triste que não conseguia nem respirar.

Com o tempo, descobri que tudo que eu precisava fazer era abraçá-la até o pânico passar. Então a gente só ficava ali, respirando juntos.

Às vezes, demorava um pouco.

Outras, um pouco mais.

Eu me esgueirei sorrateiramente pela sala e me sentei no chão atrás do sofá para ouvir a briga. Tucker se aproximou e se acomodou no meu colo, ainda tremendo de medo da tempestade. Ou talvez estivesse com medo dos gritos.

Cachorro idiota.

Eu o abracei porque, mesmo sendo um cachorro idiota, ele era meu. Se Tucker estivesse com medo, eu tinha que tomar conta dele.

Senti uma dor na barriga quando ouvi meu pai implorar que minha mãe não fosse embora.

Ir embora? Para onde ela estava indo?

— Você não pode nos deixar, Hannah — argumentou meu pai com a voz parecendo cansada. — Não pode simplesmente abandonar sua família.

Minha mãe suspirou e parecia estar chorando também. Respire, mamãe.

— A gente não pode continuar assim, Mike. A gente não pode continuar com esses altos e baixos. Eu só...

— Diga — pediu ele com um sussurro. — Apenas diga o que tem a dizer.

Ela fungou.

— Eu não amo mais você, Mike.

Vi meu pai dar uma cambaleada para trás, enquanto apertava o topo do nariz. Eu nunca tinha visto meu pai chorar, mas, naquela noite, ele enxugou lágrimas nos olhos.

Como é que minha mãe não o amava mais?

Ele era meu melhor amigo. Nós dois éramos.

— *Sinto muito, Mike. Eu simplesmente não posso mais viver assim... Não posso continuar mentindo para mim mesma e para a minha família.*

— *Tem certeza de que quer usar a palavra família aqui?*

— *Pare com isso. Jackson é tudo para mim e você sabe que eu gosto de você.*

— *É, mas não o suficiente para ficar.* — *Minha mãe não tinha como responder àquilo, e meu pai começou a andar de um lado para o outro.* — *Você realmente vai deixar o Jackson para viver com outro homem?*

Ela balançou a cabeça.

— *Você está falando de um jeito que parece que estou abandonando o meu filho.*

— *Ué? Não é exatamente isso que você está fazendo? Suas malas estão arrumadas na porta de casa, Hannah. Você está indo embora!* — *gritou ele com raiva, de um modo que ele nunca fazia. Meu pai era sempre muito equilibrado e nunca perdia a paciência. Ele respirou fundo e baixou a cabeça, entrelaçando os dedos na nuca.* — *Quer saber de uma coisa? Tudo bem. Faça o que você quiser. Se quer ir, vá. Mas eu juro por Deus, é melhor você ficar longe porque estou farto de implorar para você voltar para mim.*

Ele saiu da sala e eu senti um aperto no peito. Minha mãe pegou as malas, o que fez com que eu me levantasse com um sobressalto e corresse para ela.

— *Não! Mãe! Não vá embora!* — *Chorei, sentindo que tudo dentro de mim queimava. Eu não podia perdê-la. Eu não podia ficar parado e ver minha mãe deixar a mim e ao meu pai para trás. Nós éramos um time, uma família. Ela não podia nos abandonar. Ela não podia partir.*

— *Jackson? O que você está fazendo acordado?* — *perguntou ela, assustada.*

Eu me atirei nos braços dela e comecei a chorar de soluçar.

— *Não vá. Por favor. Não me deixe. Por favor, mãe. Não vá. Por favor...* — *Eu me descontrolei, me agarrando às roupas dela enquanto ela*

me abraçava. Meu corpo inteiro tremia enquanto continuava implorando que ela ficasse, mas mesmo enquanto tentava me tranquilizar, ela se
afastava um pouco.

— Jackson, você precisa se acalmar, está bem? Vai ficar tudo bem —
prometeu ela, mas aquela promessa era uma mentira, porque como tudo
poderia ficar bem quando ela estava indo embora?

— Desculpe porque Tucker fez xixi dentro de casa ontem! E desculpe
por eu não ter cumprido as minhas obrigações. Prometo que vou melhorar
e cuidar melhor do Tuck. Eu juro, mãe. Por favor, me desculpe.

— Jackson, filho — começou ela com a voz tão gentil e calma, mesmo
enquanto as lágrimas escorriam pelo seu rosto também. — Você não fez
nada de errado. Você é perfeito. — Ela deu um beijo no meu nariz. —
Você é o meu mundo. Você sabe disso, não sabe?

— Então por que você está indo embora? — perguntei com a voz
falhando.

Ela suspirou e balançou a cabeça.

— Eu não estou abandonando você, filho. Juro que não. Eu sempre estarei aqui. Daqui a alguns dias nós dois vamos ter uma conversa, e eu vou
ajudá-lo a entender. Não posso ficar aqui esta noite. Nós... Seu pai e eu...

— Você não ama mais o papai.

— Eu... Nós... — Ela deu um suspiro. — Você é novo demais para
entender. Mas, às vezes, os pais, mesmo que se esforcem muito para isso
não acontecer, deixam de se amar.

— Mas ele ainda ama você, então talvez você possa amar o papai de
novo.

— Jackson... Você ainda é muito pequeno para entender tudo isso.
Mas saiba que eu não vou a lugar nenhum. Não de verdade. A gente só
vai encontrar um novo jeito de viver. Pode ser difícil no início, mas vamos
encontrar o melhor caminho. Prometo. Está bem? Você verá que tudo ficará
bem. Nós seremos mais felizes! E, meu amor, eu preciso que você entenda
que você não fez nada de errado. Eu só preciso que você seja forte por
um tempo e tome conta do seu pai, está bem? Você consegue fazer isso?

Concordei com a cabeça.

— Eu amo você, Jackson. — Ela deu mais um beijo no meu nariz e me puxou para um abraço apertado. — Sempre e para sempre.

Ela disse aquilo, mas, mesmo assim, me soltou. Pegou a alça das duas malas e saiu na tempestade, deixando todos nós para trás.

Enquanto ela partia, eu me joguei no chão e comecei a chorar. Tucker se aproximou e começou a lamber as lágrimas que escorriam dos meus olhos.

— Sai daqui, Tucker! — gritei, empurrando meu cachorro, mas ele simplesmente voltou, abanando o rabo.

Ele nem se importava com os meus empurrões, porque cada vez que eu o empurrava ele vinha de novo. Deixei que ele se acomodasse no meu colo porque sabia que ele não ia desistir. Ele era tão irritante. Eu o abracei e continuei chorando.

Depois de um tempo, eu me levantei. Tucker me seguiu de perto enquanto eu ia até a cozinha, onde meu pai estava parado, com as mãos apoiadas na bancada. Diante dele havia uma garrafa com um líquido que eu não podia beber.

— Pai? Você está bem? — perguntei. O corpo dele se contraiu ao ouvir minha voz, mas ele não se virou para olhar para mim. Só agarrou a bancada com mais força.

Ele fungou um pouco antes de tomar o líquido do copo e, depois, se servir de mais.

— Já passou da sua hora de dormir, Jackson — declarou, sério.

— Mas, pai... — Eu estava enjoado. Parecia que ia vomitar a qualquer momento. — A mamãe foi embora...

— Eu sei.

— A gente devia ir atrás dela. A gente tem que trazer a mamãe de volta. A gente tem que...

— Chega! — berrou ele, socando a bancada enquanto se virava para mim. Seus olhos estavam vermelhos e marejados. — Vá para a cama, Jackson.

— Mas, pai! — exclamei.

— *Vá para a cama!* — ordenou ele, irritado de novo, sua raiva me deixando sem saber o que fazer. Eu nunca tinha visto meu pai com raiva, principalmente com raiva de mim. Ele respirou fundo e olhou para mim. Eu nunca tinha visto aquela expressão em seu olhar. Parecia tão... derrotado. Ele franziu a testa, virou para o copo e suspirou. — Só... vá para a cama, filho.

Segui para o meu quarto e me joguei na cama enquanto Tucker subia ao meu lado e se deitava.

— *Vai embora, cachorro idiota* — resmunguei, enquanto as lágrimas ainda escorriam pelo meu rosto. Ele se aproximou mais de mim e se aconchegou embaixo do meu braço, enquanto eu ainda sentia o peito doer. — *Só vá embora.*

Mesmo assim, não importando o que eu dissesse ou fizesse com Tucker, ele ficou.

Bom garoto, Tuck, pensei com os meus botões. Bom garoto.

Capítulo 1

Grace

Dias atuais

No vestíbulo vazio e escuro havia cinco malas descasadas, desgastadas e arrebentadas. Dentro de cada uma delas havia uma parte de mim. A mala roxa foi a da nossa primeira viagem a Paris, na nossa lua de mel. Nós nos hospedamos em um quartinho de hotel no qual podíamos tocar as duas paredes se abríssemos os braços. Passamos muitas noites inebriadas naquele quartinho imundo, nos apaixonando mais a cada segundo que passava.

A mala florida foi a da nossa viagem para espairecer depois que perdi o primeiro bebê. Ele me surpreendeu com uma viagem para as montanhas para me ajudar a respirar. A cidade estava abafada, e meu coração, partido. Mesmo com meu coração ainda estilhaçado, lá o ar era um pouco mais fácil de respirar.

A pequena mala preta foi a que ele arrumou quando consegui o primeiro emprego como professora. Ele também a usou para a viagem que fizemos depois que perdi o segundo bebê. Daquela vez, fomos para a Califórnia.

A verde foi a do casamento da minha prima em Nashville, quando torci o tornozelo e ele me carregou no colo pela pista de dança e nós rimos a noite toda. Por fim, mas não menos importante, a malinha azul-marinho foi a de quando ele foi passar a noite no meu quarto no dormitório da faculdade. Foi a primeira vez que fizemos amor.

Meu coração batia rápido enquanto eu estava ali, apoiada na parede da sala, olhando, de longe, para a bagagem. Quinze anos de história em cinco malas. Quinze anos de felicidade e sofrimento roubados de mim.

Ele saiu do quarto com uma bolsa de lona pendurada no ombro. Seu corpo passou rente ao meu, e ele olhou para o relógio.

Nossa, ele era lindo.

Mas isso não era novidade. Finn sempre foi lindo. Ele era muito mais bonito que eu, e isso não tinha nada a ver com questões de baixa autoestima. Eu me achava bonita, com todas as curvas no lugar certo e alguns quilinhos extras concentrados nos quadris. Só que Finn era mais bonito. Em todo casal há um que é mais bonito e, no nosso caso, esse lugar era ocupado por Finn.

Ele tinha olhos azuis cristalinos que brilhavam quando ele sorria. Eu amava quando ele usava camisa verde porque seus olhos ganhavam uma tonalidade de jade. Finn sempre mantinha o cabelo loiro-escuro aparado bem curto, e o sorriso dele...

Foi aquele sorriso que me conquistou e fez com que eu me apaixonasse.

— Quer ajuda? — perguntei. — Com a bagagem?

— Não — respondeu ele de maneira sucinta, sem olhar para mim nem uma vez. — Eu cuido disso. — Seu corpo estava tenso e hostil. Eu odiava sua frieza, mas sabia que eu tinha feito com que ele ficasse assim. Eu o mantive distante por tanto tempo e, então, ele desistiu.

Finn estava com uma camisa polo amarela que eu odiava. Havia um rasgo embaixo do braço e uma mancha que não saía por nada nesse mundo, não importava quanto eu tentasse removê-la.

Pisquei uma vez, tentando guardar aquela camisa horrenda na minha memória.

Eu sentiria saudade dela, ainda que a odiasse tanto.

Suspirei enquanto ele arrastava as malas. Quando colocou a última no carro, entrou de novo em casa e vasculhou o vestíbulo com os olhos, como se estivesse se esquecendo de alguma coisa.

De mim.

Ele passou as mãos pela cabeça e resmungou:

— Acho que isso é tudo. Temos que ir ao banco assinar os papéis. Depois, preciso pôr o pé na estrada e voltar para Chester, como parece que é o que você vai fazer também.

— Pode deixar — respondi.

— Tudo bem, então — retrucou ele.

Chester, Geórgia, era o nosso lar. Era a cidadezinha em que fomos criados, nos apaixonamos e prometemos nos amar para sempre. Finn já vinha ficando por lá pelos últimos oito meses, desde que assumiu um cargo de residente no hospital. Tinham se passado oito meses desde que ele pedira a separação. Oito meses desde que ele saiu da minha vida, e eu não tinha tido notícias dele até nossa casa de Atlanta ser vendida.

Ele saiu da minha vida e não olhou para trás até ser obrigado a fazê-lo.

Mesmo assim, eu ainda o amava, mesmo que ele não sentisse mais o mesmo.

Ninguém da família sabia que nós tínhamos nos separado — nem mesmo minha melhor amiga, Autumn, nem minha irmã, Judy. Eu contava tudo para elas, menos as partes que me faziam chorar à noite. Não tive coragem de contar para ninguém que eu já não tinha mais marido havia meses. Se contasse isso para elas, então eu seria um fracasso, e tudo que eu queria era que, de algum modo, Finley voltasse a me amar.

Eu costumava me perguntar quando ele havia parado de me amar.

Será que foi em um dia específico ou será que foi uma série de momentos que o levou a isso?

Será que o amor desapareceu por causa do sofrimento ou do tédio?

Talvez um pouco por causa de uma desconexão?

Será que pode haver uma desconexão que um dia volta a se conectar?

— Uma última olhada? — perguntei a Finn enquanto estávamos parados no vestíbulo vazio. Ele tinha voltado à cidade para assinar os documentos da venda da casa, mas não falou muito comigo.

Senti um frio na barriga quando ele chegou. Eu tinha imaginado que ele chegaria com flores, vinho e talvez dissesse que queria que eu voltasse a ser a mulher dele... Mas, nessa realidade, ele apareceu de mau humor, sem trazer nada e já totalmente pronto para seguir adiante.

— Não, acho que já pegamos tudo. Vamos logo para o banco, assinar os papéis e acabar logo com isso. Ainda tenho uma viagem de cinco horas de volta a Chester. Além disso, tenho que trabalhar amanhã — murmurou ele, passando as mãos pelo cabelo.

Eu não fazia ideia do porquê de tanta irritação.

A gente não se via havia meses; mesmo assim, no instante em que me viu, ele ficou infeliz de novo.

Mal olhava para mim.

O que eu não daria para ele me enxergar outra vez.

— Vou dar uma última olhada — retruquei, tentando não demonstrar a minha mágoa, mesmo que o sofrimento tivesse me tomado por inteiro.

— A gente já olhou duas vezes.

— Uma vez mais pelas lembranças. — Sorri, dando uma cutucada leve em seu braço. Ele não retribuiu o sorriso, apenas olhou para o relógio.

— Não temos tempo para isso. Encontro você no banco — decidiu, começando a andar. Ele não olhou para trás nem uma vez, como se me deixar fosse a coisa mais fácil do mundo.

Acho que depois da primeira vez, as coisas ficam mais fáceis.

Fiquei parada ali, ainda um pouco magoada, mas de repente ele parou, pigarreou e se virou.

Finn olhou para mim e agora eu desejava que ele não tivesse feito isso. Seus olhos carregavam toda a mágoa que eu sentia no meu peito.

— Olha só, eu não queria que as coisas acabassem assim.

Suspirei.

Eu simplesmente não quero que as coisas acabem.

Não respondi. Não importava o que eu dissesse, as coisas ainda estariam acabadas.

Ele tinha feito uma escolha, e eu não tinha sido escolhida.

— Eu... É só que... Depois de tudo... — Ele pigarreou de novo, ganhando tempo para procurar as palavras que não conseguia encontrar. — Você se trancou dentro de si mesma, Grace. Você tornou impossível que eu ao menos me aproximasse de você, e... Meu Deus! A gente ficou sem transar por mais de um ano.

— Nós transamos no seu aniversário.

— É... Só porque fiz 32 anos. Que tipo de vida é essa? E você ficou de meia.

— Eu sinto frio nos pés.

— Grace. — A voz dele soou inflexível e irritada. Eu queria saber quando tinha começado a irritá-lo. Será que era algo mais recente ou que já durava anos?

— Perdão.

— Não faça isso — falou ele, passando as mãos pelo cabelo de novo. — Não peça perdão. Eu sei que você passou por coisas muito difíceis, mas, porra, eu estava lá para você, e você não me deixava ajudar.

— Perdão — repeti.

Ele deu um passo na minha direção, e rezei para ele dar outro.

— Grace... Diga alguma coisa, *qualquer outra coisa*, menos um pedido de perdão. Está vendo, é isso que me deixa puto da vida. Você tem um comportamento tão passivo-agressivo em relação a tudo. Você não fala; só mantém todos os seus sentimentos na sua cabeça.

— Isso não é verdade — argumentei.

Pelo menos não costumava ser.

Houve um tempo em que tudo que eu fazia era expressar meus sentimentos para Finn. Então teve um momento em que passou a ser demais para ele. Finn não falou nada, mas a expressão em seu rosto me mostrou tudo. Sempre que eu chorava, ele revirava os olhos. Sempre que eu expressava meu sofrimento, ele me dizia que estava ficando tarde e que conversaríamos pela manhã.

Mas as conversas matinais nunca aconteciam, e, então, minha voz emudeceu. Talvez o amor seja isso: algo que vai desbotando com o tempo até se tornar algo extremamente imóvel.

— É verdade — afirmou ele, cheio de confiança.

Tudo que Finn fazia tinha uma camada de confiança, e aquele tinha sido um dos motivos de eu ter me apaixonado por ele. Finn andava como se fosse o dono do lugar, e essa era uma característica muito poderosa. Ele era dois anos mais velho que eu e, quando nos conhecemos, no baile anual de verão, oferecido pelos meus pais, todos os olhares estavam voltados para Finley James Braun. Ele era o melhor que Chester tinha a oferecer. Se você ficasse com Finn, podia se sentir abençoada.

Ele era inteligente, bonito e confiante.

Todas as garotas eram obcecadas por ele — todas elas. Se não fosse minha mãe me empurrar para os braços dele quando eu tinha 15 anos, eu nunca teria tido coragem de falar com um garoto como Finn.

Naquela época, eu não achava que era suficiente para ele.

Eu ainda não achava.

Finn apertou o topo do nariz, claramente irritado comigo.

— Você não se abre. Você só fica agindo desse jeito passivo-agressivo.

— Enquanto você fica me traindo — devolvi, as palavras saindo da minha boca como se estivessem esperando o momento perfeito para serem disparadas.

Ah, aquilo o atingiu e vê-lo daquele jeito so serviu para me fazer sofrer mais.

— Perdão — pedi novamente.

Eu não era uma pessoa cruel. Nem um pouco. Não tinha um pingo de crueldade. Sério. Meus pais criaram minha irmã e eu para sermos gentis, atenciosas e compassivas. Se alguém fosse me descrever, jamais pensaria na palavra "cruel", mas quando seu coração está partido, às vezes algumas coisas mudam.

O corpo dele se contraiu de um modo que não era natural. Ele deu um passo vacilante para trás, e seus olhos ficaram frios. Finn odiava ser lembrado da própria traição, e isso era tudo que eu vinha fazendo nos últimos meses. Às vezes, quando ficava ansiosa demais, deixava mensagens no celular dele e perguntava por que ele tinha escolhido outra mulher. Eu perguntava se ela era melhor que eu. E se os beijos dela eram como os meus.

Isso o incomodava muito e talvez tivesse sido a gota que faltava para ele decidir me deixar: minha incapacidade de deixá-lo esquecer a outra mulher.

Meu marido não era um traidor, a não ser quando se tratava dela. *Dela.*

Eu a odiava ainda mais, embora nem soubesse quem ela era.

Eu a odiava de um jeito que não sabia ser capaz de fazer em relação a uma estranha.

Como ela se atrevia a roubar algo que era meu? Como se atrevia a engolir meu marido por inteiro enquanto eu ainda estava tentando absorvê-lo? Como ela se atrevia a partir meu coração sem se importar com os cacos que cortavam minha alma?

— É isso o que você realmente quer dizer? Você realmente quer que isso seja a última coisa que vai me dizer? — perguntou ele, ainda vacilante por causa das minhas palavras.

Meu Deus, eu odiava o rosto dele porque ainda o amava tanto. Tantas emoções corriam pelas minhas veias — tanta confusão, tantas lutas internas, tanto sofrimento.

Eu me sentia solitária mesmo antes de ele partir.

Minha mente formava pensamentos que não faziam o menor sentido.

Fique.

Vá.

Não me deixe.

Vá embora.

Volte a me amar.

Faça com que eu volte a viver.

Deixe-me morrer.

Fique.

Vá...

— Perdão — pedi com voz suave. Eu sabia que ele não queria ouvir aquelas palavras, mas eram a únicas que vinham à minha mente.

— Sério?

— Perdão se eu não consegui... eu...

— Grace. — Ele deu um passo na minha direção, mas ergui uma das mãos, fazendo-o parar. Se ele chegasse mais perto, eu me atiraria em seus braços e tenho certeza de que ele me deixaria cair. Finn respirou fundo e sussurrou: — Eu cometi um erro. Ela não significava nada para mim.

Ela.

— Diga o nome dela — exigi, sabendo que era maldade, mas sem me importar.

Eu estava farta daquilo. Farta de Finn evitar o assunto da sua infidelidade. Eu odiava como ele fingia que eu era culpada por ele ter botado a boca nos lábios de outra mulher, em seus seios, no quadril... pescoço, barriga, coxa...

Pare.

Eu odiava meus pensamentos. Nunca pensei que meu cérebro fosse capaz de imaginar tão claramente a boca do meu marido no corpo de outra mulher, mas, caramba, a mente era uma arma de destruição em massa.

— O quê? — perguntou ele, dando uma de burro.

Finn era uma porção de coisas, mas burro não era uma delas. Ele sabia exatamente o que eu estava pedindo.

— Depois de todo esse tempo, você nunca me disse o nome dela, porque se você disser, isso vai tornar tudo mais real. Vai tornar tudo isso final.

Ele abriu a boca por um segundo, enquanto tentava se decidir, considerando quão real ele precisava que tudo aquilo fosse, quão real ele precisava que aquilo se tornasse. Então respondeu:

— Eu não posso fazer isso.

Foi um sussurro... Suas palavras, sua culpa, seu nojo.

— Se você chegou a me amar um dia, vai me contar.

— Eu... — Ele fez uma careta. — Eu não posso fazer isso, Grace. Além disso, já está tudo acabado.

— Não é nada de mais. Eu não ligo mais para isso. Sério. Só espero que ela seja feia — brinquei, mas ele não percebeu o que estava acontecendo dentro do meu peito, o fogo que me queimava por dentro.

Meu coração...

Como era possível que os cacos do meu coração continuassem se estilhaçando dentro de mim?

Funguei.

Ele suspirou.

— A gente precisa ir.

— Vou dar uma última olhada nos quartos — insisti.

Ele abriu a boca para reclamar, mas não discutiu. Estava cansado de discussões, assim como eu. Chegava um ponto em que as palavras simplesmente se tornavam exaustivas demais porque nenhum dos lados estava escutando de verdade.

— Então a gente se encontra no banco, está bem?

Ouvi a porta da frente se fechar e, então, comecei a andar bem devagar pela casa, permitindo que meus dedos deslizassem suavemente sobre cada superfície, cada janela, cada parede. Quando cheguei ao último espaço vazio, entrei e fiquei olhando para as quatro paredes vazias, as paredes para as quais eu tinha feito tantos planos, as paredes nas quais achei que meu futuro estava.

— *Aqui vou colocar a cômoda e o trocador, e o berço vai ficar ali! A gente pode comprar aquele que vira uma caminha depois. Quero pintar o nome do bebê com letras grandes, com alguma citação e...* — Eu estava sem fôlego de tanta animação, e Finn se aproximou de mim, me abraçou e me puxou para ele.

Ele estava com um sorriso no rosto enquanto balançava a cabeça.

— *Você não acha melhor esperarmos até você engravidar para começarmos a montar o quarto do bebê?*

— *Acho* — concordei, mordendo o lábio inferior. — *Mas depois de dez exames positivos de farmácia nos últimos dois dias, acho que já estamos lá.*

Os olhos de Finn se iluminaram mais rápido do que eu jamais tinha visto.

Eu amava aqueles olhos dele tão intensamente azuis. Aqueles olhos que ainda provocavam um frio na minha barriga.

— *Você está...?*

Concordei com a cabeça.

— *Você quer dizer que nós vamos...?*

Concordei de novo.

— *Então vamos ter que...*

Concordei.

Os olhos dele ficaram marejados, e ele me pegou no colo e me balançou no ar enquanto cobria meu rosto de beijos. Quando me colocou de novo no chão, olhou para mim de um jeito que, mesmo sem dizer nada, dava para sentir o seu amor.

— *Nós vamos ter um bebê* — sussurrou, me beijando.

— *Vamos.* — Rocei meus lábios no dele e, quando ele se afastou, respirei fundo. — *Nós vamos ter um bebê.*

O quarto escureceu quando apaguei a luz e, enquanto me afastava, as lembranças me acompanhavam.

Acreditei que aquelas lembranças seriam as que sempre me fariam feliz, aquelas lindas lembranças que se tornaram meu sofrimento.

Depois de apagar todas as luzes, peguei a última mala — a preta de florzinha — e saí de casa. Foi a que compramos para trazer todos os souvenires que adquirimos na nossa lua de mel.

Levei a mala embora do lugar que acreditei que sempre seria a minha casa, o meu lar, e lamentei pelas ideias de um futuro que não era mais meu.

Capítulo 2

Grace

Levamos apenas alguns minutos para assinar todos os documentos no banco e devolver nossas chaves para o atendente. Fiquei sentada bem em frente a Finn, mas senti que ele estava a quilômetros de distância. Quando nos levantamos para ir embora, ele foi até o próprio carro e eu segui para o meu.

— Finley — chamei, sem ter muita certeza de por que tinha dito o nome dele.

Ele ergueu o olhar e arqueou uma das sobrancelhas, esperando que eu dissesse alguma coisa. Abri a boca, mas as palavras que eu queria dizer ficavam girando na minha mente. *Vamos almoçar juntos um dia desses ou assistir a um filme de vez em quando... até você voltar a me amar.*

— Nada. Deixa pra lá.

Ele soltou um suspiro pesado.

— O que foi, Grace?

— Nada mesmo. — Esfreguei os braços com as mãos.

— E lá vamos nós de novo — resmungou ele, e senti um aperto no peito.

— O que você quer dizer com isso?

— Que você está fazendo o que sempre faz.

— E o que eu sempre faço?

— Você começa a expressar seus sentimentos, e então se retrai de novo, dizendo para eu deixar pra lá. Você sabe quanto isso impossibilita qualquer tipo de comunicação?

— Sinto muito — sussurrei.

— É claro que você sente — respondeu ele. — Olha só, eu tenho que ir. Quando chegarmos a Chester, podemos contar para nossos pais que estamos nos separando. Acho que devemos fazer isso individualmente. Nós temos que enfrentar esse tipo de coisa sozinhos agora, para começarmos a nos acostumar, tudo bem?

Fique firme. Não chore.

— Tudo bem.

Eu estava indo passar o verão em Chester, considerando que meu apartamento em Atlanta não ficaria pronto para eu me mudar até agosto. Por um lado, voltar para Chester me aterrorizava porque as pessoas não levariam muito tempo para perceber que Finn e eu não estávamos mais juntos. Por outro lado, no fundo eu estava empolgada por estar na mesma cidade que Finn. Nas mesmas calçadas onde nos apaixonamos. Talvez, com aquela conexão, ele voltasse a me olhar do jeito que costumava olhar. Eu tinha o verão para fazer meu marido voltar a se apaixonar por mim.

Entrei no carro e, quando virei a chave, o motor não pegou. *Ah, não.* Virei a chave de novo, e o barulho de arranhadura se repetiu. Finn ergueu uma das sobrancelhas na minha direção, mas tentei ignorá-lo. Meu carro era antigo, um Buick cor-de-rosa que eu tinha desde o dia que saí de casa para a faculdade. A única coisa que eu tinha na vida por mais tempo que aquele carro era Finn, e agora que ele estava indo embora, Rosie era tudo que me restava.

Naquele fim de tarde, o motor se recusou a ligar.

— Você quer que eu dê uma olhada? — perguntou Finn, mas não olhei para ele. Não conseguia depois de ele ter se irritado comigo e feito com que eu me sentisse horrível por ser eu mesma.

— Não. Está tudo bem — respondi.

— Essa coisa vai conseguir chegar a Chester? Você devia ter alugado um carro e se livrado dessa velharia.

— Está tudo bem — repeti, virando a chave e ouvindo o mesmo barulho de novo.

— Gracelyn — começou ele, e eu estava à beira do pânico.

— Vá embora, Finn. Você já deixou bem claro que não quer estar aqui, tá legal? Então vá logo. — *A não ser que prefira ficar...*

Ele franziu a testa e se empertigou um pouco.

— Tudo bem, então. Acho melhor eu ir.

— Isso. Vá logo. — *A não ser que prefira ficar...*

Eu era patética.

Os cantos dos lábios dele caíram.

— Tchau.

Ele me deixou lá, junto com toda a nossa história, fechando a porta do capítulo que eu ainda estava tentando reescrever.

Senti um aperto no peito e o chamei de novo.

— Finley — gritei, fazendo com que ele se virasse para mim.

— O quê?

Meus dedos apertaram o volante. Aquelas palavras de briga na minha mente querendo sair. Elas queriam que meus lábios fossem seu campo de batalha, mas eu não podia fazer aquilo. Não podia implorar para meu marido ficar comigo, não depois de tudo pelo que passamos.

— Como chegamos a esse ponto? Onde foi que erramos?

— Não sei. — Ele fez uma careta. — Talvez algumas coisas não tenham sido feitas para durar para sempre.

Mas e se nós fôssemos feitos para ficar juntos para sempre? E se, em vez de tentar levar o bote para a praia, estivéssemos deixando ele ir embora?

Lágrimas escorreram pelo meu rosto, e odiei que ele as tivesse visto, mas, ao mesmo tempo, eu precisava que ele testemunhasse minha dor, testemunhasse quanto ele tinha me magoado. Eu precisava que ele visse meu sofrimento, e precisava me lembrar de que ele não era mais o homem que me consolaria.

Finn esfregou a nuca.

— Grace?

— O quê?

— Eu amo você.

Eu assenti lentamente.

— Eu sei.

Eu acreditava nele. Judy me acharia uma idiota por acreditar no amor do meu marido, mas eu sabia algumas coisas sobre o amor que minha irmã mais nova nunca havia aprendido. O amor era uma emoção desordenada que não caminhava em linha reta. Ele funcionava em ondas e giros e subidas e descidas. Era uma emoção louca que, de algum modo, ainda existia no meio de tanto desgosto e traição.

Finn me amava e eu o amava também de uma maneira distorcida e dolorosa. Gostaria que existisse um jeito de aquilo parar — de fechar a torneira do amor e fazer meu coração parar de sentir.

Mesmo assim, ele sentia.

Mesmo assim, ele queimava.

No porta-malas escuro do carro dele havia cinco malas descasadas, todas elas gastas e rasgadas, e cada uma levava uma parte de mim.

Fiquei olhando enquanto partiam.

Permaneci sentada no estacionamento, desejando e rezando que meu carro ligasse. Meus pais tinham me ensinado que aquilo era tudo de que você precisava na vida. Você só precisa ter fé como um grão de mostarda, não importa o que seja, e as coisas darão certo.

Continuei tentando ligar o carro, e então fiz uma pausa.

Querido Deus, sou eu, Gracelyn Mae...

Quando Rosie finalmente cedeu, depois de mais cinco tentativas, fechei os olhos e respirei fundo, antes de partir.

— Obrigada — disse baixinho.

Era bom saber que, mesmo que eu me sentisse sozinha, havia algo maior que eu em que poderia acreditar.

~

— Espero que essa seja a escolha certa — resmunguei com meus botões enquanto começava a viagem para Chester. De volta à nossa cidade, onde todos acreditavam que Finn e eu ainda estávamos apaixonados, vivendo o nosso felizes para sempre.

Ele não tinha contado para ninguém. Eu também não. Talvez porque soubéssemos muito bem o tipo de pessoas que viviam no lugar onde crescemos. Talvez não tenhamos contado para ninguém por não estarmos prontos para os julgamentos, as opiniões e as ideias.

Os *conselhos*.

Chester é uma cidade pequena na Geórgia, a umas cinco horas de Atlanta, daquelas em que todos se conhecem pelo nome e sabem quando e como cada um deu o primeiro beijo — pelo menos a versão de conto de fadas, não a verdade dos fatos.

Em um lugar como Chester, todo mundo vive de acordo com semiverdades — quando cada um só conta o lado da história que faz com que fique bem na fita.

Todos achavam que eu estaria voltando para Chester porque sabiam do emprego de Finn no hospital, mas não sabiam que, quando eu chegasse, não dormiria mais ao lado dele.

Eu não havia feito planos de onde ficaria; uma parte tola de mim tinha acreditado que, de algum modo, Finn voltaria para mim e nos apaixonaríamos de novo. Mesmo que as coisas não tenham saído assim, eu não estava muito preocupada com o lugar onde ficaria naquela noite. Minha família estaria lá para mim, sempre e para sempre.

Em Chester, o ponto central de toda a cidade era a igreja de Sião, que ficava bem no meio e era o coração do lugar. Meu pai, Samuel Harris, estava à frente de tudo, exatamente como vovô James antes dele, e o bisavô Joseph antes dele.

Meu pai nunca disse isso, mas eu tinha certeza de que ele havia ficado decepcionado por não ter tido um filho homem para assumir a igreja no dia em que se aposentasse.

Ele havia me pedido para fazer isso, mas eu recusara respeitosamente. Finn entrara para a faculdade de medicina no Tennessee e, como boa esposa que era, eu o seguia para onde quer que ele fosse. Eu o segui sem parar durante seus estudos, e achei que Atlanta seria o destino final. Quando ele me disse que tinha se candidatado a uma vaga em Chester, fiquei surpresa.

Ele costumava dizer que não queria voltar para uma vida de cidade pequena, sempre falou que era sufocante.

Meu pai respeitou minha decisão de não querer assumir a igreja e declarou que estava muito orgulhoso de mim, e mamãe respeitou o fato de eu permanecer ao lado do meu marido. Não era de estranhar que sua música favorita fosse "Stand by Your Man", de Tammy Wynette.

A igreja era parte integrante da história da minha família, e toda a cidade de Chester se reunia nela mais de uma vez por semana para os sermões, os círculos de oração, os estudos da Bíblia e praticamente qualquer feira ou quermesse que acontecesse. Ir à igreja nas manhãs de domingo era tão comum quanto ir ao futebol às sextas-feiras e tomar uísque aos sábados.

De certo modo, minha família era a realeza de uma cidade pequena dos Estados Unidos.

Se você conhecia a igreja, conhecia minha família e, se conhecia nossa família, conhecia nossa riqueza.

Papai dizia que o dinheiro não importava, que seu principal propósito era servir a Deus e prestar um serviço à comunidade, mas os sapatos elegantes de sola vermelha da minha mãe e suas joias cintilantes contavam outra história.

Ela sentia uma enorme satisfação em fazer parte da realeza de uma cidade pequena. Era a rainha Loretta Harris, a mulher do pastor, e, cara, ela levava aquele papel muito a sério.

Quanto mais eu me aproximava de Chester, mais nervosa ficava. Já fazia anos desde que eu fizera as malas e me mudara com Finn, e a ideia de voltar para a cidade sem ele me deixava aterrorizada. Eu odiava como minhas inseguranças andavam em evidência ultimamente, odiava me importar com o julgamento que a cidade faria de mim.

O que as pessoas pensariam?

O que diriam?

Pior de tudo: qual seria a reação da minha mãe?

Capítulo 3

Jackson

— Quinhentos dólares agora, quinhentos na semana que vem — falei secamente para a mulher que não parava de pestanejar os cílios falsos para mim. Ela havia se esforçado para me mostrar o decote, mas era inútil. Eu já tinha visto o que havia por baixo daquela blusa, e não sobrara muita coisa para ela me mostrar.

— Mas... — Ela começou a falar, mas não prestei atenção. Nada do que ela poderia dizer me interessaria. Nada em uma cidadezinha nos Estados Unidos poderia me interessar.

Tudo em Chester, Geórgia, era um pé no saco, e eu odiava estar preso ali.

Tudo era tão irritante, desde as fofocas de cidade pequena até as pessoas de mente pequena. Elas agiam como se tivessem saído diretamente de um filme clichê com personagens estereotipados de cidadãos fictícios, embora os estereótipos decorram de fatos reais. Talvez Chester fosse o modelo usado para aqueles filmes de merda. De qualquer maneira, eu odiava aquele lugar.

Não dava para dizer que o povo de Chester era ignorante em relação ao mundo real fora dos limites da cidade, porque *não eram*. Eles sabiam o que acontecia lá fora.

Eles sabiam que o país estava uma bagunça. Entendiam que a pobreza estava varrendo nossa nação e tinham ouvido histórias sobre o tráfico de drogas. Eles sabiam sobre incêndios florestais, massacres em escolas, marchas na capital e protestos pela qualidade da água. Sabiam sobre nosso presidente, tanto o ex quanto o atual. Sim, o povo de Chester, Geórgia, sabia muito bem como o mundo real funcionava, mas eles simplesmente preferiam conversar sobre a razão de Louise Honey não ter ido ao estudo da Bíblia na quinta-feira à noite, e por que Justine Homemaker estava cansada demais para fazer seus *cupcakes* caseiros para a quermesse da igreja no sábado.

Eles amavam fofocar sobre merdas que não tinham a menor importância, e esse era um dos motivos por que eu odiava morar aqui.

Com todo o ódio que eu sentia pela cidade, era bom saber que o sentimento era mútuo. Os cidadãos de Chester me odiavam tanto quanto eu os desprezava — talvez até mais.

Eu tinha ouvido as pessoas cochicharem sobre mim, mas não estava nem aí. Eles me chamavam de cria de Satã e aquilo havia me incomodado quando eu era mais novo, mas quanto mais eu crescia, mais gostava daquilo. As pessoas haviam fabricado um medo desnecessário de meu pai e de mim por quinze anos ou mais. Eles nos chamavam de monstros e, depois de um tempo, nós assumimos esse papel.

Nós éramos os rebeldes de Chester, e eu não me importava nem um pouco com isso. Eu não poderia me importar menos com o fato de aquelas pessoas me odiarem ou não. Eu não perdia uma noite de sono por causa disso.

Mantinha a cabeça baixa e cuidava da oficina do meu pai com a ajuda do meu tio. A pior parte do trabalho era lidar com as pessoas da cidade. É claro que elas poderiam sair de Chester e procurar outra oficina, mas, meu Deus, aventurar-se para o mundo exterior era ainda mais assustador para elas do que lidar com meu pai e comigo.

Por isso minha situação atual era tão irritante: eu era obrigado a lidar com idiotas.

— Só estou dizendo que você me deve quinhentos dólares até o fim do dia. Aceitamos Visa, Mastercard, cheque ou dinheiro — expliquei para Louise Honey, que estava diante de mim com seu vestidinho rosa e salto alto, tamborilando as unhas postiças na minha mesa.

— Achei que tínhamos feito um trato na última quinta — disse ela, confusa diante da minha frieza. — Quando passei aqui para conversar...

Quando ela disse conversar, o que quis dizer foi trepar. E nós acabamos trepando a noite toda. Foi por isso que ela faltou ao estudo da Bíblia — porque seus peitinhos estavam quicando na minha cara.

As mulheres daquela cidade não tinham o menor problema em me odiar durante o dia e gemer meu nome à noite. Eu era a fuga secreta da realidade artificial em que viviam. Um desafio para suas almas sulistas bem-comportadas.

— Nosso trato foi feito antes ou depois de você chupar meu pau? — perguntei, friamente.

— Durante — respondeu ela num sussurro, enquanto seu rosto ficava vermelho.

Ela estava bancando a tímida, o que devia ser parte da estratégia para tentar diminuir o valor da conta, pois não tinha sido nem um pouco pudica quando me pediu para amarrá-la e bater na sua bunda.

— Qualquer trato feito enquanto sua boca está em volta do meu pau é nula e sem efeito — declarei. — É só deixar o pagamento na minha mesa. Metade hoje, metade na semana que vem. Ou dou uma ligada para seu namorado para ver se ele paga.

— Você não faria uma coisa dessa! — exclamou ela. Fiquei em silêncio, e ela se empertigou e pegou o talão de cheques. — Você é um monstro, Jackson Emery!

Se eu recebesse um dólar cada vez que ouvisse isso...

— Obrigado pelo seu tempo. Nós da Mike's Auto Shop apreciamos sua lealdade à nossa empresa. Tenha um dia abençoado, docinho. Agora, se você puder dar o fora da minha loja, Louise...

— Meu nome é Justine, seu babaca!

Ah, Justine...

Nomes não eram algo em que eu me ligasse muito.

Eles tornavam tudo pessoal demais, e eu não gostava de coisas muito pessoais.

— Desde que seu nome esteja certo no cheque, está tudo bem — respondi.

— Você é um homem horrível, horrível mesmo. E você vai morrer sozinho! — xingou ela, saindo da oficina.

— Como você é engraçada — resmunguei com meus botões. — A maioria das pessoas morre sozinha.

Depois que ela saiu, voltei para o carro em que estava trabalhando enquanto Tucker cochilava na caminha dele no canto direito da oficina. Se existia algo que meu labrador preto fazia bem era dormir na sua caminha.

Ele já era um senhor. Quinze anos de idade, mas na nossa dupla, eu era o ranzinza. Tucker só seguia o fluxo como sempre tinha feito. Quando eu estava sozinho na escuridão, ele era sempre a centelha feliz de luz.

Meu companheiro leal.

Enquanto eu trabalhava no carro, meu pai entrou na oficina — e quando digo entrou, quero dizer se arrastou para dentro. Eu não o via desde o dia anterior, quando havia levado compras de mercado para ele. Sua casa estava uma zona, mas aquilo não me chocava. Sua casa era sempre uma zona porque ele não se importava o suficiente para limpá-la.

Nós éramos idênticos em quase todas as características, exceto por seus olhos constantemente vermelhos e pelo corpo franzino. Ele coçou a barba grisalha e resmungou:

— Onde estão minhas chaves?

Eu havia tirado as chaves do carro dele quatro noites antes — que loucura ele só ter dado falta agora.

— Você pode ir andando para qualquer lugar na cidade, pai. Você não precisa do seu carro.

— Não me diga do que eu preciso — reclamou ele, estendendo os braços. Ele estava com uma camiseta suja e a calça de moletom rasgada e puída. Eram as roupas que costumava usar, mesmo que eu comprasse peças novas para ele de vez em quando.

— Do que você precisa? Posso resolver para você — respondi, sabendo que ele não tinha condições de dirigir. Mesmo com sua carteira de motorista tendo sido cancelada anos antes, ele ainda tentava dirigir por aí.

Desde que ele mijou na porra do carro alegórico durante o desfile comemorativo do Dia dos Fundadores, os moradores só estavam procurando um motivo para prendê-lo de novo, e eu não queria lidar com aquilo.

— Preciso fazer compras.

— Eu acabei de abastecer sua geladeira. Acho que você está bem nesse quesito.

— Eu não quero nada daquilo. Quero comer pizza.

Olhei para o relógio e pigarreei.

— Eu também estou a fim de comer pizza, posso comprar uma para você.

Ele resmungou alguma coisa antes de se virar e voltar para casa.

— Traga cerveja também.

Eu sempre acabava me esquecendo da cerveja.

— Tuck, que tal um passeio? — perguntei para meu cachorro. Ele levantou a cabeça e olhou para mim, abanou o rabo, mas baixou de novo e voltou a dormir.

Aquilo era claramente um não.

Ir ao centro da cidade era sempre um pouco estressante. Meu pai e eu não pertencíamos a Chester. Mesmo assim, ali estávamos. Com o passar nos anos, meu pai tinha feito um ótimo trabalho para que todos nos desprezassem. Ele era o bêbado imundo da cidade, o monstro. Eu tinha 24 anos e guardava mais ódio dentro de mim do que a maioria dos homens. Tudo que eu sabia sobre odiar as pessoas havia aprendido com meu pai.

Ninguém perdia tempo tentando me conhecer porque conheciam bem o suficiente a reputação do meu pai. Assim, eu nunca me apresentava para as pessoas e para seus julgamentos.

Além disso, eu também era um monstro, e não demorava muito para as pessoas perceberem isso.

Puxei ao meu pai.

Quando me aproximei da pizzaria, ouvi os cochichos de pessoas à minha volta. Eu sempre notava como as pessoas se afastavam quando eu me aproximava. Elas me chamavam de drogado porque eu já tinha sido um. Elas me chamavam de bêbado por causa do meu pai. Elas me chamavam de vagabundo porque era o único rótulo inteligente em que conseguiam pensar.

Nada daquilo me incomodava porque eu não dava a mínima para o que pensavam sobre mim.

Moradores de cidade pequena com sua mente de cidade pequena.

Quando eu era mais novo, costumava entrar em muitas brigas com pessoas que falavam merda sobre mim e meu pai, mas, por fim, aprendi que elas não valiam meu tempo nem a força dos meus punhos.

Sempre que eu entrava numa briga, elas aproveitavam. Cada vez que meu punho acertava a cara de um babaca qualquer, elas usavam aquilo para justificar suas mentiras: *"Viu? Ele é um animal. Ele é um nada, não passa de um pobretão."*

Eu não queria que elas tivessem esse tipo de poder sobre mim. Então ficava na minha, o que parecia assustá-las ainda mais.

Quando cochichavam, eu mantinha o silêncio.

Quando cuspiam na minha direção, eu passava por cima, mas, se estivesse um pouco mais nervoso, eu rosnava para elas. E isso as fazia morrer de medo. Eu tinha certeza de que elas achavam que eu era um lobisomem ou alguma merda dessa.

Idiotas.

— Ele é como o pai... Um inútil que não serve para nada — resmungou alguém.

— Eu não ficaria nem um pouco surpreso se o Mad Mike morresse sufocado no próprio vômito — comentou outro cliente em voz baixa, mas não o suficiente para eu não ouvir.

Parei e respirei fundo.

Aquelas palavras eram as que me atingiam mais porque eu também não ficaria nada surpreso.

Eu os ouvia falar sobre a morte do meu pai e *flashes* do meu passado vinham à minha mente. Fechei os olhos e respirei fundo. Eu precisava de alguma coisa para dar um alívio à minha mente. Só um pouco, nada muito forte, só um pouquinho para...

Meu coração estava disparado no peito, me castigando por dentro, implorando por um pouco de torpor, implorando para eu dar a ele um pouco do conforto de que ele sentia falta.

Olhei para meu punho e vi uma daquelas pulseiras idiotas de borracha com a frase *Momentos poderosos*. O Dr. Thompson havia me dado a pulseira alguns anos antes quando fui para a reabilitação. Eu quase conseguia ver seu cabelo grisalho e seus olhos bondosos olhando nos meus, me lembrando de que eu era mais forte do que meus piores momentos.

— *Quando você se sentir perdido, com medo e fraco, esses são os momentos que você precisa superar. Sua força está escondida sob esses momentos sombrios. Pegue esses momentos e os torne fortes. Faça com que eles importem, Jackson. Faça com que contem.*

O Dr. Thompson me obrigava a puxar a pulseira sempre que eu me sentisse fraco ou tivesse o impulso de voltar a usar.

Meu punho estava vermelho como o inferno. Mesmo assim, puxei a pulseira. Era um lembrete de que o que eu fizesse em seguida seria real, assim como a dor. Minha próxima escolha poderia controlar todas as outras escolhas que viriam depois.

Minha escolha não poderia ser as drogas.

Eu não as usava mais para frear minhas emoções.

Eu não as usava para fazer com que me sentisse vazio por dentro.

Eu estava limpo havia anos e não queria que isso mudasse. Principalmente por causa do povo de Chester.

Eu estava me esforçando para evitar as pessoas ignorantes à minha volta. Olhei para fora e parei quando vi um carro avançando o único semáforo da cidade. Quando digo semáforo, estou me referindo à luz amarela piscando. O carro se aproximava sem o menor cuidado e senti um nó no estômago quando percebi que ele não estava diminuindo a velocidade.

Resmunguei.

— Vai bater — murmurei antes de respirar fundo e sair correndo em direção ao carro instável. — Você vai *bater*!

Capítulo 4

Grace

Eu vou bater!

— Não, não, não! — exclamei sozinha enquanto tentava controlar meu carro incontrolável. Um pouco antes de eu entrar em Chester, ele começou a ficar estranho, mas achei que conseguiria chegar em segurança à casa da minha irmã antes de ele quebrar completamente. Mas não foi esse o caso.

Tentei pisar no freio, mas o pedal encostou no piso do carro e nada aconteceu.

— Não, não, não — implorei, sentindo o carro começar a tremer todo.

Passei batida pelo sinal amarelo no cruzamento da Grate Street e da Michigan, enquanto berrava para todo mundo sair da frente para eu não atropelar ninguém. Bati no meio-fio algumas vezes, tentando controlar um pouco o carro, mas nada estava funcionando. Respirei fundo, fiz uma pequena oração, mas parecia que minha ligação com Deus estava ocupada no momento.

Senti o pânico crescer dentro de mim enquanto seguia em direção a uma oficina no fim da rua.

Que ironia, não é? Bater em uma oficina.

Peguei o celular que estava no carregador, e vi que não tinha carregado e tinha morrido por completo. Exatamente como a minha sorte.

— Tire o pé do freio — ordenou uma voz, me fazendo virar para a minha janela.

— O carro não para! — exclamei com voz trêmula.

Ele estava correndo ao lado do carro, acompanhando a velocidade.

— Já percebi, Sherlock. Destrave a porta e vá para o banco do carona — ordenou ele.

— Mas eu não posso tirar o pé do freio, eu...

— Ande logo! — exclamou ele, provocando um frio na minha espinha.

Fiz o que ele mandou. O homem rapidamente entrou no carro em movimento, fez algumas manobras ágeis com a chave e conseguiu fazer o carro parar.

— Ai, meu Deus! — suspirei com a respiração pesada. — O que você fez?

— Coloquei o carro em ponto-morto e desliguei o motor. Não foi nada de mais — respondeu, ranzinza. Ele abriu a porta do motorista e saiu. — Vou empurrar o carro até o meio-fio.

— Mas... — comecei, sem saber bem o que fazer. — Você precisa de ajuda?

— Se eu precisasse, teria pedido — resmungou ele, obviamente irritado.

Então *tá*, né?

O carro começou a mexer, e eu ficava olhando para trás, observando enquanto ele empurrava o carro de quase duas toneladas. Ele parecia tão sombrio e carrancudo com sua camiseta preta, calça e tênis pretos. Um boné de beisebol escondia o cabelo, mas as pontas enrolavam em volta dele. As sobrancelhas estavam franzidas, e o rosto, tão frio como se ele não soubesse o que significava um sorriso. Os bíceps estavam em evidência enquanto ele empurrava o carro com toda sua força, me levando para o acostamento. Ao chegar lá, saí do carro.

Eu sabia quem ele era — a cidade inteira sabia —, embora a gente nunca tivesse se falado. Aquele era Jackson Emery, o rebelde de Chester. Diziam por aí que ele tinha começado o incêndio de 2013, e que tinha sido o motivo de vários casos de divórcio. Ele era conhecido por transar com muitas mulheres de Chester, isso não era segredo.

Jackson Emery usava sua fama como se fosse um trabalho de tempo integral.

— Muito obrigada por isso. Você não precisava ter ajudado — agradeci com um sorriso.

Ele não olhou para mim, só resmungou, secamente:

— Não parecia que você conseguiria parar. Talvez você não devesse dirigir mais esta merda de carro. Obviamente é uma armadilha mortífera.

Nenhum sorriso.

Nenhum riso.

Nenhum tom sarcástico ou que indicasse uma piada.

— O quê? — perguntei, meio chocada ao ouvir suas palavras.

A expressão em seu rosto continuava hostil, e o lábio superior estava contraído. Tirando o boné da cabeça, ele o segurou contra o peito enquanto passava a mão pelo cabelo. Com um tom de antipatia, acrescentou:

— Você poderia ter matado alguém, dirigindo feito uma idiota daquele jeito.

— Eu não sabia que o carro ia quebrar — retruquei, sentindo um aperto na barriga.

Quando seu olhar frio finalmente encontrou o meu, senti um arrepio na espinha. Seus olhos eram tão intensos, tão escuros, que quase pareciam ocos.

Primeiro, seu olhar pareceu confuso diante da minha existência; depois, ele pareceu intrigado, como se me reconhecesse de um sonho dentro de um sonho. Eu sabia que não era o momento de ficar tentando decifrar as expressões no rosto de Jackson Emery, mas, para ser sincera, não conseguia evitar. Eu já tinha conhecido muita gente na minha vida, mas ninguém tão terrivelmente sombrio. Sua expressão confusa me deixou desconcertada. A expressão intrigante me deixou ansiosa.

— Você é uma Harris? — perguntou ele. Era estranho ser chamada de Harris de novo, depois de tantos anos sendo uma Braun.

Pelo jeito como ele falou meu sobrenome, como se eu estivesse infectada pelo vírus ebola, obviamente não era o maior fã da minha família, então eu não sabia bem com responder.

— Sou.

Ele fez uma careta.

— Eu não sabia que estava lidando com a realeza de Chester. Acho que não deveria me espantar diante da sua burrice.

— Isso não foi muito gentil — respondi baixinho.

— Pois é, eu não sou um cara muito gentil.

— Eu também sei quem você é — declarei, fazendo um gesto com a cabeça em direção a ele. — Você é Jackson, filho de Mike Emery.

Ele devia ser pelo menos cinco anos mais novo que eu, mas a barba por fazer e as rugas em volta dos olhos faziam com que parecesse mais velho.

— Pode acreditar, docinho, só porque você sabe quem eu sou não significa que você me conhece. — Ele esfregou o nariz. — Você não sabe nada sobre mim.

Eu nunca tinha sido chamada de docinho de um jeito tão aviltante.

— Você também não sabe nada sobre mim, mas parece que já fez todos os julgamentos sobre a minha família.

— Por um bom motivo.

— E que motivo é esse?

Ele piscou uma vez e mais outra; o olhar distante tinha voltado. Colocou o boné na cabeça antes de responder:

— Seu carro é uma lata-velha de merda. Você poderia ter machucado alguém de verdade

— Eu não sabia.

— Não tem como um carro tão ruim não ter dado nenhum sinal.

Bem... Ele não estava errado quanto a isso.

O desdém transbordava em suas palavras.

— Você sabia que o carro estava em péssimas condições. Você fez uma escolha, e foi uma escolha burra — continuou. — Mas não se preocupe, tenho certeza de que seu paizinho logo vai comprar um carro novo para você.

A *audácia* daquele cara. Jackson com certeza fazia jus às histórias que ouvi sobre ele.

— Eu comprei este carro com o meu dinheiro — declarei, um pouco irritada.

Aquela tinha sido minha primeira compra como adulta, e aquele carro tinha me acompanhado nos momentos felizes e tristes.

Minha Rosie cor-de-rosa.

Era uma das únicas coisas que eu podia dizer que tinha feito sozinha, além do meu diploma de professora, mesmo que meus pais tenham me ajudado a pagar a faculdade. Jackson não tinha como saber o que aquele carro significava para mim, o quanto fazer alguma coisa sozinha significava. Então eu não daria a mínima para os julgamentos dele.

— Só porque minha família tem dinheiro não significa que eu também tenha.

— Esse é o tipo de merda que os riquinhos gostam de dizer para se sentir um pouco mais humanos.

— Você é sempre babaca assim? — perguntei, colocando a mão na cintura.

— Ah, a beata da Bíblia fala palavrão. Melhor fazer penitência — retrucou ele, abrindo o capô do carro.

— O que você está fazendo? — perguntei, mas ele me ignorou enquanto ficava futucando nas coisas.

— O que parece que estou fazendo? Estou tentando consertar essa merda que você deixou quebrar.

Começou a sair uma fumaça do motor do carro enquanto Jackson mexia nele e eu observava cada um dos seus movimentos.

— Só tenha cuidado. Não quero que as coisas fiquem ainda piores do que já estão...

Ele inclinou a cabeça e arqueou uma das sobrancelhas.

— Pode acreditar quando digo que não tem como as coisas piorarem mais que isso. Descobri qual é o problema.

— E qual é?

— Seu carro é uma lata-velha de merda.

Respirei fundo.

— Isso é algum termo técnico?

— Algo do tipo. — Ele se empertigou e limpou os dedos sujos de graxa na calça preta. — Se você quer a minha opinião...

— É uma opinião babaca?

— É.

— Pode falar.

— Nunca mais entre neste carro. Há noventa e cinco por cento de chance de essa merda explodir. Vou pedir o reboque para levá-lo até a oficina. — Ele pegou o celular para mandar uma mensagem de texto. Parou e passou a mão na testa, deixando marcas pretas. — Fala sério. Pelo amor de Deus, não faça isso — implorou ele, apontando para o meu rosto.

— Fazer o quê?

— Chorar.

— Eu não estou chorando.

Ele arqueou uma das sobrancelhas como se eu fosse louca.

Levei a mão ao rosto e senti o toque molhado.

Merda.

Estou chorando.

Respirei fundo e chorei de soluçar, cobrindo a boca com a mão.

— Será que você poderia não fazer isso agora? Pode não se descontrolar? — Ele fez os pedidos soarem mais como uma ordem.

48

— Eu-Eu estou tentando — murmurei, sem conseguir me controlar.

Eu odiava aquilo. Odiava não ter controle sobre minhas emoções e meus sentimentos. Ultimamente, uma coisa mínima podia me atirar em um turbilhão de tristeza, e eu odiava isso. Perder meu carro — perder a única coisa que era minha, só minha — estava partindo meu coração.

Ele suspirou de novo.

— Você realmente deveria se controlar.

— Não me diga o que fazer — solucei, irritada porque ele estava ali e porque eu não conseguia parar de chorar.

— Você está completamente descontrolada.

— Não estou nada! — falei, irritada. Eu só tinha tendências ao descontrole...

Ele fez uma careta, algo que presumi que fizesse muitas vezes.

— Bem, você parece muito descontrolada.

— Será que você pode ir embora? Por favor?

— Não até o Alex chegar e rebocar o carro. É por conta da casa.

— O quê?

— Significa que você não precisa pagar.

— Eu sei o que "por conta da casa" significa.

— Então não devia ter perguntado.

Eu estava ofendida por ele estar se oferecendo para me ajudar com meu carro. Como ele podia ser tão grosseiro comigo e, ao mesmo tempo, tentar me ajudar? Não era assim que as coisas funcionavam no mundo real. A vida não era um comercial de bala azedinha-doce. Você não podia ser azedo e depois ser extremamente doce.

— Eu não quero sua ajuda.

— Você com certeza precisou dela alguns minutos atrás.

— Eu não pedi sua ajuda.

— Mas também não recusou.

Respirei fundo. *Qual era o problema desse cara?* Era como se ele estivesse gostando de discutir comigo.

— Bem, agora estou recusando sua ajuda.

— Tarde demais. Ele já está a caminho — avisou Jackson, fazendo um gesto em direção ao reboque que vinha em nossa direção.

— Eu não quero isso!

— Tudo bem. Quando ele parar, você diz isso e ele vai se dar conta de que você fez com que ele perdesse tempo. — Jackson revirou os olhos e deu de ombros. — A escolha é sua, pandinha.

— Eu não sei o que você quer dizer com isso — bufei.

Ele apontou para os meus olhos.

Merda, de novo.

Meu rímel estava borrado.

— Algum cara magoou você? — perguntou ele, sério.

— Sim.

Ele contraiu o lábio inferior e deu um passo para trás. Bem na hora que achei que ele fosse se abrir, que fosse oferecer algumas palavras de sabedoria que fariam com que eu me sentisse melhor, ele declarou:

— Não seja tão melodramática. Nenhum sujeitinho merece tanto sofrimento.

Ah... Lá vamos nós de novo.

— É exatamente isso que eu não precisava ouvir.

— Mas é verdade. Você está chorando por uma pessoa que provavelmente não merece.

— E o que faz você pensar que ele não merece?

— Porque você está chorando, porra. As pessoas não ficam chorando por alguém que as faz feliz.

Senti um frio na espinha enquanto ele se irritava comigo.

— Por que você precisa ser tão direto? — devolvi, minhas emoções em frangalhos diante da dureza dele. — Por que não pode dizer uma coisa gentil e parar por aí? Ou, melhor ainda, não dizer absolutamente nada?

— As pessoas não precisam de gentileza, elas precisam da verdade. Acho ridículo que um cara tenha esse tipo de poder sobre você. Tenha um pouco de amor-próprio. É loucura dar o controle total das suas emoções para alguém que não está nem aí para você.

— Ele se importa comigo — argumentei, sabendo que aquilo era mentira, mas sentindo a necessidade de defender meu sofrimento. Se Jackson soubesse que Finn não estava nem aí para mim, ia ficar parecendo que tinha vencido a discussão de algum modo. — Você não entende. Você não conhece a história toda. Não é só uma aventura qualquer como as que você tem com qualquer mulher por aí.

Ele se empertigou e sua expressão ficou tensa.

— Ah, é isso! Você sabe tudo sobre mim, não é, princesa?

O desconforto provocado pela minha resposta ficou óbvio, e me senti mal na hora.

— Eu não quis ofender nem nada...

— Você não vai conseguir me ofender, porque eu não dou a mínima para o que você pensa, exatamente como o cara que magoou você.

— Não precisa ser grosso. Eu só estou dizendo que o que Finn e eu temos... — Fiz uma pausa e respirei fundo. — O que nós tínhamos foi real.

— O que vocês tinham. Verbo no passado.

— Isso não muda o fato de ele ser o amor da minha vida.

Jackson revirou os olhos de maneira tão enfática que achei que fossem grudar em sua cabeça.

— Isso foi a coisa mais idiota que já ouvi. Sim, o amor da sua vida deve ser o cara que a fez chorar sem dar a mínima para os seus sentimentos.

— Como você sabe que ele não liga para os meus sentimentos?

— Pode acreditar que ele não liga.

— E o que você sabe? Você nem deve saber o que é amor.

Ele resmungou e enfiou as mãos nos bolsos.

— Você não precisa saber o que é amor para saber o que não é amor. Mas pode ir em frente e continuar chorando por um cara que nem está pensando em você. Pode acreditar quando eu digo, princesa, não importa quantas lágrimas você derrame por ele, ele não vai amar você, mas sinta-se à vontade, pode continuar chorando. Não estou nem aí.

Ele não disse mais nada. Quando o reboque parou, eu estava cem por cento pronta para dizer ao motorista que não precisava da sua ajuda, mas, quando ele desceu do caminhão, abriu um sorriso gentil. Era um cara grandalhão, não gordo, mas forte, e seu corpo era coberto de tatuagens. Era mais velho também. Com cabelo grisalho. O jeito como ele sorriu para mim teve um efeito de anular toda a grosseria de Jackson.

— O que temos aqui, Jack-Jack? — perguntou o cara, dando batidinhas no meu carro. Olhei para o nome bordado na camisa dele: *Alex*.

— Uma lata-velha de merda. Eu ia pedir para você rebocar isso até a oficina e levar para o ferro-velho mais tarde, mas ela disse que não quer sua ajuda. Ela só quis fazer você perder seu tempo — respondeu Jackson friamente, levando Alex a franzir o cenho.

— Ah...

— Não, eu não disse isso! — protestei rapidamente, lançando um olhar de repreensão para Jackson antes de voltar minha atenção para Alex. — Eu adoraria a sua ajuda.

Ele abriu um sorriso luminoso, como se tudo que soubesse fazer na vida fosse sorrir.

— Sem problemas. Posso ajudar você. Só vou prender o carro ao reboque. Você quer que eu a deixe em algum lugar?

— Não, não precisa. Estou bem. Posso ir andando. Só vou pegar minha bagagem.

Fui até o porta-malas e o abri. Antes de eu pegar as malas, Jackson estava lá, com sua expressão cruel, pegando-as para mim.

— Pare com isso — pedi, tirando-as das mãos dele.

— Parar o quê?

— Parar de ser gentil comigo quando você ainda é um babaca.

— Cara. — Ele deu um assobio baixo. — Você vai ter que pedir muito perdão para Deus por falar tanto palavrão, princesa.

— Não me chame de princesa — falei, irritada.

— Pode deixar, princesa.

Meu Deus, como eu odiava esse cara. Amor à primeira vista não existia, mas ódio? Com certeza.

— Já acabou por aqui, Alex? Vou comprar alguma coisa para comer — disse Jackson.

— Tudo certo, Jack-Jack — respondeu Alex com o mesmo encanto sulista.

— Alex? Pare de me chamar de Jack-Jack.

— Pode deixar, Jack-Jack — respondeu ele, dando uma piscadinha para mim.

— Não é tão divertido quando é com você, não é? — provoquei.

Jackson só resmungou alguma coisa e foi embora.

Enquanto eu o observava ir embora, senti um frio na espinha.

— Ele é sempre tão desagradável assim? — perguntei para Alex enquanto ele começava a prender meu carro ao guincho.

— Jackson só está mantendo a *persona* que ele representa em Chester. Mas não leve para o lado pessoal. Ele é tipo cão que ladra, mas não morde. É inofensivo.

— Não foi o que ouvi.

— É, eu sei, as pessoas gostam de espalhar todo tipo de fofoca. Tenho certeza de que existem rumores sobre sua família também, mas gosto de formar minhas próprias opiniões. — Ele sorriu e apontou para o meu carro. — Tudo certo por aqui. Você já pode ir. Sei que Jackson disse que seu carro está acabado, mas eu adoraria dar uma olhada.

— Ah, não, não precisa. Sei que é um carro velho, é só...

Respirei fundo.

Eu estava farta de perder coisas ultimamente.

— Esse carro significa muito para você, não é? — perguntou ele.

— Significa.

— Então deixe eu dar uma olhada.

Dei um sorriso.

— Muito obrigada. De verdade.

— Sem problemas. Carros são como quebra-cabeças para mim. Adoro tentar descobrir o que faz as peças se encaixarem. Aqui, é só você preencher o formulário e fica livre de mim. Posso te ligar na semana que vem para uma atualização.

— Ótimo. Muito obrigada. Você não sabe o que isso significa para mim.

Preenchi os formulários e agradeci mais uma vez antes de pegar as alças das malas e seguir pela rua.

Eu não tinha ideia se Alex sabia, mas eu precisava muito daquele tipo de gentileza, principalmente depois de ter topado com Jackson Emery e a nuvem de tempestade pairando sobre sua cabeça.

Capítulo 5

Grace

— Grace? O que está acontecendo? O que você está fazendo aqui? — perguntou Autumn assim que apareci na porta da casa dela, segurando minhas bagagens.

— Foi mal eu aparecer assim, de repente, sem avisar, mas a bateria do meu celular morreu no caminho para cá, e meu carro também morreu e... — Fiz uma pausa enquanto meus olhos se enchiam de lágrimas. — E acho que meu casamento também morreu! — Comecei a chorar copiosamente, cobrindo o rosto com as mãos e balançando a cabeça. Respirei fundo, tentando me controlar da melhor maneira possível.

Os olhos de Autumn ficaram marejados também, e ela levou as mãos ao peito.

Nós éramos esse tipo de amigas — quando uma chorava, as lágrimas da outra não demoravam muito para cair.

— Ai, meu Deus, Grace... — sussurrou ela, a voz falhando.

— Eu queria saber se poderia passar um tempo aqui — pedi, entrando na casa dela com minhas malas. — Eu teria pedido antes, mas, por algum motivo, achei que Finn mudaria de ideia e perceberia que ainda me queria.

Eu me sentei no sofá e respirei fundo algumas vezes, com a cabeça baixa

Meu coração, minha mente, tudo estava exaurido.

Tinha sido um longo dia.

— Eu só... gostaria que você tivesse ligado — declarou Autumn de forma direta.

— É, mas eu sei o quanto você anda ocupada — respondi, olhando para ela. As lágrimas ainda escorriam de seus olhos, e o peso do seu olhar parecia quase tão triste quanto o meu. — Tudo bem, Autumn. Sei que estou meio descontrolada, mas me sinto melhor agora que... — Olhei para a mesinha de centro, na qual havia um copo de água e uma cerveja aberta. Autumn não bebe cerveja. Ela sempre achou que tinha gosto de mijo. — Tem alguém aqui com você? — Senti um aperto no peito. Então notei uma calcinha vermelha embaixo da cadeira. — Ai, meus Deus, tem algum cara aqui com você? Eu devia ter ligado.

— Grace... — sussurrou ela.

Autumn abriu a boca de novo, mas não conseguiu dizer nada. Seu corpo inteiro tremia, mas nenhuma palavra saía de sua boca, e notei um par de tênis... que eu já tinha visto antes. E uma camisa pendurada na cadeira.

Meus olhos pousaram na camisa polo amarela.

Eu me levantei devagar e fui até ela.

— Gracelyn — choramingou Autumn, e agora eu sabia que ela não estava chorando por mim, mas por causa de suas próprias emoções.

Peguei a camisa amarela e comecei a analisá-la. O rasgo embaixo do braço e a mancha horrenda que eu nunca consegui tirar, por mais que tentasse, estavam lá.

Olhei para minha amiga. Para minha melhor amiga.

A minha parceira.

A minha vida.

Senti o estômago queimar, enquanto as lágrimas escorriam pelo rosto dela, tomada pela emoção, chorando descontroladamente.

— Foi você...? — sussurrei.

— Meu Deus, Grace! — exclamou ela, colocando a mão na boca numa tentativa de ocultar o próprio descontrole; mesmo assim, eu a vi desmoronar na minha frente.

Foi ela.

Não foi uma mulher qualquer, mas ela.

Ela.

Autumn.

A mulher que esteve em todas as batalhas ao meu lado.

A gente não vinha se falando muito ultimamente. Sempre que eu ligava, ela encerrava as ligações depressa, dizendo que ligaria de volta, mas nunca ligava.

Entendi tudo agora.

O que eu não entendia era como ela podia ter feito uma coisa dessa comigo.

Autumn tinha sido meu porto seguro. Nós ríamos juntas. Ela dizia que Finn e eu éramos um casal incrível. Disse que sentia inveja de nós. Eu fazia jantares para ela e seu ex-namorado, Erik. Quando ele a traiu, eu a consolei, dizendo que ela ficaria muito melhor sem ele, que encontraria alguém que merecesse seu amor.

Mas eu não estava falando do meu marido.

— Ai, meu Deus, ai, meu Deus — repetiu ela, ainda chorando.

Senti suas lágrimas escorrerem pelo meu rosto.

Peraí, não...

Aquelas eram minhas próprias lágrimas. A incredulidade diante de tudo aquilo abalou meu ser. Como uma coisa daquela era possível? Não podia ser verdade. Senti como se estivesse presa em um pesadelo, sem conseguir abrir os olhos e acordar na segurança da minha cama. Será que era uma miragem? Autumn nunca seria capaz de fazer aquilo comigo. Finn nunca me magoaria daquela maneira — pelo menos era o que eu pensava. Ao que tudo indicava, porém, minhas crenças estavam erradas, e o coração deles estava marcado.

Pisquei, mas ela continuava diante de mim.

Meus olhos passaram pelo corpo dela, absorvendo cada detalhe. Analisei suas curvas, suas lágrimas. Autumn ficava bonita quando chorava. Eu odiava o fato de ela parecer uma deusa mesmo chorando. Ela parecia tudo que eu não era havia muito tempo.

Ah.

Aquilo doía.

— Ele está aqui? — consegui perguntar por fim, empertigando-me, mas sentindo que estava prestes a desmoronar. Ela só continuava chorando. Ele estava lá. Aqueles tênis. Estufei o peito. — Finley! — berrei enquanto percorria a casa dela.

Eu conhecia cada pedacinho daquela casa. Cada canto. Quando ela se mudou, eu tinha vindo a Chester só para ajudá-la a organizar tudo. Olhei dentro dos armários, no banheiro e embaixo das camas.

Quando abri a porta da despensa, meu coração apertou no peito, e aqueles olhos azuis olharam direto nos meus. Meu marido estava se escondendo junto com tempero pronto de alho e sal marinho numa tentativa de evitar me encarar.

Sem camisa.

— Grace... — começou ele, mas logo calou a boca quando desferi uma bofetada em seu rosto. — *Merda!* — berrou ele.

— Meu Deus! — exclamei, esmagada pela traição, pela dor e pela tristeza. Levei as mãos à boca. — Meu Deus! Ai, meu Deus.

Eu ficava feia quando chorava. Só conseguia pensar em como eu parecia horrorosa naquele momento.

Eu não parecia em nada com ela.

Houve tantas noites da minha vida em que desejei ser parecida com ela.

— Sinto muito — soluçou Autumn, as mãos cruzadas sobre o peito enquanto continuava a desmoronar diante dos meus olhos. — Eu sinto muito, Grace — repetiu, e cada vez que ela dizia isso, eu achava que ia morrer bem ali, naquele instante.

Passei por ela, correndo para a porta da frente. Minha visão ficou embaçada e minha mente, confusa. Eu não conseguia pensar direito.

— Grace! — Ouvi atrás de mim e me encolhi ao ouvir a voz dele. Aquela voz que um dia tínha me enchido de tanta felicidade. Eu havia me apaixonado por aquela voz, tão macia, tão profunda, e que agora só me causava sofrimento.

— Não — declarei, determinada, vendo Finn sair do meu inferno pessoal e vir na minha direção. Ele não estava mais irritado comigo como estivera em Atlanta, mas a culpa brilhava em seus olhos. — Não fale comigo.

— Eu só... — Ele apertou o topo do nariz. — Eu não sabia como contar para você. Nós não sabíamos como...

— A *Autumn*? Sério?! — perguntei, com espanto, dando um empurrão no peito dele. — Minha amiga! Seu... Seu... Seu monstro!

Ele permitiu que eu batesse nele, e aquilo me deixou ainda mais furiosa. Eu queria que ele revidasse. Queria que atingisse meu corpo em vez de meu coração. Queria sentir dor.

— Você disse que ela não significava nada para você. Disse que não significava nada! Você transou com a minha melhor amiga!

— Eu sei. Nós só... É...

— Juro por Deus, Finn, que se você disser que é complicado, vou arrancar sua cabeça fora. — Eu nunca jurava por Deus, a não ser que realmente estivesse falando sério.

— Eu ainda me importo com você, Grace. Não contei nada porque não queria magoá-la — explicou ele.

Tapa na cara.

Dei outro tapa nele, e mais outro e outro. Como Finn podia usar aquelas palavras? Como uma parte do meu coração era idiota o suficiente para acreditar nele?

— Há quanto tempo? — perguntei.

— Grace...

— Há quanto tempo?

Ele baixou a cabeça.

— Desde que me mudei para cá.

— Espere... então não foi ela... — Respirei fundo. — Você me traiu com uma outra pessoa antes dela?

— Gracelyn...

— Você teve outras? Mais de duas?

Ele ficou mudo. *Ai, meu Deus.*

— Odeio você. — Eu o empurrei. — Odeio você. Odeio você! — Eu continuava batendo nele. Minhas mãos acertavam seu corpo repetidamente e ele nem tentava me impedir porque sabia que merecia.

— Eu ia contar pra você. Eu só... — Ele engoliu em seco. — Depois de tudo que passamos...

— Não! — exclamei. — Você não passou por nada. Você não passou... *Fui eu* que passei. Eu passei por tudo — berrei, envolvendo meu corpo com os braços. Eu não tinha mais ninguém para me abraçar, então era eu que tinha que fazer isso. — Eu passei por tudo, e v-v-você... — As lágrimas me cegavam enquanto eu olhava para o homem que um dia acreditei ser meu. A dor em meu peito queimava e consegui dizer as últimas palavras: — Você acabou comigo, Finley. Você acabou comigo.

Meu peito estava pegando fogo; respirar ficava cada vez mais difícil. Ele estendeu a mão para mim e me afastei dele. Finn não podia mais me tocar. Eu não era mais dele para ele abraçar.

Segui para a cidade tentando respirar um pouco, tentando compreender o que tinha acabado de acontecer, mas não demorou muito para eu perceber que havia cometido um grande erro ao passar pelo centro da cidade de Chester.

Para onde quer que eu me virasse, via o rosto familiar de alguém que queria falar comigo, que queria saber por que eu estava chorando.

Cada pessoa fazia meu coração se partir ainda mais. Cada pergunta queimava minha pele. Eu não estava pronta para lidar com nada nem ninguém.

Eu não consigo respirar...

Comecei a correr, me esforçando para evitar todo mundo. Todos pareciam tão felizes, e isso tornava as coisas ainda mais difíceis. Passar por um espaço tão cheio de felicidade doía mais do que eu achava ser possível. Todo mundo estava tão vivo, tão cheio de vida, enquanto eu me sentia oca.

Sempre que eu piscava, tinha certeza de que estava prestes a desmoronar. Como aquilo era possível?

Como alguém podia estar no meio de uma cidade, cercada por pessoas que conhecia, e se sentir tão incrivelmente sozinha?

Demorei um tempo para diminuir o ritmo em frente à pizzaria e encostei na parede para recobrar o fôlego, mas era difícil respirar.

Meu corpo estava coberto de suor, minha visão, embaçada. Cada vez que eu piscava, via Finn ao lado dela. Sempre que respirava, os cacos do meu coração cortavam minha alma.

Estava prestes a ter um colapso mental, prestes a desmoronar, quando senti alguém tocar em meu ombro e me virei, entrando em pânico ao me deparar com Jackson. As palmas das minhas mãos estavam suadas, e meu coração batia disparado e com força no peito.

— Oi — disse ele, erguendo a mão como se estivesse se rendendo. A preocupação pesava em seu rosto e fiquei surpresa ao perceber que um homem como ele era capaz de se preocupar.

— Eu... Eu... Eu... — Eu tentava dizer que estava bem, balançando a cabeça para indicar que ele não precisava se preocupar. — Eu estou b-bem. Acho que eu só... só... — Eu não conseguia dizer mais nada, então comecei a sacudir as mãos, tentando respirar, e Jackson meneou a cabeça.

— Você está tendo um ataque de pânico — disse ele.

Assenti de novo.

— Isso. — Levei as mãos ao coração e jurei que logo ficaria bem. Eu ficaria bem. Eu tinha que ficar bem. Tinha que existir algum momento em que meu coração ia parar de se estilhaçar, não é?

— Venha aqui — chamou Jackson, estendendo uma das mãos para mim.

— Eu estou... Eu estou b-bem — gaguejei, mas ele negou com a cabeça enquanto as pessoas passavam por nós na rua, cochichando e olhando.

— Princesa — disse ele baixinho. Ele se aproximou mais e olhou para mim de modo gentil. — Confie em mim.

Eu não confiava. Não sabia mais em quem confiar. As duas pessoas que deviam sempre estar ao meu lado destruíram tudo em que eu acreditava em relação a confiança, mas...

Eu precisava respirar.

Só por um instante.

Peguei a mão de Jackson, e ele me levou por um beco. Passamos por um muro e nos encostamos em uma parede de tijolos. Enquanto eu desmoronava, tentei pedir desculpas, mas as palavras saíram incoerentes e confusas.

— Está tudo bem — afirmou ele, com firmeza.

Eu continuava ofegando, mas nada parecia funcionar. Meu corpo estava prestes a cair no concreto e eu estava prestes a ceder à minha dor, e fiquei surpresa quando caí nos braços de Jackson Emery.

Ele me pegou.

Ele me abraçou.

Ele não me deixou cair.

Eu me agarrei à blusa dele, puxando-o para mais perto de mim, enquanto desmoronava diante dele. Eu queria ser corajosa, queria acabar com aquele colapso, mas, por um breve segundo, enquanto Jackson me abraçava, pareceu que eu podia desmoronar. Quando meus soluços ficaram intensos demais, quando parecia que a ansiedade e o pânico iam me engolir por inteiro, ele me abraçou com mais força.

— Está tudo bem — repetiu ele em tom calmo, a voz grave e estável. — Ei, vem aqui — disse, sentando-se no chão e me puxando com ele. — Senta aqui um pouco. Respira.

Era mais fácil dizer do que fazer.

Eu me sentei ao lado dele, encostando no mural de nossa cidade.

— Muito bom — elogiou ele. — Agora, coloque a cabeça entre os joelhos e respire fundo.

— Eu... eu não consigo.

— Consegue sim, princesa. Claro que consegue. Você só precisa se acalmar. Baixe a cabeça e una os dedos na sua nuca. Você consegue.

Fiz exatamente o que ele pediu, e toda vez que eu tentava me desculpar, ele me impedia e dizia que eu só precisava respirar.

De maneira lenta, mas certa, meu coração voltou a bater no ritmo normal. De maneira lenta, mas certa, fui tomada pela vergonha quando levantei a cabeça e me deparei com o olhar intenso de Jackson pousado em mim.

Enxuguei os olhos e respirei fundo.

— Perdão.

— Pare de dizer isso.

— Perdão — murmurei, fazendo-o revirar os olhos.

— Acabei de pedir para você parar de pedir perdão.

— Per... — Comecei de novo, mas parei. — Está bem.

Ele suspirou com a expressão ainda pesada.

Passei os dedos pelo meu cabelo e meneei a cabeça.

— Você já pode ir agora, juro. Eu só sou um pouco descontrolada, lembra? Acho que é melhor eu ir também — disse, fazendo que ia me levantar, mas ele segurou meu braço.

— Espere mais um pouco. Deixe seu corpo se acalmar. Ataques de pânico demoram um pouco para desaparecer completamente.

— Você já teve algum?

Ele ficou mexendo as mãos e olhou para o chão.

— Minha mãe tinha às vezes. — Ele ficou olhando para as mãos, antes de continuar: — Você vai ficar bem. Só espere um pouco, certo? Respire devagar.

Respirar devagar.

Eu consigo fazer isso.

Ficamos ali, em silêncio, olhando para a frente, deixando o ar quente da noite tocar nossa pele.

— Qual é a sua história? — perguntei, inclinando a cabeça para ele, um pouco confusa por sua existência. Ele era tão cruel, tão sombrio, mas, ao mesmo tempo, conseguiu ser um pouco gentil...

Um monstro gentil.

— Você conhece a minha história, lembra? Você disse que me conhece. Todo mundo neste lugar parece me conhecer — retrucou, quase rosnando. — Eu sou o babaca da cidade, e isso é tudo. — Ele se levantou e pigarreou. — Só espere mais uns cinco minutos, está bem?

— Está bem. Obrigada.

Ele passou a mão na nuca e meneou a cabeça.

— Pare de falar e só respire.

Seus olhos castanhos pousaram nos meus, e passamos um tempo nos olhando. Era como se estivéssemos nos vendo pela primeira vez. Enquanto eu olhava em seus olhos, reconheci algo que via na minha própria alma: solidão.

O jeito como ele me olhou me fez achar que Jackson também tinha reconhecido isso em mim.

Ele lançou um último olhar na minha direção. Não sorriu, mas também não franziu a testa e, de algum modo, aquilo pareceu uma pequena vitória.

Quando ele foi embora, eu o agradeci em silêncio. Depois de uma noite me afogando, foi o rebelde da cidade que me ajudou a me erguer para tomar um pouco de ar.

Capítulo 6

Jackson

— Estou vendo que você está saindo por aí, fazendo novos amigos — comentou Alex quando entrei na oficina um pouco mais tarde, carregando uma pizza. Eu a joguei em cima da mesa na salinha que usamos quando queremos fazer uma pausa do trabalho e saí, arqueando uma das sobrancelhas para ele.

— O que você está fazendo? — perguntei, vendo Alex sob o capô daquele carro cor-de-rosa.

— O que parece que estou fazendo? Estou consertando o carro da Grace.

— Eu disse para você levar para o ferro-velho e não para cá.

— Ah, foi? Acho que não entendi direito — mentiu. Alex era muito atento; nunca deixava passar nenhuma palavra que as pessoas diziam. — Bem, já que ele está aqui... — Alex riu, e eu revirei os olhos. — Vamos logo, cara. Poderia ser nosso novo projeto apaixonante. A gente estava procurando o brinquedo perfeito.

— Não tem nada nesta coisa que desperte a minha paixão. É uma lata-velha. Sério, esse carro é uma merda. Se fosse a merda de um animal, acho que seria de macaco. Se fosse a merda de uma pessoa, seria a sua. É a pior merda que já existiu.

— Hum... — murmurou Alex. — Que bom que você está evitando falar palavrões. É sério? Merda de macaco é pior que a de um hipopótamo?

— Bem, acho que depende do tamanho do macaco.

— Não, Jackson. — Ele negou a cabeça. — Não depende, não.

— Sério, cara. Tire isso da oficina.

— Olha só, garoto, você sabe que eu te amo como se fosse meu filho, mas acho uma tremenda infantilidade sua recusar uma boa experiência de aprendizagem com essa belezura cor-de-rosa só porque você odeia a família dela.

— Aquela família é uma merda — retruquei. — Você também deveria odiar todos eles.

— Claro, com certeza. Mas esta belezura — disse ele, abraçando o carro. — Este carro é uma joia. E não tem culpa da família que o escolheu. Ele não teve escolha. Estava lá na loja, querendo um pouco de amor e carinho. Será que a gente não pode fazer isso por ele, Jack-Jack?

Alex fez aquele olhar de cachorro pidão, e sabia muito bem quanto eu odiava quando ele fazia aquilo.

Ele era meu tio, irmão mais velho da minha mãe, e se mudou para Chester alguns anos atrás, quando meu pai não tinha mais condições de tomar conta de mim e da oficina. Alex era praticamente a única pessoa da cidade com quem eu me importava.

Nós éramos próximos, pelo menos tão próximos quanto eu permitia que as pessoas fossem, o que não era muito.

O corpo dele era coberto de tatuagens, e se você encontrasse algum ponto livre, Alex rapidamente resolvia a questão. Ele passava todo o tempo livre trabalhando na loja de tatuagens que ficava fora da cidade. Tinha cabelo grisalho que sempre penteava para trás, e *piercings* em todos os lugares.

Se você passasse por ele na rua, poderia ficar morrendo de medo, até que Alex começasse a falar sobre a última máscara de abacate que tinha descoberto.

Ele era uma das pessoas mais positivas do mundo, e eu era o extremo oposto.

Mas, ao mesmo tempo, nossa conexão fazia sentido — um equilibrava o outro.

— Meu pai vai ter um ataque se descobrir que o carro de alguém da família Harris está aqui na oficina — avisei.

Se alguém odiava a igreja mais que eu, esse alguém era meu pai.

— Ele não vai descobrir — prometeu Alex, negando com a cabeça. — Juro que vou manter nosso segredinho guardado a sete chaves.

— O *seu* segredinho. Eu não vou colocar a mão nesse carro. Não quero ter nada a ver com ele nem com aquela família. — O único motivo por eu ter aceitado deixar o carro ficar foi porque eu sabia que Alex não desistiria até conseguir. — Mas só para deixar as coisas bem claras: eu não estou nem um pouco feliz com isso

— Só para deixar claro: você nunca está feliz, então acho que isso é uma coisa boa. De qualquer maneira, sei que seu pai e você têm questões com aquela família, mas eu gostei dela.

— Você gosta de todo mundo — comentei.

— Verdade, mas você tem que admitir que ela é linda, mesmo com os olhos inchados.

Ele não estava errado. Grace Harris era linda. O cabelo dela era louro e comprido, e os olhos eram azuis, cheios de medo e curiosidade ao mesmo tempo. Eu estaria mentindo se dissesse que não havia notado todas as curvas nos lugares certos, mas aquilo não era surpresa nenhuma. Todas as garotas da família Harris eram bonitas. Elas andavam e falavam como as damas sulistas deviam fazer — menos Grace, quando estava desmoronando. Na maioria das vezes, elas se sobressaíam pela beleza, pelo charme e pela elegância — pelo menos por fora. Por dentro, eram as almas mais feias, e eu não queria ter nada a ver com elas nem com seus carros de merda.

Eu ainda não sabia bem por que tinha parado para ajudá-la em frente à pizzaria.

Não fez o menor sentido, a não ser o fato de o seu colapso me fazer lembrar tanto da minha mãe.

— Ei, Jack-Jack? — chamou Alex, e dessa vez, quando olhei para ele, vi preocupação em seus olhos. Era o mesmo olhar preocupado que ele me lançava quando achava que eu poderia me perder. — Como você está? Tudo bem?

— Estou bem — respondi. Essa era a resposta que eu sempre dava quando Alex me fazia aquela pergunta.

Mesmo depois que tive uma *overdose* e quase perdi a vida um ano atrás, respondi do mesmo jeito: *estou bem*.

Eu sempre estava bem, mesmo quando não estava.

— Certo, então. Olha só, se não quer que este carro seja o seu novo projeto, você deveria procurar um *hobby* ou alguma coisa assim para manter sua cabeça no lugar. Você ainda está trabalhando com arte ou algo do tipo? Acho que deveria voltar a fazer isso. Está namorando? Acho que você deveria ter alguns encontros ou quem sabe tricotar um suéter. Qualquer coisa, na verdade.

— Tá. Tudo bem.

— Estou muito orgulhoso de você.

— Eu não fiz nada — respondi, secamente.

— Exatamente. — Ele assentiu. — Você não saiu dos trilhos nem voltou aos seus antigos hábitos. Estou muito orgulhoso de você, e se um dia você precisar de alguém para conversar, eu sempre estarei aqui.

Encolhi os ombros.

— Valeu.

— Pode contar, Jack-Jack.

— Ah, e Alex? Pare de me chamar de Jack-Jack.

Voltei para a sala de descanso, peguei algumas fatias de pizza e levei para a casa do meu pai. Quando passei pela sala, eu o vi desmaiado de tanto beber no sofá. Às vezes eu fingia que ele estava dormindo por causa do cansaço, mas a verdade era que o uísque o fazia perder os sentidos na maior parte das vezes.

Coloquei as fatias na geladeira e resmunguei enquanto limpava um pouco o lugar. Meu pai continuou desmaiado no sofá, e de vez em quando eu passava por lá para ver se ele ainda estava respirando.

Houve uma época na minha vida em que eu acreditava que meu velho viveria para sempre. Houve uma época em que ele era meu herói, e eu achava que ele derrotaria qualquer vilão do mundo inteiro.

Engraçado como o tempo tinha transformado meu herói no meu pior vilão.

Engraçado como o tempo tinha destruído a alma do meu pai.

∿

Depois que terminei de limpar a casa do meu pai, fui para a minha e entrei. Cada pedaço daquele lugar tinha um pedaço de como meu pai era antes que a bebida tivesse dominado sua alma — a tinta nas paredes, o assoalho de tábua corrida, os azulejos do banheiro. Tudo naquela casa contava a história do homem que ele era antes de sua vida começar a ruir.

Eu tinha ajudado a arrumar aquele lugar quando era criança — antes de minha mãe ir embora e antes de meu pai se tornar um alcoólatra.

Todas as noites eu me sentava ali no escuro, olhando o lugar. No canto da sala havia um cavalete e material de pintura, e, no quarto extra, as prateleiras estavam cheias de livros. Pela casa inteira havia quadros emoldurados. Não havia nenhum cômodo sem uma das obras de arte da minha mãe. Aquela era a última parte dela na qual eu ainda me apegava. A casa era um presente e uma maldição para mim, me fazendo lembrar do passado, que contrastava completamente com o presente.

Era um espaço cheio de vazio.

Eu aceitava o vazio de bom grado e permitia que a solidão fosse praticamente tudo que eu conhecia, e quando tudo ficava demais para mim, eu mergulhava no meu novo *hobby*.

Alex não sabia, mas eu já tinha uma coisa para me manter longe das drogas.

Nos últimos anos, eu dava prazer a diversas mulheres na cama quase todas as noites. Não era algo de que eu me orgulhasse, mas aquilo me distraía da minha própria realidade.

Eu já tinha ficado com algumas antes, mas geralmente nem me lembrava disso até elas me dizerem. Outras agiam como se fosse uma grande conquista conseguir ir para a cama comigo e ficavam rindo feito umas adolescentes de merda.

Sarah, Michelle, Jamie, Kay, Lisa, Rebecca, Susie...

Olhos azuis, olhos cor de chocolate, olhos castanhos, olhos cor de mel, olhos verdes...

Cada uma delas me ajudava a esquecer um pouco.

Cada uma delas fazia meu cérebro desligar.

Cada uma delas se tornava um novo tipo de droga para mim e, de maneira lenta, mas certa, fiquei viciado.

Ninguém nunca passava a noite. Eu não queria que elas ficassem; tudo que queria era algumas horas para me ajudar a esquecer. Era sempre a mesma coisa: sexo, nada de conversa e dar no pé. Sexo, nada de conversa e dar no pé. Uma noite, quando a olhos castanhos estava indo embora, me disse que a gente já tinha transado, e que ela gostava mais de mim quando eu estava drogado.

— É mesmo? E eu gostava mais de você quando a sua boca estava chupando o meu pau em vez de falando merda.

— Você é tão babaca! — exclamara ela, agindo como se não tivesse sido grossa primeiro. — Você é nojento.

— Seus lábios pareceram não se importar com isso quinze minutos atrás — respondi secamente.

Foi a vez de ela mostrar o dedo para mim, e eu provavelmente mereci. Eu era tão babaca às vezes.

A questão era que algumas pessoas pareciam gostar mais de babacas do que de caras legais e patéticos.

A olhos castanhos provavelmente ligaria para treparmos de novo. Era como se as mulheres se sentissem atraídas por caras que as tratavam como lixo.

E, quando elas iam embora, eu ficava sozinho de novo.

Bem, não completamente.

Tucker estava mais velho, mas ainda era tão leal quanto antes. Todas as noites ele vinha lentamente na minha direção, abanando o rabo, e subia no meu colo no sofá. Às vezes eu precisava ajudá-lo a subir, mas ele sempre se aproximava de mim.

Mesmo nas noites em que eu achava que merecia ficar sozinho.

Mesmo assim, não importava o que eu fizesse ou dissesse para ele, ele ficava. Tuck era meu amigo. O único que eu tinha, e o único de que eu precisava.

Bom garoto, Tuck, pensei com meus botões, abraçando-o mais. *Bom garoto.*

~

Jackson

Seis anos de idade

— Mãe, posso escolher outro nome? — perguntei um dia, indo até a varanda da frente para vê-la pintar o céu. Ela sempre pintava o céu e era muito boa nisso.

Minha mãe encaixou o pincel atrás da orelha e arqueou a sobrancelha.

— Como assim escolher um novo nome?

— Hoje na escola um garoto disse que meu nome era feio e que por isso ninguém queria brincar comigo.

Ela ficou boquiaberta e seus olhos se encheram de lágrimas.

— Alguém disse isso para você?

— Disse. Então posso mudar de nome para fazer alguns amigos?

Isso era tudo o que eu queria.

Eu queria que os garotos da escola gostassem de mim. A gente estava morando em Chester havia só alguns meses, e eu não tinha feito nenhum novo amigo. Meu pai disse para eu dar um tempo, mas quanto mais tempo eu esperava, mais as pessoas me diziam por que eu não podia brincar com elas. Tim Reeves ia fazer uma festa de aniversário e tinha convidado todo mundo, menos eu, porque eu era o garoto novo e esquisito.

Eu só queria ir a uma festa.

— Jackson, filho, seu nome é perfeito. Qualquer um que diga que não quer ser seu amigo por causa do seu nome é o tipo de pessoa que você não vai querer como amigo, está bem?

— Eu quero ser amigo de todo mundo — expliquei. — Talvez se meu nome fosse Eric ou algo assim.

Minha mãe franziu a testa.

— Venha, meu amor, vamos ter uma aula de arte.

Eu resmunguei. Não queria aula de arte. Sempre que havia um problema, minha mãe usava a arte para tentar me consertar, para me ensinar. Mas eu não queria aprender.

Só queria fazer amigos.

— Mas, mãe... — comecei, e ela lançou um olhar severo

— Jackson Paul — censurou ela, usando meu nome do meio. Eu parei de falar porque, sempre que minha mãe usava meu nome do meio, eu sabia que ela não deixaria que eu me safasse.

Ela pegou algumas coisas em casa. Pincéis, tintas, um lençol branco, duas varas compridas e pregadores de roupa.

— O que você está fazendo? — perguntei.

— Você já vai ver. Venha. Vamos passear no campo.

Caminhamos por entre as árvores no quintal de nossa casa em direção a uma clareira. Era o lugar aonde minha mãe me levava para pintar o pôr do sol com ela pelo menos duas vezes por semana.

Esperei sem muita paciência enquanto ela arrumava seu "cavalete". Ela enfiou as duas varas no chão, deixando uma distância entre as duas. Depois amarrou o barbante no alto de cada uma delas, ligando uma à outra. Por fim, prendeu o lençol com os pregadores.

Ela se virou para mim, sorrindo.

— Você sabe de onde veio o seu nome?

Neguei com a cabeça.

Ela pegou um pincel e o mergulhou na tinta azul. Em seguida, lançou a tinta no lençol. Pegou uma outra cor e fez o mesmo. Parecia uma baita bagunça, mas uma bagunça muito legal de certo modo.

Eu não sabia que bagunça podia ser legal.

— O nome dele era Jackson Pollock e ele era único. Ficou conhecido por sua técnica de pintura por gotejamento. Por que não experimenta?

Ela me entregou o pincel, e comecei a fazer uma bagunça bem legal.

— Ele era um indivíduo singular, Jackson, e foi contra todas as normas. Não tentou fazer as pessoas gostarem dele sendo alguma coisa que não era. Não se importava com o que as pessoas pensavam dele. Simplesmente foi ele mesmo, e era extraordinário. — Ela caminhou na minha direção e bateu no meu nariz. — Exatamente como você. Sabe qual era o primeiro nome dele?

— Qual?

— Paul.

Eu abri um sorrisão.

— Como o meu nome do meio? Jackson Paul?

— Exatamente. Seu pai e eu escolhemos esse nome para você porque você é extraordinário também, querido. Um dia as pessoas certas vão aparecer, e elas vão perceber como você é especial. Elas vão ver tudo o que você é e vão amar você do mesmo jeito que eu e seu pai te amamos. Elas serão suas amigas, Jackson. Está bem?

Fiz que sim com a cabeça.

— Acho que até esses amigos chegarem, eu tenho você e o papai para ficar comigo.

— Claro, Jackson. — Ela me puxou para um abraço e beijou minha testa. — Você sempre pode contar com a gente.

Nós começamos a pintar de novo, e foi muito legal.

Depois que terminamos, olhei para nossa obra de arte.

— Mãe?

— O quê?

— Você acha que um dia eu vou conseguir pintar tão bem quanto você?

— Não, Jackson — respondeu ela, negando com a cabeça. — Você vai ser melhor.

Capítulo 7

Grace

Durante nossa infância, minha irmã e eu nunca ficávamos uma sem a outra. Fomos criadas numa casa maior do que precisava ser , no meio de grandes extensões de terras. Papai nunca se importou em ter uma casa daquele tamanho, mas mamãe sentia que eles mereciam. Se Deus tinha colocado dinheiro em suas mãos, e eles faziam o suficiente para a comunidade, então podiam muito bem nadar nas bênçãos do Senhor.

Mamãe estava certa em relação a uma coisa — papai merecia. Ele trabalhou arduamente para chegar à sua posição e dava o maior valor a isso. Ele acreditava na igreja mais do que qualquer pessoa que eu já tenha conhecido e, para cada hectare que ele possuía, retribuía mais para a comunidade.

Minha irmã e eu tínhamos que representar um certo papel como filhas do pastor. Nossa mãe sempre ensinou a mim e a Judy que deveríamos agir de determinada maneira em nossa vida. As garotas Harris deveriam saber se comportar, conversar e ser bonitas. Não apenas em termos de beleza exterior, mas de beleza espiritual também.

Na maior parte do tempo nós levávamos esse papel muito a sério. As pessoas consideravam nossa família um exemplo a ser seguido, o que significava que precisávamos criar um mundo que valia a pena servir como exemplo. Éramos abençoados, o que significava que tínhamos que ser as bênçãos para outras pessoas.

Isso significava sermos sempre perfeitas em público. Não havia espaço para defeitos. Então, sempre que cometíamos um deslize... sempre que o mundo nos dava um golpe e cambaleávamos, minha irmã e eu contávamos com o apoio uma da outra.

Bati na porta da casa de Judy e, no instante em que ela a abriu, seus olhos ficaram marejados.

— Ai, meu Deus, Grace! O que houve?! O que aconteceu?! — perguntou ela, mas não esperou minha resposta antes de me dar um abraço apertado.

Comecei a chorar incontrolavelmente aos soluços no ombro da minha irmã mais nova, enquanto ela acariciava minhas costas.

— Posso ficar aqui com você e Hank? — pedi entre os soluços, sem conseguir dizer mais nada, mas aquilo pareceu ser o suficiente para Judy.

— Sempre, Grace — sussurrou ela. — Sempre e para sempre.

Contei tudo para Judy e Hank. As palavras saíam pela minha boca e, para ser sincera, muitas delas eram bastante difíceis de acreditar. Tudo aquilo parecia um pesadelo do qual eu simplesmente não conseguia acordar.

Estávamos sentadas no sofá da sala, e Hank não parava de encher nossas taças de vinho. Hank era um homem tão gentil. Nunca o tinha ouvido levantar o tom de voz e nunca o vi sendo mau com ninguém.

Até quando Judy e eu escorregávamos para o lado da fofoca, Hank nunca falava mal de ninguém. Seu principal objetivo era aproveitar a vida, tomando conta da sua amada. E, cara, como ele amava minha irmã. Havia momentos em que eu o pegava olhando para Judy quando ela estava distraída, e isso me emocionava.

— Sinto muito, Grace — disse Hank, franzindo um pouco a testa.
— Não consigo acreditar que ele fez isso com você. Não acredito que os dois tenham feito isso. Eu só... não consigo acreditar. — Ele parecia surpreso. Finn era um dos seus amigos mais próximos, e ele só ficava repetindo que não conseguia acreditar que uma coisa daquela podia ter acontecido.

Nem eu.

Ficamos conversando por um tempo e, quando a campainha tocou, Judy se levantou para atender.

Eu me virei para olhar para Hank e cruzei os braços.

— Hank, posso fazer uma pergunta?

— Eu não sabia, Grace — declarou ele, como se tivesse lido minha mente. — Eu não fazia a menor ideia de que Finn estava traindo você e, se soubesse, teria contado. Eu compreendo que você não acredite nisso, considerando que ele é meu amigo, mas você é da minha família, Grace. E juro pelo meu avô que eu teria contado tudo para você. Para ser sincero, está muito difícil de reconhecer esse Finn ou entender como ele pôde fazer uma coisa dessa com você.

Baixei a cabeça e olhei para o tapete da sala.

— Obrigada, Hank.

— Sempre e para sempre — respondeu ele, declarando a frase favorita da minha família.

Aquelas eram as palavras que minha família usava desde o início dos tempos. *Sempre e para sempre.* Era a promessa de que, não importava o que acontecesse, nós ficaríamos uns ao lado dos outros, tanto nos dias bons quanto nos ruins.

Cada vez que ouvia aquelas palavras, eu me sentia menos sozinha.

— É muita cara de pau você aparecer aqui! — exclamou Judy, provocando um sobressalto em mim e em Hank. Judy nunca levantava a voz. Nunca.

— Desculpe, Judy. É só que...

Senti a pele repuxar ao ouvir a voz de Finn.

— A Grace está aqui?

— Não é da sua conta — irritou-se Judy. — É melhor você ir embora.

Ah, maninha, eu amo você.

— Sim, claro, é só que... — Ele fez uma pausa e ouvi alguma coisa se movendo. — Ela deixou a bagagem na casa de Autumn.

Doía muito quando o coração parava de bater.

Ouvi Judy puxar minha bagagem para dentro.

— Tudo bem, agora vá embora.

Finn não disse mais uma palavra, e eu tinha certeza de que ele voltaria para a casa de Autumn.

— E, Finley James? — chamou Judy, usando o nome do meio dele. Era assim que sabíamos quando minha irmã estava falando sério. Quando ela usava o nome do meio da pessoa.

— O quê?

— Você devia se envergonhar do que fez. Vocês dois deviam se envergonhar.

— Ela está bem? — perguntou Finn, quase parecendo se importar.

— Ela vai ficar — declarou Judy. — Porque ela é forte. Grace é mais forte do que qualquer traição que você possa cometer contra ela.

A porta da frente bateu.

Bateu.

Judith Rae nunca batia a porta.

Quando ela voltou, seus olhos encontraram os meus. Nós poderíamos facilmente passar por gêmeas. Ela sempre dizia que eu tinha os olhos azuis cristalinos do papai, e eu sempre dizia que os dela eram os mais azuis dos azuis. Nosso sorriso também era o mesmo, puxando um pouco para o lado esquerdo. Nosso cabelo era comprido e louro natural. Nossa mãe teria nos matado se ousássemos tingi-lo — porque não se mexe com o que Deus criou. Além disso, nosso coração seguia o mesmo padrão rítmico.

Se irmãs eram almas gêmeas, Judy era a minha.

— Então — disse ela com um suspiro e dando um sorriso amoroso. — Que tal um pouco mais de vinho?

Não preguei os olhos durante a noite e, pela manhã, quando o sol nasceu, fiquei observando enquanto ele subia no céu, segurando uma xícara de café nas mãos. Eu estava na varanda dos fundos, sentindo o calor do sol na minha pele. Estava impressionada com a sensação de vazio que sentia por dentro, enquanto observava a luz da manhã iluminar o céu. Meu pai costumava dizer para mim e para minha irmã que os raios do sol matinal eram beijos de Jesus em nossa pele.

Quando eu era mais nova, nunca mencionei as verdades científicas que aprendi na escola sobre o nascer e o pôr do sol, porque esse não era o meu papel. Às vezes as pessoas precisavam acreditar em certas coisas para passar por cada dia.

Naquela manhã, eu precisava acreditar nos beijos.

— Você acordou cedo demais. — Judy bocejou e saiu da casa, ainda de pijama.

— Eu queria sentir os beijos de Jesus — brinquei, respirando fundo o ar fresco da manhã.

Ela se aproximou de mim, pegou minha xícara e tomou um gole.

— Dormiu bem?

— Não preguei os olhos.

— Faz sentido. Eu também não consegui dormir. Eu me esforcei muito para não ir até o seu quarto ver como você estava. Estou muito preocupada com você.

— Vou ficar bem — respondi, mesmo sem ter certeza se isso era verdade, mas eu tinha fé. Pelos menos o suficiente para cada respiração. — Tudo sempre se resolve, não é? Não se preocupe comigo.

— Você é minha irmã, meu coração, Grace. Eu sempre vou me preocupar com você.

Eu acreditei nela. A mesma preocupação que Judy tinha comigo eu tinha com ela.

— Só gostaria de poder fazer alguma coisa por você. Gostaria de poder acabar com toda a sua dor. Eu sinto muito, muito mesmo — disse ela, sendo bem sincera. — Sinto muito por tudo que eles fizeram com você.

Ficamos paradas ali, olhando para aquela manhã, e, quando apoiei a mão no parapeito, minha irmã colocou a dela sobre a minha. Não sei por que, mas o toque carinhoso fez meus olhos se encherem de lágrimas enquanto assistíamos ao nascer do sol. Por um breve instante eu me senti menos sozinha. Talvez fosse para isso que a família servia — para fazer com que a gente se sinta menos sozinho. Às vezes a família não entendia isso; às vezes diziam as coisas erradas e faziam as coisas erradas, porque, afinal de contas, eram apenas seres humanos. Mesmo assim, havia aqueles momentos em que eles chegavam bem na hora certa com suas centelhas de amor. *Estar em casa cura.*

— Você trouxe roupas para o culto? — perguntou Judy, bocejando de novo. — Ou quer pegar uma das minhas emprestada?

— Acho que não vou. Não estou preparada para ir à missa de domingo de uma cidade pequena hoje.

Judy riu, jogando a cabeça para trás, e, quando parou de rir, olhou para mim e ficou boquiaberta:

— Espere um pouco, você está falando sério?

— Estou, sim.

— Grace, você é filha do pastor, e acabou de voltar para Chester. Todo mundo já sabe da sua volta. Você sabe o que sua ausência faria com a mamãe, não sabe? Ela vai acabar tendo um infarto.

— Ela vai ficar bem — menti. Eu sabia que não.

Judy arqueou uma das sobrancelhas.

— Já consigo ouvir a Sra. Grove enchendo a mamãe de perguntas sobre o motivo de você não estar no culto, o que vai fazer a mamãe encher você de perguntas. Você realmente quer lidar com isso?

Suspirei. Eu não queria, mas não sabia se estava pronta para falar com alguém. Eu não tinha conseguido ainda me olhar no espelho sem chorar. Além disso, já havia recebido algumas mensagens de texto de moradores da cidade que me viram no fundo do poço ao lado de Jackson na noite anterior. Eles ficavam perguntando se eu estava bem, e aquilo era demais para mim. A ideia de encarar toda a congregação parecia ser extremamente aterrorizante.

Judy deve ter notado minha hesitação, porque apertou minha mão.

— Não se preocupe. Mamãe pode ficar um pouco irritada no início, mas isso não é novidade. A coisa mais importante agora é tomarmos conta de você e desse seu coração, está bem? Pode deixar que eu vou dar uma desculpa e dizer que você está passando mal.

Eu ri.

— Você é capaz de mentir dentro da igreja por mim?

— Eu faço qualquer coisa por você, Grace. Qualquer coisa.

— Até mesmo me ajudar a me livrar de um cadáver? — brinquei.

— Só se for o de Finley James — retrucou ela.

Isso trouxe um sorriso aos meus lábios, mas logo fui tomada pela culpa só de pensar em Finn morto.

Às vezes era difícil ser uma seguidora de Deus, quando os sussurros do demônio pareciam bem mais satisfatórios.

Voltamos a observar o horizonte e, de vez em quando, eu respirava bem devagar.

Capítulo 8

Grace

Apenas umas cinco ou seis pessoas não iam ao culto aos domingos de manhã, e Josie Parker era uma delas. Sua mãe, Betty, abriu as portas da The Silent Bookshop alguns anos antes, quando seu marido, Frank, perdeu a audição em um acidente terrível. Por um longo tempo, Frank lutou contra a depressão, mas a única coisa que mantinha sua cabeça erguida eram as palavras dos livros.

Todas as noites, durante meses, Betty se sentava ao lado dele, segurando um livro, e os dois liam juntos e em silêncio as palavras, passando as páginas enquanto seus dedos roçavam um no outro.

Sempre que eu os via na cidade, eles estavam de mãos dadas ou carregando um livro. Seu refúgio estava no amor que sentiam um pelo outro e pelos livros, e quando surgiu a ideia de abrir uma livraria, na qual a única regra era o mais completo silêncio, Betty mergulhou de cabeça.

Passei muitos anos da minha adolescência naquela livraria, sentada no canto e me apaixonando por homens e mulheres de lugares distantes. Foi por causa daquela loja que eu soube que queria me tornar professora de literatura. Eu queria ensinar para as crianças a importância das palavras.

As palavras tinham o poder de transportar uma garota de cidade pequena para mundos que ela jamais havia imaginado. Quando fiz 16 anos, foi naquela livraria que consegui meu primeiro emprego. Às vezes, aquele lugar parecia mais um lar para mim do que minha própria casa.

Quando entrei na livraria, senti o cheiro de tudo aquilo — das aventuras escondidas atrás das capas. As histórias de partir o coração e as que aquecem o coração também. As histórias de amores perdidos e encontrados. As histórias de autodescoberta. Aquelas que faziam com que você se sentisse menos sozinha no mundo.

Não havia sensação melhor do que se apaixonar por pessoas que você nunca conheceu de verdade, mas que mesmo assim pareciam ser da sua família.

A livraria era organizada de um modo peculiar. Ao entrar, você se deparava com uma área na qual era permitido falar. Foi montada nela uma cafeteria com bancadas e bancos de bar. Nessas bancadas havia palavras-cruzadas que mudavam todos os dias e, enquanto tomava sua bebida, você as resolvia e batia papo com o *barista* sobre as últimas fofocas de Chester.

À esquerda, havia portas duplas de madeira trabalhada — feitas por Frank — com citações entalhadas a mão da primeira frase de livros famosos.

Acima dessas portas havia uma placa na qual se lia: *"Atrás dessas portas, a história começa."* Ao pisar naquele espaço, você encontrava dezenas e dezenas de livros. As prateleiras chegavam ao teto, e havia escadas para permitir que você alcançasse o livro que nem sabia que queria.

Havia mesas espalhadas pelo lugar e as pessoas podiam se acomodar nelas para ler. A única regra era o mais completo silêncio, como um urso hibernando durante o inverno. O único som que se ouvia era de pessoas caminhando na ponta dos pés por ali em busca do próximo livro.

Eu amava a solidão que aquela livraria proporcionava.

Era um lugar seguro, no qual o único drama permitido estava nas próprias histórias.

— Nossa, que dia glorioso, se não é Gracelyn Mae voltando para casa — comentou Josie, suas palavras acompanhadas pela linguagem de sinais, enquanto eu entrava na livraria. Ela sempre usava a linguagem de sinais ao falar. Era como uma língua materna para ela, e os sinais que eu conhecia se deviam a seus ensinamentos. Seu cabelo louro estava preso em um coque no alto da cabeça, e ela ainda tinha uma profunda covinha na bochecha direita que sempre aparecia quando sorria — e Josie Parker estava sempre com um sorriso no rosto.

Nós nos formamos juntas no ensino médio, e ela com certeza era a palhaça da turma. No entanto, fora desse papel, ela também era uma pessoa muito boa. Suas palhaçadas e brincadeiras nunca eram feitas à custa dos outros. Ela debochava de si mesma antes de fazer isso com qualquer pessoa, e eu sempre adorei sua visão positiva do mundo. Além disso, na cidade, ela era uma das únicas almas em quem eu confiava para guardar meus segredos. Era a garota que permitia que eu saísse do meu papel de menina perfeita para ser um pouco livre. Quando éramos crianças, Josie me dava Coca diet com um pouco de uísque e a gente se sentava no parque e ficava olhando as pessoas, enquanto estávamos de porre.

Minha mãe teria me matado se descobrisse que eu bebia uísque no ensino médio, mas eu nunca precisei me preocupar com isso tendo Josie ao meu lado.

Com ela, meus segredos sempre estariam seguros.

Talvez tenha sido por isso que fui até ela.

Talvez na esperança de Josie iluminar um pouco meus dias sombrios.

— Já faz muito tempo — comentou ela, antes de me puxar para um abraço.

— Eu sei. Senti saudade deste lugar. Senti falta de tudo aqui.

— E esse lugar sentiu saudade de você também, mas a gente entende você ter ido embora. Seguir Finn e o sonho dele foi um ato nobre, mas estou muito feliz de saber que ele está trabalhando no hospital agora, o que significa que você vai ficar aqui também, não é?

— Sim, mas só durante o verão. Ainda tenho meu emprego de professora lá em Atlanta.

— Ah? Então vocês vão manter o relacionamento a distância?

— Bem...

Meu lábio estremeceu e ela notou.

— Quer sabe de uma coisa? Não precisa ficar respondendo às minhas perguntas. Vou fechar o bico bem rapidinho. — Josie tinha alguma coisa que aquecia o coração das pessoas. Tinha uma energia tão positiva e um coração tão sincero. — Agora venha se sentar. Você ainda prefere café ao chá? — perguntou ela.

— Com certeza.

Josie balançou a cabeça, decepcionada.

— Um dia eu ainda vou preparar uma xícara de chá para você, e você vai se transformar em outra pessoa. Por ora, vou preparar uma ótima xícara de café.

Eu provoquei:

— Você passou alguns meses estudando na Inglaterra e voltou uma nova mulher.

— Eu também me casei com um britânico que estudava comigo e o trouxe para Chester. Então o mínimo que posso fazer é tomar chá. — Ela pegou a maior caneca disponível, serviu café até a boca e se sentou em frente a mim. — Então, como é estar de volta a Chester?

Senti os olhos marejados e um nó no estômago, mas me esforcei para não chorar.

Ela franziu a testa.

— Você está bem?

— Você quer a verdade ou a mentira?

— Sempre a verdade.

Ela contornou o balcão e se sentou em um banco ao meu lado, segurando sua xícara de chá com ambas as mãos.

— Então, o que aconteceu?

Soltei uma risada.

— Para ser sincera, eu nem sei por onde começar.

— Bem, eu nunca gostei de livros que começam no meio — brincou ela. — Então, comece pelo começo.

E foi o que eu fiz.

Contei para Josie tudo que tinha acontecido entre mim e Finn e, quando as lágrimas começaram a cair dos meus olhos, ela se pôs a enxugá-las.

Ela não tentou me aconselhar nem me dar uma lista de opções do que eu deveria ou não fazer. Não, ela apenas me ouviu.

Às vezes, tudo que uma pessoa precisa é de alguém para ouvir as batidas vacilantes de seu coração.

Quando acabei de contar tudo, ela apertou meu joelho de leve.

— Então você não está bem.

— Mas vou ficar.

— Com certeza. — Ela fez que sim com a cabeça. — Você vai ficar muito bem. Mas, até lá, se precisar de um lugar seguro para fugir, pode sempre vir aqui. Além disso, sempre temos uma vaga cativa na equipe para você.

— Você não precisa fazer isso por mim.

— Eu sei, mas quero, e você sabe que minha mãe não aceitaria que fosse de outra maneira. Mesmo amando essa cidade, eu sei que ela às vezes pode ser muito sufocante. Além disso, tenho a sensação de que seu coração precisa de um tempo. Então, se você quiser um tempo, pode tirá-lo aqui.

— Talvez eu aceite essa oferta.

— É para aceitar. — Ela fez uma pausa e franziu o nariz. — Eu sempre odiei a Autumn.

— Gostaria de poder dizer o mesmo.

Quando eu estava prestes a mudar de assunto, a porta da frente se abriu e Jackson entrou.

Ele não pareceu nem um pouco curioso por Josie e eu estarmos na livraria. Na verdade, passou como se não tivesse nem nos visto. Ele andava de um jeito que fazia parecer que tudo no mundo o entediava. Ele simplesmente passava do ponto A para o ponto B sem o menor interesse de explorar a ideia de um ponto C.

Senti um frio descer pelo meu corpo enquanto Jackson seguia direto para as portas de madeira sem nem olhar em nossa direção.

— Bem, ele com certeza tem uma personalidade intrigante — resmunguei.

Josie riu.

— Esse é simplesmente o jeito normal de Jackson Emery. Ele não costuma interagir com as pessoas quando vem aqui. E ele vem todo dia.

— Sério?

— Sério. Um dos nossos melhores clientes. Ele se senta lá atrás e passa duas ou três horas lendo, e sempre vai embora levando livros novos. Juro que a maior parte da receita da loja provavelmente vem daquele homem.

— E que tipo de livros ele lê? — perguntei, curiosa. Dava para descobrir muita coisa sobre um homem a partir do tipo de livro que ele tinha na cabeceira.

— Ele só lê livros para jovens adultos.

— Sério?

— Sério. Estranho, né? Ele não parece ser do tipo que gosta de ler, ainda mais esse tipo de livro, você não acha?

— Verdade. — *Interessante...* — Todo mundo fala que ele é o demônio da cidade e, no início, quando eu cruzava com ele na rua, era obrigada a concordar. Ele era horrível. Uma pessoa realmente cruel. Mas então... Então houve momentos em que ele foi tão gentil. Quase como um sussurro.

Josie concordou.

— Pois é. Ele é meio durão, mas não é o demônio... Na verdade, nem chega perto disso. Mas é melhor saber que ele também não é nenhum santo. Não conheço muito da história dele, e não deve ser muito fácil descobrir. O pai dele é difícil, e Jackson é a única pessoa que cuida dele. O tio ajuda um pouco, mas tem um estúdio de tatuagens aqui perto de Chester para administrar, então ele tem o próprio trabalho, deixando Jackson para cuidar do pai. Juro que Mike Emery fica muito mais preso do que solto por causa das bebedeiras, e Jackson é a única pessoa que vai lá para pagar a fiança. Não deve ser nada fácil ser pai do seu pai.

Josie era uma personalidade ímpar na cidade de Chester. Ela via as coisas e as pessoas de um jeito que quase ninguém conseguia ver. A mesma coisa se aplicava aos seus pais. Eles viam beleza nas sombras mais feias, e eu adorava essa qualidade da sua família.

Era preciso uma pessoa muito especial para ver além das cicatrizes das pessoas.

— Como é que você faz isso, Josie? Como é que você consegue ver bondade em todo mundo e compreender o porquê de as pessoas serem como são?

Ela deu de ombros.

— Meus pais me ensinaram a olhar com atenção, sabe? É muito fácil julgar os outros quando você está olhando de longe. É fácil olhar para alguém fora do seu mundo e fazer uma porção de afirmações e julgamentos sobre quem aquelas pessoas são. Porque quando você vê os defeitos dos outros, você meio que justifica que seus defeitos são melhores que os deles. Porém, quando olha com atenção, quando realmente enxerga a pessoa ao seu lado, vê muitas coisas iguais. Esperança. Amor. Medo. Raiva. Quando olha com atenção, percebe que vocês são parecidos de muitas maneiras. O sangue de todos nós é vermelho, e até mesmo o coração de um monstro pode se partir. Você só precisa se lembrar de sempre olhar com atenção.

Sempre olhar com atenção...

Gostei mais daquilo do que consegui demonstrar. Eu não era uma pessoa perfeita. Às vezes, julgava as pessoas sem me dar conta do que estava fazendo, e esse era um defeito que eu sabia que precisava trabalhar. Exatamente como Jackson, eu estava bem longe de ser uma santa. Precisava olhar com atenção mais vezes.

— Depois do acidente, meu pai procurou consolo na bebida por um tempo também. Você sabia disso? — perguntou Josie.

— Não. Eu não fazia ideia.

— Pois é. Nós éramos muito novas quando aconteceu o acidente, então não é de estranhar. Por muito tempo, ele sofreu de depressão. As pessoas foram rápidas em julgá-lo, e se meu pai não tivesse minha mãe ao lado dele para ajudá-lo a passar pelos dias mais sombrios, ele poderia facilmente ter virado um Mike Emery. E eu poderia facilmente ter virado um Jackson. Sinto que todo mundo poderia ser um Jackson ou um Mike, dependendo das circunstâncias.

— Verdade... — Engoli em seco. — Acho que nunca pensei nisso desse jeito.

— Mas quem pode saber? Eu posso estar errada, e Jackson ser um babaca, escroto, que transa com todo mundo por aí — brincou ela. — Mas, quando o vejo com aquele cachorro, é uma das coisas mais excitantes que já vi no mundo.

— O cachorro dele?

— Um labrador preto e velho. Você vai ver o cão na cidade com ele. Observe a maneira como Jackson trata aquele cachorro, e você vai perceber que existe muito mais naquele garoto do que apenas trevas.

Conversamos mais um pouco e, antes que eu me desse conta, atravessei as portas para a área do silêncio. Quando a porta se fechou, respirei fundo, olhando em volta para todas as belezuras que cobriam as paredes.

Olá, amigos.

Havia tantas palavras naquele espaço que eu nem sabia por onde começar. Adorava cada vez mais a ideia de mergulhar nas páginas, principalmente agora, já que minha história estava uma verdadeira confusão. Eu preferia ler mais um livro com final feliz em vez de ficar pensando em tudo.

Enquanto passeava pelas fileiras de livros, a ponta dos meus dedos dançava pelas lombadas. Sorri para as pessoas que ergueram o olhar para mim quando passei, e noventa e nove por cento delas retribuíram o sorriso com uma expressão calorosa no rosto. Mas aquele um por cento...

Jackson estava no fundo da loja no canto à esquerda. Era o canto mais escuro, que contava apenas com um facho de luz que vinha de uma janela pequena. Meus olhos pousaram no livro que ele tinha nas mãos.

Filhos de sangue e osso, de Tomi Adeymi.

Nossa, ele era tão complexo. Um cara grande, forte e cruel, lendo literatura para jovens adultos.

Fascinante.

Enquanto eu estudava a capa do livro, senti seus olhos em mim. Ergui um pouco a cabeça e seus olhos queimaram nos meus com uma expressão de mais completo nojo. Os cantos da boca estavam para baixo e ele resmungou alguma coisa antes de voltar a atenção para o livro e virar uma página.

Senti um nó no estômago e fiquei confusa diante daquele garoto que parecia me desprezar mais do que qualquer coisa. Eu me esforcei muito para olhar com atenção e ver sua verdadeira personalidade.

— Oi, Jackson — cumprimentei, fazendo um gesto com a cabeça em direção a ele.

Ele olhou para mim e, em seguida, voltou a atenção para o livro.

— É proibido falar aqui — resmungou, virando a página.

— Eu sei, mas só queria agradecer por ontem, quando você...

— É proibido falar aqui dentro — repetiu ele, sibilando.

Senti um frio na espinha.

— Eu sei, mas...

— Olha só, princesa, eu sei que você deve pensar que é muito privilegiada e que as regras não se aplicam a você, mas, por favor, vá falar em outro lugar, porque não estou nem um pouco a fim de ouvir.

Uau.

O Jackson cruel estava de volta e com toda a força.

— Só vá embora — insistiu ele com voz dura e cruel.

E, sem dar mais um pio, foi exatamente o que eu fiz.

Capítulo 9

Grace

Quando voltei para a casa de Judy e Hank, depois de passar a maior parte do dia na The Silent Bookshop, vi o pânico no olhar de minha irmã antes de ela dizer qualquer coisa.

— Grace, eu sinto muito, eu não sabia que isso ia acontecer, e você vai me matar porque deixei escapar, mas foi sem querer, e sinto muito.

Ergui uma sobrancelha.

— Do que você está falando?

— É a mamãe.

— O que tem ela?

— Ela está aqui, e já sabe sobre o Finn.

— O quê? Como?

— Bem, ela não sabe exatamente, mas as pessoas estavam fofocando no culto sobre como viram vocês dois brigando. E perguntaram a ela sobre o assunto.

Ah, que ótimo, as pessoas já estavam fofocando sobre o meu relacionamento com Finn. Não demorou muito.

— Mamãe foi pega de surpresa, mas manteve o sorriso no rosto o tempo todo. Então ela me passou um sermão... e se convidou para jantar aqui. O que está acontecendo neste exato momento.

Os olhos de Judy brilhavam com a culpa, mas ela não era culpada.

Dei um sorriso para ela e disse que estava tudo bem. Minha mãe ficaria sabendo de um jeito ou de outro. Só não queria que ela tivesse descoberto tudo por pessoas na igreja. Mesmo tendo mantido o sorriso no rosto, eu sabia que ser pega de surpresa a deixaria chateada.

— É melhor entrarmos antes que ela perca ainda mais a paciência — avisou Judy.

— Cadê o Hank?

— Você está brincando? No instante em que ele soube que a mamãe vinha, deu uma desculpa e sumiu.

Cara esperto.

— E quanto ao papai? Ele veio? — Ele funcionava muito bem como um para-choque entre mim e mamãe quando a gente brigava, o que era inevitável. Eu era a filhinha do papai até o fim, então sempre me saía melhor quando jantares de família contavam com sua presença.

— Mamãe disse que ele precisa trabalhar na igreja esta noite, então seremos só nós três.

— Ah — resmunguei. — Que maravilha.

No instante em que entrei no vestíbulo da casa, minha mãe estava com a testa totalmente franzida, enquanto estendia os braços para me dar um abraço.

— Oh, Gracelyn Mae. — Ela suspirou, meneando a cabeça. — Você está péssima.

Lar, doce lar.

~

— Fui pega de surpresa hoje na igreja — declarou minha mãe quando nos sentamos para jantar. — Você poderia ter me dado algum aviso, Gracelyn Mae.

— Eu sei, mãe, e peço desculpas. Eu não sabia que alguém tinha nos visto brigando.

— Estamos em Chester. Tem sempre alguém vendo.

Ela não estava errada com relação a isso.

— Eu simplesmente não consigo acreditar que uma coisa dessa esteja acontecendo. — Minha mãe ofegou, parecendo completamente surpresa ao saber o que tinha havido entre mim e Finn. Eu nunca vi minha mãe tão perturbada. Ela ficava negando com a cabeça, sem parecer acreditar.

— Está tudo bem, mãe. Não precisa ficar tão magoada — falei para ela, enquanto empurrava a comida pelo meu prato.

— Mas você não pode desistir, Grace. Você não pode dar as costas para seu casamento. Para seus votos! — exclamou ela. — Será que seus votos não significam nada para você?

Duvido que ela quisesse que suas palavras me machucassem tanto, mas, ultimamente, tudo que meu coração sentia era dor.

— Mãe, pare com isso — interrompeu Judy, tentando me proteger.

— É claro que meus votos significam alguma coisa para mim — sussurrei, sentindo um aperto no estômago diante das palavras dela. Aqueles votos significavam *tudo* para mim.

— Na saúde e na doença, Grace. É óbvio que Finn está lidando com um demônio em sua mente. Ele está fora de si. Ele não iria magoá-la de maneira premeditada, e nossa família nunca teve um caso de divórcio. Nunca. — Sua reação dramática ao extremo era exatamente o que eu esperava, porque tudo na minha mãe era um exagero. — O que as pessoas vão dizer?

O que as pessoas vão dizer?

Essa era a preocupação dela.

Eu nem consegui responder. Estava lidando com todas as dores de um coração partido no momento.

— Grace, é como se você nem estivesse lutando por ele — continuou minha mãe.

— Eu não estou — confirmei

— Você não o ama?

Não consegui responder.

— Você não se importa?

Eu não conseguia expressar meus sentimentos.

— Como você pode ser tão egoísta? — ela me perguntou, e eu ri. Eu ri porque ela estava tão séria. Eu ri porque às vezes a risada era a única coisa que me impedia de desmoronar.

— Egoísta? Como é que estou sendo egoísta? — perguntei, passando a cesta de pães para Judy. Ela franziu a testa de maneira sincera e eu fiquei muito grata por estar ao meu lado. Sem ela aqui, eu teria desabado.

— Nossa família tem gerações de casamentos, casamentos duradouros e nem um único divórcio. E agora você quer ser a pessoa a estragar isso? Você quer arruinar o nome da família?

Revirei os olhos.

— Mãe, você e o papai nem dormem no mesmo quarto.

— Ele ronca.

— E provavelmente não suporta você — resmunguei.

— Fale direito, Grace. Odeio quando você fica resmungando — ralhou ela. — Você sempre faz isso, fica resmungando. A pronúncia é uma parte importante da fala. Sendo professora, acho que você deveria saber disso.

— Desculpe. Mas, olha só, mãe, Finley e eu concordamos que o divórcio é a melhor opção para nós. — Isso era mentira. Uma parte de mim ainda queria que meu marido voltasse a me amar, mas ele não havia me escolhido. Ele havia escolhido a Autumn, e eu tinha certeza de que ele não tinha mudado de ideia.

— Finley só está fazendo isso para agradá-la, Grace. Ele não quer o divórcio. Ele só acha que é isso que vai deixá-la feliz. Tudo que ele sempre fez foi tentar fazê-la feliz.

— Tentar me fazer feliz? — perguntei, enfiando um pedaço de pão na boca. Eu consumia carboidratos em um ritmo nada atraente quando ficava nervosa, irritada, feliz ou... Merda, eu comia carboidratos para viver. Meus quadris eram a prova viva disso. — Ele transou com minha melhor amiga. Tá legal, mãe? Então não venha me dizer que ele só quer me fazer feliz.

— Ele transou com a Autumn? — perguntou ela, surpresa.

— Transou.

— Ai, meu Deus — disse minha mãe, fazendo a mesma expressão de nojo que minha irmã fez quando descobriu isso, mas o que ela disse em seguida não teve nada a ver com as palavras de Judy. — Como você deixou uma coisa dessa acontecer?

Meu queixo caiu.

— O quê?

— Eu me expressei mal. Mas será que você não percebe? — perguntou minha mãe, exasperada. — Você o jogou nos braços de outra mulher, Grace.

— Por favor, diga que você está se expressando mal de novo — implorei.

— Mas será que não percebe? Não consegue entender? Depois do último incidente...

— Depois que perdi o bebê — corrigi. Ela fez uma careta. Ela sempre se referia àquilo como incidente, porque dizer "perder o bebê" ou "sofrer um aborto espontâneo" lhe causava desconforto. Que pena. Eu vivia com muito mais desconforto com a expressão do que ela.

— Isso, depois que isso aconteceu. Depois da última vez, você se fechou. Eu até mandei para você aqueles artigos sobre adoção e barriga de aluguel, e mesmo assim você não quis tentar, nem mesmo por Finley. A igreja ofereceu um círculo de orações para você e você nem deu as caras.

— Talvez orar não ajude a consertar o que está quebrado — retruquei, sentindo minha pressão começar a subir. Eu não conseguia acreditar no que ela estava dizendo, mas, pensando bem, eu conseguia. Eu conhecia minha mãe e sua forte crença em todos os meus defeitos.

Os olhos dela ficaram marejados, mas ela não chorou.

— Você não está falando sério. Isso é o sofrimento falando. A oração muda tudo.

— Tudo, menos isso — respondi. Eu orei muito para ter um filho. Todos os dias eu orava e orava e as minhas orações ficaram sem resposta. Então eu orei pelo meu marido, e essas orações também foram respondidas com silêncio.

— Você nem tentou, Grace — repetiu ela, a decepção em sua voz. Minha mãe falava aquelas palavras como se não soubesse como soavam cruéis. Eu não tinha tentado? Se ela apenas soubesse quanto meu corpo conhecia todas as minhas tentativas fracassadas. Se ela soubesse como eu me sentia ao me olhar no espelho a cada manhã, sabendo que não poderia dar ao meu marido o que ele sempre quis. Se ela apenas reconhecesse como, durante anos, a única palavra que eu conhecia era "tentar" e a segunda, "fracassar".

— Acho que para mim basta — explodi, farta de falar sobre o meu casamento, minhas culpas, minhas decepções. Eu não tinha mais palavras para ela. Empurrei a cadeira para trás, me levantei e segui para o quarto de hóspedes, fechando a porta.

Deitei-me na cama tamanho *queen* enquanto ouvia Judy tentar explicar para nossa mãe por que ela estava errada de todas as formas possíveis. Mas não era o que a minha mãe queria ouvir. Minha mãe seguia um estilo de vida e nunca entendeu que a vida das outras pessoas não precisava ser um espelho da dela.

— Judith, você não pode ficar sempre tentando proteger sua irmã e defender os atos dela. Afinal ela é sua irmã mais velha. Não é seu papel ficar se justificando por ela — reclamou nossa mãe.

— Não estou me justificando por ela — respondeu Judy. — Estou tentando mostrar para você o outro lado da história. Ela é sua filha e foi traída da pior maneira possível. Pelas duas pessoas que ela realmente acreditava que se importavam com ela. Eu não quero desrespeitá-la, mas agora não é hora de você exigir tanto dela, mãe.

— Tudo bem, vou falar com ela de novo antes de ir embora.

Eu me sentei na cama e praguejei baixinho. Seus passos estavam se aproximando, o que fez meu estômago se contrair ainda mais.

— Grace? — chamou ela, sem esperar minha resposta para abrir a porta. Ela olhou para mim enquanto eu me sentava com o travesseiro no colo, olhando para ela. — Sinto muito se você ficou chateada.

Era assim que ela sempre se desculpava — sem se desculpar na verdade. Ela não dizia *sinto muito se eu chateei você*, mas sim *sinto muito se você ficou chateada*.

Havia uma grande diferença. Ela nunca assumia a culpa por suas ações — ela se desculpava porque as pessoas ficavam ofendidas.

— Tudo bem. Deixa pra lá.

— Mas — continuou, balançando a cabeça — eu não posso deixar pra lá. Essa é a sua vida, Grace. Você realmente quer arruiná-la a essa altura? Você tem quase quarenta anos. Realmente quer recomeçar do zero?

Eu tinha trinta anos — como isso era quase quarenta?

E mesmo que eu tivesse quarenta, o que havia de tão assustador em recomeçar?

Eu preferia recomeçar aos quarenta do que ficar num lugar horrível pelos próximos quarenta anos.

— Mãe, não quero ofender nem nada, mas será que podemos não fazer isso hoje? Estou cansada e mentalmente esgotada.

Ela assentiu.

— Tudo bem, mas nós vamos conversar sobre isso depois. Talvez possamos procurar um terapeuta. — Era assim que minha mãe consertava as coisas, primeiro com oração e, depois, com terapia. Ela caminhou até mim e beijou minha testa. — Eu só sou assim porque amo você, Grace. Espero que saiba disso.

— Eu também amo você, mãe.

Não era mentira.

Eu amava minha mãe, mas muitas vezes me perguntava se gostava dela. Eu ficava imaginando se, caso ela não fosse a minha mãe, eu gostaria dela como ser humano. A maioria dos sinais indicava que não; mesmo assim, eu amava a mulher que tinha me dado a vida, mesmo quando ela me disse que eu precisava que Jesus me ajudasse a curar meu útero.

Ouvi Judy se despedir de nossa mãe e, quando a porta se fechou, soltei um suspiro de alívio.

Levou apenas alguns segundos para minha irmã voltar para o quarto, esfregando os olhos enquanto resmungava.

— Isso foi umas cinquenta milhões de vezes pior do que eu imaginei que seria, e olha que eu achei que seria terrível. — Cheguei para o lado e bati no espaço vazio na cama. Judy se sentou e apoiou a cabeça no meu ombro. — Sinto muito, Grace. Se eu soubesse que seria tão ruim...

— E o que você podia fazer? Dizer para ela não vir? Vamos encarar os fatos, essa noite aconteceria independentemente de qualquer coisa. Tudo bem.

— *Ugh*, eu sei, mas ela é tão... tão... *ugh*! Ela é tão cruel com você. Não consigo me imaginar dizendo para outra pessoa as coisas que ela disse para você, quanto mais para minha própria filha. Isso me deixa pau da vida.

O rosto dela estava vermelho, e senti seu corpo começar a tremer à medida que ela se alterava mais pelas coisas que nossa mãe tinha dito para mim. Eu quase ri alto porque ver Judy zangada era o extremo oposto de como ela ficava noventa e nove por cento das vezes. Sua versão boca-suja dizia coisas como "fiquei pau da vida", e era preciso muita coisa para ela chegar àquele ponto. Ela só ficava zangada se alguém atacasse as pessoas que mais amava.

— Você é a minha pessoa favorita do mundo — declarei.

— E você é a minha — respondeu ela. — Só fico surpresa de nenhuma de nós duas ter começado a fumar para lidar com o jeito estressante da nossa mãe.

Eu ri.

— Ou cheirar cocaína.

Judy sorriu para mim e encolheu os ombros.

— Eu não sei como o papai consegue lidar com toda a dramaticidade dela.

— Acho que quartos separados ajudam.

Judy olhou para mim e uniu as mãos.

— Isso vai ser bom para você, Grace. Um recomeço para sua vida, um renascimento. Por favor, prometa que não vai deixar a mamãe influenciar suas decisões. Eu sei que você pensa demais nas coisas, mas isso é bom. Você tomou a decisão correta. Finn é um merdalhão e nem me faça começar a falar de Autumn. Eu sabia que tinha alguma coisa errada com ela desde a primeira vez que a vi. Eu odeio ela. E odeio ele. Eu odeio os dois.

— Obrigada.

— Eu sempre vou odiar alguém que faça algum mal a você, mana. Eu te amo.

— Eu também.

— O que posso fazer para você se sentir melhor?

Dei de ombros.

— Acho que preciso ficar um pouco sozinha.

Ela franziu o cenho.

— Não para ficar pensando obsessivamente sobre o que aconteceu?

— Acho que isso é a única coisa que a minha mente consegue fazer agora.

— Grace...

— Estou bem, Judy, juro. Só preciso de um tempo.

Ela concordou, mesmo não querendo me deixar sozinha. Judy saiu do quarto e eu me deitei na cama tendo meus pensamentos como companhia.

A pior companhia que eu poderia ter naquela noite.

Depois de um tempo, meu celular começou a tocar e o nome de Finn brilhou na tela. Não atendi porque sabia que, se atendesse, ele poderia mentir para mim e eu seria idiota o suficiente para acreditar nele. Finn ligou mais três vezes e deixou uma mensagem de voz em cada uma das ligações.

Como uma idiota, eu as ouvi.

Ele perguntou se a gente poderia conversar. Ele me implorou para que eu o ouvisse.

Só que eu não tinha a menor vontade de olhar para a cara dele, então fiquei lá, naquele quarto escuro, enquanto minha ansiedade começava a aumentar. A ansiedade era como um animal selvagem. Ela me atacava nos momentos de tranquilidade, quando o mundo estava calmo e eu também deveria estar. Mas era nesses momentos que minha mente começava a girar. Eu fiquei na cama, pensando obsessivamente sobre todos os aspectos da minha vida. Meu coração e minha mente travavam uma guerra.

Eu não conseguiria dormir. Meu corpo estava exausto; mesmo assim, sempre que eu fechava os olhos, Finn aparecia na minha mente. Seguido por uma imagem de Autumn e seu belo choro e seu corpo perfeito.

Fui até o espelho de corpo inteiro que ficava no canto, respirei fundo e soltei o ar bem devagar. Minhas olheiras estavam profundas e inchadas, minha camiseta estava enfiada só de um lado da calça e meu cabelo estava horrível.

Sem conseguir me livrar da mágoa provocada pelos insultos de minha mãe, eu fiz a única coisa que sabia que faria com que eu me sentisse melhor.

Fui visitar meu pai na igreja. Se alguém no mundo sabia acalmar corações tristes, esse alguém era o primeiro homem que me amou.

Ao entrar na igreja, senti o vazio do espaço que há pouco estivera cheio de fiéis em busca de esperança. Não consegui evitar um sorriso quando vi meu pai no púlpito, usando seus óculos de armação grossa e olhando para seu próximo sermão. Ele era um homem tão bonito. O cabelo espesso, salpicado de fios brancos, os olhos azuis cristalinos como o mar, e um sorriso capaz de fazer a alma mais triste se sentir inteira.

Judy sempre disse que eu tinha os olhos dele, e eu sempre notei que minha irmã tinha o sorriso dele.

Enquanto falava ao microfone, sua voz ecoava pelo espaço e nas paredes. Então ele fazia uma careta e meneava a cabeça, anotando alguma coisa nos papéis diante de si.

— Não, não, não, não é isso — murmurou ao microfone, insatisfeito com o resultado.

— Não pareceu tão ruim para mim — gritei, fazendo-o erguer o olhar dos papéis. Comecei a caminhar pela nave em direção à frente da igreja e, à medida que eu me aproximava, seu sorriso ficava mais brilhante.

— Diga-me que não estou vendo um fantasma e minha filha realmente está de volta à cidade — disse ele, tirando os óculos e colocando-os no alto da cabeça.

— Ainda não sou um fantasma — respondi, seguindo até ele. Levou apenas alguns segundos até ele me envolver em um forte abraço.

— Há quanto tempo! — exclamou meu pai, mantendo o abraço. — Sentimos sua falta no culto de hoje.

— Eu sei. Sinto muito. Gostaria de ter vindo.

Quando ele me soltou, deu um passo atrás e sorriu.

— Você está linda.

Eu ri.

— A maquiagem faz milagres.

Ele negou com a cabeça.

— Não, não é a maquiagem. — Ele me deu o braço e caminhamos até o primeiro banco. Nós nos sentamos e ele manteve o sorriso feliz no rosto. — Não que eu não esteja feliz em revê-la, filha, mas o que a traz de volta a Chester?

Arqueei uma das sobrancelhas, surpresa.

— A mamãe não contou ainda? Eu tinha certeza de que ela já teria contado depois da nossa discussão.

— Discussão? — perguntou ele, sem entender. Meu pai uniu as sobrancelhas grossas e esfregou a nuca. — Eu não falei com ela ainda. Então, o que está acontecendo?

Senti um aperto no peito.

Grande parte de mim esperava que minha mãe já tivesse contado para ele, para que eu não tivesse que assistir à decepção que o atingiria quando soubesse do meu casamento fracassado. Engoli o orgulho e comecei a contar tudo que tinha acontecido entre mim e Finn. Mas não consegui olhá-lo nos olhos enquanto contava. A culpa e o constrangimento eram difíceis demais para mim, então mantive o olhar fixo em minhas mãos trêmulas.

Quando terminei, fechei os olhos, esperando ouvir a opinião dele.

— Hum... — Meu pai respirou fundo e pousou a mão no meu joelho. — Casamento é algo difícil.

— Mais difícil do que eu jamais imaginei — concordei.

— E vocês acabaram com tudo mesmo?

Eu dei uma risada.

— Ele está dormindo com minha melhor amiga, pai. Acho que nada pode estar mais acabado que isso.

— Não, eu entendi isso, mas seu coração... Seu coração já conseguiu superar tudo? Será que tem alguma parte que o quer de volta?

Fiquei em silêncio porque a resposta era sim, e eu sentia uma enorme vergonha.

Eu me envergonhava das partes de mim que ainda o queriam.

— Você não precisa ter vergonha, Grace — disse ele, como se conseguisse ler a minha mente. — Tudo bem amar alguém, mesmo que essa pessoa tenha lhe feito muito mal. Você não pode fingir que seus sentimentos não existem porque tem medo do que esses sentimentos possam significar. Às vezes a coisa mais difícil do mundo é amar alguém que partiu seu coração.

— Eu o amo — confessei em um sussurro rouco e doloroso. — Mas eu também o odeio. Como isso é possível?

— Nós fomos criados para sentir, Grace. Acontece que, às vezes, nossos sentimentos parecem desordenados. É incrível como seu coração pode bater cheio de amor em um momento e, no seguinte, o ódio entrar. Você não está errada por se sentir assim.

— Mamãe discorda. Ela acha que estou cometendo um erro por não lutar pelo nosso casamento.

— O que você acha?

Encolhi os ombros.

— Não sei bem ao certo. Tudo aconteceu tão rápido. Estou me sentindo tão perdida.

— Você não está perdida; só está tentando entender as coisas. E agora vai ficar um tempo aqui em casa, o que é ótimo. Você precisa estar cercada de coisas e pessoas que lhe são familiares. Só tem que relaxar um pouco. Estar em casa cura.

— Obrigada, pai — agradeci com sinceridade, apoiando a cabeça em seu ombro.

— Sempre e para sempre — respondeu ele.

— Seu conselho foi muito melhor que o da mamãe.

— E qual foi o conselho dela?

— Terapia.

Ele riu e assentiu devagar.

— A cara dela.

Capítulo 10

Grace

— Alô, Grace? Quem fala é o Alex da oficina. Estou ligando para informar que você pode passar aqui hoje a qualquer hora e dar uma olhada no seu carro. Obrigado, e espero vê-la logo.

Havia se passado alguns dias desde que eu chegara a Chester. Eu não tinha saído muito de casa desde que cheguei e, quando saía, acabava na The Silent Bookshop. Ficar naqueles dois lugares era a maneira mais fácil de evitar encontrar as pessoas.

Minha missão pessoal era evitar qualquer encontro com Autumn e Finn. Mas agora que Alex havia ligado, eu me obriguei a deixar meus dois refúgios e seguir para a oficina. Depois de calçar os sapatos, saí e senti a brisa de verão acariciar meu rosto. Não havia nada como os verões quentes da Geórgia e o jeito como as árvores explodiam em vários tons de verde.

Chester era uma cidade com tamanho perfeito, porque dava para fazer tudo a pé, embora a oficina de Mike parecesse um pouco mais fora de mão porque ficava bem na fronteira da cidade. Os Emerys eram donos de muitos hectares — não chegava perto das posses da minha família, mas eles tinham um terreno bem maior do que a maioria das pessoas. Em uma das pontas havia uma linda casa de dois andares e, no meio, ficava a oficina. Na frente dela, havia alguns veículos quebrados e enferrujados em cima de pneus como decoração. Tinha ficado... fofo.

Uma placa de madeira indicava MIKE'S AUTO SHOP bem na frente da construção.

Ao lado da oficina, havia uma casinha pequena com alguns arbustos em volta. Não era nada de mais, mas tinha aquele ar fofo e caseiro.

Quando eu sonhava em ter filhos, sempre pensava que passaríamos as férias em uma casinha bonita como aquela todos os anos.

Abri a porta da frente da oficina e ela rangeu. Um sino soou em cima dela. Olhei em volta, mas não havia ninguém por lá. Fui até o balcão e toquei a sineta, esperando que alguém notasse minha chegada. Quando isso não aconteceu, comecei a andar pela oficina.

Do nada, um grande labrador preto apareceu e veio caminhando na minha direção. Ele andava devagar, mas estava abanando o rabo.

— Você deve ser o cara que Josie mencionou — comentei, me abaixando para fazer carinho nele, que continuou abanando o rabo embora sua respiração estivesse ofegante, como se a curta caminhada o tivesse exaurido. Olhei para a coleira. *Tucker.* — Você é uma graça, Tucker — elogiei, antes de ele se levantar e seguir para sua caminha.

Que doce de cachorro.

— Olá? — chamei, mas ninguém respondeu. — Hmph.

Esperei um pouco mais na entrada da oficina até que ouvi uma batida alta. Segui até os fundos e vi uma porta aberta que levava a um quintal. As batidas ficaram cada vez mais altas quando passei pela porta, e ali, atrás de algumas árvores, havia um automóvel que parecia ter sido açoitado por um furacão algumas vezes. Com uma pesada marreta, Jackson batia no veículo, em cima dele.

Ele estava ali sem camisa, e o suor escorria por seu corpo enquanto continuava batendo no carro sem parar. Cada músculo de seu corpo estava à mostra, e eu não pude deixar de notar. Como poderia? Jackson podia ser o babaca da cidade, mas o corpo dele merecia ser venerado.

Não era comum se deparar com homens tão bonitos como ele — pena que a personalidade não combinava em nada com a aparência.

— Oi! — gritei para Jackson, mas ele não olhou. Continuava marretando, cada batida cheia de agressão. Ele estava com protetores de ouvido, o que o acabava ajudando a me ignorar. Então eu me aproximei mais. — Oi! — berrei de novo, batendo a mão no carro. Ele teve um sobressalto quando me viu e largou o martelo e, em questão de segundos, estava falando uma porção de palavrões.

— Puta merda! — gritou ele, agarrando o pé esquerdo, onde o martelo tinha caído. — Tá doendo pra caralho!

— Ai, meu Deus, sinto muito! — exclamei, cobrindo a boca com as mãos. — Você está bem?

— Eu acabei de deixar a porra de uma marreta cair no meu pé. O que você acha? — gritou.

Eu poderia discutir com ele, mas Jackson realmente tinha deixado uma marreta cair em seu pé, então sua raiva parecia válida. Ele resmungou alguma coisa, como de costume, e me lançou um olhar sério.

— O que você quer?

— Recebi uma ligação do Alex pedindo que eu passasse aqui para ver o carro, e não havia ninguém na oficina. Então ouvi... — Apontei para o carro destruído. — ... o que quer que você esteja fazendo.

Ele resmungou um pouco mais, finalmente colocando o pé no chão, e começou a andar em direção à oficina. Eu fiquei parada ali por um momento, sem saber ao certo o que deveria fazer, enquanto ele se afastava mancando.

Ele olhou por cima do ombro e bufou.

— Você não vem?

— Ah, estou indo — respondi, correndo em sua direção.

Lá dentro, ele me levou até meu carro e disse:

— Alex teve que sair para rebocar algum veículo. — Ele estava com a barba por fazer e passou a mão por ela. — Ele me pediu para atualizá-la sobre o seu carro se não estivesse de volta.

Coloquei a mão no quadril.

— Então, como ela está?

— Ela? — perguntou ele, erguendo uma das sobrancelhas. — Carro não é feminino.

— Carros definitivamente têm gêneros. Só porque você não consegue compreender isso não significa que não tenham. A minha Rosie, com certeza, é mulher.

— Você é bem do tipo que coloca nome em carro.

— E você é do tipo que reclama de quem coloca nome em carro — retruquei.

Ele resmungou de novo, e eu sorri. Senti que meu sorriso o irritava ainda mais, e eu meio que gostava de irritá-lo porque ele meio que gostava de ser cruel comigo.

— Seu carro é uma lata-velha de merda. Alex devia tê-lo jogado direto no ferro-velho — declarou Jackson. — Foi uma perda de tempo você vir aqui. Seu carro é um lixo. — Respirei fundo e ele ergueu a mão. — Juro por Deus, princesa, se você começar a chorar agora eu vou perder a porra da cabeça. Fui eu que provavelmente quebrei o pé, e você não está me vendo ficar todo choroso por causa disso.

Funguei e me esforcei para manter minhas emoções sob controle.

— Sinto muito, é só que Rosie e eu já passamos por muita coisa.

— Pare de chamar a porra do carro por um nome.

— Pare de me chamar de princesa.

— Não.

— Então vou continuar chamando meu carro de Rosie e vou chamá-lo de Oscar.

— E por que você faria isso?

— Porque você é rabugento igual o Oscar da Vila Sésamo.

Ele ficou com o olhar inexpressivo.

— Ah, como você é criativa, princesa.

— Obrigada, Oscar. Porque você sabe que chamar uma garota de princesa é realmente pensar fora da caixa — debochei.

— Você é irritante.

— E você, rabugento. Mas... — Senti um nó no estômago e passei a mão na nuca. — Sinto muito, sabe. Sobre o seu pé. Se você quiser, eu posso...

— Não. — Ele me interrompeu.

— O quê?

— Eu disse que não. Nós não vamos fazer isso. Eu vou deixar uma coisa bem clara para você. Isso... as nossas interações... Isso não é um lance.

A resposta dele me deixou perplexa.

— Eu nunca disse que era um lance. Tudo que eu estava dizendo era que...

— Não. Não diga nada.

— Então pare de me interromper!

— Então pare de falar. Você acha que eu não estou percebendo como você olha para mim todas as vezes que está na livraria? Como se houvesse algo em mim que você não consegue entender? Bem, não existe nada aqui. Então, se você puder me fazer a porra do favor de me deixar em paz, isso seria ótimo. — E, como sempre, ele começou a resmungar. — Você está fazendo de novo.

— Fazendo o quê?

— Chorando.

O quê?

Droga!

— Sua descontrolada — disse ele. — Só espere pelo Alex aqui — murmurou. — Eu não quero mais lidar com você.

Uau.

Acho que odeio você.

Voltei para a área de espera e me sentei, deixando minha bolsa na mesa enquanto aguardava Alex voltar. Quando ele passou pela porta, abriu um sorriso caloroso.

— Oi, Grace! Obrigado por vir! Alguém já veio atendê-la?

— Na verdade, não. Jackson falou comigo, mas não foi de muita ajuda. Ele só me disse que o carro era uma lata-velha de merda e que não valia a pena tentar salvá-la.

Alex cruzou os braços.

— Onde ele está?

— Lá fora, marretando um carro feito um louco.

— Ah. — Alex meneou a cabeça e estremeceu, como se estivesse com frio. — Não leve para o lado pessoal. Ele está tendo um dia ruim.

Dei uma risada sarcástica.

— Como você consegue perceber? Ele parece sempre estar de mau humor.

— É, mas... — Alex franziu o cenho. — Quando ele está lá fora, batendo naqueles carros, isso significa que está muito mal-humorado. Tipo, muito mesmo. Não há como conversar com Jack quando ele está assim.

— Ele não é a pessoa mais fácil de se lidar.

— Isso é verdade também. — Alex riu e assentiu, caminhando até meu carro comigo. — Mas ele não é tão mau quanto dizem por aí.

— Não — concordei. — Ele é pior.

— Você diz isso porque não o conhece. O Jackson que eu conheço é uma das melhores pessoas que já vi na vida, mas ele não demonstra isso do mesmo jeito que as outras pessoas fazem. Se você o observar com atenção, vai vislumbrar isso de vez em quando.

— Então o que você está tentando me dizer é que em algum lugar dentro daquele corpo humano existe um coração de verdade.

— Exatamente. — Alex riu e se inclinou para mim, sussurrando: — E às vezes ele até bate.

Uau.

Que conceito estranho.

— Olha só, eu sei que as pessoas falam muita merda sobre ele, e sei que existem muitos rumores por aí, mas essas mentiras não são quem ele é. A verdade é que ele é um dos melhores seres humanos aqui na Terra. É uma pena que o mundo não o conheça só porque as pessoas estão presas em sua falsa realidade sobre o homem que ele é. Jackson pode ser meu único sobrinho, mas se eu tivesse mais de um, mesmo assim ele seria meu preferido.

— Ele é seu sobrinho? — perguntei. — Mike é seu irmão?

— Não. — Ele balançou a cabeça. — A mãe dele era minha irmã.

Era.

Aquele verbo no passado me atingiu com força e fiquei sem fôlego.

— Meus sentimentos.

— Obrigado. Já faz quatorze anos. Hannah era... — Suas palavras falharam e ele pigarreou. Pela primeira vez vi Alex franzir as sobrancelhas e foi um momento muito triste. Seus olhos, sempre brilhantes de alegria, se apagaram um pouco. — Minha irmã era uma boa pessoa. Não passa um dia sequer sem que eu pense nela. Não se passa um dia sem que Jackson pense nela.

— Sinto muito mesmo. Eu não consigo imaginar passar por uma coisa dessa.

— É pior do que qualquer pessoa poderia imaginar. O que Mike e Jackson tiveram que enfrentar... — Ele respirou fundo. — Ninguém consegue compreender esse tipo de sofrimento. Nem mesmo eu.

Ficou parecendo haver mais naquela história, mas não fiz perguntas.

Não era da minha conta.

Ele meneou a cabeça e sua expressão se desanuviou.

— Mas ficar ouvindo minhas histórias de família não é o motivo de você ter vindo. Vamos conversar sobre seu carro.

— Ah, é, o carro — murmurei, ainda pensando no monstro que tinha me recebido.

— Me faça um favor. — Alex franziu o nariz e coçou a nuca, depois jogou as chaves para mim. — Ligue o motor.

Fiz o que ele pediu, ouvi um som agudo e, depois, um pouco de fumaça.

— Isso não é nada bom. — Dei uma risada.

Ele concordou.

— Verdade, mas o som melhorou um pouco. Eu ainda não vou desistir.

— Vai, sim, porque é uma merda de carro! — exclamou alguém com voz irritada e entrando cambaleante. — Eu não sei por que você trouxe essa merda para a minha oficina.

Ergui o olhar e vi um homem balançando uma garrafa de uísque na mão. Era uma cópia exata de Jackson, só que com rugas de expressão e cabelo grisalho. Ele tinha até a mesma expressão permanente de raiva no rosto.

Eu não imaginava que alguém poderia ter uma expressão ainda maior de raiva do que Jackson.

Toda a postura de Alex mudou ao ver o homem.

— Mike, achei que você não viria hoje.

— A oficina é minha. Eu posso ir e vir quando quiser. Não se esqueça disso — sibilou ele, caminhando até o carro. Ele fechou o capô e bateu nele duas vezes. — Leve esta merda aqui para o ferro-velho. — Ele tomou mais um gole do uísque antes de olhar para mim. No instante em que nossos olhares se encontraram, posso jurar que vi o ódio surgir em seus olhos.

— Eu conheço você — sibilou ele.

— Acho que não — respondi, sentindo a ansiedade crescer dentro de mim. Pelo canto dos olhos, vi Jackson do outro lado da oficina, olhando para nós.

Ele estava com as sobrancelhas franzidas exatamente como o pai.

— Eu conheço o seu tipo. Você é parente do pessoal da igreja.

— Meu pai é responsável pela igreja.

— Hmph. Você é uma FP — grunhiu ele, tomando outro gole.

— Uma FP? — perguntou Alex, mas eu sabia do que ele estava falando. Eu tinha ouvido aquilo a vida toda.

— Filha de pastor — esclareci.

— Eu não quero nenhum contato com gente da sua laia — declarou Mike em tom irritado. — Então, tire essa porra desse carro daqui e saia já da minha oficina.

— Mas, Mike, eu acho que consigo consertar — começou Alex.

Ficou claro para mim que o pai de Jackson o deixava nervoso. O mesmo tipo de nervosismo que eu estava sentindo. Era assustador estar perto de pessoas instáveis porque você nunca sabia o que podia vir em seguida.

— A gente não vai consertar porra nenhuma pra essa putinha.

Senti um frio na espinha.

E um aperto no estômago.

— Dá um tempo, pai. Não seja a porra de um babaca — gritou Jackson de longe, ficando um pouco vermelho. Eu não sabia que alguém podia fazer Jackson parecer bonzinho, mas, perto do pai, era exatamente o que acontecia. — Você está de porre.

— Eu posso estar de porre, mas não sou idiota. — Seus olhos continuavam pousados em mim. — Eu sei que tipo de gente a igreja cria, e não quero ter nada a ver com eles. O jeito como agem, como se realmente se importassem com as pessoas, mas, na verdade, eles só pegam o dinheiro delas para morar em mansões. Você acha que não vejo como vocês olham para mim quando vou à cidade? O jeito como olham para o meu filho? Como se fôssemos gentalha?

— Eu nem conheço o senhor — murmurei com voz trêmula. Eu já tinha ouvido as histórias que as pessoas contavam, e elas eram assustadoras. Embora todas as histórias parecessem se basear nos fatos daquela tarde.

— Pode ser, mas eu conheço você e o seu tipo. Não quero ver você aqui de novo, ouviu bem? Saia daqui e leve a porra do seu dinheiro sujo para outro lugar. Não queremos a imundície dos Harris perto de nós. Principalmente as filhas. Todo mundo sabe que as maiores vagabundas são justamente as filhas de um pastor. Então, dê o fora daqui e diga para o seu Deus fazer o mesmo.

Será que aquelas palavras realmente tinham saído da boca daquele bêbado?

Tentei falar alguma coisa, mas minha voz não saiu. Permaneci em um silêncio, assustada.

Virei-me um pouco e vi que os olhos de Jackson estavam fixos em mim. Ele franziu mais as sobrancelhas, como se estivesse com pena de mim, o que fez com que eu me sentisse ainda pior.

Eu não queria começar a chorar na frente do Sr. Emery porque aquilo seria uma vitória para ele. Sua intenção era fazer com que eu sentisse que era nada além de perversa, e seu olhar cortante fazia com que eu sentisse vontade de vomitar. Eu não sabia bem o que fazer, então me virei e saí correndo da oficina.

— Ei! — gritou Jackson atrás de mim. — Espere aí.

Olhei para trás, com o rosto afogueado.

— Eu já entendi, tá? Vocês odeiam a gente. Não vou mais voltar.

— Não, é só que... — Jackson suspirou e passou a mão no rosto. Ele não disse nada e sua expressão voltou a ficar zangada.

— O que foi então, Jackson? — perguntei, irritada com o comportamento dele e do pai dele.

Ele falou baixo:

— Você esqueceu sua bolsa.

Ele estendeu o braço e eu arranquei a bolsa de sua mão, resmunguei um agradecimento mesmo que ele não merecesse.

— Olha só... — Ele pigarreou. — O que ele disse para você... ele exagerou um pouco.

— Tudo que seu pai disse foi um exagero.

— Foi mesmo — concordou ele. — Meu pai exagera às vezes.

— É uma maneira gentil de descrever o que aconteceu.

— Meu pai tem problemas com a sua família. Ele teve muita dificuldade depois do incidente alguns anos atrás.

— Você quer dizer quando estava tão bêbado que bateu com o carro na igreja? Há um motivo para as pessoas o chamarem de Mike Maluco.

Jackson contraiu o rosto.

— Não o chame assim.

— É como todo mundo o chama.

— Eu sei muito bem como todo mundo se refere ao meu pai — gritou ele, me levando a dar um passo atrás. Ele olhou para mim, e, diferentemente do olhar do pai, juro que vi uma expressão de sofrimento. Como se ele estivesse lutando contra sua verdadeira natureza. Respirei fundo. *Sempre olhe com atenção...* — Só porque todo mundo o chama assim, não significa que você também precise chamar.

— Perdão. — Percebi como a alcunha o afetava, como o magoava, e me arrependi na hora de ter dito aquilo. Fiquei imaginando quantas vezes ele já tinha ouvido a expressão enquanto andava pela cidade, e quantas vezes seu coração se apertava ao ouvi-la.

— Eu sei que ele é um babaca, mas todo mundo pegou aquele único incidente e o rotulou para sempre. Ele estava tendo uma manhã muito difícil naquele dia.

— Pelo que ouvi, foi mais do que difícil. Ele marretou os bancos da igreja. — Igual a Jackson marretando aquele carro lá fora.

— Foi uma manhã *muito* difícil mesmo — retrucou Jackson.

— Fala sério, Jackson — argumentei, irritada por ele estar defendendo aquele monstro por suas ações.

Ele levantou as mãos, indicando que desistia.

— Tá legal então, já entendi. Meu pai é a porra de um babaca. E ninguém sabe disso melhor que eu. Naquela época, ele cometeu um erro. Um erro enorme. Mas o modo como a cidade se voltou contra ele foi desproporcional. Merda, eles tentaram fechar a oficina dele! Tentaram queimá-la. Tentaram nos expulsar da cidade. Fizeram protestos em nosso quintal e nos xingaram de coisas que você nem pode imaginar saindo da boca de pessoas "religiosas".

— Mas o que ele fez...

— Foi errado, sim. Eu sei. Mas ele estava sofrendo, e em vez de aparecer com um pouco da merda de compaixão que esta cidade sempre finge ter, eles apareceram cheios de maldade. Eles o deixaram ainda pior, mais duro e mais frio. Eles nos descrevem como esses animais horríveis e, depois, ficam com raiva porque nós nos transformamos no pesadelo que eles mesmos criaram. Eu era só um garoto na época. Eu vi toda essa gente, toda essa cidade, atacar meu pai e só por causa da porra de um erro.

— Sinto muito que isso tenha acontecido, Jackson, sinto mesmo, mas eu não entendo por que você e seu pai têm tanta raiva da minha família. Não fomos nós que invadimos a casa de vocês. — Nós não tínhamos feito nada contra eles dois. Não fizemos parte do que tinha acontecido com eles.

— Porra, você não pode ser tão burra assim — disse ele, parecendo decepcionado diante da minha incompreensão. — Todo mundo sabe quem manda nesta cidade. Sua família é a família real de Chester.

— E daí? Não foram eles que atacaram vocês.

Ele levou as mãos à nuca e arqueou uma das sobrancelhas.

— Olha só, princesa, se seu pai ou sua mãe tivessem falado na igreja "Parem com isso", tudo teria acabado. Eles poderiam ter demonstrado um pouco de compaixão pelo meu pai, que obviamente não estava nada bem, mas eles permaneceram em silêncio. Eles nunca defenderam o meu pai. Nem a mim.

Senti um aperto no estômago.

— Por que vocês não vão embora? Por que continuam em uma cidade que faz com que se sintam tão mal?

Ele olhou em direção à oficina, onde seu pai ainda cambaleava, bêbado, discutindo com Alex, e enfiou as mãos nos bolsos.

— Nós temos nossos motivos, e eu não vou explicar merda nenhuma para ninguém — grunhiu Jackson. — Principalmente para uma Harris.

— Você é sempre duro assim?

Ele fechou os olhos e contraiu um pouco o lábio inferior.

— Sou.

— Se eu odiasse tanto a cidade quanto vocês dois odeiam, eu me mudaria.

— Para onde? Este é o único lar que nós temos. — Ele se remexeu no lugar. E eu vi a batalha que travava por dentro, decidindo se deveria se abrir para mim ou manter tudo trancado dentro dele. — Eu a procurei, sabe? Sua mãe. — Ele me revelou.

— O quê?

— Eu tinha 16 anos quando fui à sua casa. Eu lembro como se fosse ontem. Bati na porta e falei com sua mãe, pedindo a ajuda dela. Foi logo depois que uns babacas me surpreenderam e me surraram quando eu estava a caminho do mercado.

— E o que minha mãe disse?

— Ela disse que meu pai tinha feito as próprias escolhas e que o povo da cidade tinha o direito de fazer a deles também. Ela disse que não devia nada para nós.

Não...

Isso é impossível.

— Você está mentindo. Eu sei que minha mãe pode ser dura às vezes, mas ela não é má. Ela não diria uma coisa dessa. Ela nunca daria as costas para alguém dessa maneira — argumentei. — Principalmente para um garoto.

— Acredite no que quiser, princesa. Continue acreditando na sua preciosa rainha — gritou ele. — Eu devia saber que você não entenderia porra nenhuma, considerado quem a criou.

— Por que você é tão babaca? — perguntei, irritada.

Ele contraiu a mandíbula, e a intensidade do seu olhar fez meu corpo estremecer. Mas então eu vi uma coisa, em um breve instante. Era tão pequena, tão minúscula que uma pessoa que não estivesse olhando com atenção não teria notado, mas eu notei. Ele piscou e seu olhar se suavizou. Ele deu um passo atrás como se a minha pergunta o tivesse surpreendido. Os cantos de sua boca se contraíram, e eu juro que nunca vi um homem parecer sofrer tanto. Ele sabia a resposta para a minha

117

pergunta. Ele sabia exatamente o que o tinha feito se transformar no homem que era, e aquilo realmente o magoava muito.

— Jackson — sussurrei, sentindo que eu havia ultrapassado um limite invisível.

— Será que você pode me fazer um favor? — grunhiu ele em voz baixa à medida que seu olhar ficava mais sombrio. — Será que você pode dar o fora? Vá correndo para o colo da mamãe. Tenho certeza de que ela tem mais uma porção de mentiras para te contar. — Ele ofegou antes de se virar e ir embora, enquanto eu sentia um frio na espinha. Jackson parecia provocar aquela sensação em mim todas as vezes que seguíamos caminhos opostos.

Voltei para a cidade e, quando ouvi a voz aguda de Charlotte Lawrence chamando meu nome, acelerei o passo, fingindo que não tinha ouvido. Embora ela estivesse bem no meu caminho.

— Grace! Grace! Sou eu, Charlotte! — gritou ela, enquanto eu ouvia o salto dos seus sapatos batendo na calçada.

Respirando fundo, parei, sabendo que ela correria atrás de mim pela cidade inteira, até conseguir minha atenção.

Eu me virei e me deparei com Charlotte em toda sua glória. Ela se formou junto com Finn e foi apaixonada por ele pelo mesmo tempo que eu, embora sempre tenha negado isso.

Charlotte estava com um vestido leve de verão amarelo e sapatos altos salto doze de um cor-de-rosa bem chamativo, sua marca registrada. Eu nunca a tinha visto com nenhum outro tipo de sapato.

Ela se apoiou um pouco no joelho para recobrar o fôlego.

— Caramba, Grace, achei que não fosse alcançá-la.

— Mas conseguiu.

— Tentei falar com você ontem quando a vi na livraria, mas acho que você não ouviu quando eu a chamei.

Eu ouvi muito bem.

— É mesmo? Sinto muito por isso. Na verdade, preciso correr agora. Tenho uma porção...

Charlotte pousou a mão em meu ombro, ignorando todas as minhas palavras.

— Como você está? Eu já ouvi os rumores que estão circulando pela cidade sobre você e Finn, e....

— Estamos bem — menti com um sorrisão estampado no rosto.

— Finn e eu estamos bem. — Eu me sentia mal por estar mentindo, mas a última pessoa com que eu queria lidar naquele momento era Charlotte Lawrence. Ela era editora-chefe do jornal de Chester e a mulher mais bisbilhoteira da cidade. O jornal estava mais para uma coluna de fofocas do que para um jornal de verdade. Ela vivia sua vida de acordo com o mote "se está sangrando, vira manchete". Além disso, por causa de seu amor pelo meu marido, ela provavelmente deve ter feito até uma dancinha da vitória quando ouviu os rumores.

— Mas é complicado, não é? — perguntou ela. — As pessoas estão dizendo que viram vocês brigando em frente à casa de Autumn. É verdade? E você realmente deu um tapa na cara dele? Também ouvi isso.

— Charlotte. — Suspirei, mantendo a voz baixa.

Ela abriu um enorme sorriso.

— Sinto muito. Você está certa. Não é da minha conta. Deus sabe que casamentos exigem muito trabalho.

Arqueei uma das sobrancelhas.

— Charlotte, você nunca se casou.

— Eu sei, mas posso imaginar que deve ser muito difícil passar por um divórcio — comentou ela.

— Ninguém está passando por um divórcio.

— Ah? Então... Vocês estão juntos...? — insistiu ela, cruzando os braços e observando com muita atenção a minha reação.

— Sabe de uma coisa, Charlotte, eu não me sinto muito à vontade para falar com você neste momento.

— Claro, não vou pressioná-la. Mas se você precisar de um ombro amigo, estou sempre à disposição. Você sabe que sempre invejei seu relacionamento com Finn. Eu sempre disse que se eu me casasse um dia, ia querer que meu marido fosse exatamente como Finn. Ele tratava você como uma rainha.

— É. — Bufei. — Algo do tipo. Tudo bem, é melhor eu ir...

— Ah, Grace! Eu quase esqueci — interrompeu-me ela, colocando a mão no meu ombro. — Algumas mulheres da cidade e eu costumamos nos reunir na casa dos meus pais toda sexta-feira à noite para bater papo e nos empoderar. Gostaria de convidá-la. É tão importante como mulher que você sinta que tem uma tribo de outras mulheres que sempre apoiarão você. Nós tomamos vinho, falamos sobre assuntos da atualidade e estimulamos umas às outras a fazer o nosso melhor. Na semana passada mesmo eu ajudei a treinadora Lacey Weeds a se candidatar para uma nova vaga no jornal. Ela queria mais e nós, as mulheres, a ajudamos a perceber seu próprio valor e ela se esforçou mais depois disso. É claro que eu tive que recusar seu pedido quando ela me procurou no trabalho, mas pelo menos ela tentou, que é uma parte importante.

— Você disse para ela tentar uma vaga de trabalho e depois disse que ela não podia ocupá-la quando ela a procurou?

Charlotte contraiu os lábios.

— Exatamente. Lacey tem bom coração, que Deus a abençoe, mas não era a pessoa certa. Mas ela sempre pode tentar no ano que vem. — Uau. Charlotte era uma coisa. — De qualquer modo, tenho certeza de que poderíamos ajudá-la também, e nós adoramos ajudar e inspirar umas às outras.

— Na verdade, eu já tenho compromisso e...

— Sério? Porque sua mãe me disse que você estaria livre e, com certeza, estaria lá. Às sete da noite, e escolhi você para ser responsável pela sobremesa. Espero que não tenha problema. Tudo bem, Grace. Eu tenho que correr agora. Vejo você na sexta! — Ela soprou um beijo para mim e saiu correndo antes que eu tivesse a chance de recusar.

Pelo visto eu teria que encontrar a receita de um *brownie* mais cedo ou mais tarde.

Capítulo 11

Jackson

Grace dedicava tempo e energia para qualquer pessoa na cidade sem pensar duas vezes. Eu já tinha visto diversos bisbilhoteiros que achavam que era sua obrigação meter o bedelho na vida dela, chamando-a o tempo todo. No entanto, em vez de mandá-los deixá-la em paz, como deveria, ela sorria, se empertigava e respondia às perguntas com toda a elegância.

Era nojento de assistir. Eles estavam sugando as energias emocionais dela, e ela deixava, como se não se importasse nem um pouco com a rudeza e o desrespeito que demonstravam.

— Que Deus abençoe esse seu coração, Gracelyn Mae. Eu nem sei o que eu faria se meu casamento estivesse em crise. Mas você é forte. Tenho certeza de que vai superar isso. Além do mais, você não é tão velha assim, então talvez encontre outra pessoa. Ou talvez Finn aceite você de volta. Caso contrário, sempre pode contar com gatos. Estou orando por você, querida — disse uma velha para Grace no supermercado, enquanto Grace tentava comprar flores. Ela ficou ali parada por mais de dez minutos, tentando ir para o caixa, mas as pessoas sempre entravavam na sua frente como se não dessem a mínima para seus sentimentos.

Depois que aquela velha se afastou, resmunguei quando passei por Grace:

— Você simplesmente deixa que eles a tratem como merda, hein?

Ela olhou para mim e, porra, aqueles olhos continuavam lindos. Eu ficava imaginando quando isso mudaria.

Ela piscou uma vez.

— Do que você está falando?

— Nos últimos minutos intermináveis, as pessoas só diminuíram você.

— O quê? Claro que não. Elas só estão orando por mim.

— Com orações assim, quem precisa de alguma maldição?

Ela estreitou os olhos.

— Do que você está falando, Jackson?

— Você está sendo devorada viva por todos aqui na cidade nesses últimos dias, e não faz nada.

— Você está tomando conta de mim?

— Não.

Sim. Talvez.

Ela pigarreou.

— Bem, tudo que estou dizendo é que você não conhece essas pessoas como eu conheço. Elas só estão sendo carinhosas. Isso é tudo.

— Elas estão te maltratando e você está permitindo! — exclamei, irritado com a burrice dela. Elas estavam praticamente cuspindo na cara dela, e Grace simplesmente fingia que nada estava acontecendo.

— Por que você se importa, Jackson? — perguntou ela, arqueando uma das sobrancelhas, tentando entender.

— Eu não me importo — retruquei.

— Então por que está parado aí, falando sobre o assunto?

Bufei.

— Você está certa. Vá em frente, deixe que eles debochem da sua cara. Deixe que tratem você como merda e humilhem você até que murche e fique sem um pingo de energia. Mas quando chegar o dia que você estiver fodida e completamente esgotada, lembre-se de que eu avisei.

— Como você pode ter tanta certeza disso, hein? Como pode ter tanta certeza de que as pessoas só estão me usando?

— Porque eu sei como as pessoas costumam agir. Elas fazem tão pouco de você, e você sabe por quê?

— Por quê? — perguntou ela, a voz falhando.

— Porque você faz pouco de si mesma. As pessoas te tratam exatamente do mesmo modo como você se trata. E sei exatamente o que eles vão fazer se você continuar assim. — Eu me aproximei mais dela e fixei o olhar em seus olhos. Estávamos tão próximos que eu sentia sua respiração contra a minha pele, e eu tinha certeza de que ela sentia a minha. — Eles vão sugar todas as suas energias até que não reste mais nada, e então vão perguntar como foi que você morreu.

Grace engoliu em seco e seus olhos se encheram de lágrimas, mas ela se empertigou toda e tentou esconder o tremor das mãos que seguravam as flores.

— Deixa eu adivinhar. Essa é a parte em que você começa a chorar?

— É. — Ela assentiu devagar, respirando fundo. — E essa é a parte em que você vai embora.

O canto da minha boca se contraiu e eu me virei para ir embora, mas ela me chamou de novo.

— Por que você se trata dessa maneira?

— De que maneira? — perguntei.

— Você disse que as pessoas tratam você como você se trata. Então por que você se trata como um monstro?

As palavras dela me atingiram e quase hesitei.

— Porque é exatamente isso que eu sou.

Jackson

Oito anos de idade

— Isso é bobagem! — eu me irritei, derrubando o cavalete no campo aberto enquanto minha mãe tentava me ensinar uma nova técnica para pintar o pôr do sol. Ela já estava me mostrando havia mais de uma hora, e eu não estava conseguindo. Aquilo era bobagem, e arte era bobagem, e eu não queria mais aquilo.

— Calma, filho. Calma — pediu minha mãe, arqueando uma das sobrancelhas. — O que foi isso? Desde quando você faz uma coisa dessa?

— Eu não consigo fazer isso! Não quero mais fazer! — exclamei, engolindo em seco. Eu estava zangado e não queria mais pintar. Eu só queria voltar para casa.

Não para a nossa nova casa, mas para a antiga.

Aquela onde eu tinha alguns amigos.

— O que houve, Jackson? — perguntou minha mãe.

— Nada.

— Jackson, o que houve? Eu sei que você não está com raiva por causa da pintura, porque você está fazendo tudo direitinho. Então diga a verdade. O que houve?

Respirei fundo.

— Eu não entendo por que nós temos que morar nesta cidade idiota! Ninguém aqui gosta de mim, e eles implicam comigo por tudo. Eu odeio tudo aqui. E quero me mudar!

— Você está sofrendo bullying de novo? — ela quis saber.

Comecei a chorar.

Ela disse "de novo", como se o bullying tivesse parado algum dia. Eu estava farto de as pessoas me julgarem pela minha aparência. Estava farto de as pessoas rirem de mim porque às vezes não conseguia fazer gol.

Eu estava farto de não ser aceito.

Estava farto.

— Venha cá — ordenou ela.

— Não.

— Jackson Paul.

Eu suspirei.

Fui até minha mãe e ela pegou minhas mãos.

— O que você é? — ela me perguntou.

Resmunguei a palavra.

— Fale mais alto — insistiu.

— Eu disse que sou extraordinário.

— Exatamente. E mesmo nos dias ruins, você é extraordinário. Essas pessoas cruéis, elas não têm o poder de expulsar você daqui. Elas não têm o poder de magoar você. E, na segunda-feira, eu mesma vou à escola conversar com o diretor sobre fazer alguma coisa a respeito disso. Mas nós vamos continuar na cidade.

— Por quê?

— Porque a gente não foge. Nós não aceitamos que as pessoas nos assustem. Nós temos o direito de estar aqui, de sermos felizes, e é exatamente isso que nós vamos fazer, está bem? Nós vamos ser felizes.

Funguei.

— Está bem.

— E você vai conseguir dominar esta técnica esta noite. Sabe por quê?

Funguei.

— Porque eu sou extraordinário.

— Exatamente, meu amor. Você. É. Extraordinário.

Capítulo 12

Grace

Finn me ligava todos os dias, mas eu nunca atendia. Ele sempre deixava uma mensagem de voz e eu a apagava. Eu sabia que se ouvisse a voz dele sentiria saudade, e ele não merecia a minha saudade. Meu cérebro entendia isso, mas meu coração tinha sua própria opinião sobre o assunto. Então, evitá-lo era a melhor opção para mim.

Eu me esforçava para me manter sozinha. Quando ia até a The Silent Bookshop, Jackson costumava estar lá, mas nós não interagíamos. Ele se sentava no canto esquerdo mais afastado, e eu, no direito.

Às vezes, nossos caminhos se cruzavam enquanto estávamos procurando livros, mas ele parecia ter a missão de não olhar na minha direção; então eu me esforçava para ficar fora do caminho dele também.

Havia alguma coisa nele que me causava uma certa inquietação. O jeito como ele me abordou no mercado foi tão estranho. Ele chegou de maneira agressiva, mas protetora também, tudo ao mesmo tempo, me deixando com uma grande dor de cabeça.

Eu o vi numa tarde, junto com Tucker, e Josie não estava mentindo — aquilo fez meu coração aquecer. Eu estava passando pelo Kap Park quando Jackson e Tucker chegaram. O cachorro parecia estar com problemas para andar sozinho, então Jackson o estava carregando no colo. Jackson estava com uma mochila, e quando eles encontraram um lugar ao sol, ele pegou um cobertor e se sentou ali, com seu cachorro. De vez em quando, acariciava o cachorro e dizia "Bom garoto". Tucker parecia sorrir e abanar o rabo enquanto descansava.

Jackson cuidava daquele cachorro com muito amor. Eu não sabia que um homem como ele era capaz de ter tanto cuidado com algo. Seu amor era tranquilo, mas, ao mesmo tempo, evidente. O jeito como ele amava Tucker era o jeito como todo mundo deveria ser amado: incondicionalmente.

Quando ele ergueu os olhos e percebeu que eu estava observando, comecei a me afastar rapidamente.

Ele não olhava para mim do mesmo jeito que olhava para Tucker. Quando os olhos de Jackson encontraram os meus, só vi ódio.

Na noite de sexta-feira, Judy se juntou a mim na livraria, algo que ela nunca fazia, embora tenha estado sempre muito próxima a mim desde a minha volta à cidade, verificando se eu estava bem. Ela não gostava tanto de ler quanto eu, então ficava virando casualmente algumas páginas, sentada comigo no meu canto.

— A gente pode ir — sussurrei, observando minha irmã remexer os polegares de tédio enquanto se recostava na cadeira.

— Psiu... — ela me chamou. — O silêncio vale ouro.

Eu ri.

— Você está de saco cheio.

— Mas do que você está falando? Aqui é o melhor lugar do mundo. Livros e palavras, palavras e livros. É incrível.

Uma pessoa fez psiu de longe e não conseguimos evitar cochichar mais um pouco.

— Quer sair para tomar um sorvete?

Ela arregalou os olhos de alegria.

— Agora sim você está falando a minha língua.

Quando começamos a nos afastar, olhei para o canto de Jackson e notei que ele já tinha ido embora. Fiquei imaginando que livros ele teria levado naquela noite.

Então comecei a me perguntar por que eu estava pensando naquilo.

Caminhamos pelas ruas de Chester enquanto Judy falava sobre os planos que estava fazendo para o festival do pêssego, que se aproximava, e eu estava ouvindo atentamente, até meu olhar ser atraído por um grupo de adolescentes, rindo e atirando objetos em alguma coisa. Um deles levantou uma lata de lixo e a despejou em cima da coisa. Quanto mais eu me aproximava, mais nervosa eu me sentia.

Eles não estavam jogando lixo em cima de alguma coisa, mas sim de uma pessoa.

— Ei! — gritei, correndo até lá. — Parem já com isso! — ordenei.

No instante em que os garotos se viraram e me viram, saíram correndo, cada um em uma direção diferente. Eu me aproximei da pessoa coberta de lixo com muita preocupação.

— Sr. Emery, o senhor está bem...? — perguntei, abaixando-me para ajudá-lo a se levantar.

Ele estava completamente chapado, e o cheiro de uísque e urina era forte. Ele tinha se urinado. *Ah, não...*

— Ele está bem? — perguntou Judy, a voz trêmula.

— Sr. Emery, deixe-me ajudá-lo — pedi enquanto ele sacudia as mãos na minha direção.

— Me deixe em paz! — gritou ele.

— Eu posso ajudá-lo a chegar em casa, e...

— Eu disse para me deixar em paz, v-v-vaca! — berrou ele, arrastando as palavras. Mas eu não me ofendi. Eu duvidava muito que ele soubesse quem eu era naquele momento. Ele mal conseguia abrir os olhos. Já estava em outro mundo.

— Grace, talvez seja melhor deixá-lo aqui... — sussurrou Judy, a voz trêmula de nervoso.

— Eu não vou deixá-lo aqui — declarei.

— Eu posso chamar o xerife Camps — sugeriu ela, o que me levou a encará-la na mesma hora.

— Judy, não. Nada de chamar a polícia. Eu posso resolver isso. — A última coisa que Jackson precisava era do estresse de ter que pagar fiança para tirar o pai da cadeia.

— Mas, Grace... — começou minha irmã.

— Sério, Judy. Está tudo bem. Você pode voltar para casa. — Ela olhou para mim com a expressão preocupada, mas eu abri um sorriso seguro. — Sério mesmo. Eu vou resolver isso.

— De jeito nenhum. Também vou ajudar — decidiu ela, não permitindo que eu ajudasse Mike Emery sozinha.

Voltei a olhar para o pai de Jackson, coberto de lixo. Ele ficava repetindo para irmos embora, mas eu o ignorei. Nada que ele dissesse me faria deixá-lo ali, e Judy não ia me deixar sozinha com ele.

Eu não queria que mais garotos se juntassem em volta dele e o maltratassem, ou pior: que policiais o prendessem.

Fiz a única coisa em que consegui pensar: ajudei o Sr. Emery a se levantar do lixo, e Judy também ajudou. Começamos a levá-lo para casa enquanto ele nos empurrava.

— Me soltem agora, suas vacas horrorosas — gritou ele e, por um instante, eu considerei fazer exatamente o que ele pedia, mas, então, as palavras do meu pai passaram pela minha cabeça.

Se você der as costas para alguém, é o mesmo que estar dando as costas para todos...

No meio do caminho, ele simplesmente desistiu e deixou que o levássemos para casa.

— Eu não preciso de vocês — murmurou, enrolando as palavras, enquanto a baba escorria pelo canto da boca.

Enfiei a mão no bolso dele e peguei um chaveiro, abri a porta e o puxamos para dentro. A casa estava uma bagunça. Havia latas vazias de cerveja espalhadas por todos os cantos e louça suja, com resto de comida, na pia. Eu continuei puxando o Sr. Emery pela casa até chegarmos ao banheiro.

— Precisamos colocá-lo no chuveiro — falei para Judy, e ela rapidamente me ajudou sem questionar.

— Você vai me odiar por isso depois — murmurei. — Mas você já me odeia, então as coisas não podem piorar tanto.

Ele se sentou e ficou curvado, resmungando com seus botões. Enfiei a mão no bolso da frente e peguei seu celular antes de abrir a água fria do chuveiro. Ele reagiu na hora.

— Que merda é essa? — gritou, mas sem conseguir se levantar

Eu não poderia permitir que ele ficasse sentado na própria urina e coberto de sujeira das lixeiras.

— Você está bem — afirmei.

— Eu não preciso da s-sua ajuda. Vai se foder, vaca — repetia ele sem parar, mas deixou os ombros caírem, fechou os olhos e permitiu que a água caísse sobre ele. Abri a água quente para a temperatura ficar mais agradável, antes de usar o celular para ligar para o Jackson.

Assim que tocou, Jackson respondeu:

— Oi, pai?

— Oi, Jackson. Aqui quem fala é a Grace...

A voz dele ficou alerta.

— O que aconteceu? Meu pai está bem?

— Ele está... hum... ele está bem. Só um pouco bêbado. Eu o encontrei na cidade, praticamente desmaiado, e uns garotos o estavam maltratando. Então o trouxe para casa. Só achei que você deveria saber.

— Merda — resmungou Jackson. — Sinto muito. Eu já estou chegando. Você não precisa ficar aí com ele.

— Não, está tudo bem. Vou esperar aqui. Você provavelmente vai precisar de ajuda para colocar roupas limpas nele.

— Sinto mui...

— Jackson.

— O quê...

— Não precisa se desculpar. Até daqui a pouco.

Desliguei e me virei para Judy, que ainda estava com uma expressão preocupada, mas eu sabia que era pela vida do Sr. Emery. Ela se importava com todo mundo, porque era a única maneira que seu coração sabia agir.

— Pode voltar para casa, Judy. Daqui a pouco eu vou.

— Tem certeza? Eu posso ficar e ajudar... — disse ela.

— Não. Sério mesmo. Está tudo bem. Jackson já está a caminho e, quando ele chegar, eu volto para casa. — Ela franziu as sobrancelhas, parecendo não ter muita certeza. Estendi a mão e apertei o braço dela de leve. — Sério, Judy. Está tudo sob controle aqui.

— Tudo bem então. Mas ligue para mim se acontecer qualquer coisa.

— Pode deixar. E, Judy?

— Hã?

— Não conte nada disso para a mamãe, está bem?

— Claro. Não vou contar nada.

Agradeci por isso e ela foi embora.

Fechei o chuveiro e comecei a secar o cabelo do Sr. Emery, que ficava empurrando minhas mãos e me xingando. Mas isso não me impediu de tentar ajudar.

Depois que o enxuguei da melhor maneira que consegui, saí em busca de roupas para ele trocar quando Jackson voltasse para casa. Entrei no quarto e parei diante de uma cômoda. Sobre ela havia um porta-retratos empoeirado de Jackson, Mike e a falecida esposa. Estavam todos rindo na fotografia. Uma linda lembrança congelada para toda a eternidade. Passei a ponta dos dedos de leve e observei a família.

Eles pareciam tão felizes e cheios de vida.

Era incrível como uma tragédia poderia mudar a vida de uma pessoa para sempre.

Afastei os pensamentos tristes e peguei as roupas de Mike.

Voltei para o banheiro e fiquei esperando, cuidando para que ele não vomitasse e acabasse sufocando no próprio vômito. Mike estava encostado nos ladrilhos da parede com os olhos fechados e a boca aberta. De vez em quando eu colocava a mão diante da boca dele para ver se estava respirando.

No instante em que a porta da frente abriu, senti uma onda de alívio. Jackson atravessou a casa, chamando por Mike.

— Estamos aqui no banheiro — respondi.

Ele entrou no quarto e seus olhos pousaram no pai.

— Meu Deus, pai... — disse ele com voz baixa e tom de decepção. Ele passou as mãos pelo cabelo.

— Ele se mijou? — perguntou.

— Sim.

Jackson fez careta.

— Pode deixar comigo agora. Você pode ir.

— Tem certeza...?

— Tenho — respondeu ele, não querendo usar mais palavras. — Vá.

Eu me levantei e abri um sorriso inseguro.

— Se precisarem de alguma coisa...

— Não vamos precisar.

— Tudo bem.

Passei por ele e senti um leve toque no braço. Meus olhos pousaram na mão de Jackson sobre a minha pele, e senti um frio na barriga.

Ah...

Eu tinha esquecido aquela sensação — ser tocada de modo tão gentil.

Ergui o olhar e me deparei com os olhos castanho-claros olhando para mim. Ele abriu a boca e deixou algumas palavras saírem.

— Obrigado por trazer meu pai. Você não precisava fazer isso.

— Claro que eu precisava.

Enquanto eu me afastava para deixar Jackson ajudar o pai a trocar de roupa, senti que não deveria deixá-lo sozinho para lidar com tudo aquilo. Enquanto ele cuidava do Sr. Emery, limpei um pouco a casa, colocando a louça na lava-louças e jogando as latas vazias no lixo.

Depois que Jackson colocou o pai na cama, desceu com uma expressão de sofrimento no rosto.

— Ele apagou. Deixei uma lixeira ao lado da cama. Espero que não precise usá-la.

— Espero que ele fique bem.

— Por que você ainda está aqui? — perguntou, e eu me senti um pouco insegura. Jackson olhou em volta. — Você limpou tudo?

— Só um pouquinho. Eu só queria me certificar de que você estava bem. Você está bem? — perguntei, fazendo um gesto com a cabeça na direção dele. Depois que as palavras saíram da minha boca, percebi como a pergunta era idiota. Claro que ele não estava bem.

— Eu vou ficar bem — respondeu ele com o cenho franzido. Jackson estava puxando com tanta força a pulseira que usava que o punho estava ficando vermelho.

— Deve ser muito difícil morar num lugar em que você não se sente bem-vindo. Tenho certeza de que seus motivos para ficar são válidos, mas isso não torna as coisas menos difíceis. — Ele não respondeu, e eu continuei falando: — Sei que você não me conhece, mas se um dia precisar de alguém para conversar...

— Eu não preciso — falou, irritado, e quando as palavras saíram de sua boca, ele fez uma careta.

— Está bem.

Seu lábio inferior estremeceu.

— Não é você. Eu não falo com estranhos, e acaba que todo mundo é estranho para mim.

— A não ser por Alex.

— Verdade. Menos o Alex. Mesmo assim...

Assenti, compreendendo. Balancei um pouco o corpo.

— Eu... Hum... Meu nome é Grace. Eu adoro palavras-cruzadas, mas nunca termino. Sou a pior pessoa para se levar a um restaurante, porque nunca consigo decidir o que quero comer. Acho que banana é uma fruta muito estranha, mas adoro torta com creme de banana. Nunca consegui dar estrela, mas consigo comer uma pizza inteira sozinha, o que algumas pessoas acham nojento, mas eu acho impressionante. Ainda tenho meu dente do siso, mesmo que ele doa nas noites de lua cheia e...

Ele estreitou os olhos.

— O que você está fazendo?

— Estou te contando coisas sobre mim para não sermos mais estranhos. Assim você vai poder conversar comigo.

Ele quase sorriu, ou pelo menos gosto de pensar que sim. De vez em quando eu imaginava como ele ficaria sorrindo. Aposto que um sorriso combinaria com ele.

— Por que você está se esforçando tanto para eu me abrir? — perguntou Jackson.

— Porque, mesmo que você não perceba, nós dois temos coisas em comum. Além disso, você é a única pessoa nesta cidade que não faz com que eu me sinta obrigada a fingir ser uma coisa que não sou.

— O que você está fingindo ser?

— Perfeita.

— Eu sei como é isso. — Ele falou baixo, em um tom inseguro. — Ter que fingir ser uma coisa que você não é.

Ele estava se abrindo, de maneira lenta, tranquila e suave...

Por favor, continue assim.

— E o que você está fingindo ser? — perguntei.

— Zangado.

— Mas o que você é na verdade?

— Perdido — confessou ele com sinceridade, e senti as palavras dele tocarem minha alma.

— Eu também. Tão perdida.

Ele se empertigou e olhou para o chão, mas não disse mais nada.

Dei um passo em sua direção.

— Se você precisar de alguma coisa...

— Não preciso. Nós não precisamos.

— Mas se houver um momento em que precisar, estou aqui. Mesmo que seja só para colocar a louça para lavar.

Ele pareceu tão perplexo diante da minha oferta — quase zangado por eu ter dito aquilo —, mas não respondeu nada, o que me causou certo desconforto.

— É melhor eu ir agora. Não quero atrapalhar sua noite.

Ele assentiu, concordando, e me acompanhou até a varanda da frente.

— Vou levá-la até sua casa — ofereceu ele com voz intensa, mas não fiquei ofendida. Parecia que Jackson só sabia ser intenso.

Neguei com a cabeça.

— Eu posso ir sozinha.

Ele resmungou e contraiu os lábios.

— Já está tarde.

— Estamos em Chester — brinquei. — Acho que é bem seguro.

— Nunca se sabe que tipos perigosos existem em cidades pequenas.

— Acho que eu consigo me virar.

— Mas...

— Sério — interrompi. — Está tudo bem.

— Você é sempre teimosa assim?

— Olha quem está falando.

Ele quase sorriu, e eu quase amei seu sorriso.

— Bem, se você tem certeza — disse ele com um tom de incerteza na voz grave.

— Tenho certeza absoluta, mas obrigada por oferecer.

Quando me virei para ir embora, a voz dele me fez parar.

— Por que você não chamou a polícia?

— O quê?

— Por causa do meu pai. Por que não chamou a polícia, como todo mundo na cidade faz?

Meus olhos encontraram os dele, e mesmo que suas palavras fossem duras, o olhar não era. Seus olhos simplesmente brilhavam de tristeza. *Ah, Jackson.* Ele era jovem demais para ser tão triste assim, tão zangado, tão quebrado.

— Por um motivo bem simples — respondi. — Porque não sou como todas as pessoas da cidade.

— Grace?

— Hã?

Ele enfiou as mãos nos bolsos e suspirou.

— Você não se parece em nada com sua mãe.

Aquilo partiu meu coração e o curou ao mesmo tempo.

Ele não disse mais nada. Apenas se virou e voltou para a casa do pai, enquanto eu descia a escada da varanda. Voltei para a casa da minha irmã, mas Jackson Emery e seu pai continuaram na minha mente.

Fiz uma pequena oração para o coração deles e esperei que, de algum modo, a alma deles pudesse encontrar algum tipo de cura.

Capítulo 13

Jackson

Ela o ajudou quando não tinha a menor obrigação disso.

Eu não conseguia entender. Eu não conseguia processar o que tinha acontecido na noite anterior. Grace Harris, da família que eu desprezava, tinha ajudado meu pai. Por que ela faria uma coisa dessa? Por que tinha estendido a mão e o levado para casa? Dado banho nele? Limpado a casa dele?

Ela poderia muito bem ter chamado a polícia. Eu deveria estar agora na delegacia, pagando a fiança dele, mas não precisaria fazer isso.

Tudo que eu sabia sobre a família dela parecia ser o oposto de suas ações, mas mesmo assim...

— Onde está a porra do café? — resmungou meu pai, entrando na oficina, coçando a barba. Sua aparência estava péssima, o que não era surpresa nenhuma. Eu estava surpreso por ele ter se levantado antes das cinco horas da tarde.

— Na sala de descanso, onde sempre está — respondi secamente. — Como foi sua noite? — perguntei.

Ele encolheu os ombros.

— Tudo bem. Eu só apaguei.

Desmaiou é o que você quer dizer.

— Você esteve com alguém? — perguntei, querendo saber de quanto ele se lembrava.

Ele arqueou uma das sobrancelhas e tomou um gole do "café".

— Com quem raios eu poderia ter estado?

— Ninguém. Esquece.

— Já esqueci. Aliás, limpe esta bagunça. Está tudo uma merda aqui. Nós trabalhamos numa oficina ou numa porra de um lixão?

Nós não trabalhamos.

Meu pai não trabalhava havia anos. Nós costumávamos ser os melhores. Eu realmente o tinha como um exemplo antes de ele ter se perdido na bebida.

Agora era só uma sombra do homem que me servira de exemplo.

Ele não fazia ideia do que tinha acontecido na noite anterior. Eu não sabia se isso era bom ou ruim. Mas se meu pai descobrisse que uma integrante da família Harris o havia ajudado, daria mais marretadas no banco da igreja.

Nossa família não aceitava esmolas.

Principalmente daquele tipo de gente.

Só que ela talvez o tenha salvo na noite anterior. Se Grace não o tivesse acompanhado até em casa, tomado conta dele, quem sabe o que poderia ter acontecido?

Eu sentia um conflito dentro de mim. Estava confuso, sem saber como esclarecer as coisas.

Além do ódio que sentia por Grace Harris e tudo que ela representava, também sentia uma enorme gratidão.

Como aquilo era possível? Como eu podia odiá-la e me sentir grato a ela ao mesmo tempo?

Eu não sabia como me sentir, então optei por não sentir nada e voltei ao trabalho, que era a única coisa sobre a qual eu tinha algum controle. E, naquele momento, eu precisava sentir um pouco de controle.

Mesmo assim, enquanto eu trabalhava, os olhos dela vinham à minha mente.

Aqueles olhos grandes e bobos que estavam sempre cheios de bondade.

Eu gostaria que ela não parecesse tão boa.

Minha mente ficava dividida quando eu pensava em Grace. Uma parte de mim sentia uma enorme gratidão pela assistência que ela havia prestado. Eu queria acreditar na bondade que ela demonstrara e confiar que havia feito isso simplesmente porque tinha um bom coração. Só que outra parte queria que ela não tivesse ajudado meu pai porque aquilo fazia com que eu me sentisse em desvantagem. É como se ela fosse superior a nós. Como se fôssemos objeto do trabalho assistencial dela. Eu não queria aquilo, então decidi que minha missão seria pagar aquela dívida de algum modo.

Não importava como.

~

— Oi, Jackson! Recebi uma ligação dizendo que eu deveria passar aqui na oficina — disse Grace mais tarde naquele dia. — Está tudo bem com o carro? — Enquanto ela se aproximava, Tucker se levantou da caminha e foi até lá. Ele era lento e cambaleava um pouco, mas abanava o rabo o tempo todo. Ele achava que tinha que cumprimentar todos os clientes que entravam na oficina, apesar de estar quase cego e de a artrite ter acabado com seu corpo. Ele sentia dor sempre que se mexia, mas a ideia de não dar "oi" e uma lambida parecia ser mais dolorosa para ele do que qualquer coisa.

Grace foi calorosa com ele, fazendo um carinho atrás da orelha enquanto ele lambia seu rosto antes de voltar para a caminha. O veterinário tinha prescrito uma medicação nova, e eu estava preocupado por achar que ele estava muito sonolento. Pelo menos as dores tinham aliviado.

Pigarreei. Saí de baixo do capô da caminhonete em que eu estava trabalhando.

— Seu carro ainda é uma lata-velha. Ainda acho que Alex deveria jogar aquilo no ferro-velho, mas não foi por isso que liguei para você.

— Ah. O que aconteceu? — Ela se empertigou um pouco. — Seu pai está bem?

— Está. Bem, não, não está, mas pelo menos ele não se lembra de nada de ontem à noite. E é sobre isso que eu quero falar. Sobre ontem à noite.

— É?

Fui até ela e cruzei os braços.

— Eu não quero ficar devendo nada para você.

— Do que você está falando? — perguntou ela, e odiei o modo como arregalou os olhos. Tão lindos. Tão bondosos.

Pare de ser tão gentil e boazinha.

— Não quero ficar devendo nada a você por ter ajudado meu pai — expliquei de maneira direta.

— Ah. — Ela meio que deu uma risada. E eu odiei o som porque era lindo e eu precisava que ela não fosse assim, tão linda. — Você não me deve nada. Eu só quis ajudar.

— A gente não quer esmola — retruquei.

Ela arqueou uma das sobrancelhas e estreitou os olhos.

— Não foi esmola. Eu só quis ajudar seu pai.

— Não. Você deve querer alguma coisa em troca, e eu não quero ficar devendo nada para sua família.

— Olha só, eu não sei o que você está pensando, mas quero que saiba que está errado. Não foi nenhum tipo de jogo para mim eu ajudar seu pai. Eu não queria nada em troca. E ainda não quero.

Ouvi suas palavras, mas eram difíceis de acreditar. Enfiei as mãos nos bolsos e curvei os ombros.

— Eu não entendo, então.

— Não entende o quê?

— Nós dois fomos horríveis com você... Meu pai e eu, e você ainda nos trata com gentileza. Por quê?

— Jackson. — Ela suspirou e sua voz saiu quase em um sussurro e seus olhos se suavizaram de um jeito que eu preferia nunca ter visto. Ela parecia estar verdadeiramente preocupada com a minha pergunta, com a minha falta de compreensão. — Meu pai sempre me ensinou que não se deve tratar bem só um tipo de pessoa. Você tem que tratar todo mundo exatamente da mesma maneira. Com amor, respeito e compreensão.

— Seu pai — murmurei, baixando o olhar. — Você é muito próxima a ele?

— Sou. Ele é o melhor homem que já conheci.

Eu não tinha o que dizer a respeito daquilo.

— Deixa eu pagar de algum modo — pedi de maneira quase agressiva.

— Vocês estão trabalhando no meu carro. Isso já é o suficiente para mim.

— Não. É Alex quem está consertando o seu carro, e não eu.

— Sério, Jackson, eu...

— *Por favor* — implorei. Sim, eu implorei. Implorei que ela me deixasse fazer alguma coisa, qualquer coisa, para não me sentir em dívida com aquela mulher nem com sua família. Respirei fundo e fechei os olhos. — Por favor, deixa eu fazer alguma coisa por você.

— É difícil para você, não é? — perguntou ela. — Acreditar na bondade das pessoas?

Não respondi, e duvido que ela esperasse algum tipo de resposta. Eu já tinha visto maldade no mundo o suficiente para acreditar que ele não era um lugar cheio de bondade.

— Bem — começou ela. — O que você quer fazer por mim?

Fiz uma careta.

Eu não sabia.

Tudo que sabia era que não queria as esmolas dela.

— Ou — começou ela, parecendo notar que eu não sabia como saldar a minha dívida. — Nós podemos decidir isso quando eu precisar de alguma coisa. O que você acha? Negócio fechado? — sugeriu, estendendo a mão para mim.

Eu a peguei e trocamos um aperto de mãos.

— Negócio fechado.

Jackson

Nove anos de idade

— *O que aconteceu com você?* — *perguntou meu pai quando entrei na oficina, resmungando e de cabeça baixa. Não ergui o olhar e ele falou de maneira mais rígida:* — *Jackson Paul, olhe para mim.*

Levantei a cabeça e ele fez uma careta quando me viu, soltando a ferramenta que segurava.

— *Meu Deus* — *murmurou, vindo na minha direção.*

— *Está tudo bem* — *bufei.*

— *Você está com o olho roxo!* — *exclamou ele, se enchendo de raiva. Meu pai raramente ficava com raiva, mas sempre que eu sofria bullying, ele perdia a cabeça.* — *Quem fez isso com você?* — *perguntou, tocando de leve em meu rosto.*

— *Foram só uns idiotas lá da escola. Eles me empurraram contra o armário e eu bati com a cara na porta.*

Ele fez uma careta e pegou minha mão.

— *Venha comigo.*

Seguimos até a clareira, onde minha mãe estava pintando.

— *Hannah, veja isso.* — *Ele fez um gesto em direção ao meu rosto.* — *Veja o que fizeram com o rosto do nosso filho.*

Minha mãe arfou e se levantou da cadeira.

Olhei para o chão.

Ela tocou meu rosto com os dedos.

— Jackson, querido, quem fez isso com você?

— Só uns garotos na escola — expliquei. — Está tudo bem.

— Não está, não — retrucou meu pai. Ele se virou para minha mãe.
— Conversar com a diretoria da escola não está adiantando nada. É hora de ensiná-lo a se defender.

Minha mãe meneou a cabeça.

— Para que ele se torne um deles? Não. Brigar não é a resposta.

— Ah, e ignorar os garotos é? Aqueles monstros tiveram a coragem de colocar as mãos no meu filho enquanto os professores ficam na deles e não fazem nada. Ele vai começar a fazer aulas de defesa pessoal.

— Mike — começou minha mãe e, então, ele a interrompeu. E depois ela o interrompeu. E eles ficaram gritando ali um com o outro na clareira.

Senti minha barriga doer.

— Vocês estão brigando? — perguntei com a voz trêmula.

Eu odiava a sensação que sentia quando via os dois discutindo. Nunca os tinha visto zangados um com o outro e agora estavam zangados por minha culpa. Eu não queria deixá-los tristes. Eles eram os únicos amigos que eu tinha, e vê-los brigar me deixava triste.

Os dois pararam de falar e olharam para mim.

Meu pai respirou fundo.

— Não, filho. Desculpe. Eu só... — Ele passou a mão pelo cabelo. — Eu só fico chateado quando as pessoas machucam você. — Ele estendeu a mão para minha mãe e ela pegou. Ele a puxou para mais perto. — Nós dois ficamos chateados.

— Mas por que vocês estão gritando um com o outro?

— Nós só estávamos falando alto. — Minha mãe sorriu. — Queremos descobrir a melhor maneira de ajudar você e, às vezes, uma conversa pode ficar acalorada. Peço desculpas por isso, filho.

— Eu também peço desculpas.

Respirei fundo, ainda me sentindo inquieto.

Ultimamente, sempre que alguém fazia bullying comigo, meus pais acabavam brigando.

— Olha só, eu vou limpar essa bagunça aqui e vou entrar em casa para preparar um jantar bem gostoso, está bem? — disse minha mãe. — Que tal vocês dois lerem mais um capítulo de Harry Potter e relaxarem um pouco?

Quando eu não estava pintando com minha mãe, estava lendo livros juvenis com meu pai. Minha mãe me ensinou o amor pela arte, e meu pai me ensinou o amor pelas palavras.

Todas as noites ele se sentava no meu quarto e lia um livro para mim. Aqueles momentos eram os meus favoritos. Ele era meu melhor amigo.

Ele e eu voltamos para casa e nos acomodamos no sofá para ler. Quando ele começou, fiquei ouvindo atentamente e, de vez em quando, ele erguia o olhar e observava o meu olho, franzia as sobrancelhas e me puxava para um abraço.

— Você e a mamãe se odeiam? — perguntei, cheio de preocupação.

Ele levantou uma das sobrancelhas.

— O quê?

— Vocês estavam gritando e brigando.

— As pessoas às vezes discutem. Isso não significa que elas se odeiam.

— Mas...

— Sua mãe é minha melhor amiga, Jackson. — Os olhos dele ficaram marejados e ele fungou um pouco. — Ela é o mundo para mim, assim como você. Vocês dois significam mais para mim do que você pode imaginar.

— Você ama a mamãe?

— Amo, filho. — Uma lágrima escorreu pelo rosto dele, e ele assentiu antes de enxugá-la. — Com todo o meu coração.

— Tudo bem. — Minha barriga parou de doer tanto. Eu me aconcheguei ao meu pai e fiz um gesto com a cabeça. — Você pode continuar lendo agora.

Ele pigarreou, suspirou e olhou para o livro.

— Capítulo catorze...

Capítulo 14

Grace

A ida à igreja nas manhãs de domingo era o ponto alto da semana em Chester. Era uma ocasião importante em nossas vidas, e meu pai era o homem responsável por isso. E como ele era bom naquilo! Eu só gostaria que minha atenção estivesse completamente focada nele naquela manhã.

— Sente-se direito, Gracelyn Mae — sussurrou minha mãe com um tom exasperado no banco da igreja. — Uma dama não curva os ombros.

Eu me empertiguei, joguei os ombros para trás e fiquei ouvindo o sermão de meu pai para a congregação. Algumas pessoas atrás de nós começaram a cochichar e ouvi o nome de Finn ser mencionado.

— É, ele veio direto da casa de Autumn ontem à noite. Fico imaginando se ela sabe — disseram elas, e senti um nó no estômago.

— É triste ver o casamento deles ruir dessa maneira. Achei que eles fossem durar.

— Pois é, mas essa geração de hoje em dia não costuma mais lutar por seus parceiros. Ouvi dizer que não foi ele que saiu do relacionamento.

— São sempre as boas garotas, não é?

Fiz um gesto para me virar e dar um fora naquelas fofoqueiras, mas minha mãe pousou a mão em meu joelho e negou com a cabeça de maneira discreta.

— Fique mais reta, Gracelyn Mae — ordenou ela.

E eu me empertiguei ainda mais.

— Dizem por aí que Finley queria uma família, mas Grace não queria engravidar. Não queria estragar seu corpo. Mesmo que agora ele esteja um pouco... diferente.

— Também notei que ela engordou. É uma pena.

Minha mente começou a girar enquanto eu me obrigava a ficar ali sentada, sendo ridicularizada pelas pessoas da cidade. E eu não tinha sequer permissão para me defender porque era Gracelyn Mae Harris, um anjo bem-comportado de Chester, Geórgia.

O que me magoou mais foi o fato de as pessoas cochichando serem as mesmas que me abraçavam no mercado. Elas sorriam para mim e literalmente falavam mal de mim pelas costas.

Eles vão sugar todas as suas energias até que não reste mais nada, e, então, vão perguntar como foi que você morreu.

Eu me esforcei muito para não chorar também, porque uma princesa perfeita nunca chorava.

— Será que dá para pararem?! — elevou-se uma voz, fazendo toda a igreja ficar em silêncio.

Meu pai parou o sermão, um pouco desconcertado diante do grito. Eu me virei e vi Judy enfrentando aquelas pessoas rudes, que tinham uma expressão de choque no rosto.

— Que tal vocês ouvirem o sermão, em vez de ficarem fofocando sobre um assunto do qual não sabem nada a respeito? — Ela se virou para a frente de novo e a igreja continuou em silêncio. Judy fez um gesto em direção ao nosso pai e pigarreou, empertigando-se como uma verdadeira princesa. — Desculpe-me, pai. Pode continuar.

Ele fez exatamente isso, não deixando de maneira alguma se afetar por aquela interrupção.

Depois do sermão, vi nossa mãe dando uma bronca em Judy no canto da igreja e me aproximei o suficiente para ouvir as palavras dela.

— Como você se atreve a nos constranger dessa forma, Judith Rae!

— Sinto muito, mas eu não aguentei ver aquelas pessoas falando daquele jeito sobre Grace. E estou chocada por você ter aguentado. Elas não fazem ideia do que a Grace está passando.

— Isso é com elas, mas não é sua obrigação chamar a atenção delas por isso. Os hábitos fofoqueiros que cultivam é um assunto delas com Jesus.

— Bem, talvez Jesus não estivesse ouvindo com atenção hoje, então decidi entrar na conversa — irritou-se Judy.

Ela se *irritou* com nossa *mãe*.

Quem era essa nova irmã e como eu poderia dizer a ela que eu a amava mais do que ela podia imaginar?

— Você está sendo infantil, Judith. Pare com isso.

— E você está agindo como se aquelas pessoas fossem da sua família. Você está tão preocupada em como a igreja a vê que nem se importa com suas filhas. O que aconteceu com o sempre e para sempre, mãe? Quando foi que você deixou de acreditar nisso? — perguntou ela, antes de se afastar.

Fiquei chocada. Simplesmente chocada. Nunca na minha vida Judy ou eu demos as costas para nossa mãe e saímos andando. Sempre esperamos que ela saísse primeiro, porque era assim que as coisas deveriam ser. Nunca respondíamos à nossa mãe. Ela sempre tinha a última palavra. Até aquela tarde.

Senti como se estivesse em algum tipo estranho de *twilight zone*, e eu não sabia qual era o caminho para sair dali.

Minha mãe olhou para mim e se aproximou.

— Está satisfeita agora, Grace? Está feliz por ver sua irmã se rebelando como você?

— Não — sussurrei, negando com a cabeça. — Claro que não. Mãe, eu não planejei nada disso.

Ela franziu a testa e meneou a cabeça.

— Mas você não está fazendo nada para consertar a situação também.

— O que você quer dizer com consertar? Meu marido me abandonou para ficar com minha melhor amiga.

— Ele não abandonou você. Ele falou sobre divórcio?

Engoli em seco.

— Não.

— Então ele ainda é seu marido.

— Tecnicamente, sim, mas...

— Eu liguei para ele ontem à noite.

— Como assim, você ligou para ele?

— Eu liguei para ele — repetiu ela de maneira direta.

— Por que você faria uma coisa dessa?

— Eu queria ouvir o lado dele da história. Queria me certificar de que ele estava bem.

Senti meu coração afundar ainda mais no peito.

— Ele me traiu, mãe. Ele me abandonou, e você quer saber se *ele* está bem?

Ela não me perguntou nem uma vez se eu estava bem. Nem uma vez.

Ela se empertigou, linda como sempre, e apertou os lábios.

— Ele ainda é meu genro, Grace. Ele é da família.

— E eu sou sua filha — argumentei.

— Ouça o que vou dizer, Grace — sussurrou ela. — Ele disse que ainda ama você.

— Ele é um mentiroso.

— Morda a língua — ralhou minha mãe. — Nós conhecemos a família Braun a vida toda, e Finley Braun não mentiria sobre amar você.

— Você ficaria surpresa sobre a capacidade que ele tem de mentir, mãe. Além disso, talvez um casamento precise de mais do que amor para durar.

— Com certeza. Precisa de perdão e orações — respondeu ela.

148

— Autumn era minha melhor amiga. Ele está saindo com a minha melhor amiga. Eles ainda estão juntos.

— Sei que é tudo muito complicado

Bufei.

— Complicado?! — Minha voz estava mais alta do que ela gostaria.

— Sério, mãe? Você está sendo ridícula.

— Não estou, não. As pessoas cometem erros, Gracelyn Mae, e se você não mostrar a ele que o quer de volta, vai perdê-lo para sempre. Como mulher dele, é sua obrigação ficar ao lado do seu marido, mesmo quando ele se perde no caminho. Você precisa trazê-lo de volta para casa.

— Mas a Autumn...

— A Autumn não ficou diante de você e fez votos. O que ela fez foi horrível, mas não é problema seu, não de verdade. Ela não significa nada na sua vida. Finley significa tudo. Quem é você sem o Finn, Grace? Ele esteve ao seu lado por mais da metade da sua vida. Vocês dois são parte um do outro. Só porque os dias estão sombrios não significa que devemos parar de tentar. A juventude de hoje é tão rápida em jogar os relacionamentos fora antes de dar-lhes uma chance de se curarem. Existe um tempo para a cura.

Senti um nó no estômago e não fazia ideia de como responder, porque, de algum modo, eu vinha pensando a mesma coisa. Quem eu era sem o Finn? Ele sempre foi uma grande parte da minha existência e eu não estava bem certa de como continuar a vida sem ele ao meu lado.

Nossa vida estava tão entrelaçada que eu tinha quase certeza de que ele tinha levado partes de mim quando desfez os laços do nosso amor.

Quem eu deveria ser agora?

Será que conseguia ser uma pessoa sozinha?

Sem Finley, será que eu sequer existia?

Mesmo assim, nada daquilo importava. Não de verdade.

Porque mesmo que eu lutasse por seu amor, mesmo que eu orasse para ele voltar para mim, Finn ainda tinha tido um caso com minha melhor amiga. Se fosse com uma estranha, talvez eu tivesse conseguido superar. Talvez eu fosse capaz de encontrar uma gota de perdão em minha alma. Mas com Autumn?

Não.

Eu nunca mais seria capaz de confiar nele de novo, e cada segundo que ele estivesse fora do meu alcance eu o imaginaria com ela.

Que tipo de vida seria aquela?

Que tipo de mulher eu seria se voltasse para os braços do homem que me traiu tantas vezes?

— Você nem ao menos vai tentar, não é? — Minha mãe franziu a testa. — Você não vai dar uma nova chance para ele? Finn disse que tem ligado para você.

— Eu não tenho nada para dizer para ele.

— Sua teimosia vai destruir sua vida.

— Mãe... — sussurrei, piscando algumas vezes e esfregando o pescoço. — Será que você pode ficar ao meu lado hoje? Ainda que só hoje?

Nem um traço de compaixão surgiu em seu rosto enquanto ela olhava ao redor da igreja.

— Gracelyn, eu preciso que você comece a agir como mulher, e não feito criança. Se você vai passar um tempo em Chester, precisa agir de maneira apropriada.

— Agir de maneira apropriada? Do que você está falando?

— Você é a filha do pastor, o que, por sua vez, a torna filha desta cidade. Você tem uma responsabilidade com sua família e com a cidade e precisa aparecer sempre com um sorriso no rosto e manter a classe.

— Mãe...

— Estou falando sério, Grace. Eu não quero discutir e estou farta de receber ligações de pessoas comentando sobre como você tem agido de maneira estranha.

— O quê? O que você quer dizer com isso?

— As pessoas têm falado que viram você vagando pelas ruas chorando e como toda a sua personalidade parece... — Ela pigarreou. —

Descontrolada. Além disso, o que você tem feito na oficina, falando com aquela... *coisa*?

— O quê? Mãe, você mandou as pessoas me espionarem? — perguntei, chocada.

— Claro que não, Gracelyn. Não seja ridícula. Estamos em uma cidade pequena, e as pessoas têm olhos para ver. Você precisa ficar bem longe daqueles homens da família Emery. Eles são imprudentes.

— Você ao menos os conhece, mãe? Tipo, os conhece mesmo?

— Conheço o suficiente.

— Por causa do erro que Mike cometeu alguns anos atrás?

Ela arfou.

— Um erro? Você deve estar doida se acha que Mike Maluco só cometeu um erro.

— Você não deveria se referir a ele dessa maneira — falei com voz suave.

— Por quê? Ele é exatamente isso... Ele é maluco. Desde que você saiu da cidade, ele vive sendo preso e anda bêbado por aqui. Ele é o sofrimento dessa cidade, e nós estaríamos muito melhores sem ele e aquele filho pecador.

— Pecador? Isso é um pouco demais, não é? — Não sei por que, mas eu sentia que ela estava sendo muito injusta com Jackson. Sim, ele era cruel, mas quem poderia culpá-lo por ser daquele jeito, quando a cidade inteira o tratava mal?

— Você acha? Ele é viciado em drogas.

— Mas está limpo agora.

— Por ora, mas nenhuma gentalha como ele consegue se manter assim por muito tempo. Você sabe para onde as mulheres vão quando são tentadas pelo demônio a serem infiéis? Direto para os braços daquela desgraça. Ele já arruinou o relacionamento de muita gente nessa cidade por causa dos seus hábitos nojentos. Ele é basicamente uma DST ambulante, e é por isso que é horrível quando você é vista conversando com ele. Você está dando início a rumores que nem existem só por estar andando com ele. É horrível ver você conversando com um monstro. Você precisa se manter bem longe de Jackson Emery. Custe o que custar.

— Você o ajudou anos atrás, quando ele a procurou? Sobre os ataques que ele e o pai estavam sofrendo das pessoas da cidade? — perguntei.

Ela ficou agitada.

— Muita gente me procura pedindo ajuda. Afinal de contas, eu sou a esposa do pastor.

— Eu sei, mas Jackson a procurou e pediu que você conversasse com a congregação para deixá-los em paz.

Ela empinou o nariz.

— Eu não me recordo.

— Bem, ele se lembra.

— Ele é um mentiroso, como o pai.

— Mãe — sussurrei, balançando a cabeça. — Quando foi que você se tornou tão fria? Como você pôde dar as costas para ele?

— Aqueles dois não mereciam que eu os ouvisse depois do que Mike Maluco fez ao nosso local de oração. Milhares de dólares para os consertos. Ele poderia ter matado alguém.

— Mas o que as ações de Mike têm a ver com Jackson? Ele era só um garoto, mãe. E ele a procurou em um momento de necessidade.

— Não venha me dar sermão sobre ser uma boa pessoa, Gracelyn Mae. Você não faz ideia das coisas que eu tive que enfrentar.

— Você deu as costas para um garoto.

— Eles não mereciam minha ajuda. Não depois da confusão que Mike causou. Não depois da tempestade que ele começou.

— Se você vira as costas para um, você vira para todos — falei, citando um dos meus sermões favoritos de meu pai.

Ela também conhecia as palavras.

Por um segundo, seus olhos ficaram marejados enquanto olhava para mim, mas logo afastou aquelas emoções.

— Eu não preciso me explicar para você. Mas, enquanto estiver aqui, você precisa me ouvir. Você precisa me obedecer e se manter graciosa; caso contrário, começarão novos rumores a seu respeito. E eu sei que essa é a última coisa que você quer. Fique na sua e faça o que eu mandar. Estamos entendidas?

— Eu não sou mais criança, mãe.

— Então faça o favor de parar de agir feito uma. — Algumas pessoas passaram por nós, e o nervosismo de minha mãe continuava a crescer. Ela se empertigou e alisou a roupa. — Você está arruinando nosso nome. Você está arruinando tudo que trabalhamos para proteger.

Antes que eu pudesse responder, meu pai se aproximou.

— Tudo bem?

Minha mãe o fulminou com o olhar.

— Você está brincando, Samuel? Você não viu a cena que sua filha fez na igreja? Tudo está muito longe de ir bem!

Meu pai abriu um sorriso e deu de ombros.

— Tenho certeza de que haverá alguma outra cena antes que o dia de hoje termine, e as pessoas vão logo esquecer o que aconteceu.

— As pessoas não esquecem nesta cidade, Samuel. Você deveria saber disso melhor que ninguém — comentou minha mãe, alisando o vestido. — Agora, se me derem licença, vou tentar conter os danos porque parece que sou a última pessoa que ainda tem um pingo de sanidade nesta família.

Ela se afastou e meu pai se aproximou de mim. Ele colocou os óculos na cabeça, como sempre, e enfiou as mãos nos bolsos.

— Você está bem, minha flor?

Dei um sorriso amarelo.

— Sinto muito por tudo isso, pai. Sei que minha volta não está sendo fácil para ninguém.

— Sua volta para casa é a melhor coisa do mundo. Nunca peça desculpas para mim, Grace. Você e sua irmã são minhas maiores bênçãos. — Ele deu um beijo em minha testa e me puxou para um abraço. — Sempre e para sempre.

— Pai?

— O quê?

— Continue me abraçando mais um pouquinho.

Ele apertou mais o abraço e apoiou o queixo na minha cabeça.

— Tudo bem, filha.

Capítulo 15

Grace

Na cidade de Chester, você via as mesmas pessoas todos os dias. Mesmo que não quisesse. Descobri rapidamente que Jackson não apenas levava Tucker para o parque de vez em quando, mas também carregava aquele garotão no colo todos os dias pela cidade para que pudessem se sentar ao sol por horas. Parecia ser o lugar favorito de Tucker, e Jackson não se importava de dar aquela alegria para o cachorro.

Mesmo que ele odiasse quando eu olhava para ele, eu não conseguia evitar.

Era tão intrigante olhar com atenção para alguém que eu acreditava ser tão diferente de mim e enxergar partes que combinavam perfeitamente com alguns cantos da minha alma.

Talvez não fôssemos extremos opostos, no fim das contas — nós dois estávamos perdidos e tudo o mais.

Ele não era a única pessoa que eu via na cidade, porém. O que era uma pena.

Via Autumn o tempo todo, mas fiz um bom trabalho em evitá-la. Eu a vi primeiro na lanchonete. Depois na sorveteria, e escapei antes que ela tivesse a chance de me dirigir a palavra.

Então nosso caminho se cruzou no mercado.

Ela estava de salto alto e seu cabelo louro estava puxado para trás em um rabo de cavalo apertado. Enquanto seguia em direção à seção de frutas, legumes e verduras, eu parei. Ela ficou olhando para as bananas como se fossem criaturas estranhas, estudando cada uma delas como se não conhecesse a fruta.

São só bananas, sua idiota. É só escolher uma penca.

No instante em que o pensamento passou pela minha mente, eu me senti culpada.

Desculpe por chamá-la de idiota.

Espere.

Não.

Ela roubou o meu marido. Tenho permissão para xingá-la na minha mente sem me sentir culpada por isso.

Autumn pegou uma penca, ergueu o olhar e me viu.

— Grace — disse ela, meu nome escorrendo por sua boca como se fosse uma doença.

Ela deu um passo atrás, e eu fiquei parada.

Seus olhos ficaram marejados, e eu odiei isso. Ela começou a chorar no meio do mercado, e as lágrimas pingavam nas frutas que ela havia comprado. Meu Deus, eu odiava as lágrimas dela porque faziam com que eu me lembrasse do meu próprio sofrimento.

O sofrimento que ela havia provocado.

Autumn deu um passo em minha direção. E meu corpo se retesou. Empurrei meu carrinho para longe.

— Grace, espere. Podemos conversar? — pediu ela.

Suas palavras me feriram no instante em que saíram da sua boca.

Ela se aproximou.

Eu me virei e fugi correndo.

Correndo.

Só para esclarecer as coisas, eu não era uma corredora. Tinha certeza de que nem sabia como correr de maneira adequada. Depois de vinte segundos, já estava sem ar e suando em lugares que eu nem sabia que poderiam suar. Mas continuei correndo assim mesmo, porque ouvi o som do salto dos sapatos dela atrás de mim.

Autumn era corredora.

Ela corria desde pequena, e era uma das pessoas mais rápidas que eu conhecia.

Enquanto eu corria pelas ruas de Chester, sem ar e prestes a desmaiar, ouvia sua voz calma e tranquila me chamando. Ela não estava nem ofegante, enquanto eu achava que deveria chamar uma ambulância e passar por uma reanimação cardiopulmonar. Meus braços, totalmente descoordenados, faziam com que eu parecesse um polvo, enquanto ela corria feito uma campeã olímpica.

No segundo que consegui, abri a porta da The Silent Bookshop e Josie viu minha expressão de pânico, embora eu não tenha tido tempo de dizer nada para ela. Rapidamente abri as portas duplas e corri para a área do silêncio, onde me escondi atrás das estantes de livros.

Meu corpo todo doía enquanto eu levava as mãos ao peito. Meu coração estava disparado, embora isso não fosse novidade. Quando ouvi a porta se abrir, gemi. Gostaria de ser invisível. Gostaria de ter a capa de invisibilidade do Harry Potter para escapar de enfrentar Autumn.

— Gracelyn? Eu sei que você está aqui — declarou ela, enquanto eu ouvia seus passos se aproximarem. — Você não pode continuar me evitando.

Algumas pessoas fizeram sons pedindo para ela ficar em silêncio, mas Autumn não deu a menor bola.

Quem acharia que uma mulher capaz de roubar o marido da melhor amiga respeitaria a regra de silêncio da The Silent Bookshop?

Ela foi até onde eu estava e me vi presa entre Nárnia e Hogwarts.

Eu estava encurralada. Livros me cercavam por todos os lados, enquanto Autumn se postava bem diante de mim.

Ela realmente tinha corrido o caminho todo atrás de mim, de salto alto e tudo, e não tinha uma gota de suor para mostrar.

Eu a odiava.

Ah, como eu odiava aquela pele radiante.

— A gente precisa conversar — declarou ela, enxugando os olhos.

Que tipo de rímel ela usava que não escorria quando chorava?

— Você não pode falar aqui dentro — repreendi. — E mesmo se não estivéssemos aqui, eu não ia querer falar com você.

— Por favor. Se nós duas vamos viver na cidade, não podemos continuar desse jeito.

— Você vai ficar surpresa ao ver por quanto tempo eu consigo manter isso assim.

— Grace.

— Vá embora.

— Não. Não até conversarmos — insistiu ela, cruzando os braços. — Eu preciso que você entenda.

— Entender o quê? Como você me traiu? Como você me apunhalou pelas costas? Prefiro não entender.

— Era para ter sido só uma vez, Grace.

Era para ter sido só uma vez.

Aquilo não melhorava as coisas em nada. Nem a maneira, nem o modo.

— E aconteceu quando Finn veio trabalhar no hospital. A gente se via todos os dias porque sou recepcionista lá. Uma noite nós saímos para beber, e ele se descontrolou por sua causa. Ele me contou que você o tinha deixado.

Arfei.

— Eu o deixei?

— Isso. Naquela noite a gente acabou bebendo demais e... — As palavras dela morreram.

— Você me traiu. Você nunca me ligou para saber se o que Finn tinha contado era verdade.

— Ele não é mentiroso — declarou ela.

— Mas você era minha amiga, não dele. Era minha melhor amiga.

— Grace...

— Por favor, me deixe em paz — implorei. Aquilo era tudo o que eu queria: ficar em paz.

Josie entrou na sala e olhou para nós. Implorei com o olhar que ela me salvasse.

Ela olhou para Autumn com nojo.

— Por favor, Autumn, esta é a seção do silêncio. Se você quer conversar, precisa ir para a entrada.

— Mas ela não vai até lá comigo — choramingou. — E a gente precisa conversar.

— A gente não vai conversar — gritei. — Não existe nada que você possa me dizer que me faça querer...

— Eu estou grávida — revelou ela, as palavras saindo de sua boca para me atingir como um soco na cara.

Por um instante, vi tudo preto. Senti o ácido subir pelo meu estômago e queimar minha língua enquanto fiquei petrificada, em total e inacreditável estado de choque.

Ela se remexeu um pouco.

— Quando Finn foi encontrar com você para resolverem a questão da casa, ele deveria ter contado, mas não conseguiu. Não depois de todos os bebês que você perdeu — continuou ela.

Diferentemente de minha mãe e de Finn, Autumn não tinha nenhum problema de falar "perder os bebês".

Gostaria que ela tivesse, porém, porque ouvir aquilo me provocou ânsia de vômito.

— Você está grávida? — consegui perguntar por fim, enquanto meu corpo tremia incontrolavelmente.

Ela concordou lentamente.

— Eu... Isso... — Ela respirou fundo e fungou enquanto as lágrimas escorriam pelo seu rosto. — Não era para isso ter acontecido, Grace. Eu juro. Nada disso deveria ter acontecido. Eu não achei que fosse me apaixonar, e isso...

Parei de prestar atenção.

Parei de prestar atenção em todos os sons à minha volta. Fiquei olhando enquanto Autumn continuava a falar, mas Josie a pegou pelo braço e a tirou da sala.

Minha visão começou a ficar embaçada e eu me senti cada vez mais tonta.

Eu ia vomitar.

Não, eu ia desmaiar.

Não...

Eu ia morrer.

Autumn tinha conseguido.

Autumn tinha conseguido fazer a única coisa que eu nunca tinha conseguido. Ela ia dar um filho para o meu marido, e eu estava certa de que o bebê teria os olhos dele.

Aqueles olhos azuis...

Por um longo tempo, achei que talvez nós dois tivéssemos problemas — tanto Finley quanto eu. Agora eu via que o problema não era dele. Ele podia ter filhos.

O problema era eu. Era eu que tinha um defeito trágico.

— Grace.

Ouvi meu nome, mas não reagi. Eu estava congelada. Incapaz de me mexer. Incapaz de respirar. Incapaz de fazer qualquer coisa. Tudo que eu conseguia era ficar parada.

— Ei! Sai dessa! — gritou Jackson para mim. Ele colocou as mãos nos meus ombros e me sacudiu, fazendo minha visão embaçada entrar um pouco em foco. Olhei nos olhos dele e pisquei algumas vezes.

Então as lágrimas chegaram, cada uma delas escorrendo devagar pelo meu rosto.

— Ela está grávida — sussurrei, olhando nos olhos dele, que não estavam tão duros e frios quanto costumavam ser. — Minha melhor amiga vai ter um filho do meu marido.

— É, eu ouvi. — Ele franziu as sobrancelhas, mas não era como ele costumava fazer. Aquele franzido era de pena de mim.

— Eu... Eu... Eu. — Minha visão apagou e vi tudo preto. Eu não conseguia mais falar. Não conseguia mais me mexer. Não sabia o que fazer nem como reagir. Tudo que eu sabia era que aquilo não era um ataque de pânico.

Eu conhecia um ataque de pânico.

Eu conhecia a ansiedade e como ela havia me engolido no passado, mas aquela sensação que eu estava sentindo era nova para mim.

Aquilo parecia mais o primeiro passo em direção ao nada.

Eu nunca ia esquecer aquele momento ali na livraria. Um desses grandes momentos que definiriam quem eu me tornaria a partir daquele ponto. O momento que me fez deixar de ser a pessoa que sempre fui.

Foi naquele exato momento que perdi minha última semente de mostarda. Que perdi minha fé. Foi naquele exato instante que deixei de acreditar em Deus.

— Venha comigo — sussurrou Jackson.

— Mas... — comecei.

— Princesa — disse ele com a voz rouca de sempre. Ele pegou minhas mãos e as apertou de leve. — Venha comigo.

E eu fui atrás dele.

Andamos pelas ruas de Chester de mãos dadas, e eu ainda sentia aquela sensação de que o tempo tinha congelado. Chegamos à oficina, e ele me levou para os fundos, onde estava o carro destruído.

Jackson me posicionou de frente para o carro e colocou uns óculos de proteção no meu rosto. Pegou a marreta e me entregou.

— Tudo bem — disse ele, fazendo um gesto com a cabeça em direção ao carro. — Pode colocar tudo para fora.

Respirei fundo, ergui a marreta e bati no carro. Continuei batendo, sem saber por quanto tempo estava fazendo aquilo. Eu simplesmente não conseguia parar de marretar aquela sucata diante de mim. Bati contra o vidro traseiro, estilhaçando-o, enquanto as lágrimas saíam em torrentes e escorriam pelo meu rosto. Eu não conseguia enxergar nada, mas continuava batendo e batendo, usando todas as minhas forças e descontando tudo naquele carro. Talvez não me restasse mais muita força para descontar toda a raiva que ainda sentia.

— Tudo bem — declarou Jackson. — Já chega.

Mas eu não parei. Continuei golpeando todo aquele metal retorcido.

— Princesa, já chega — repetiu ele, dessa vez mais sério, mas não dei ouvidos.

Tudo dentro de mim doía de um jeito que eu não sabia que era possível. Era como se minha alma estivesse em chamas e condenada a queimar eternamente.

Ergui a marreta sobre a minha cabeça e, quando não consegui descê-la, eu me virei e vi que Jackson a segurava.

— Solte — ordenei.

— Não.

— Jackson, solte — implorei, tirando os óculos.

— Não.

— Solte! — berrei, enquanto as lágrimas escorriam pelo meu rosto e meu coração batia descontrolado no peito.

— Grace, por favor... — pediu ele, com a voz tranquila, quase um sussurro enquanto olhava direto nos meus olhos. Ele se aproximou mais de mim, e seus dedos começaram a abrir os meus para tirar a marreta das minhas mãos. — Solte agora.

Soltei a marreta e dei alguns passos para trás.

Jackson colocou a ferramenta no chão e me lançou o olhar mais patético.

— Eu estou bem — menti, fungando. — Eu estou bem.

— Não está não.

— Não. Estou sim. Está tudo bem. Tudo está sempre bem.

Ele se aproximou mais e estreitou os olhos. Quanto mais perto ele chegava, mais nervosa eu ficava.

— Sério mesmo. Eu estou bem. Eu perdi a cabeça por um minuto, mas estou bem, eu...

— Você está sangrando — declarou ele.

Estou?

Ele passou o polegar no meu rosto e, quando o afastou, vi o sangue. Depois, senti a dor.

— É um corte profundo. Acho que algum caco de vidro deve ter atingido seu rosto — disse ele. — Venha à minha casa. Eu cuido disso.

Coloquei a mão no rosto e neguei com a cabeça.

— Está tudo bem. Eu estou bem. Estou bem. — Só ficava repetindo aquelas palavras, esperando que, de algum modo, eu fosse começar a acreditar nelas.

— Vem comigo — insistiu ele, estendendo a mão para mim.

Eu a aceitei e senti um frio percorrer meu corpo enquanto ele me levava até a casa. Eu não disse nada no caminho até lá, principalmente porque minha cabeça estava dormente. Entramos na casa e ficamos na sala, onde havia um cavalete e um piano no canto. A casa parecia maior por dentro que por fora, e era um lugar muito limpo. Havia obras de arte em todas as paredes, muitas pinturas com o pôr do sol e o nascer do sol. Todas elas lindas de morrer.

— Senta aqui — ordenou Jackson, levando-me para o sofá. Obedeci e ele se afastou para pegar uma toalha e alguns curativos. Tucker rapidamente veio me cumprimentar e, quando não conseguiu subir no sofá, eu o ajudei e ele se aconchegou bem no meu colo, abanando o rabo.

— Bom garoto — sussurrei, sentindo uma sensação de conforto na hora.

Quando Jackson voltou, se ajoelhou diante de mim com uma toalha molhada e a colocou no meu rosto. Fiz uma careta e ele franziu a testa.

— Foi mal — murmurou ele.

— Tudo bem — respondi.

Ficamos em silêncio enquanto ele cuidava do meu machucado e Tucker dormia no meu colo.

— Jackson...

— Olha só...

Nós falamos ao mesmo tempo, e dei uma risada nervosa enquanto os dedos dele passavam pelo meu rosto.

— Você primeiro — pedi.

Ele engoliu em seco.

— Eu não queria que você se machucasse. Foi mal. Só achei que precisava colocar um pouco daquela energia para fora.

— É por isso que você marreta os carros? Para colocar a energia para fora?

Ele não respondeu.

Baixei a cabeça.

— Você talvez precise levar pontos. — Ele pigarreou, e, quando olhou nos meus olhos, a culpa naqueles olhos castanho-claros provocou um aperto em meu coração. — Foi mal mesmo.

— Não precisa se preocupar — respondi. — Afinal de contas, eu fiz você deixar uma marreta cair no seu pé, então acho que agora estamos quites.

— Não. Não estou me referindo a isso.

Ele ficou me olhando com uma expressão dura, e seus lábios demonstraram tristeza.

— Eu quero me desculpar pelo jeito como tenho tratado você.

— Se eu soubesse que tudo de que eu precisava para você ser legal comigo era que meu marido engravidasse minha melhor amiga, eu já teria feito isso há séculos. — Eu ri, mas ele continuou com a testa franzida.

— Não faça isso.

— Fazer o quê?

— Rir quando não tem nada engraçado.

— Eu tenho que fazer isso, senão... — Enquanto ele olhava para mim, tive que desviar o olhar, porque senti que minhas emoções estavam finalmente me atingido à medida que meu coração voltava ao ritmo normal. Uma risada desconfortável escapou dos meus lábios.

— Porque senão você vai se irritar comigo — avisei.

— Por quê?

Meu lábio inferior estremeceu, senti meu corpo começar a tremer, e cobri o rosto com as mãos.

— Porque essa é a parte em que eu começo a chorar.

— Eu sei — concordou ele, passando as mãos sobre as minhas e tirando-as do meu rosto. — E essa é a parte em que eu deixo você chorar.

Ele tirou Tucker do meu colo e o colocou em uma almofada. Depois pegou minhas mãos e me puxou para que eu me levantasse e me envolveu com seus braços. Jackson me abraçou bem apertado e se tornou a pessoa que me apoiou quando comecei a cair. Chorei aos soluços na camiseta dele, pensando em todos os anos de luta, em todos os anos de dor enquanto eu tentava criar a vida que Autumn roubou bem debaixo do meu nariz.

De vez em quando Jackson acariciava minhas costas, provocando uma estranha sensação de conforto.

Quando me afastei um pouco, agradeci por ele me abraçar e por permitir que eu desmoronasse. Ele passou o polegar pelo meu rosto, enxugando as lágrimas que continuavam caindo.

Dei uma risada nervosa.

— Descontrolada — falei, repetindo a palavra que ele usava para me descrever.

Ele continuou enxugando minhas lágrimas.

— Foi mal — Jackson se desculpou com voz suave e profunda. — Foi mal ter chamado você de descontrolada quando nos conhecemos.

— Não precisa pedir desculpas. Afinal é a mais pura verdade. Eu sou totalmente descontrolada.

— Todo mundo é — insistiu ele. — Só que algumas pessoas escondem isso melhor que outras.

Não sei por que, mas aquela declaração me acalmou um pouco.

Jackson esfregou o pescoço e pigarreou.

— Quer um pouco de água?

— Sim, por favor.

Enquanto ele seguia para a cozinha, eu respirava fundo. Meus dedos passaram pelo curativo no meu rosto, e fui até os quadros que mostravam o pôr do sol para ver com mais atenção. Eram imagens incríveis. Tão incríveis e realistas que quase pareciam fotografias. Cada uma delas tinha as iniciais H.E. no canto inferior.

— Que lindos — elogiei quando Jackson voltou para a sala com um copo de água, que me entregou. — Quem é H.E.? — perguntei.

— Hannah Emery — respondeu ele com voz baixa, enquanto enfiava as mãos nos bolsos. — Minha mãe.

— Ela era uma artista incrível — afirmei.

Ele concordou com a cabeça.

— Ela era mais do que isso. — Antes que eu pudesse fazer mais perguntas sobre Hannah, ele trouxe o foco da conversa de volta para mim. — Você está bem?

Dei uma risada irônica.

— Verdade ou mentira?

— Verdade. Sempre a verdade.

Respirei fundo, e as lágrimas voltaram a escorrer pelo meu rosto enquanto eu soltava o ar. Eu nem consegui responder.

— Sinto muito por você estar sofrendo tanto — disse ele.

— Está tudo bem.

— Não está, não.

Ele estava certo, não estava nada bem, e eu não tinha certeza se um dia voltaria a estar.

— Você tinha razão sobre todo mundo aqui na cidade. Eles só estavam me consolando para ter mais assunto para fofocas. Eles não dão a mínima para os meus sentimentos. Só querem um assunto sobre o qual conversar.

— Sinto muito por estar certo.

— Tudo bem. Eu só... Só parece que eu não tenho ninguém, sabe? Eu sei que posso conversar com minha irmã e com meu pai, mas isso é tudo, e não quero ser um peso para eles. Os outros moradores da cidade parecem ser completos estranhos para mim.

— Até mesmo sua mãe?

Arfei.

— Principalmente minha mãe.

Ele pigarreou e curvou um pouco os ombros.

— Eu me chamo Jackson Paul Emery — declarou, com voz calma, olhando direto nos meus olhos. — Não sei assobiar, mas consigo dar três saltos mortais seguidos. Aprendi a mexer com carros com o meu pai e a pintar com a minha mãe. No último verão, consegui comer 25 cachorros-quentes seguidos como um profissional. Alex gravou tudo. Faço o melhor risoto de camarão e....

— O que você está fazendo? — perguntei.

— Estou falando um pouco sobre mim.

— Eu percebi, mas por quê?

Ele esfregou a mão no pescoço e deu de ombros.

— Para que eu não seja mais um estranho e você possa conversar comigo.

Ah, Jackson...

Primeiro ele é azedo, depois surpreendentemente doce.

O monstro gentil.

Aquele gesto me surpreendeu, mas talvez ele tenha aprendido a olhar com atenção como eu estava fazendo com ele. Talvez, pela primeira vez, nós dois estivéssemos nos vendo.

— Eu não sei como falar sobre isso — confessei. Eu não fazia ideia do que poderia falar.

— Qual é a parte mais difícil para você? O que mais faz você sofrer?

— Ah, essa pergunta é fácil. — Baixei a cabeça e me abracei. — A traição, e logo em seguida estar sozinha. Eu não sei como é estar sozinha. Quando Finn e eu nos casamos, eu realmente acreditei que seria para sempre. Você constrói uma vida inteira em torno de outra pessoa, e acredita que nunca mais vai ficar sozinha e, de repente, você está. É uma sensação muito difícil de se lidar. A solidão dói, queima de um jeito muito pior que o fogo.

— E essa queimação nunca para — completou ele. — Você só acaba ficando dormente para ela.

— Há quanto tempo você é tão solitário assim?

Ele me deu um sorriso triste, que me revelou sua verdade mais profunda.

— Ah, Jackson — sussurrei, passando a mão de leve no rosto dele. — Você é tão jovem para ser tão triste assim.

Ele fechou os olhos, e senti a respiração quente saindo pelos lábios entreabertos.

— Você está fazendo de novo, princesa.

— Fazendo o quê?

— Colocando o sofrimento dos outros na frente dos seus.

Dei um sorriso e encolhi os ombros.

— É o meu dom e a minha maldição.

— Não é egoísmo, sabe? — Ele abriu os olhos e senti um frio na espinha diante da intensidade do seu olhar. Ele se inclinou e sussurrou no meu ouvido, como se estivesse revelando o maior segredo do mundo. — Você pode se colocar em primeiro lugar.

Que pensamento maravilhoso, embora, no mundo em que fui criada, as coisas fossem o oposto. De onde eu vim, você sempre precisava se doar para os outros primeiro, e o que quer que sobrasse, poderia usar.

Acontece que, na maior parte do tempo, nada restava e o meu repositório de amor-próprio acabou ficando vazio.

Quando chegou a hora de ir embora, ele se ofereceu para me acompanhar até minha casa, e, novamente, eu recusei.

— Mas obrigada por isso... por me ajudar.

Ele me deu um meio sorriso, ou pelo menos fingiu que sim.

— Você está bem?

— Não.

— Certo — declarou ele. — Você não precisa estar.

Por que aquilo fez com que eu me sentisse um pouco melhor?

— Jackson?

— O quê?

— Você não se parece nada com seu pai.

Ele franziu a testa, pigarreou e olhou para o chão, cruzando os braços.

— Eu me pareço com ele quando ele está sóbrio.

Capítulo 16

Grace

Quando eu já estava chegando à casa de Judy, sorri ao ver o rosto amigável de alguém sentado na minha varanda.

— Oi, amiga — cumprimentei, seguindo até Josie, que estava segurando dois copos extragrandes da lanchonete KitKat's.

— Oi, amiga — retribuiu ela, levantando-se.

— Há quanto tempo você está aqui?

— Tempo suficiente para tomar dois copos desses, voltar à lanchonete e comprar mais dois. — Ela franziu a testa, olhando para o meu rosto. — O que aconteceu? — perguntou, apontando para o curativo.

Toquei meu rosto.

— Só uma válvula de escape.

— Você está bem?

— Se o que tem nesse copo é o que estou pensando que é, logo vou ficar um pouco melhor.

Ela riu e me entregou um copo.

— Se eu me lembro bem, você era a garota que curtia Coca diet com um pouco de uísque.

Quando éramos adolescentes, sempre pedíamos copos extragrandes na lanchonete KitKat's quando queríamos nos embebedar na cidade e não queríamos que ninguém soubesse que a filha perfeita dos Harris sabia o que era uma bebida alcoólica. Claro que aquilo tinha sido ideia da Josie. Ela era ótima para me libertar por um tempinho.

Peguei o copo e ri.

— Isso mesmo. — Tomei um gole e fiz uma careta. — Caramba, Josie!

— Eu talvez tenha pesado um pouco no uísque — explicou ela.

— Acho que isso aqui está mais para uísque com um pouco de Coca diet.

— Confissão: não coloquei nem um pouquinho de Coca diet aí. — Ela pousou a mão no meu ombro e apertou de leve. — Se tem alguém nessa cidade que merece tomar uísque puro, esse alguém é você. Como está aguentando?

— Eu poderia estar melhor.

— Quer ir atirar alguns ovos na casa da Autumn? Tenho uma dúzia bem depois da esquina — brincou ela. Bem, achei que estivesse brincando até ver a seriedade em seus olhos.

— Não, Josie. Nós não vamos jogar ovos na casa dela.

— Mas que tal enrolarmos a casa com papel higiênico? Folhas duplas, toque macio. Coisa de qualidade. Seria como se envolvêssemos a casa daquela idiota com um cobertor macio. — Ela mordeu o lábio inferior. — E depois a gente joga gemas de ovo no papel.

Eu ri, o que pareceu estranho. Mas Josie tinha essa capacidade de fazer a pessoa mais triste do mundo encontrar um segundo de riso.

— Acho que vou adiar um pouco a vingança.

— Tudo bem, mas quando chegar a hora, é só dizer.

— Eu prometo que sim.

— Quer ir até nosso lugar de antigamente, onde costumávamos ir para ficar vendo as pessoas e encher a cara sem que elas soubessem? — convidou Josie, erguendo as sobrancelhas na esperança de que eu aceitasse.

— Boa ideia.

Seguimos até o parque Kap e nos sentamos no banco que ficava de frente para o centro da cidade de Chester. Quando éramos mais novas, vimos as coisas mais loucas sentadas naquele banco. O drama que se desenrolava enquanto tomávamos nossa Coca diet e dávamos risadas era sempre bom.

Mas naquele dia tudo parecia diferente. A cidadezinha que costumava me fazer rir parecia mais um país estranho para mim.

— Você está bem, amiga — disse Josie enquanto observávamos os acontecimentos do momento. — Tipo, você não está bem agora, mas vai ficar.

Parte de mim acreditou nela, enquanto outra parte achou que aquilo era uma completa mentira.

— Josephine e Gracelyn Mae, eu não vejo vocês duas sentadas aqui neste banco há séculos — declarou Charlotte, aproximando-se de nós com aqueles saltos altos e os lábios com batom rosa curvados em um grande sorriso, e senti um aperto no estômago. A última coisa que eu queria fazer naquele momento era lidar com a personalidade bisbilhoteira de Charlotte.

Ela se sentiu completamente à vontade e se sentou bem ao meu lado.

— Como vão as coisas, Grace? Tenho ouvido uns rumores, sabe? E, na verdade, eu vi você um pouco mais cedo, correndo pela cidade de mãos dadas com Jackson Emery. O que aconteceu? Está tudo bem? — perguntou ela como se estivesse preocupada comigo, mas eu já tinha aprendido que aquele não era o caso.

Ela só estava sendo Charlotte, a rainha da fofoca. Se não tivesse cuidado, eu ia ler a minha vida relatada na coluna do jornal de domingo

— O que a faz pensar que você tem o direito de fazer essa pergunta, Charlotte? — interveio Josie, defendendo-me porque sabia que eu não ia fazer isso.

Eu não sabia como me defender.

— Desculpe, mas eu disse alguma coisa errada? — perguntou Charlotte, levando a mão ao peito.

— Tudo que você disse foi errado. Agora, se não se importa, Grace e eu estamos tendo uma conversa particular e não precisamos de uma bisbilhoteira como você para nos interromper — disse Josie.

— Bem, essa atitude é totalmente desnecessária — declarou Charlotte, bufando, enquanto se levantava.

— Assim como suas perguntas invasivas. Que o seu dia seja abençoado — acrescentou Josie, com um sorriso radiante para Charlotte, que se afastava, irritada.

Não consegui segurar o riso.

— Se eu tivesse dito isso, minha mãe teria me colocado de castigo pelo resto da vida.

— Ainda bem que eu não sou você, e minha mãe também não suporta aquela garota. Além disso, Charlotte é minha prima. Se alguém pode mandá-la calar a boca é alguém da família.

— Obrigada, Josie. Por ser você mesma.

— É só o que eu sei ser — retrucou ela, dando uma batida no meu ombro. — Agora, se você quiser ficar sentada aqui em silêncio, podemos fazer isso. E se quiser conversar, também podemos fazer isso. Podemos fazer o que você precisar.

— Eu simplesmente a odeio... — confessei. — Sei que não deveria porque aprendi que o ódio nunca faz bem a ninguém, mas eu a odeio. Eu a odeio tanto.

— Você não está sozinha no seu ódio por ela. Autumn sempre foi difícil para mim. Ela sempre pareceu tão... falsa.

— Todo mundo sempre disse que éramos parecidas.

— Bem, todo mundo é idiota. Você é sincera. Você sempre esteve disposta a ajudar, mesmo quando as pessoas não mereciam sua bondade. Mas ela? Ela é... *Ugh*. Tipo, eu realmente a odeio. E os pais dela também. Eles nunca me passaram uma coisa boa. Quem é que escolhe o nome Autumn para uma filha que nasceu em fevereiro? Sério! Quem faz uma coisa dessa? A pessoa pode escolher qualquer nome. Eu teria uma lista de nomes para dar para ela. Tipo Karla.

— Ou Mia.

— Ou Rebecca, Becca como apelido — sugeriu.

— Ou Evette. Talvez Harper.

— Ah, eu amo Harper. — Josie concordou, colocando o lábio no copo. — Ou Alexandria.

— Lexie poderia ser o apelido.

— O apelido também podia ser Andie.

— Ou Alex.

— Amo esses nomes, que podem ser usados para menina ou menino. Tipo Jamie ou Chris ou Dylan — explicou ela.

— Morgan, Reese ou Taylor.

— Jordan. Sawyer.

— Emerson — sussurrei, as palavras saindo da minha boca e ferindo meu coração. Respirei fundo e fechei os olhos. — Esse seria o nome da minha filha.

Quando abri os olhos, vi o sofrimento no olhar de Josie. Dei um sorriso triste e balancei a cabeça.

— Desculpe. — Eu sempre me esforçava para manter minha batalha contra a infertilidade só para mim. Eu sempre tentava manter um sorriso no rosto na frente dos outros, mas, às vezes, eu sofria um deslize.

Principalmente quando minha melhor amiga estava grávida do meu marido.

Nada de pedir desculpas, Josie disse na língua de sinais.

— Não precisa se desculpar. Você tem o direito de estar sofrendo. — Ela me deu um sorriso triste e eu sabia o que aquilo significava. — Um tempo atrás, sua mãe mencionou que você e Finn estavam tentando ter filhos e como aquilo estava sendo difícil para você — disse Josie com a voz mais gentil que nunca. Ela deve ter visto o sofrimento em meus olhos ao ouvir seu comentário, porque se apressou a acrescentar:

— Sinto muito, eu não quero me intrometer. Eu só... — Ela respirou fundo e arregaçou a manga que cobria seu braço direito. No antebraço,

174

havia três coraçõezinhos tatuados, cada um com asas de anjo. — Eu só quero que você saiba que não está sozinha nisso.

Soltei a respiração que eu nem sabia que estava prendendo.

— Eu vejo pessoas com filhos na cidade e fico imaginando se elas sabem a sorte que têm — sussurrei com voz trêmula.

— Isso, e você fica feliz por elas, mas também puta da vida, não é?

Assenti devagar, sentindo-me culpada pelo meu ressentimento. Eu tinha um enorme ressentimento por mim mesma. Sentia raiva do meu corpo, por sua incapacidade de fazer a única coisa que eu deveria conseguir fazer: ter filhos.

A voz de Josie se manteve suave.

— Não quero causar nenhum tipo de mal-estar, nem nada, mas quero que você saiba que não está sozinha. Se precisar conversar com alguém... ou simplesmente alguém com quem compartilhar sua raiva, eu estou aqui.

— Obrigada, Josie. Isso significa muito para mim.

— Sempre que precisar. Eu sei quanto essa estrada pode ser solitária e com todo o resto que ainda está acontecendo na sua vida... — Suas palavras morreram e ela sorriu. — Só quero que você saiba que se precisar de uma amiga, estou aqui.

Aceitei suas palavras e me apeguei a elas com toda a força. Eu precisava de uma amiga mais do que nunca.

Estar em casa cura.

— Sinto muito — declarei, fazendo um gesto em direção às tatuagens dela. — Pelos seus três anjinhos.

— Obrigada. Isso significa muito para mim. Quantos foram para você?

Respirei fundo e soltei o ar devagar.

— Sete.

— Ah, querida... — Josie levou as mãos ao coração porque ela sabia. Qualquer mulher que já tinha perdido um bebê conhecia o vazio que ficava em nossa alma. — Sinto muito.

— Tudo bem. Eu estou bem.

Ela franziu a testa.

— Você está cansada.

— Estou — sussurrei, respirando mais devagar. — Estou exausta.

Ela me puxou para um abraço. Tão apertado que eu não conseguiria me soltar nem se quisesse. Aconcheguei-me no conforto que ela me trouxe e a abracei pelos três coraçõezinhos do mesmo jeito que ela honrava minhas sete perdas.

Enquanto nos abraçávamos, ela sussurrou no meu ouvido:

— Ellis. — Ela se afastou um pouco de mim e enxugou as próprias lágrimas enquanto sorria e falava com a língua dos sinais. — *O nome do último seria Ellis.*

— Eles teriam sido lindos.

— Meu Deus. Eu aposto que ele teria os olhos de Harry — disse ela, dando uma risada leve enquanto meneava a cabeça, pensando no marido.

— *E o seu sorriso* — acrescentei também na língua dos sinais.

Ela sorriu e isso me deixou feliz.

— É só difícil demais. Autumn foi capaz de dar ao Finn a única coisa que eu sempre quis, a única coisa que não consegui, e ela nem ao menos estava tentando — expliquei. — É como se eles estivessem vivendo o meu conto de fadas. Eles estão conseguindo o meu felizes para sempre.

— Bem, existe um problema sério no enredo dessa história.

— E qual é?

— Ela não é você. Ela nunca vai ser você, e eles não podem roubar o seu final feliz. Isso é seu e só seu. Só porque ele não chegou do jeito que você pensou que seria não significa que seu final feliz não esteja a caminho.

Ouvi suas palavras, mas acreditar que eu encontraria um final feliz quando estava presa dentro da minha própria história de terror era algo quase impossível de fazer.

Ficamos sentadas ali no banco, até o sol se pôr e o uísque secar.

Quando ela se ofereceu para me acompanhar até em casa, recusei, sabendo que o caminho era o oposto do dela.

Enquanto eu atravessava a cidade, notei que Jackson estava saindo da The Silent Bookshop, e seus olhos encontraram os meus. Ele estava com o mesmo cenho franzido de antes, as mãos enfiadas nos bolsos.

Dei um sorriso para ele, e ele meneou a cabeça. *Respire fundo.* Franzi a testa para ele, e ele assentiu devagar. *Sim, sim, aquilo parecia certo.*

Ele não queria uma expressão falsa, mas a verdadeira. Aquela que eu nunca me permitia expressar em público.

Jackson deu um passo na minha direção, e eu meneei a cabeça devagar, fazendo-o parar.

Eu não poderia ter Jackson perto de mim porque ele fazia com que eu sentisse que estava tudo bem me sentir despedaçada independentemente de quem estivesse vendo. Se ele se aproximasse de mim, eu ia desmoronar, e ele ia me segurar. E então eu ia começar a chorar. E mesmo que grande parte de mim quisesse isso, me sentir livre, eu sabia que não poderia ter o seu consolo. Sabia que não poderia demonstrar toda a minha tristeza nas ruas de Chester enquanto Jackson Emery me abraçava.

Muitas pessoas ficariam imaginando coisas.

Muitas pessoas se importariam.

Ele baixou a cabeça e se afastou de mim. Seguiu na direção de sua casa, mergulhando nas sombras da noite.

Senti um arrepio e sabia que era por causa dele.

Mesmo que a gente não se conhecesse de verdade, o peso que ele carregava me parecia muito familiar.

Entre todas as pessoas da cidade, eu sabia que meu coração se parecia mais com o do monstro que diziam que só carregava escuridão no coração.

Era aquilo que eu queria.

Eu queria me sentar na escuridão e aceitar meus sentimentos.

Eu queria me banhar na escuridão e abandonar toda a luz.

Eu queria me libertar e sentir tudo que eu quisesse sentir sem medo do julgamento das outras pessoas sobre mim.

Eu queria ser livre.

Mesmo que só por uma noite.

Capítulo 17

Grace

Minha mãe armou para mim.

Quando ela me ligou para dizer que queria se desculpar por tudo que tinha acontecido na igreja, eu deveria ter desconfiado. Ela não era do tipo de se desculpar — era do tipo de exigir que as pessoas pedissem desculpas a ela.

Quando cheguei à sua casa alguns dias depois de descobrir sobre a gravidez de Autumn, e vi o enorme sorriso em seu rosto, soube que havia algo estranho. Eu deveria ter ficado dentro da The Silent Bookshop e evitado a todo custo qualquer contato com outros seres humanos.

Principalmente com minha mãe, porque sua lealdade parecia estar em outro lugar.

Meus olhos encontraram os do homem diante de mim.

— Finley.

Ele estava usando aquela camisa polo amarela que eu odiava, e tinha se barbeado.

Odiei notar aquilo.

— Por que você está aqui? — perguntei.

Minha mãe se aproximou de mim e abriu um sorriso.

— Acho que já está mais do que na hora de você conversar com seu marido.

Bufei.

— Você só pode estar brincando.

— Grace, eu tenho ligado para você — declarou Finley.

— É mesmo? Eu não teria como saber porque bloqueei seu número.

— Olha só...

Tapa.

Eu dei um tapa no meio da cara dele, e minha mãe ofegou.

— Gracelyn Mae! O que deu em você? — gritou ela, parecendo horrorizada.

Virei-me para ela.

— Por que você o convidou para vir aqui?

— Ele não estava conseguindo falar com você.

— E você pode me culpar por isso? Depois do que aconteceu?

Ela pareceu não entender do que eu estava falando, e me virei para Finn.

— Você não contou para ela, não é? Eu nem deveria ficar chocada, vendo que você não teve coragem de me contar também. Foi uma loucura ter que ouvir a notícia da boca de Autumn.

— Espere um pouco... Ela te contou? — Finn curvou os ombros e parecia tão patético. — Grace, eu...

— Mas o que está acontecendo aqui? — perguntou minha mãe, só que eu não tive saco para explicar. Eu me virei para ela e sacudi a cabeça, não acreditando no que estava acontecendo. — Será que você morreria se tivesse escolhido ficar do meu lado, mãe? Será que realmente seria o fim do mundo se você colocasse sua filha em primeiro lugar? — berrei para ela, antes de sair intempestivamente de sua casa.

— Grace, espere! — exclamou Finn, correndo atrás de mim.

Eu me desvencilhei dos sapatos de salto alto e segui apressada para a praça da cidade, que estava cheia de gente ouvindo música ao vivo. Finn me alcançou e puxou meu braço, fazendo com que eu tropeçasse.

— A gente tem que conversar — afirmou ele.

— Eu não tenho nada para te dizer — retruquei.

Ele resmungou e meneou a cabeça.

— Precisamos discutir as coisas, Grace. Sei que deve ser difícil de acreditar, mas ainda amo você. Estou tão confuso e...

— Finley, eu juro que se você não tirar suas mãos de mim, eu vou te matar — berrei, fazendo algumas pessoas se virarem para nós.

Meu coração batia cada vez mais rápido a cada segundo que passava. Ele estava me deixando literalmente enjoada. O jeito como estava parado diante de mim, com suas mãos no meu corpo e declarando seu amor por mim me dava vontade de vomitar.

Era tão ridícula toda aquela situação. Finn estava perdendo o tempo dele ao professar palavras de amor, porque eu não acreditava mais no amor.

— Não faça escândalo em público, Grace. Pare de gritar — disse alguém atrás de mim. Ergui o olhar e vi minha mãe falando comigo, e sua escolha de palavras me surpreendeu.

— Mãe, pelo amor de Deus, não se meta na minha vida!

— Não use o nome do Senhor em vão, Gracelyn Mae — ordenou minha mãe, mas eu revirei os olhos.

— E qual é o problema, mãe? Ele nem é real.

— Mas o que está acontecendo com você? Ou será que devo perguntar quem está na sua cabeça? — perguntou ela.

— O que você quer dizer com isso?

— Você tem sido vista com Jackson Emery, Grace — declarou Finn. — Sua mãe me ligou porque está preocupada com você.

— Ela está preocupada de eu ser vista com Jackson, mas não está nem aí para o fato de o meu marido estar me traindo.

— Você está dormindo com ele? — perguntou minha mãe.

— Como é que é? — Fiquei boquiaberta diante da pergunta.

— Ela não faria uma coisa dessa — disse Finn em minha defesa, o que me irritou ainda mais. — Ela é muito... Bem, ela é a Grace.

— E o que você quer dizer com isso? — perguntei, sentindo o peito queimar.

— Significa que você é *você*. Você jamais faria uma coisa... errada. Você nunca me trairia.

— Disse o adúltero.

— Eu só estou dizendo, você não é... Eu não sei... Você é você. Você não é uma rebelde nem nada. Você não tem isso em você. Você nunca faria uma coisa dessa. Você sempre foi a escolha segura.

Eu o odiava. Eu odiava meu marido porque ficou claro que ele estava me chamando de mansa, chata e boba. Eu o odiava porque ele estava absolutamente certo.

Eu era leal aos outros e sempre tinha sido. Eu nunca me rebelava, por mais tentada que me sentisse, porque tinha medo de como aquilo afetaria a vida das outras pessoas. Eu me preocupava com o que as pessoas diriam a meu respeito. Eu tinha medo de como as outras pessoas me veriam se eu fizesse alguma coisa que considerassem deselegante.

Vivi minha vida toda de maneira tranquila, andando na linha, seguindo todos os ensinamentos de minha mãe.

E fiz tudo certinho.

Eu era fiel, honesta, bondosa e bem-comportada.

Mesmo assim, no fim das contas, quando tudo tinha sido dito e feito, nada daquilo importava. Ele ainda escolheu outra mulher, mesmo que eu tivesse sido tudo que ele sempre quis. Ele ainda foi para a cama com minha melhor amiga, mesmo eu sendo a "escolha segura".

— Eu nunca mais vou falar com você. Está entendendo, Finley James? Nunca mais — fiquei repetindo para ele.

— Por favor, Grace. Pare de falar agora — ralhou minha mãe. — Vamos voltar para casa e discutir esse assunto em particular. Você está agindo de forma imatura.

Imatura?

Ela não sabia o que era ser imatura, mas eu estava farta naquela tarde. Farta de ouvir o que eu deveria fazer, como eu deveria agir, como eu deveria ser. Eu nem conseguia me lembrar da última vez que tinha feito uma escolha que tivesse sido única e exclusivamente minha.

Mesmo assim minha mãe tinha a cara de pau de me chamar de imatura.

Então foi exatamente o que me tornei.

— Com licença, com licença — pedi, correndo em direção ao palco, onde havia uma banda tocando. — Com licença, Josh, eu vou precisar do microfone por um minuto — falei, usando todo o meu charme sulista enquanto pegava o microfone da mão dele. — Eu só quero esclarecer as coisas sobre alguns rumores que andam circulando na cidade sobre o meu relacionamento com Finley.

— Gracelyn Mae, desça já desse palco! — gritou minha mãe da coxia.

Fiz um gesto em direção a ela.

— Se vocês ainda não notaram, a rainha de Chester deu o ar de sua graça esta noite. Vamos dar uma salva de palmas para minha mãe, Loretta Harris. Ela não é linda? — Todos começaram a aplaudir, e minha mãe deu um sorriso falso e acenou.

Então sibilou para mim:

— Solte esse microfone agora.

— Sinto muito, rainha — respondi, fazendo uma reverência em direção a ela. — Mas a princesa Grace precisa dizer algumas palavras, se vocês não se importarem. — Eu me virei para o grupo de pessoas que estava olhando para mim e respirei fundo. — Primeiro e mais importante, eu me sinto muito bem de estar de volta a Chester. Esta cidade é o meu lar e eu....

Antes de conseguir terminar de falar, o microfone desligou e eu me virei e vi minha mãe com o fio na mão. Ela parecia muito satisfeita por ter me impedido de falar, o que me deixou com mais raiva ainda.

Soltei o microfone.

— Parece que estamos com alguns problemas técnicos, então eu vou precisar que vocês fiquem em silêncio por um segundo enquanto dou a vocês uma ótima notícia! Acontece que estamos esperando um filho! — Exclamei e ouvi algumas pessoas ofegarem, e meus olhos encontraram os de Finn. — Mas quando eu digo "nós", não estou me referindo a Finley e eu. Esse "nós" não existe mais. O novo "nós" dele é Autumn Langston, minha melhor amiga. Vocês a conhecem. Autumn dá aula de Ensinamentos Bíblicos na igreja, e é ela a mulher que tem transado com o meu marido nos últimos meses. — Quando vi Autumn na plateia, ela estava congelada. — Eles estão esperando o primeiro filho, então vamos dar uma salva de palmas para eles. — O lugar ficou em silêncio, e eu comecei a bater palmas bem devagar. Eu era a única a aplaudir. Então olhei diretamente nos olhos de Finn e respirei fundo. — Parabéns pela gravidez, Finley James. — Pisquei uma vez e lutei contra as lágrimas que ameaçavam cair. — Sei que isso foi o que você sempre quis.

Com isso, saí do palco e minha mãe estava com uma expressão horrorizada.

— Grace... eu não sabia... — começou ela, mas eu não ligava.

— Será que você não tem um filho que precisa ser consolado nesse momento difícil? — perguntei. — Tenho certeza de que Finn precisa do seu apoio.

Passei por ela e por todos que estavam cochichando sobre mim e sobre o pesadelo que era minha vida. Só continuei andando cada vez mais rápido, até me ver em frente à porta da casa de Jackson, batendo nela repetidamente. Por fim, eu tinha feito algo que ia contra a minha natureza de boa moça. Não tinha feito a coisa certa, Deus sabe que eu estava errada. Mesmo assim, aquilo me fez me sentir muito bem.

Capítulo 18

Jackson

Grace estava sem fôlego quando abri a porta. Ela estava socando a madeira feito uma louca, e quando olhei para ela, realmente parecia uma louca.

— Oi — falou, ofegante.

— Oi — respondi.

— Posso entrar?

Dei um passo para o lado, permitindo que ela entrasse.

Grace começou a andar de um lado para o outro pela casa, e dava quase para sentir o quanto estava enlouquecida.

Seus passos estavam acelerados e instáveis, e sua mente parecia um turbilhão.

— O que foi? — perguntei.

— Preciso que você transe comigo — declarou ela.

— O quê?

— Eu disse que preciso que você...

— Não, eu ouvi.

— Então por que perguntou?

— Porque mesmo tendo ouvido o que você falou, pareceu ridículo.

— Arqueei uma das sobrancelhas. — Você está de porre?

— Não. Na verdade, acho que é a primeira vez que estou pensando direito em um bom tempo.

— E pensar direito significa que você quer transar comigo?

— Exatamente.

Continuei com a sobrancelha arqueada.

— Você está de porre? — perguntei de novo, e ela começou a enrubescer.

— Não, Jackson. Estou falando sério.

Eu me apoiei na parede e cruzei os braços.

— Quem foi que tirou você do sério?

Ela continuou andando de um lado para o outro.

— Não importa. Tudo que preciso saber é se você vai transar comigo ou não.

— Princesa...

— *Eu não sou princesa!* — gritou, irritada, parando de andar. Grace olhou para mim, e seu olhar estava pesado quando soltou um suspiro. — Eu só estou farta disso tudo. Estou farta de ser a princesa, de ser a boa moça, a garota comportada. Eu fui assim a vida toda e não cheguei a lugar nenhum com isso. Não ganhei nada com isso.

— Então o próximo passo lógico é transar comigo — brinquei. Ela se aproximou e parou bem na minha frente.

— Isso mesmo.

— E por quê?

— Porque você é o extremo oposto de bom.

— Vou considerar isso um elogio.

Um sorriso cruzou seus lábios.

— Eu sabia que sim.

— Grace, você não quer fazer isso... — avisei quando ela se aproximou mais.

— É exatamente o que eu quero.

— As pessoas na cidade dizem que sou perigoso, e elas não estão erradas. Eu sou instável às vezes e explodo sem aviso.

— Isso não me assusta. Além disso... — Ela deu mais alguns passos e ficamos a centímetros de distância. Minhas costas estavam contra a parede, e ela estava cada vez mais ofegante. — Além disso, eu preciso de um pouco de perigo na minha vida.

Ela passou a mão pelo meu pescoço e eu fechei os olhos enquanto sentia seu toque na minha pele.

— Você vai se arrepender — avisei.

Ela deu uma risada de descrença.

— Você se arrepende de transar?

Abri os olhos e olhei diretamente nos dela.

Grace ouviu minha resposta mesmo sem eu ter dito nada. Ela hesitou por um instante, enquanto seu olhar demonstrava a confusão de seus pensamentos.

— Eu uso sexo para esquecer — confessei.

— Esquecer o quê?

— Tudo.

Ela assentiu devagar.

— Eu também quero esquecer.

— Esquecer o quê?

— Tudo.

Duas pessoas que queriam esquecer tudo juntas... Só havia um milhão de formas como aquilo poderia dar terrivelmente errado.

— Essa é uma péssima ideia — alertei.

— Eu sei — concordou ela. — Mesmo assim, é o que eu quero.

Fiz uma careta.

— Você está triste.

— Estou. — Ela assentiu. — Você é mais triste.

Sim.

Ela levou as mãos ao meu peito e olhou em meus olhos.

— Você não me assusta, Jackson Emery.

— Mas deveria.

— Por quê?

— Porque às vezes eu me assusto comigo mesmo.

Ela continuou perto de mim, pressionou seu corpo contra o meu e eu a puxei para mais perto — como eu poderia evitar? Gracelyn Mae provocava uma sensação estranha de familiaridade que eu nunca havia sentido antes.

Mesmo quando você não a queria por perto, de algum modo você se via mais próximo dela.

Minhas mãos pousaram em suas costas enquanto seu quadril roçou no meu. O que Grace tinha que fazia meu corpo agir contra a minha vontade?

— Eu li sobre caras como você nos livros, sabe? — sussurrou ela, enquanto seus dedos moviam-se em círculos no meu peito.

— Ah, é? E o que esses livros te ensinaram sobre caras como eu?

— Bem... — Ela mordeu o lábio inferior e respirou fundo antes de sussurrar: — Eles me ensinaram a manter distância.

— Então por que você está tão perto assim?

Ela olhou direto para os meus olhos.

— Porque, naquelas histórias, a heroína nunca ouve.

— E elas encontram muitos problemas?

— Sim, então elas enfrentam muitos problemas.

Pelo jeito como Grace falou, percebi que isso era exatamente o que ela queria. Nós éramos um clichê clássico. A boa moça e o monstro da cidade. Éramos os opostos perfeitos para formar a tempestade perfeita, e ela estava me pedindo para ser o defeito dela, o seu maior erro.

E, bem, quem era eu para não aceitar o pedido dela?

— Eu poderia destruí-la.

— Ou me salvar.

— Vale a pena arriscar?

— Quem não arrisca não petisca.

Quanto mais ela me tocava, mais eu queria retribuir o toque. Segurei-a pelos punhos e inverti a posição com ela, que agora estava contra a parede, com as mãos acima da cabeça.

— Eu tenho regras. — Eu me inclinei mais para ela, roçando os lábios em seu pescoço. Meu Deus, Grace tinha um cheiro maravilhoso de pêssego, e era meu próximo pecado. — E você não pode quebrar essas regras. — Passei a língua por seu pescoço antes de sugar de leve.

Ela estremeceu com o toque.

— E que regras são essas?

— Regra número um — sussurrei, movendo a boca pelo seu ombro. — Você não pode passar a noite aqui.

— OK.

— Regra número dois — continuei, soltando seu braço esquerdo e levando a mão até a barra da blusa dela, que levantei devagar, enquanto acariciava sua pele. — Você não pode nutrir sentimentos por mim.

— Isso é fácil — respondeu ela, ofegante, enquanto eu desabotoava o botão de sua calça jeans. — Eu não acredito mais em sentimentos.

Não sei por que, mas aquilo me entristeceu por ela. Eu também não acreditava em paixão, mas essa era a minha norma de vida. Grace parecia ser do tipo que acreditava em algo maior que o amor, então o fato de sua crença ter se esvaído completamente foi um pouco surpreendente.

Talvez tivéssemos mais coisas em comum do que eu pensava.

— Regra número três... nós não conversaremos sobre a minha vida.

— Tipo nunca?

— Nunca.

— OK.

— Por último, regra número quatro... — Rocei os lábios contra os dela e passei a língua por seu lábio inferior. — Se eu rasgar a sua calcinha favorita, não espere que eu compre uma nova.

Ela ficou vermelha. Grace ficava vermelha com muita facilidade, minha nova missão era fazer com que ela ficasse assim a noite toda.

Nossos lábios se encontraram e senti seu cheiro enquanto ela apoiava a mão esquerda no meu peito.

— Eu também tenho uma regra — declarou ela.

Arqueei uma das sobrancelhas.

— Qual?

— Você não transa com mais ninguém enquanto estivermos transando. — Ela olhou direto nos meus olhos. — Eu só preciso ser a única por um tempo. Não consigo fazer isso se você estiver fazendo com mais alguém.

— Você quer a minha lealdade?

— Sim.

Não era só um desejo, mas uma necessidade. A traição que Grace tinha sofrido foi tão devastadora que seu coração precisava de algo que fosse dela, mesmo que só por um tempo. Ela precisava que meus lábios fossem só dela, que minha língua deslizasse só para dentro dela e que ela fosse a única a gemer de prazer por causa disso.

— Só tem um problema — comecei, olhando para a minha pulseira. — Eu uso o sexo para esquecer. Eu uso o sexo para evitar usar... outras coisas. Então, se eu precisar de você imediatamente...

— Eu vou estar aqui — prometeu ela. — Não vou deixar você sozinho.

Desci o dedo por seu pescoço e não consegui afastar meus olhos do rosto dela. Grace era linda, isso era certo, mas também estava despedaçada, exatamente como eu. Meus cacos estavam espalhados e os dela se misturaram aos meus. Éramos duas pessoas despedaçadas e que não queriam ser consertadas.

— Você pode fazer uma coisa por mim? — pedi com voz suave, enquanto a beijava, absorvendo seu cheiro.

— O quê?

— Vá para o meu quarto e tire a sua calça.

Ela engoliu em seco, um pouco insegura.

— Isso. — Assenti. — Agora.

Ela passou por mim e começou a desabotoar a blusa no caminho para o quarto. Eu não consegui evitar dar um sorriso para ela, diante de sua incerteza, sua timidez e seu nervosismo.

Era sempre divertido quando uma boa moça tentava ser má.

— E, Gracelyn Mae?

— O quê?

— Talvez seja bom fazer uma oração pedindo perdão para Deus.

Ela se virou para mim com os olhos arregalados.

— Por quê?

Meus olhos pousaram no sutiã cor-de-rosa que envolvia os seios perfeitos, mais do que o suficiente para encher as minhas mãos. Tirei a camiseta e caminhei até ela.

— Porque você está prestes a pecar esta noite.

Capítulo 19

Grace

Meus nervos estavam à flor da pele. Mesmo que eu quisesse fazer isso — eu queria o corpo de Jackson contra o meu —, tudo que eu tinha aprendido na vida estava passando pela minha cabeça, avisando sobre todos os erros do ato que eu estava prestes a cometer.

Você ainda é casada perante a lei.

Ele é perigoso.

Você não é esse tipo de garota.

Você é uma boa moça.

Silenciei as vozes em minha cabeça da melhor maneira que consegui, porque esta boa moça estava farta de ser dócil.

Eu queria uma vez na vida ser livre e sentir como é viver sem censuras.

— Tudo bem? — perguntou ele.

Assenti devagar.

— Tudo.

— Que bom. — Ele avançou na minha direção devagar. — Agora quero que você se sente na beirada da cama. — Eu obedeci e ele se ajoelhou diante de mim. — Você é linda — elogiou, e senti a pele arrepiar. — Você sabe disso, Grace? Você sabe que é linda?

Não consegui responder. Eu não conseguia me lembrar da última vez que alguém tinha dito que eu era linda. Mesmo que eu quisesse acreditar nas palavras dele, era quase impossível para mim.

Depois de enfrentar a traição do meu marido, é impossível não duvidar do meu valor, mas, ao que tudo indicava, naquela noite Jackson estava preparado para me fazer lembrar disso a cada toque.

Ele tocou minhas pernas nuas e beijou suavemente a minha coxa, antes de olhar para mim.

— Você está nervosa.

— Estou.

— Você quer que eu pare?

— Não.

Jackson passou os dedos por baixo da calcinha e usou o polegar para massagear meu clitóris, fazendo com que eu fechasse os olhos. Eu me deitei, caindo contra o colchão enquanto agarrava o lençol. Meu coração disparou de um jeito que eu não sabia ser possível, enquanto ele tirava minha calcinha, permitindo que sua respiração me aquecesse. Arqueei os quadris em direção a ele, mas ele me provocou devagar.

— Paciência, princesa — sussurrou, beijando a parte interna da minha coxa. Ele segurou meus tornozelos e abriu minhas pernas. — A gente tem a noite inteira.

Então, sem pressa, e no ritmo perfeito, ele escorregou os lábios até o centro do meu prazer, provando o meu gosto, sugando, mergulhando a língua lentamente dentro de mim e se afastando bem devagar, antes de mergulhar novamente.

Eu não sabia que podia ser assim...

Eu não sabia que podia ser tão...

Aimeudeus.

— Jack... — ofeguei, mexendo os quadris contra a sua boca enquanto ele começava a me destruir da melhor forma possível. Quanto mais eu gemia, mais rápido os movimentos de sua língua ficavam. *Cada vez mais fundo...* — Assim... — Minha respiração estava ofegante enquanto suas mãos seguravam as minhas coxas e sua boca continuava a me explorar. Mergulhei os dedos no cabelo dele, enquanto o empurrava mais para baixo.

Eu nunca tinha sentido nada como aquilo... Nunca soube que dedos e língua poderiam criar uma...

— *Jesus!* — ofeguei enquanto ele mergulhava a língua ainda mais fundo e mais rápido, saindo e entrando enquanto eu perdia completamente o senso de realidade.

— Não. — Ele riu. — É o contrário.

O jeito como ele controlava cada pedacinho do meu corpo apenas com a língua... O jeito como me mantinha deitada enquanto minhas pernas se agitavam... O jeito como eu me perdia e ele provava cada gota do meu prazer — era quase demais.

Ele gemeu contra a minha pele como se estivesse sentindo tanto prazer quanto eu. Quanto mais eu me retorcia, mais ele explorava, cada vez mais fundo, fazendo com que eu me descontrolasse a cada investida. Quando ele se afastou, minhas pernas estavam bambas e meu peito arfava enquanto eu tentava me refazer.

— Isso foi... Isso foi... Nossa. — Ofeguei. — Isso foi... Caramba.

Jack riu enquanto meu corpo brilhava de suor. Ele se levantou e começou a abrir o jeans, tirando, e depois a cueca.

Meus olhos pousaram na rigidez, enquanto ele lambia os dedos, sentindo o meu gosto.

Eu sabia que era bobagem, mas não conseguia afastar o olhar. Senti o rosto quente de desejo, de nervoso, de vontade e de necessidade, o que, no momento, parecia ser tudo a mesma coisa. Eu queria e precisava muito de Jackson.

Eu só tinha transado com um homem na vida, e ficou muito evidente que Finley não tinha o mesmo tipo de equipamento que Jackson.

Ele fechou as mãos nos meus tornozelos e fixou o olhar no meu.

— Isso foi apenas um aperitivo. — Sem fazer força, ele me fez virar de bruços, e eu gemi de leve enquanto o sentia se acomodar em cima de mim. Sua ereção roçou na minha nádega e seus lábios subiram pelas minhas costas antes de chegar bem perto do meu ouvido. — Está pronta para o prato principal?

Mesmo tendo dito que sim, eu não estava pronta.

Quando Jackson Emery me penetrou, pulsando cada vez mais fundo dentro de mim, eu sabia que tinha feito escolhas que ninguém imaginaria que uma boa moça como eu faria.

Eu estava sendo o oposto de tudo o que o mundo esperava que eu fosse, e ser má estava sendo bom demais.

Jackson deu um tapa na minha bunda, e eu pedi mais. Eu queria que ele fosse mais rápido, e ele atendeu o meu pedido.

E não parou por aí...

Ele me virou para si, me colocou contra a parede e me possuiu em todos os ângulos possíveis e imagináveis. E eu gemia e pedia mais e mais.

Jackson me libertou, me livrou de todas as minhas censuras enquanto me comia com vigor e sussurrava obscenidades em meu ouvido. Ele me colocou em cima dele, e fiquei nervosa quando minha mente começou a se preocupar com a visão que ele teria do meu corpo.

Mesmo assim, com um simples toque nas minhas costas, ele baixou a minha cabeça até a dele e roçou o quadril contra o meu.

— Você é linda — repetiu. — Agora eu quero que você me coma do jeito que você quiser.

E foi o que eu fiz.

Montei nele como se ele fosse todo meu para sempre, embora isso estivesse longe de ser verdade. Mas nossa falsa realidade valia a pena. Aqueles momentos juntos ajudaram minha mente a desacelerar de modo que meu coração pudesse acompanhar.

Ele não era meu e eu não era dele, mas, naquela noite, nós formamos algo. Não havia nome para aquilo, só sensações.

Era assustador e, ao mesmo tempo, tranquilizador.

Rápido e seguro.

Errado e, mesmo assim, incrivelmente certo.

Ele conseguiu me dar mais prazer naquela noite do que eu já tinha sentido nos últimos quinze anos de casamento.

Agora eu entendia bem por que valia a pena explorar os *bad boys*. Eu entendia por que boas moças batiam na porta de Jackson. Eu nunca soubera o verdadeiro significado de pernas bambas até aquela noite.

Quando chegou a hora de ir embora, eu me vesti e ele me acompanhou até a porta.

— Vou levar você em casa — ofereceu.

— Está tudo bem — respondi. Mordi o lábio inferior e olhei para ele. — Esta noite foi...

— Foi sim — concordou ele, encostando-se na porta como se estivesse lendo a minha mente. — Foi mesmo.

— Tudo bem se isso ficar entre a gente? O nosso trato? Não porque eu tenha vergonha nem nada, mas parece que é a primeira coisa que eu faço que é só... minha.

— Fala sério, princesa... — Ele deu um sorriso meio de lado e eu senti alguma coisa. Aquela era a primeira vez que eu o via fazer aquilo, e quando uma covinha apareceu na bochecha dele, meu coração partido palpitou no peito. — Para quem eu poderia contar?

Capítulo 20

Grace

O nosso segredo era só nosso. Meu e de Jackson. Nós só interagíamos quando estávamos na casa dele. Cada vez que ele me tocava, me mostrava um novo mundo. Ora seus beijos eram profundos e intensos, ora tímidos e lentos.

Eu amava as sensações que ele provocava em mim, era quase como se, de certa maneira, ele se importasse. Ele explorava meu corpo como se fosse a coisa que ele mais desejava no mundo, e quando eu saía de sua casa, levava comigo as lembranças dos seus beijos até a próxima vez que caísse em sua cama.

Ninguém sabia de nada, e isso tornava as coisas ainda melhores. Eu estava criando um novo mundo só para mim. Ninguém podia me repreender por minhas ações, e cada escolha que eu fazia era por mim mesma, sem passar pelo filtro do pensamento e da opinião dos outros.

E era disso que eu mais gostava, bem, além da boca de Jackson explorando meu corpo.

Essa realmente era a minha parte favorita.

Quando passávamos um pelo outro na rua, nem trocávamos um olhar. Mesmo assim, eu sabia que ele estava lá, eu tinha certeza de que ele sentia a minha presença também.

Era divertido ter o nosso segredo e saber que o mundo não podia estragá-lo.

Cada vez que eu deixava a casa dele, uma parte diferente do meu corpo doía de uma maneira nova.

Eu não sabia que mãos podiam tocar um corpo de um jeito tão gentil e feroz ao mesmo tempo.

Ele fazia com que eu me sentisse mais segura do que jamais havia me sentido, enquanto dobrava meu corpo de formas que eu não sabia que eram possíveis.

Jackson Emery me beijava de um jeito que eu nunca tinha sido beijada antes.

Ele me beijava em lugares que o meu marido nunca tinha explorado.

Eu amava cada segundo daquilo.

Ele ficava louco quando me despia, mas fazia isso de um modo carinhoso.

Um monstro gentil...

Eu estava sob o controle dele; mesmo assim, de alguma maneira, ele fazia com que parecesse que era eu quem estava no leme do navio. Cada gemido meu fazia com que ele se esforçasse ainda mais. Cada vez que eu gozava, ele se esforçava para que meu próximo gozo fosse ainda melhor.

Sempre que eu ia embora, já saía pensando na próxima vez em que deixaria o monstro brincar comigo.

— Você torceu o tornozelo? — perguntou Josie na manhã seguinte, quando entrei na The Silent Bookshop mancando um pouco. A verdade era que cada músculo do meu corpo estava dolorido por causa das atividades da noite anterior na casa de Jackson. Eu tinha levado cerca de dez minutos para conseguir levantar da cama sem chorar, já que cada pedacinho do meu corpo estava dolorido.

Dei um sorriso para Josie quando ela colocou uma xícara de café na minha frente.

— Eu malhei feito louca ontem — contei para ela.

— Que bom. Fazer ginástica é uma boa maneira de colocar a energia para fora.

Ela não fazia ideia.

Josie pegou sua caneca de chá e tomou um gole quando a sineta acima da porta soou. Nós duas nos viramos e vimos Jackson entrar. Nos dias anteriores, quando ele entrava, ele não costumava olhar para ninguém e seguia direto para as portas mágicas e para o seu canto escuro.

Naquela manhã, porém, ele fez algo diferente. Quando entrou na livraria, ele olhou para mim e deu um meio sorriso. Eu correspondi com outro meio sorriso. Depois ele desviou o olhar e seguiu para a seção de leitura.

Foi um momento fugaz — aquela breve interação. Por apenas alguns segundos, nossos olhares se encontraram e nossos lábios deram um sorriso, mas foi o suficiente para Josie arquear uma das sobrancelhas.

— O que foi isso? — perguntou ela com expressão confusa.

— O que foi o quê?

— O Jackson... — Ela fez uma pausa. — Ele deu um sorriso para você?

— Nem dá para chamar aquilo de sorriso, né?

— Mas ele olhou para você.

— Não foi nada de mais — argumentei, sentindo o rosto queimar. — Foi só uma olhada.

Ela estreitou os olhos.

— Então por que você está vermelha?

— Não estou, não.

— Você está mais vermelha do que o nariz do Ronald McDonald. Totalmente vermelha — avisou ela, fazendo meu rosto esquentar ainda mais.

— Pare com isso, Josie — pedi.

Ela ficou boquiaberta.

— Ai, meu Deus. — Ela ofegou, inclinou-se para mim e bateu com as mãos no balcão. — Que tipo de exercício você andou fazendo ontem, Gracelyn Mae?

Engoli em seco e pousei as mãos sobre as dela.

— Você não pode comentar nada sobre isso, Josie.

O nível de animação nos olhos da minha amiga foi lendário. Ela começou a comemorar com uma dancinha.

— Ai, meu Deus, você e Jackson Emery? Você e Jackson?! Como? O quê? Mas como?! — perguntou ela naquele tipo de sussurro gritado.

— Eu sei. É loucura.

— É o máximo — corrigiu ela. — Minha nossa, se alguém merece transar com um *bad boy* nessa cidade, esse alguém é você. — Ela arqueou uma das sobrancelhas. — Sei que não é da minha conta, mas os rumores são verdadeiros? Sobre o tamanho do... *membro* dele?

Fiquei vermelha de novo e levei as mãos ao rosto.

— Minha Nossa Senhora! É isso aí! — gritou ela, dando pulinhos. — Tipo assim, não me leve a mal, eu amo meu marido mais do que a vida, mas eu já vi o Jackson Emery sem camisa e fiquei pensando que um cara com um corpo tão grande em cima deveria ser tão grande embaixo também.

— Os rumores são mais do que verdadeiros — confessei, inclinando-me para ela. — É só você multiplicar por um milhão.

— Entendi por que você está andando esquisito — brincou ela.

— É estranho. É só que... minha vida está uma loucura — declarei. — Cada aspecto dela é difícil e confuso, a não ser pelo tempo que passo com Jackson. Isso não é nada... complicado. É simples assim. E, quando eu voltar para Atlanta no fim do verão, tudo estará acabado e resolvido.

— Um amor de verão — disse ela.

— Um verão de *sexo* — corrigi. — Sexo e nada mais.

— Mesmo assim, estou muito feliz por você ter encontrado uma válvula de escape de toda essa loucura. Todo mundo merece um refúgio, Grace, um lugar para ir e respirar um pouco, porque, às vezes, a vida pode ser tóxica.

— Eu sei, só estou preocupada. Se as pessoas descobrirem, isso causaria muitos problemas para nós dois, para minha família. Minha mãe ia ter um treco.

— Bem, isso é fácil — disse ela. — Só não permita que alguém descubra. Mas para isso vocês dois têm que parar de se olhar daquele jeito.

— Que jeito?

— Como se tivessem um segredo no meio das pernas.

— É tão bobo, mas é divertido também, sabe? É quase como um jogo. E parece um pouco perigoso também.

— Você viveu sua vida sendo tudo para todo mundo, e agora é a sua vez de viver um pouco. Bom, agora pode me contar tudo. Tipo foi muito bom?

Mordi o lábio inferior e me inclinei de novo.

— Você já ouviu falar de uma posição chamada "aranha"?

— Ah, já. — Ela assentiu. — Imagino que você tenha sido amarrada recentemente, então. — Você já experimentou a posição "amante argentina"?

Arqueei uma das sobrancelhas.

— Nunca ouvi falar.

— Aqui, me empresta o seu celular. — Entreguei para ela, e Josie rapidamente digitou algumas palavras. — Tudo bem, acabei de fazer o download do Kama Sutra que Harry e eu às vezes folheamos. Você vai amar. Além disso, você nem vai precisar mais fazer ginástica. Eu não consegui esse traseiro malhado fazendo agachamentos na academia. Pode ter certeza disso.

— Tudo isso é novidade para mim. Finn e eu só fazíamos papai-mamãe.

Josie fez careta.

— Você nem ficava por cima?

— Ele dizia que não gostava de ver o meu corpo naquela posição.

— Ah, entendi — disse ela. — Ele é gay.

— O quê?

— Querida, nenhum cara hétero vai ligar para a forma do corpo de uma mulher em cima dele. Tudo que ele vai ver é os peitos balançando na cara dele, e pode acreditar que todo cara fica mais feliz que pinto no lixo quando isso acontece. Então, ou ele é gay ou é um imbecil, e não importa qual das opções é verdadeira, você está muito melhor sem ele.

Eu sorri.

Fiquei muito feliz de ter retomado a amizade com Josie. Eu precisava do seu senso de humor mais do que nunca.

— No seu próximo encontro com Jackson, use a posição "tesoura aberta" — sugeriu. Ela fez uma dancinha com os ombros e deu um sorriso levado. — É demais.

Capítulo 21

Grace

— Gracelyn! Gracelyn Mae! Sou eu, Grace! Charlotte!

Fiquei tensa na hora, enquanto caminhava pelas ruas de Chester e ouvia a voz de Charlotte gritando meu nome. Eu só tinha duas opções. Poderia dar uma corridinha — *eu odiava correr* — ou parar e conversar por alguns minutos e depois ir embora e me esconder do mundo. Parei, respirei fundo e abri o meu maior sorriso sulista e falso que consegui.

— Ah, oi, Charlotte. Como vai você nesta gloriosa sexta-feira?

— Nossa, olhe só para você, toda alegrinha — comentou ela, dando tapinhas no meu braço. — Estou muito feliz por ver você tão animada depois do estranho discurso que você deu no festival de música no último fim de semana. — Ela apertou os lábios e cruzou os braços, abrindo um grande sorriso. — É uma pena, não é? Pensar que você conhece alguém e, então, BUM, ele simplesmente se transforma em outra coisa. Embora eu tenha certeza de que houve alguns sinais de alerta que você ignorou, não é?

Abri a boca para falar, mas ela me interrompeu.

— Mas o que é que seu pai costuma sempre dizer? Que Deus escreve certo por linhas tortas. E isso é verdade, não é? Espero que você ainda esteja orando à noite.

Só aproveitando o corpo de Jackson...

— Bem, obrigada pela conversa, Charlotte, mas eu realmente preciso ir agora. A gente se fala mais tarde.

— Isso! Hoje à noite vamos ter uma reunião — disse ela.

— Ah, eu não vou poder ir. Já tenho compromisso.

— Mas sua mãe disse que você ia, então vejo você mais tarde! Ah, eu coloquei que você ia levar torta de maçã! Tudo bem, tenho que correr agora! Tchau! — despediu-se ela, saindo antes de eu ter a chance de responder.

Eu estava indo para a casa de Judy, mas mudei de direção porque estava na hora de ter uma conversa séria com minha mãe.

Eu não ia mais aguentá-la tentando controlar a minha vida.

— Você vai à reunião de Charlotte esta noite, Gracelyn Mae — ordenou minha mãe enquanto folheava o fichário das oficinas que ela organizava na igreja durante o verão. Eu fiquei andando de um lado para o outro na sala, pau da vida com o jeito mandão dela.

— Não vou, não. Você não pode fazer esse tipo de coisa, mãe. Não pode sair dizendo por aí que vou fazer coisas que eu não tenho a menor intenção de fazer.

— Mas você vai — insistiu ela, fechando o fichário. — Principalmente depois do seu comportamento no último fim de semana. Veja bem, eu entendo, você está passando por algum tipo de crise de meia-idade nesse momento, e você se sentiu perdida, mas não pode continuar fugindo das pessoas que estão tentando ajudá-la.

— Charlotte Lawrence não está tentando me ajudar. Nenhuma das pessoas que vão a esse tipo de reunião está tentando me ajudar. Elas só querem descobrir assuntos para fofocar.

— Bem, talvez se você não aparecesse fazendo comentários sobre a traição do seu marido, as pessoas não fofocariam a seu respeito.

E, em um passe de mágica, a culpa era minha de novo.

— Eu não vou fazer nada disso, mãe. Eu não quero fazer nada disso.

— Tudo bem — concordou ela, assentindo devagar enquanto se levantava. — Continue só pensando em si mesma.

— Alguém precisa fazer isso, considerando que você não dá a mínima.

— O que você quer que eu faça, Gracelyn Mae? Quer que eu saia gritando pela cidade sobre o comportamento de Finley? Quer que eu humilhe Autumn em público? Você quer que eu coloque o nome da família deles na lista proibida da cidade e me certifique de que Charlotte tenha fofoca suficiente pelos próximos meses? Nós não somos esse tipo de gente. Nós não pegamos microfones e lavamos nossa roupa suja em público. Eu a criei para ser melhor que isso.

— Eu tive um momento de descontrole — falei baixinho, sentindo um nó no estômago.

— Mas nós não nos descontrolamos! — exclamou ela, empertigando-se. — Nós não podemos fraquejar. Como você acha que seu showzinho afetou todos à sua volta? Como você acha que isso me afetou? E tudo bem, se você não se importa comigo, mas pelo menos pense em seu pai. Como você acha que aquilo afetou a igreja e o seu pastor? As pessoas estão perguntando como ele consegue administrar uma igreja se não consegue nem controlar a própria filha.

Fiquei sem palavras, porque não tinha pensado em nada daquilo.

— Suas ações têm consequências, e suas escolhas afetam os outros. Então você pode continuar dando seus ataques e agindo como se tivesse cinco anos, ou pode se lembrar de tudo que recebeu, tudo que seu pai e eu lhe demos, e pode entrar na linha de novo, Gracelyn Mae.

~

— Você já vai embora? — perguntou Jackson quando voltou ao quarto com dois copos de água.

— Já. Sinto muito. É que eu tenho que ir a uma reunião idiota na casa da Charlotte Lawrence.

— Charlotte Lawrence. A louca das fofocas?

— Essa mesmo. — Suspirei.

Ele colocou os copos na mesinha de cabeceira e voltou para a cama, me abraçando por trás.

— Ela é doida de pedra.

— Eu sei, mas depois que perdi a cabeça na cidade, minha mãe está convencida de que tenho que consertar as coisas, e isso inclui ir aos eventos da Charlotte.

— Merda nenhuma — bufou Jackson, virando-me para ele. — Você não fez nada de errado.

— Eu sou uma Harris, e nós não fazemos escândalo em público. Essa é uma regra.

— Fodam-se as regras. A porra do seu marido é um imbecil e sua melhor amiga é uma vaca. Eles mereceram ser expostos.

— Talvez, mas não por mim. Eu não tinha o direito.

— Uau... — Ele assoviou baixinho. — Sua rainha fez um ótimo trabalho de lavagem cerebral para fazê-la acreditar que você não tem nenhum poder.

— Você não entende — respondi.

— Exatamente, eu não entendo. — Ele me soltou e se afastou um pouco. — Você permite que essas pessoas controlem todos os aspectos de quem você é. É como se você nem se importasse — disse ele, com a voz mais preocupada do que achei que deveria.

— Está tudo bem.

— Não está, não.

— É só uma reunião.

— Você não pode ser tão ingênua a esse ponto, Grace. Fala sério, você é a porra da ovelha deles, e está prestes a ser atirada aos leões.

— E por que você se importa? Achei que a gente só estivesse transando — perguntei, estreitando os olhos para Jack.

— Eu não me importo — retrucou ele, o rosto vermelho e desviando o olhar. — Vá em frente e seja exatamente o que você quer ser. Parece que isso está funcionando muito bem. Você se casou com o cara que sua mãe escolheu para você. Perfeito. Você escolheu a melhor amiga que seu pai provavelmente a estimulou a ter. Maravilha. Tudo que todo mundo fez para você saiu às mil maravilhas. Seria uma pena fazer suas próprias escolhas, não é? Mas você deve ser fraca demais para isso.

— Vá se foder — esbravejei, sentindo os olhos marejados.

— Não foi o que acabamos de fazer, princesa? — devolveu ele.

Eu me levantei da cama, me sentindo uma idiota enquanto catava minhas coisas.

— Talvez você esteja certo. Talvez eu seja controlada por outras pessoas, mas olhe para isso, a única vez que tomei a minha própria decisão, acabei com um monstro como você — gritei, sentindo a respiração ofegante.

— É, foi uma merda de decisão. Você deveria repensá-la. — Ele estava ficando frio de novo. Voltando a ser o Jackson que primeiro era amargo e depois incrivelmente doce e vice-versa.

Ele ficou sentado ali, puxando a pulseira no punho e, então, eu olhei direto nos olhos dele.

— Eu procurei você porque senti uma familiaridade em você — confessei. — Eu procurei você porque entre todas as pessoas da cidade, você era a única que fazia sentido para mim, porque não era a marionete de ninguém, mas então você age dessa maneira. Você perde a cabeça sem motivo e eu não consigo entender. Você não é um monstro, Jackson, e eu não entendo por que sente tanta necessidade de parecer um. Mas eu já desisti de entender — declarei antes de me virar para ir embora. Cheguei à entrada, mas ouvi a voz dele me chamar e parei.

Quando me virei para ele, seu rosto estava vermelho e a respiração, ofegante. Seus olhos castanho-claros estavam fixos nos meus, e percebi a confusão que se passava em sua cabeça enquanto ele se encostava no batente da porta.

— Eu não sou muito bom com as palavras — confessou ele. — Todos esses pensamentos passam pela minha cabeça e eu não sei como me expressar, então acabo me irritando. Eu sei que parece que sou duro e agressivo quando não consigo me expressar direito.

— E o que você estava tentando expressar quando gritou comigo?

— Eu... — ele respirou fundo e fechou os olhos, enquanto puxava a pulseira. — Eu fico puto da vida. — Ele abriu os olhos e, quando olhei para eles, não vi raiva, só a bondade que às vezes vazava de sua alma. — Fico puto da vida com o jeito como esses imbecis tratam você. Fico puto da vida de não ver você se defender. Fico puto da vida porque você age como se não tivesse voz. Fico puto da vida por não saber como falar com você...

Meu coração disparou quando ele enfiou as mãos nos bolsos e olhou para o chão.

— Sei que não faz muito sentido, Grace, mas acho que você merece mais, e que as pessoas dessa cidade não vão te dar o que você merece. Elas estão acabando com você, não te ajudando, e eu fico puto da vida de não conseguir mostrar isso para você de forma clara.

Engoli em seco.

— Acho que você acabou de conseguir. — Ele olhou para mim e eu enxuguei as lágrimas que escorriam pelo meu rosto. — Eu não sei quem eu sou — confessei.

— Como assim?

— É exatamente isso. Eu não sei quem eu sou. Sempre tive alguém do meu lado para dizer tudo que eu tinha que fazer. Quando saí pela primeira vez com Finn, foi em um *blind date*. Eu fiz magistério porque minha mãe me disse que essa seria uma boa escolha para mim. Eu segui Finn feito um cachorrinho. Eu nunca fiz as minhas próprias escolhas. A única coisa que fiz sozinha foi escolher aquele carro cor-de-rosa alguns anos atrás. — Fiz um gesto com as mãos e comecei a andar de um lado para o outro, enquanto meu coração disparava. — Mas quem eu sou? Quem é Gracelyn Mae? Será que eu existo ou será que sou alguma criação robótica do ambiente em que cresci? Você está entendendo? — perguntei.

— Grace...

— Eu nem sei como prefiro meus ovos.

Ele estreitou os olhos, parecendo mais confuso do que nunca.

— Ovos?

— Sim. Ovos. Não sei como prefiro meus ovos. Desde que me entendo por gente, sempre que saio com alguém peço o mesmo que a pessoa pediu. Eu nunca escolho a minha comida. Finn sempre pedia ovos mexidos, então adivinhe o que eu sempre comi?

— Ovos mexidos? — disse ele, seguindo o roteiro da minha mente enlouquecida.

— Exatamente! Mas isso não é tudo. Acabei de perceber que não sei nada sobre mim. Não sei de que tipo de filme eu gosto. Não sei que tipo de roupa veste bem em mim. Se pudesse escolher qualquer lugar do mundo para ir em uma viagem sozinha, para onde eu iria? Sei para onde minha irmã iria. Sei para onde Finn iria. Sei até para onde minha mãe iria. Mas e quanto a mim? Não faço a menor ideia porque não sei do que gosto nem o que quero vivenciar. Acho que essa é a parte mais difícil de estar sozinha. Não sei como fazer isso. Não sei ficar sozinha porque não sei quem sou. Sempre fui a filha do pastor e segui direto para ser a esposa de alguém, depois fui a professora dos meus alunos, e se o universo não tivesse lutado contra mim, teria passado direto de esposa para mãe. Nunca houve nenhum momento em que eu tenha sido a Grace por inteiro. Agora estou em uma posição onde tenho essa oportunidade, mas não faço ideia de como me descobrir.

Jackson ficou olhando para mim por um instante com os olhos semicerrados e os braços cruzados. O jeito como ele virou a cabeça para a direita e, depois, para a esquerda, me deixou intrigada. O que será que estava passando pela cabeça dele? No que estava pensando?

— Tudo bem, então — disse ele, por fim, tirando as mãos dos bolsos e jogando os ombros para trás. — Vamos começar com o básico.

— Como assim?

Ele pegou minha mão e me levou de volta para a casa dele. Fomos até a mesa da cozinha, onde ele puxou uma cadeira para eu me sentar. Foi até a geladeira e pegou uma caixa de ovos e colocou diante de mim.

— Nós vamos descobrir como você gosta dos seus ovos.

Abri um sorriso e senti os olhos cheios de lágrimas.

— Parece uma ótima ideia.

Fiquei sentada, esperando pacientemente enquanto Jackson começava a cozinhar.

— Vamos começar com ovos mexidos. Vou fazer o mais molinho e o mais duro.

— Não sabia que havia mais de um tipo de ovo mexido.

— Até o fim dessa noite você vai ficar chocada com a minha habilidade culinária com ovos. Eu como ovo todos os dias antes de malhar.

— Ah, você malha? — debochei. — Se não dissesse eu não ia perceber. Você é tão magrinho para um cara que malha — brinquei. Jackson tinha mais músculos do que eu achava possível em um ser humano. Para ser bem sincera, ele parecia um deus grego.

— Pare com isso — bufou ele, mas de um jeito leve. Eu podia jurar que ele estava ficando vermelho.

— Você fica sem graça por ser tão lindo assim? — perguntei.

— Não diga que sou lindo.

— *Awn*, isso deixa você nervoso, não é, seu lindo?

Ele me lançou um olhar sério, mas os olhos demonstravam que ele estava se divertindo.

— Não me faça cuspir nos ovos.

— *Touché*.

Ele trouxe a primeira leva para começarmos minha autodescoberta: ovos mexidos moles e duros.

Peguei o garfo e comi.

Não.

Eu não sou fã daquele tipo.

— Não gosto da textura deles na boca.

— Dizem por aí que a maioria das garotas prefere ele duro na boca por ser mais fácil de engolir — declarou Jack.

— Sim, mas... — comecei, mas então parei e pensei no que ele tinha acabado de dizer e senti o rosto queimar e comecei a ficar vermelha.

— Nossa, Jackson! Você só pensa besteira!

— Claro que sim. Eu sou homem. — Ele acabou de comer os ovos para mim. — Tudo bem. Vou fazer uma omelete agora — declarou ele, voltando para o fogão.

A omelete não me disse nada, e ele a comeu também. Também terminou o ovo pochê, os ovos cozidos com gema mole e gema dura, e quando colocou um ovo quase cru na minha frente eu tive ânsia de vômito.

— Acho que você se esqueceu de cozinhar este aqui!

Ele riu e eu me maravilhei com aquele som. Eu não sabia que ele era capaz de rir daquele jeito.

— É para ser assim — explicou.

— Cara, parece que o cérebro de um alienígena caiu no meu prato e a gosma começou a se espalhar. É nojento.

Jackson foi até a bancada, pegou um pedaço de pão e voltou para a mesa. Começou a passar o pão naquela gosma e comeu tudinho. Quando acabou, puxou uma cadeira e se sentou.

— Bem, chegamos ao fim. Não temos mais ovos.

Assenti devagar.

— Sabe de uma coisa? Acho que não gosto de ovo.

Ele sorriu e eu senti o seu sorriso.

— Então eis a primeira descoberta de Gracelyn Mae: ela é uma mulher que odeia ovo.

— Você tem uma covinha quando sorri — comentei. — No lado esquerdo.

O sorriso morreu em seus lábios, e eu me arrependi do comentário.

— Minha mãe também tinha. Só que a dela era do lado direito.

— Sinto muito — falei, séria. — Por sua mãe.

Ele se remexeu e deu de ombros.

— Está tudo bem. As pessoas morrem.

— Só porque as pessoas morrem não significa que as coisas fiquem bem, Jackson.

Ele franziu as sobrancelhas e meneou a cabeça.

— Bem, mas não sou eu o estudo de caso esta noite. É você. Então vamos voltar a atenção para você. Qual é o próximo passo para a sua autodescoberta?

— Sei lá. — Dei de ombros. — Eu realmente quero descobrir quem sou de verdade. Mas posso contar um segredo? Sabe o que é mais difícil para mim?

— O quê?

— Eu tenho um medo insano de decepcionar as pessoas.

Jackson fez uma careta e encolheu os ombros.

— Você vai ter que decepcionar algumas pessoas para conseguir se encontrar.

— Mas será que vai valer a pena?

— Claro que vai — respondeu ele com toda certeza. — Sempre vai valer a pena, e as pessoas que realmente se importam com você ficarão do seu lado. As que não ficarem deveriam ter ido embora há muito tempo.

— Você já se encontrou, Jackson? — perguntei sentindo a curiosidade crescer dentro de mim.

— Não. — Ele negou suavemente com a cabeça e ficou mexendo na pulseira de borracha no punho. Olhei atentamente para ela e li: *Momentos fortes.* — Eu não sei se ainda há alguma coisa para eu encontrar.

Eu tinha certeza de que ele estava errado, mas a tensão que vi em seu corpo indicava que ele não queria continuar aquela conversa.

— É melhor eu ir embora — decidi, pigarreando. Ele assentiu e se levantou. — Mas muito obrigada por esta noite. Sério mesmo.

— Claro, e sinto muito por ser muito bruto às vezes.

Eu sorri enquanto ele me acompanhava até a porta. Agradeci mais uma vez. Seu braço roçou no meu e senti um arrepio descer pelo meu corpo.

— Boa noite, Gracelyn.

— Boa noite, Jackson.

Quando fui embora, ainda sentia, de alguma forma, o toque dele.

— Grace? — chamou uma voz aguda atrás de mim, e, quando eu me virei, suspirei mentalmente ao me deparar com a dona da voz.

— Oi, Charlotte. Oi, meninas — cumprimentei a rainha das fofocas e seu séquito. — O que estão fazendo?

— Ah, nada de mais, só estamos saindo da nossa reunião. Vamos comprar sorvete. Não teve sobremesa suficiente, considerando que você não levou a torta de maçã. — Ela apertou os lábios e estreitou os olhos. — Não quero ser intrometia nem nada... — *Ah, lá vamos nós* — ... mas será que eu acabei de vê-la com Jackson Emery?

Pisquei sem saber ao certo como responder porque ela obviamente tinha nos visto juntos, caso contrário não teria perguntado.

— É. Eu passei por ele agora.

— Ah, sei. — Ela abriu um sorriso maldoso e mordeu o lábio inferior enquanto as outras garotas davam risinhos, cochichando entre si. — Bem, você sabe o que dizem sobre aquele homem. Ele é todo durão, até lá embaixo, se é que você me entende... — Ela riu.

— Não, eu não entendi, Charlotte.

Senti o suor começar a escorrer por lugares do meu corpo que eu nem sabia que poderiam suar, mas me esforcei para manter a calma.

— Só estou dizendo que eu entendo. Às vezes uma garota precisa espairecer um pouco, e eu nem posso culpá-la por fazer isso com ele. Jackson é um ser humano horrível, mas não se pode negar que fica difícil respirar quando ele tira a camisa para trabalhar na oficina.

— Ah, aquele tanquinho — comentou uma das garotas.

— Vocês não sabem do que estão falando — retruquei, tentando não perder a compostura.

— Não, querida, está tudo bem. O seu segredo está seguro com a gente. — Ela deu uma piscadinha, e ela e seu séquito foram embora com toda sua falsidade.

Senti um nó no estômago e tentei me acalmár.

Os rumores sobre mim e Jackson Paul Emery estavam começando a se espalhar e eu sabia que aquilo não acabaria nada bem, principalmente saindo da boca de Charlotte.

Eu já conseguia ouvir a voz da minha mãe soando no meu ouvido, dizendo *eu avisei*.

∼

— Eu avisei — sibilou minha mãe ao meu lado no culto de domingo de manhã. Os cochichos que ouvíamos ainda eram sobre mim, mas as histórias agora incluíam o nome de Jackson.

Senti vontade de vomitar, mas não fiz isso. Sentei-me ereta, sem curvar os ombros. *Finja até convencer todo mundo, Grace*. Eu não estava totalmente confiante no reino de ser eu mesma, mas sabia muito bem que as pessoas sentadas atrás de mim me julgariam se eu estivesse ficando com Jackson ou não, porque era aquilo que pessoas mesquinhas faziam: fofocavam sobre a vida dos outros.

— Está feliz agora? — perguntou minha mãe. — Está orgulhosa de você mesma sobre o que estão falando de você?

Respirei fundo.

— Não estou nem aí.

— Como é? — perguntou ela, surpresa.

Olhei para meu pai enquanto ele fazia seu sermão e dei de ombros.

— Eu disse que não estou nem aí. Eu não dou a mínima para o que as pessoas pensam a meu respeito.

— Então você é uma tola — declarou ela em um sussurro gritado.

— Shh, mãe, você pode perder alguma mensagem importante de Deus que papai está mandando para nós.

Ela se empertigou, e as veias de seu pescoço saltaram, mas não disse mais nada.

Pela primeira vez na vida, enfrentei minha mãe. E eu estaria mentindo se dissesse que não me senti bem e, ao mesmo tempo, aterrorizada.

Fiquei batendo com o pé no chão enquanto tentava controlar minhas emoções conflitantes. Nessa hora, Judy colocou a mão reconfortante no meu joelho.

— Tudo bem? — perguntou ela, inclinando-se para mim.

— Não. — Coloquei a mão sobre a dela e apertei. — Mas estou trabalhando nisso.

Às vezes, para se encontrar, era preciso decepcionar as pessoas — incluindo seus próprios pais.

Capítulo 22

Jackson

— Você precisa ficar longe da minha filha! — exclamou Loretta Harris, entrando na oficina na tarde de uma terça-feira. — Ela não é uma dessas mulheres que você usa para suas trepadas por aí.

Olhei para ela e bufei. Depois, voltei a trabalhar no carro diante de mim. Ela realmente tinha dito "trepada"? Acabei de escolher uma nova palavra favorita.

— A não ser que a senhora tenha um carro para consertar, é melhor ir embora — resmunguei, pegando uma chave-inglesa na caixa de ferramentas.

Ela se aproximou com seus sapatos de salto alto e colocou a mão na cintura.

— Estou falando sério, seu... seu... seu... *animal*. Mantenha suas mãos longe de Grace. Ou você vai se ver comigo.

— Se ver com você? — Arqueei uma das sobrancelhas. — Eu não lido muito bem com ameaças — avisei.

— Bem, eu não lido bem com gente como você perseguindo minha família — retrucou ela.

— Ninguém aqui está perseguindo a sua família, Alteza — debochei. — Então, se a senhora puder se retirar...

— Qual é o seu problema? Você está tentando se vingar de mim ou algo assim?

Apoiei as mãos no carro e me levantei para olhar para ela. Seus olhos eram iguais aos da filha, mas cheios de ódio.

— E por que eu ia querer me vingar de você?

— Por aquela vez em que você foi me pedir ajuda.

Puxei a pulseira de borracha. *Respire fundo.*

— Não tenho tempo para isso. — Esfreguei a mão na calça jeans e me virei para sair. — Por favor, retire-se.

— Você precisa ficar longe da minha filha ou vai se arrepender — repetiu ela, o que me levou a me retesar.

— Vou dizer de novo — rosnei, puxando a pulseira. — Eu não lido bem com ameaças.

— Não é uma ameaça, é uma promessa. Se o seu caminho continuar cruzando com o de Grace, eu vou fazer você sofrer.

Arqueei uma sobrancelha.

— E como isso é diferente do que você e sua gente têm feito comigo há tanto tempo?

— Ouça...

— Não, você é que vai me ouvir — gritei, me aproximando dela. — Você não pode entrar na *minha* oficina e ficar fazendo exigências, está bem? Esta é a minha vida, e você não tem o menor controle sobre ela. Eu sei que você está acostumada a ter servos fazendo tudo que você quer, mas eu não sou um dos seus pôneis adestrados, está me ouvindo, dona? Quando você me manda pular, eu não pergunto a que altura, então pode pegar essas ameaças vazias e sair da minha frente.

— Eu queria que você tivesse continuado bem longe daqui quando foi para a reabilitação — declarou ela.

— Você deveria ter orado com mais fé para o seu deus.

O lábio dela tremeu, o que foi o maior sinal de fraqueza que Loretta Harris já havia demonstrado em público. Então ela enfiou a mão na bolsa e pegou um talão de cheques.

— Quanto você quer?

— O quê?

— Quanto você quer? Eu pago qualquer quantia que você queira para se manter longe de Gracelyn Mae.

— É assim que você sempre consegue tudo o que quer? Com um cheque? — Arfei. — Eu não quero o seu dinheiro.

— Quanto? — insistiu ela, pegando uma caneta. — Eu compro todo o seu terreno também. Se isso significa manter você e seu pai fora da minha cidade.

— A última coisa que você deve fazer agora é falar sobre o meu pai — sibilei. Mesmo que eu o odiasse, um Harris não tinha o direito de cuspir no nome dele. — Saia.

— Jackson...

— Saia.

— Mas você tem que se manter longe dela! — exclamou Loretta, seu corpo começando a tremer. Eu nunca a tinha visto daquele jeito. Ela parecia aterrorizada.

— Do que você tem tanto medo? — perguntei, estreitando os olhos. — Você tem medo de não conseguir mais controlá-la como está acostumada?

— Você não sabe do que está falando, mas fique longe da minha filha. Ou eu juro que vou arruinar a sua vida.

— Que vida? — perguntei. Nada na minha existência se assemelhava a uma vida. — Agora, essa é a última vez que vou dizer: dê o fora da minha oficina.

Ela começou a se afastar, mas eu completei:

— Isso deve estar matando você por dentro, não é? Não conseguir controlar a Grace. — Ela arqueou uma das sobrancelhas e eu prossegui: — Mas talvez, em vez de ficar aqui me atacando, você devesse ir atrás do imbecil que partiu o coração dela e engravidou a melhor amiga dela. Sua lealdade parece estar do lado errado.

Nesse exato instante meu pai entrou na oficina e viu Loretta lá.

Ele segurava uma garrafa de uísque e eu fiz uma careta quando ele começou a falar:

— Que merda você está fazendo na minha oficina? — berrou ele.

— Já estou indo embora — retrucou ela. — Eu mal posso esperar pelo dia em que vocês deixarão esta cidade. Você e seu filho só causam problemas.

— Saia já daqui — gritou meu pai, atirando a garrafa na nossa direção. Ela se espatifou contra a parede.

— *Meu Deus*, pai! — exclamei. — Você está ficando louco?

— Acho que é você que está louco. Permitir que esta mulher entre na nossa oficina — resmungou ele, cambaleando de um lado para o outro.

— Tal pai, tal filho — comentou Loretta. — Quando vocês quiserem vender essa propriedade, é só ligar. Nesse meio-tempo, fique longe da minha filha.

Ela saiu de lá, me deixando sozinho para lidar com a merda que era a minha vida.

— Vaca — resmungou meu pai, antes de olhar para mim. — Preciso que você vá fazer compras de mercado — ordenou ele antes de se virar e voltar para casa. — E compre mais uísque.

Eu odiava ir ao mercado porque havia sempre pessoas passeando por lá como se não tivessem um lugar melhor para ir. Quando entrei em um dos corredores para pegar manteiga de amendoim, parei ao ver Grace e senti um aperto no peito.

Eu deveria desviar o olhar, mas não desviei... Não consegui.

Ela parecia estar nervosa enquanto as pessoas a interpelavam a cada passo. Era quase como se não percebessem o constrangimento dela, ou percebiam e simplesmente não se importavam com os sentimentos dela.

Grace falava calmamente, abraçando cada pessoa com carinho e abrindo o maior sorriso conhecido pela humanidade, mas eu consegui enxergar além das aparências. Percebi a linguagem corporal dela, o modo como seus movimentos revelavam a verdade. Seus ombros estavam curvados e seus dedos tamborilavam nervosamente no carrinho de compras, e o sorriso era mais forçado do que eu imaginava que um sorriso pudesse ser.

Quando ela dava um abraço de despedida em alguém, outros bisbilhoteiros da cidade a chamavam. As perguntas que faziam eram tão ofensivas e invasivas, mas Grace lidava bem com elas — melhor do que eu teria lidado.

Ela fazia jus ao nome e ao papel que desempenhava na realeza da cidade, agindo sempre com graça e elegância.

Depois que se afastava, eu ouvia os comentários maldosos das pessoas, seu julgamento e suas mentiras.

Precisei me esforçar muito para não atacar todo mundo que estava no mercado. Talvez meu pai e eu merecêssemos os comentários rudes. Talvez nós tenhamos nos tornado tão sombrios e mesquinhos que merecíamos o lado feio da cidade, mas Grace?

Ela não tinha feito nada de errado.

Eu queria dizer alguma coisa, mas não sabia o quê. Não sabia como iniciar uma conversa, principalmente com ela. Mesmo assim, quis tentar.

— Estou chocado de ver que você não está comprando nenhum ovo — comentei, chegando por trás dela na seção de congelados. Depois percebi como meu comentário soou cafona. *Esforce-se, Jackson.*

Ela se sobressaltou quando se virou para olhar para mim, segurando um pote de sorvete.

— Meu Deus, Jackson, você quase me matou de susto.

— Foi mal, não foi minha intenção.

Ela sorriu, e fiquei feliz de não ser o sorriso forçado.

Por que eu fiquei feliz?

Eu não deveria me importar.

Mesmo assim... Ela sorriu, e eu notei.

— Não, não foi culpa sua. Que bom ver você. Eu estava mesmo pensando em você hoje. Vi que estava lendo *A melodia feroz*, de Victoria Schwab, algumas semanas atrás e comecei a ler também. A história é tão, tão incrível.

— Espere até ler o segundo da série, *O dueto sombrio*. É um dos meus favoritos.

— Fico muito surpresa por você curtir tanto livros para jovens adultos — confessou ela. — Acho que você não faz muito o tipo.

— E que tipo você acha que eu faço?

— Sei lá. — Ela deu de ombros. — Terror.

Ela sorriu e eu ri, então ficamos num silêncio estranho.

— Ah! — ela pigarreou e falou, toda animada: — Esqueci de contar que descobri como gosto de ovo.

— Sério? E como é?

— Na forma de bolo.

Eu ri.

— Eu gosto quando você faz coisas assim — disse ela.

— Que coisas?

— Rir, sorrir... Qualquer coisa além do cenho franzido.

Eu não comentei, mas era bom saber que ela conseguia me fazer rir e sorrir.

— Sua mãe foi me visitar lá na oficina — contei para ela, que fez uma careta na hora.

— Ai, meu Deus, eu não sei o que ela disse para você, mas conhecendo minha mãe, sinto que devo um pedido de desculpas.

— Tudo bem. Ela só queria proteger você.

Grace arqueou uma das sobrancelhas.

— Ela fez ameaças?

— Só umas quatro ou cinco.

— Uau, parece que ela não foi muito dura com você — brincou.

— Talvez seja a idade, ela está ficando mais boazinha — respondi.

Bem nessa hora, alguém passou por nós e fez um comentário rude por nos ver juntos. Notei que Grace ficou um pouco tensa.

— Tenho ouvido as pessoas falarem sobre você e seu relacionamento com seu marido — comentei.

Ela assentiu.

— Revelar a traição do meu marido não trouxe a melhor atenção para mim. Minha mãe já me deu uma bronca, dizendo que agi de maneira deselegante. Agora os fofoqueiros de plantão estão em polvorosa, querendo descobrir mais sujeira. Acho que não pensei direito no que estava fazendo. Eu só... Sei lá... Estava vivendo o momento.

— Às vezes é o que precisamos fazer.

— É, mas não ajuda muito o fato de eu ter sido vista saindo da sua casa outro dia, e agora eles acham que você e eu estamos... — As palavras morreram em seus lábios e ela ficou vermelha. — Fazendo o que estamos fazendo.

— E isso te incomoda? Que eles saibam? — perguntei.

— Não porque seja sobre nós dois. O que me incomoda é que as pessoas não têm o menor tato. Agora inventaram que Finn e eu nos traímos mutuamente e adoram falar sobre isso. Agem como se eu não estivesse ouvindo os comentários maldosos quando se afastam, mas eu consigo ouvir muito bem.

— Sim, a gente consegue.

— Mas você sabe o que é pior? Quando eles têm a cara de pau de dizer bem na minha cara. Hoje, mais cedo, uma mulher me disse: "Sabe de uma coisa, querida? Talvez Deus a abençoasse com um filho se você voltasse para o seu marido e parasse de andar pelo mau caminho." Você acredita numa coisa dessa? Bem na minha cara! Mesmo depois que eu deixei bem claro que Finn tinha engravidado Autumn! Mas tudo com o que ela se importa é que eu esteja dormindo com você e foi o que ela falou.

— Eu odeio as pessoas — explodi, sentindo a raiva crescer dentro de mim. Como alguém poderia dizer aquilo para ela? Como as pessoas podiam ser tão cruéis?

Então pensei em todas as coisas horríveis que eu disse para Grace logo que ela chegou à cidade. Eu não era melhor que nenhum deles.

— Está tudo bem. Sério mesmo. Acho que as coisas poderiam ser piores. Tipo, eu poderia ser como eles. — Ela sorriu, e isso era lindo. — Eles chamam você de solucionador.

— De quê?

— Solucionador. E não é por causa de suas habilidades para resolver os defeitos dos carros.

Arqueei uma das sobrancelhas. Aquele apelido específico ainda não tinha chegado aos meus ouvidos.

— Dizem por aí que depois que uma mulher dorme com você, os problemas que ela enfrenta na vida são solucionados. Sejam questões de relacionamento, trabalho ou autoestima. É como se suas proezas sexuais tivessem a capacidade de solucionar qualquer problema conhecido da humanidade.

— Nem todos os super-heróis usam capas. — Dei uma risada. — Só estou tentando tornar Chester a melhor cidade que ela pode ser, uma vagina de cada vez.

— Bem, vou te dizer uma coisa: se a gente continuar no rala e rola, os problemas da minha vida vão ser solucionados em algumas semanas, no máximo. — Ela riu e mordeu o lábio inferior.

Meu Deus, ela era linda, e nem sabia disso.

— Vou continuar no rala e rola a semana inteira com você, para te ajudar.

— Não faça promessas que não pode cumprir — avisou ela.

— Pode acreditar, princesa — sussurrei, chegando mais perto dela. — Eu sempre cumpro as minhas promessas.

Eu amei o jeito como o corpo dela reagiu quando me aproximei. Então me lembrei de onde estávamos e percebi que tocá-la ali, mesmo que de leve, seria inadequado.

Grace mordeu o lábio e olhou para as pessoas que estavam olhando para nós. Era como se fôssemos o *reality show* preferido de todo mundo.

— Aposto que eles estão se fartando só de nos ver conversando aqui.

— Eu posso ir embora — acrescentei rapidamente, não querendo ser um peso para ela.

— Não, não. Tipo assim, a gente já está transando mesmo, não é? Além disso, estou farta de sempre mudar a minha vida para tentar atender às expectativas dos outros.

— Outra descoberta de Grace? — perguntei.

— Estou me divertindo muito com essa coisa de tentar descobrir quem eu sou. Se eles querem fofocar, isso é com eles, mas eu não vou parar de conversar com você ou me envergonhar quando sei que somos dois adultos fazendo coisas de adultos. Posso até dar um pouco de corda para eles.

— Cuidado — avisei. — Quando você começa a andar com o rebelde da cidade, sua lã começa a adquirir um tom mais escuro.

— A minha lã já está mudando. Eu vou arriscar conversando com você. Mas foi sempre assim com você? Você sempre recebeu olhares duros?

— Sempre. Mas você acaba se acostumando. Isso só me incomoda de verdade de vez em quando.

— E o que te incomoda?

— Quando falam sobre o meu pai. Ou ainda pior: quando falam da minha mãe.

Ela me lançou um daqueles olhares gentis, e tive que me controlar para não me perder naqueles olhos.

— Acho que ao menos devo um pedido de desculpa para você — disse ela, olhando diretamente para mim. — Porque antes de a gente se conhecer eu tinha esse conceito sobre a pessoa que você é. Eu tinha medo de você por causa do que as pessoas na cidade diziam. Ouvia aquelas histórias horrorosas sobre você e seu pai e me sinto péssima por ter acreditado.

— Tudo bem. Não precisa se desculpar. Tenho certeza de que algumas das coisas que você ouviu são verdadeiras. Além disso, você se lembra bem das primeiras vezes que nos encontramos. Eu posso ser um tanto babaca.

— Verdade, mas um babaca legal.

— Isso não existe.

— Existe, sim.

— Eu também julguei você. Eu tinha essa ideia formada de quem você era antes de te conhecer.

— Porque você me odiava tanto? — perguntou ela.

Uma pergunta fácil de responder.

— Porque me ensinaram a fazer exatamente isso.

— E você ainda me odeia?

— Não — respondi. — E você ainda tem medo de mim?

— Não.

— Bem, é uma pena. Eu realmente queria manter minha personalidade de monstro por essas bandas.

— Não se preocupe — disse ela, fazendo um gesto para um grupo de garotas que estava cochichando. — Tenho certeza de que muita gente ainda acha que você é filho do próprio Satã.

— Que bom. Tenho que manter a minha fama de mau — comentei, e ela riu.

Eu gostava muito quando ela ria.

— Bem, se você quer manter essa fama, é melhor parar de fazer isso.

— Isso o quê?

— Sorrir.

Fechei a cara e franzi o cenho de maneira dramática. Antes que eu tivesse a chance de dizer qualquer coisa, vi com o canto dos olhos um homem gravando a minha conversa com Grace no celular e ouvi quando ele a chamou de "vadia da igreja".

Ela também ouviu e deve ter visto o meu corpo se retesar.

— Deixe para lá, Jackson — sussurrou Grace.

Parece que ela havia esquecido os nossos papéis na cidade.

Ela era a boa moça.

Eu?

Eu era o monstro.

Sem parar para pensar, fui até ele, arranquei o telefone de sua mão e o parti ao meio. Então, joguei os pedacinhos no carrinho dele e o olhei bem nos olhos.

— Faça alguma coisa — desafiei de maneira ameaçadora, cruzando os braços. — Reaja.

Ele arregalou os olhos com medo e afastou o carrinho.

Voltei para Grace, e ela ficou parada ali, surpresa.

— Eu não sabia que era possível partir um celular ao meio.

— Nem eu — respondi com sinceridade.

— Sei que eu deveria te repreender pelo que acabou de fazer, mas, para ser sincera, isso fez com que eu me sentisse muito bem.

Eu também me senti bem.

— Mas é uma sensação muito estranha — disse ela.

— O quê?

— Que o meu príncipe encantado seja a fera para o resto do mundo.

Capítulo 23

Grace

Cada dia que passava parecia uma mistura de sonho e pesadelo. Eu via Autumn e Finn quase sempre que saía de casa e, quando não os via, eles ainda passavam pela minha cabeça. Meus pensamentos estavam se esforçando para me destruir, mas os livros e Jackson proporcionavam ótimas distrações.

Mesmo quando o mundo estava sombrio, as palavras continuavam existindo nos livros. Desse modo, eu sempre sabia que haveria luz à minha volta. Eu costumava imaginar se era por isso que Jackson lia também — por alguns momentos de luz.

Quando cheguei à The Silent Bookshop, Jackson estava sentado em seu canto e, quando ergueu o olhar, sorriu na hora, revelando a covinha do lado esquerdo do rosto. Eu esperava que aquilo se tornasse algo regular — ele sorrir para mim.

Retribuí o sorriso e fui para o meu canto. Quando cheguei lá, vi um livro na minha mesa, com um Post-it colado. O livro era *O ódio que você semeia*, de Angie Thomas, e o bilhete dizia:

Acho que você talvez goste, Princesa.
— Oscar

Passei os dedos pela capa e me sentei para ler pelo que pareceram horas. O jeito como as palavras me atraíam e não me soltavam fazia meu coração bater cada vez mais rápido. Dava para saber que um livro era incrível quando você não percebia que o sol estava se pondo. Fiquei lá até a loja estar prestes a fechar, e, então, passei pelo balcão da frente, onde a mãe de Josie, Betty, estava trabalhando.

Ela era muito parecida com a filha, com aqueles mesmos olhos amorosos, e falou comigo na língua dos sinais:

— Você já está aqui há muito tempo. Acho que encontrou um bom livro.

— Muito melhor do que bom — respondi abraçando o livro, enquanto meus olhos se enchiam de lágrimas. — É uma dessas histórias que fazem você querer gritar e berrar de uma vez só. — Era o tipo de livro que fazia seu coração doer e que mesmo que você quisesse parar de ler para respirar um pouco, preferia virar a página para descobrir mais coisas, em vez de parar por algo tão pequeno quanto sua necessidade de respirar.

Jackson estava certo. Eu estava amando a história.

— Vi quando Jackson deixou o livro na mesa para você — mencionou ela. — Vocês são amigos?

— Não — respondi depressa. — Mas não somos inimigos.

Ela falou na língua de sinais:

— *Ele é um bom homem.*

Ela era a primeira pessoa que falava algo assim sobre Jackson Emery.

— Ele só é muito sofrido — continuou ela. — Mas é um bom homem.

A ideia de que ser sofrido ainda poderia ser bom foi um pensamento que ficaria comigo por um tempo.

— Estou começando a ver isso nele. A bondade — respondi.

— A mãe dele estava no mesmo acidente de carro do meu marido na noite daquela terrível tempestade. Você sabia disso?

— Minha nossa! Eu não fazia ideia.

— Pois é. Ele era só um garoto quando perdeu a mãe. Ele a adorava e ela também. Depois que ela morreu, acho que grande parte dele morreu junto, o que é muito triste. Eu o vi se transformar de garoto tímido da cidade a rebelde. Ele a amava mais do que qualquer coisa, e perder alguém tão próximo de você é o suficiente para fazer sua mente ficar sombria. Então o fato de ele vir aqui a essa livraria significa muito para mim. Mesmo que ele não fale comigo ou permita que eu me aproxime, é quase como se eu pudesse olhar por ele. Tenho certeza de que a mãe dele ia gostar disso. É o que eu teria desejado para Josie se eu tivesse morrido. Alguém para olhar pelos meus entes queridos.

— Você é uma ótima pessoa, Betty.

Ela sorriu.

— E ele é um bom homem.

— Tudo bem se eu deixar um livro para ele encontrar amanhã? — perguntei.

— Claro, querida. Pode deixar que eu não vou mexer.

Voltei para a livraria em busca de um livro para deixar lá para Jackson. Fiquei pensando nos livros que eu já tinha lido, e quais fizeram meu coração disparar, me perguntando se teriam o mesmo efeito em Jackson.

Meus dedos encontraram *Long Way Down*, de Jason Reynolds.

Foi um livro que me deixou acordada a noite toda.

Peguei um Post-it e escrevi:

Está escrito em verso,
E você vai sentir cada uma das palavras escritas.
— Princesa

Mantivemos essa prática de trocar bilhetes em diferentes livros. Era tão bom escapar da minha atual realidade e mergulhar no mundo da ficção. Além disso, Jackson tinha um ótimo gosto para livros, o que facilitava o meu mergulho em cada uma das palavras. Sempre que eu encontrava um bilhete em um Post-it, sentia que estava entrando em uma nova aventura. Mesmo que as palavras que trocássemos fossem escritas em pedacinhos de papel, eu sentia que estava aprendendo mais sobre aquele homem duro que não permitia que as pessoas se aproximassem.

Eu estava finalmente olhando com atenção para o rebelde da cidade, e ele estava retribuindo toda a minha atenção.

~

Este aqui vai fazer você chorar.
Permita.
— Oscar

~

Este aqui vai curar você.
Permita.
— Princesa

~

Essa heroína me fez pensar em você.
Ela chora em todas as páginas.
— Oscar

~

O herói é muito babaca.
Você é parente dele?
— Princesa

O último livro que você me deu foi muito triste. A boa moça da cidade é tão sombria assim por dentro?
Eu amei. Agora leia este aqui, que é ainda mais sombrio.
— Oscar

~

Você sempre me dá livros que me fazem chorar.
— Princesa

~

Eu sei que não é muito difícil fazer você chorar.
— Oscar

~

Uau. Uau. Uau.
Cinco estrelas.
Mais algum como este, por favor?
— Princesa

~

Vi você na padaria hoje. Seus olhos pareciam tristes.
Aqui está um livro para fazê-la rir.
— Oscar

Ele tinha notado minha presença na cidade e eu nem o tinha visto. Isso me fez pensar em todas as vezes que o vi passeando com Tucker no colo pela cidade ou apenas de passagem, quando ele não sabia que eu o estava vendo.

Quantas vezes a gente se notava?

Comecei a ler o livro que ele havia deixado para mim, e ele estava certo — eu não conseguia parar de rir. Algumas pessoas chegaram a fazer "shh" para mim algumas vezes por eu estar rindo alto demais. Mas eu não consegui evitar. Algumas vezes, a melhor coisa para um coração triste é um livro que faça você rir.

Eu sabia que não conseguiria passar pelos próximos capítulos sem cair na gargalhada, então me levantei para voltar para a casa de Judy, a fim de ler no meu quarto, onde não incomodaria ninguém.

Quando atravessei a livraria, pensei nos personagens do livro e continuei rindo sozinha. Ao passar pelo canto de Jackson, ele olhou para mim.

Sorri para ele e falei apenas com os lábios *"Obrigada".*

Ele me deu um meio sorriso e assentiu antes de voltar a atenção para seu próprio livro. Um meio sorriso de Jackson Emery parecia mais do que um sorrisão de qualquer outra pessoa.

Capítulo 24

Jackson

Grace era diferente de tudo que eu tinha aprendido a acreditar sobre ela no passado. Era boa, gentil, engraçada e o completo oposto da mulher esnobe, grosseira e egoísta que eu havia acreditado que fosse.

Isso foi difícil de aceitar.

Quando te ensinam a odiar um estranho a sua vida toda, é uma lição de humildade perceber que você perdeu tanta energia odiando algo que nem era real.

Gracelyn Mae Harris estava trilhando o caminho da autodescoberta enquanto eu estava trilhando o caminho de apagar meus julgamentos sobre quem eu tinha achado que ela era.

Enquanto ela aprendia sobre si mesma, eu aprendia sobre ela também.

Grace era estranha, corajosa, despedaçada e, ao mesmo tempo, inteira. Eu nunca havia conhecido alguém que tinha sido despedaçado e, ainda assim, conseguia se manter inteiro.

Para ser bem sincero, eu gostava dela.

Isso era estranho também — tipo, eu gostar de uma pessoa. Eu não sabia muito bem o que aquilo significava. Se aprendi alguma coisa sobre sentimentos, era que eles não faziam o menor sentido. Então eu me mantinha ocupado na oficina. Quando minha mente estava mergulhada no motor de um carro e a música soando pelos fones de ouvido, eu conseguia me desligar do mundo à minha volta.

Conseguia afastar a imagem dos olhos dela do meu pensamento um instante de cada vez.

Quando ouvi a sineta da porta da frente soar, tirei os fones de ouvido e olhei para a frente da loja. Havia um homem de terno parado ali com as mãos enfiadas nos bolsos. Tucker foi até ele, abanando o rabo como sempre fazia, para cumprimentar o estranho.

O cara empurrou Tucker com o pé e disse para ele cair fora.

Fiquei tenso. O cara já tinha despertado o meu pior.

Fui até ele e arqueei uma das sobrancelhas.

— Estamos fechados.

— O quê? A placa diz que vocês estão abertos — comentou ele.

— Pois é. Mas você empurrou o meu cachorro. Então estamos fechados e você pode dar o fora e levar o seu carro para outro lugar.

— Eu não estou aqui para falar sobre carro. Estou aqui para falar sobre a Grace — declarou ele. — Eu sou o marido dela, Finn.

— Não estou nem aí — respondi secamente.

— Como é?

— Eu não estou nem aí para quem você é. Você empurrou o meu cachorro, então dá o fora daqui.

— Cara, esse cachorro mal está se aguentando em pé. Eu provavelmente fiz um favor a ele.

— Você está tentando morrer hoje, ou é só imbecil mesmo? Cai fora. Ele não saiu.

— Quero que você fique longe da Grace — declarou ele.

— Estou farto de as pessoas virem até a *minha* oficina para me dizer o que fazer.

Finn parecia bem o tipo de babaca com que Grace se casaria. Ele estava parado ali como se fosse cheio da grana, usando um terno que provavelmente tinha custado mais do que todo o meu guarda-roupa.

Se aquela princesa fosse se apaixonar um dia por um homem, ele seria aquele cavaleiro de armadura brilhante. Ele e eu éramos diferentes de quase todas as maneiras possíveis.

Não pude deixar de me perguntar como Grace havia tomado o meu rumo.

— Veja bem — começou ele. — Ela e eu estamos tentando resolver as coisas entre nós.

— Você comeu a melhor amiga dela. Acho que isso significa que não tem mais jeito.

— Não aja como se entendesse toda a história quando você só conhece alguns capítulos.

— Eu não estou nem aí para a história. Não estou nem aí para você.

— Cara, você está mexendo com a cabeça dela. A família dela está preocupada. Eu estou preocupado. Ela não está agindo como de costume.

— Talvez isso seja bom.

— *Não é* — gritou ele. Obviamente, meu comentário o irritou. — Ela nunca ia se apaixonar por um cara como você.

— Um cara como eu?

— Você sabe... — As palavras morreram em sua boca e ele deu de ombros. — Você não é o tipo dela.

— Ela deve gostar mais de traidores babacas.

— Não aja como se você me conhecesse ou à minha mulher. Nós já passamos por muito mais coisas do que você possa imaginar. Então me faça um favor e fique bem longe dela.

— Não.

Ele arqueou uma das sobrancelhas.

— Como é?

— Ela é adulta. Acho que é capaz de fazer as próprias escolhas. Agora dê o fora da minha oficina antes que você não consiga mais sair sozinho.

Ele soltou um assovio baixo.

— Você é bem nervosinho, não é? Tudo bem. Estou indo. Mas, se você for esperto, vai se manter bem longe da Grace.

— Eu nunca fui conhecido por ser esperto — retruquei.

Ele assentiu e se virou para ir embora. Antes de partir, olhou para Tucker.

— Você deveria pensar seriamente em sacrificar esse bicho. Chega a ser desumano mantê-lo vivo dessa maneira.

Ele abriu a porta e foi embora, mas não antes que suas palavras atingissem minha alma em cheio.

Fui até Tucker, que tinha voltado para sua caminha, e acariciei sua cabeça.

— Você é um bom garoto, Tuck — declarei, fazendo carinho atrás da orelha dele. Minha voz falhou, e eu avaliei sua expressão cansada.

Você é um bom garoto.

~

Depois que terminei na oficina, fui até a casa do meu pai para ver como ele estava. Ele andava quieto demais nos últimos dias, o que normalmente significava que estava bêbado. Quando entrei na casa, meu pai estava sentado no sofá, jantando em frente à TV com uma lata de cerveja na mão. A única coisa a que ele assistia era o noticiário, porque gostava de se lembrar de que o mundo era uma merda.

Ele ouviu os meus passos, mas não se virou para me cumprimentar. Ele nunca se virava, na verdade. Nós não tínhamos o tipo de relacionamento pai e filho no qual realmente conversávamos. Nós basicamente resmungávamos um para o outro e reclamávamos sobre o outro ser um pé no saco.

— Aquela merda ainda é minha oficina — declarou, enfiando uma garfada de comida na boca antes de tomar um gole de cerveja. — Já se passaram várias semanas e o carro daquela piranha ainda está lá.

Fiz uma careta.

236

— Não a chame de piranha.

Ele olhou para mim e estreitou os olhos. Baixou as sobrancelhas e soltou um som como um rosnado.

— Quem você pensa que é para me dizer o que fazer? Não se esqueça de quem é essa casa, garoto.

Ele adorava usar essa frase sobre a casa — e sobre a oficina e sobre a minha casa perto da oficina. Adorava se sentir como se tivesse poder sobre tudo que tínhamos. O que ele nunca parecia notar era quem pagava as contas, quem trabalhava, quem limpava a casa. Ele não fazia praticamente mais nada com o tempo dele, a não ser beber e assistir ao noticiário. Meu pai não era mais uma pessoa. Era um morto-vivo.

— Eu não vou avisar de novo. Tire a porra daquele carro da minha oficina — ordenou ele, mas suas palavras não significavam nada para mim. Ele não tinha o foco nem a ética de trabalho para realmente conseguir tirar o carro de lá. Desse modo, tudo ficaria bem.

Meu pai era cão que ladrava, mas não mordia. Apenas um velho amargo com um coração que não batia mais.

Eu tinha minha mãe para agradecer por isso.

— Você não sabe o que aquela gente fez com a nossa família, Jackson? — perguntou. — Como eles nunca nos ajudaram? Como fizeram com que a gente comesse o pão que o diabo amassou?

— Sim, eu sei. — Mas será que ele sabia? Será que se lembrava de que Grace o havia tirado da sarjeta e o arrastado pela cidade para levá-lo de volta para casa em segurança? Será que ele sabia que ela tinha dado banho nele, limpado a casa dele e ficado sentada com ele só para se certificar de que ele não sufocaria com o próprio vômito?

Será que ele tinha visto os olhos azuis dela quando ela chorava, e como seu corpo tremia quando estava com medo?

Será que ele não tinha visto que ela era muito mais do que uma Harris? Como ela também tinha sofrido com coisas que haviam sido feitas contra ela? Que ela também já tinha passado pelo seu próprio inferno? Fechei os olhos.

Lá estava ela, enchendo a minha mente.

Por que eu não conseguia parar de pensar nela?

Sai dessa, Jackson.

Fui até a geladeira e vi que toda a comida que eu tinha comprado para ele já tinha acabado.

— Você deveria ter me dito que a comida tinha acabado — reclamei.

— Eu não tenho que dizer porra nenhuma para você — retrucou ele, me dando um fora. E eu dei outro na hora.

Tal pai, tal filho.

— É verdade? — perguntou ele.

— O quê?

— Os rumores de que você está comendo aquela piranha?

Senti cada célula do meu corpo se retesar.

— O que você acabou de dizer?

— É verdade que você está comendo uma Harris?

Eu não respondi porque ele não merecia uma resposta. Não era da conta dele o que eu estava fazendo nem com quem.

Ele se levantou e se aproximou devagar.

— Fique longe daquela família.

— Não me diga o que fazer — rosnei, sentindo a raiva crescer.

— Com toda certeza eu vou dizer o que você vai fazer! Você é o meu filho e mora na minha propriedade. Vai fazer o que eu mandar. E vai ficar bem longe daquela piranha — berrou ele, me empurrando.

Eu permiti da primeira vez.

— Pai, tire as mãos de mim — avisei.

Ele me empurrou de novo.

— E o que você vai fazer, hein? Vai bater no seu velho? Vai revidar? — provocou ele, batendo em mim de novo. Respirei fundo e cerrei os punhos. — Lute comigo, Jackson! — gritou ele. — Vamos logo!

Mesmo assim, eu não ia bater nele. Eu nunca tinha feito aquilo, e não importava quantas vezes ele tinha me batido. Se eu fizesse aquilo, seria tão ruim quanto ele.

— Você está de porre — retruquei.

— Você gosta daquela garota, não é? — perguntou ele, estreitando os olhos.

— O quê?

— Ah, merda — bufou ele. — Você se apaixonou por uma Harris? Eu não deveria ficar surpreso, considerando como você é fraco. Seu merdinha, você é um fracote — sibilou ele. — Eu nem deveria me surpreender de saber que você está comendo uma Harris — gritou ele. — Você não passa de um merda de homem.

— Cala a boca — avisei.

— Você é um idiota por achar que ela realmente vai querer alguém como você.

— Cala a porra da boca — insisti, mas ele não parava, não conseguia.

— Ela nunca vai escolher você, Jackson. Os bem-aventurados não se misturam com a ralé. Você realmente acha que ela vai se apaixonar por um monstro?

— Cala a boca.

— Não. Você acha que ela vai se misturar com alguém como você? Um merda? Alguém da ralé? Um monstro?

— Eu não sou um monstro.

— É exatamente isso que você é — declarou ele, assentindo. — Acho que você puxou ao seu velho pai.

— Eu não sou nem um pouco como você.

— Não... Você é ainda pior. — Ele respirou fundo. — Eu trato as pessoas como merda porque sou a porra de um bêbado. Qual é a sua desculpa?

Ele começou a se encaminhar para o quarto, e eu fechei os olhos, respirando fundo.

— Fique bem longe daquela Harris. Estou falando sério.

Respirei fundo e puxei a pulseira de borracha no meu punho. Minha mente estava um turbilhão enquanto eu tentava controlar meus pensamentos. Ele era a pior pessoa para mim, a única que realmente conseguia me afetar e me fazer duvidar de todas as escolhas que eu já tinha feito.

Eu quero usar...

Meu coração disparou no peito, minha visão começou a ficar embaçada e comecei a andar de um lado para o outro.

Eu quero usar...

Puxei a pulseira.

Momentos de poder, Jackson. Mantenha-se firme e forte.

Meu pai era o meu pior pesadelo, e eu odiava o fato de que, quando olhava nos olhos dele, via meu próprio reflexo olhando para mim.

Eu quero usar...

— Porra! — exclamei, passando a mão pelo cabelo enquanto me sentava no sofá. Meu pé quicava rapidamente no piso de madeira, enquanto eu pegava o celular. Comecei a passar pela minha lista de contatos antigos, procurando alguém que poderia fornecer tudo de que eu precisava para me manter chapado e fodido.

Isso era tudo que ele achava que eu podia ser. Talvez aquilo realmente fosse tudo que eu poderia ser.

Eu quero usar...

Disquei um número. Ouvi chamar, e quando a voz atendeu, eu engoli em seco.

— Alô?

Suspirei.

— Oi — respondi com um sussurro, sentindo um nó no estômago.

— Eu preciso de você.

Capítulo 25

Grace

A voz de Jackson soou tão sofrida ao telefone, e levei apenas alguns segundos para calçar os sapatos.

Quando cheguei à casa dele, Jack não disse nada. Pressionou os lábios contra os meus com força, me beijando intensamente, um beijo demorado, de um jeito que ele não tinha me beijado antes.

Ele tirou minha camiseta e com um gesto rápido abriu meu sutiã. Nossos corpos se enroscaram, e quando ele se posicionou em cima de mim e me penetrou, eu quase exclamei pelo modo como ele estava tomando o meu corpo.

A cada estocada, parecia que uma parte despedaçada da sua alma estava se misturando com a minha.

Ele estava para baixo naquela tarde, mas mesmo assim eu gostei da sensação. A verdade é que o dia não tinha sido nada bom para mim também. Eu precisava que ele me tomasse com força, com vigor e rapidez, que fosse doloroso...

As mãos dele me seguraram pelos punhos, mantendo meus braços presos acima da minha cabeça, enquanto ele mergulhava cada vez mais fundo dentro de mim, fazendo com que eu gemesse o nome dele enquanto o prazer tomava meu corpo. Nossos corpos estavam molhados de suor e nossas emoções, desorientadas, enquanto ele descia sobre o meu corpo e sussurrava no meu ouvido:

— Eu quero você. — Ele chupou o lóbulo da minha orelha. — Eu preciso de você. — Ele mergulhou mais fundo e se afastou devagar. — Eu quero você — repetia ele a cada arremetida dentro de mim, fazendo-me ofegar. — Eu preciso de você.

Arqueei os quadris, implorando por mais e mais, sabendo que nunca seria o suficiente.

O jeito como estávamos nos usando era mais do que sexo, era mais do que desejo e necessidade...

Era um meio incrivelmente chocante de cura.

Sem os nossos corpos unidos, havia uma possibilidade real de nós dois simplesmente nos afogarmos no nada.

Nossa tristeza mútua era a única coisa que nos mantinha à tona.

Era estranho como pessoas tristes podiam ajudar umas às outras a respirar.

— Você está bem? — perguntei, me vestindo enquanto ele estava sentado, com a mão segurando a beirada do colchão.

— Eu sempre estou bem — respondeu ele friamente.

Eu me aproximei dele, e beijei seu ombro.

— Você pode conversar comigo, sabe?

Ele fez uma careta e fechou os olhos.

— Eu não converso.

Suspirei, sentindo que o peso do mundo estava em seus ombros. Tudo que eu queria fazer era ajudá-lo a carregar aquele peso, mas Jack era completamente contra isso. Ele vivia em um mundo onde sentia que tinha que carregar tudo sozinho.

Quando abri a boca para falar, Tucker passou pela porta do quarto, andando bem devagar em direção à sala.

— Ele está mancando — sussurrou Jackson.

— Ele está bem?

Jack encolheu o ombro.

— Tuck é velho, está cego de um dos olhos e mal consegue se locomover sem ajuda.

— É por isso que você o carrega no colo pela cidade?

— Ele ama o parque. Mesmo com todos os problemas, ele ama o parque.

— Eu vi você no balanço um dia — contei. — Com Tucker em seu colo.

Ele assentiu e olhou para as mãos, que estavam apertadas.

— Ele é um bom garoto. Eu fico me questionando se não estou sendo egoísta de mantê-lo aqui. Ele é só... — Jack respirou fundo e se virou para mim. E eu franzi um pouco a testa para estimulá-lo a continuar. — Ele é tudo que eu tenho, na verdade.

— Conte-me mais sobre ele. — Eu me aconcheguei em seu colo e o abracei pela cintura.

Ele abriu a boca e fez uma careta enquanto encostava a testa na minha.

— Eu não sei como me abrir para as pessoas.

— Bem, você não precisa se abrir para as pessoas. Só para mim.

Antes que ele pudesse responder, seu celular começou a tocar e ele deu um grande suspiro enquanto me afastava do colo. Quando atendeu, eu me esforcei para lhe dar um pouco de espaço.

— Oi, Alex, tudo bem? — disse ele, antes de fazer uma pausa. — Você está falando sério? Não, tudo bem. Eu já estou indo. Não, sério. Está tudo bem. Tá bem. Tchau.

Ele desligou e todo o peso do mundo estava de volta sobre seus ombros.

— Tenho que ir agora — disse ele, pegando as roupas e se vestindo.

— Está tudo bem? — perguntei, me levantando e abraçando o meu próprio corpo.

— Está... Bem, não está. Meu pai está completamente bêbado e está causando problemas na oficina. Tenho que ir até lá para controlá-lo.

— Você quer que eu vá com você?

Ele negou.

— Não. Se você estiver comigo ele vai se descontrolar ainda mais. Converso com você mais tarde. Só feche a porta depois que sair.

Capítulo 26

Jackson

Ele tinha perdido a porra da cabeça.

Cheguei à oficina, onde Alex estava se esforçando para conter a bebedeira do meu pai. Olhei em volta e vi vidro espalhado por todos os lados. Quando meus olhos pousaram no carro de Grace, fiz uma careta. Todos os vidros estavam estilhaçados e o capô tinha marcas, provavelmente causadas pelo taco que Alex tentava arrancar das mãos de meu pai.

— Caralho — resmunguei, correndo na direção deles. — Pai, o que você está fazendo? — gritei.

— Eu disse para você tirar esta merda de carro da porra da minha oficina! — berrou ele, arrastando as palavras.

Segurei o taco, o arranquei da mão dele e o joguei para o lado. Nem tentei conversar com ele porque vi que não havia nem um brilho de lucidez em seus olhos. Ele estava a segundos de desmaiar. Na manhã seguinte já não ia se lembrar de nada.

Havia muitos problemas com o que ele tinha feito com o carro de Grace, mas a principal questão é que sua embriaguez tinha afetado mais do que apenas o carro dela. Ele tinha quebrado uma porção de coisas na oficina. Cada vez que eu respirava, ficava mais puto, enquanto segurava meu pai e o obrigava a ir embora. Eu o levei para casa e o joguei em seu quarto, enquanto ele resmungava o tempo todo sobre os Harris e sobre como os odiava. Também reclamou de mim, sobre como eu sempre fui um problema na vida dele, e então desmaiou.

Finalmente.

Quando voltei para a oficina, suspirei enquanto olhava à minha volta, com as mãos na cabeça. Alex já estava varrendo o vidro estilhaçado.

— Foi mal ter ligado para você, cara. Ele se descontrolou totalmente. Eu estava trabalhando no carro da Grace e ele chegou e teve um ataque.

— É bem a cara dele — respondi com sarcasmo. — Não precisa limpar. Pode deixar comigo.

— Não. Não é nada de mais.

— É, sim — gemi, olhando em volta. — Vamos gastar uma grana danada para consertar tudo. É claro que ele nem vai ficar sabendo do prejuízo que causou.

— Ele precisa de ajuda, cara. Tipo, ajuda de verdade, ou um dia ele vai acabar... — A voz de Alex morreu na garganta, mas eu sabia aonde ele queria chegar.

... morto.

Meu maior medo era receber aquela ligação, alguém dando a notícia de que meu pai estava morto e, a cada dia que passava, aquele medo parecia mais justificado.

Ajudei Alex a arrumar a oficina da melhor maneira que consegui, mas disse que ia considerar o dia encerrado e que a gente recomeçaria no dia seguinte. Ele saiu e fui até a varanda da casa do meu pai. Eu me sentei no degrau de cima, ouvindo atentamente para ver se ele não estava fazendo muita confusão lá dentro. Fiquei ali por alguns minutos, horas, e a única vez que me mexi foi para ir ao quarto, ver se ele ainda estava respirando. Então voltei para o meu lugar na escada, onde eu provavelmente acabaria passando a noite. Eu não conseguiria voltar para a minha casa por medo do que veria ao acordar de manhã.

— Jackson? — chamou uma voz baixa, me fazendo desviar a atenção das minhas mãos, para as quais eu estava olhando nos últimos minutos. Grace estava parada ali, com um sorriso suave no rosto.

— O que você está fazendo aqui?

— Eu queria ver como você estava... Sei que você disse para eu não vir, mas esperei um tempo e quis me certificar de que estava tudo bem.

Respirei fundo.

— Está tudo bem. Eu sempre estou bem.

Ela fez uma careta.

— Posso me sentar aqui com você?

— Se você quiser.

Grace subiu os degraus e se sentou bem do meu lado. Ela não disse nada no princípio. Talvez não soubesse o que dizer ou talvez sentisse que só precisava ficar um pouco em silêncio. Tê-la ali sentada ao meu lado pareceu estranho, como um consolo que eu nem sabia que queria.

— Eu odeio maçã. A não ser que estejam picadas em tiras — disse ela por fim, e eu inclinei a cabeça em sua direção. — Sei que mágica não existe, mas sempre que vejo um truque muito bom, fico completamente chocada. Sou péssima jogando Uno, mas sou o máximo em Banco Imobiliário.

— Informações aleatórias? — perguntei.

— Sim. Para você se sentir mais confortável.

A cada momento que passava eu gostava mais dela. Respirei fundo.

— Eu adoro *hip-hop* e música *country* na mesma medida. Eu canto no chuveiro. Como comida mexicana pelo menos três vezes por semana e, às vezes, quando o dia está particularmente ruim, eu canto "Tubthumping", de Chumbawamba.

Ela respirou fundo.

— Não sei assoviar.

— Não sei estalar os dedos.

— Eu chorei em todos os filmes da Marvel — sussurrou ela.

— Eu ainda choro quando assisto ao *Rei Leão*.

Ela abriu aquele sorriso bondoso, capaz de fazer a pessoa mais triste do mundo se sentir um pouco melhor.

— Eu acho que você é uma boa pessoa.

— Acho que você é melhor — respondi. Engoli em seco e olhei para a minha mão. — E acho que minha vida fica mais fácil quando você está comigo.

— Ah — disse ela suavemente, olhando para mim. — Então acho que é uma coisa mútua. Mais fatos.

— Reais ou de bobeira?

— Acho que coisas reais são boas — respondeu ela. — Eu gosto de real. Só não sabia se você gostaria de compartilhar esse tipo de coisa.

— Eu não gosto.

— Tudo bem, então compartilhe o que você quiser.

Respirei fundo e senti o braço dela roçar de leve no meu, mas não disse nada. Passou-se um longo período de silêncio antes de eu reunir coragem para falar de novo. Era como se meu cérebro estivesse avaliando quão real eu queria ser com ela. Nós vínhamos basicamente deslizando pela superfície de verdades sem realmente mergulhar nelas.

— Tucker foi o último presente que minha mãe me deu — revelei. — Ela me deu Tucker algumas semanas antes de decidir deixar meu pai e recomeçar a vida com outro homem. Eu me lembro como se fosse ontem. Meus pais não me deixavam ter animais de estimação quando do eu era criança. Diziam que eu era muito pequeno. Mas que quando eu fizesse dez anos poderia ter um cachorro. Acho que era porque eu sofria tanto *bullying* na escola e não tinha amigos de verdade. Eles se sentiam mal por eu ser tão sozinho quando era pequeno. Então, algumas semanas depois, ela arrumou as malas para ir embora.

— Como você descobriu que ela estava indo embora?

— Vi meus pais discutindo na sala. Eles brigaram um tempão, até que meu pai ficou farto daquilo. Eu me lembro da expressão de derrota no rosto dele. Acho que foi naquele exato momento que ele percebeu que ela nunca mais voltaria a ser dele. Minha mãe tinha escolhido outra pessoa, e isso foi muito difícil para o meu pai. Ela era tudo para ele. Para nós dois. Mas, bem, só porque alguém é tudo para você, não significa que você é tudo para essa pessoa também. Eu implorei para ela ficar. Eu literalmente me joguei em seus braços e chorei, implorando para que ela não fosse embora. Meu pai já tinha saído da sala porque aquilo tudo tinha sido demais para ele. Ele bloqueou tudo, eu acho. Ele já tinha desistido, e o coração dele estava tão partido, mas eu era só um garoto. Tudo que eu sabia é que eu queria que minha mãe ficasse comigo. Eu chorei em seus braços, puxei suas roupas, me agarrando a ela, e ela ficava me prometendo que não era para sempre, que ela nunca ia me deixar, que nós encontraríamos um jeito de descobrir um novo modo de viver. Você sabe qual foi a última coisa que ela me pediu?

— O quê?

— Ela me deu um beijo na testa, olhou nos meus olhos e pediu "Cuide do seu pai".

— Uau.

— Um pouco depois, fomos comunicados sobre o acidente de carro com o pai de Josie. Minha mãe morreu na hora. Nós nem tivemos tempo de odiá-la por ter partido, antes de sermos obrigados a ficar de luto.

— Jackson, eu sinto tanto por você — disse Grace. — Eu nem posso imaginar o que uma coisa dessa pode fazer com alguém.

Senti um aperto no peito e, quando falei, lembrei por que aquele era um assunto sobre o qual eu nunca conversava. Era difícil demais reviver aquelas lembranças, ter que enfrentar a culpa de novo. Sempre que pensava na noite da morte da minha mãe, juro que parecia que eu voltava no tempo e estava lá de novo, me afogando outra vez.

— Talvez, se eu tivesse implorado um pouco mais, ela não estaria na estrada na hora do acidente. Talvez, se eu tivesse me agarrado mais a ela... — sussurrei.

Grace balançou a cabeça.

— A culpa não é sua, Jackson. Não há culpados nessa história.

— Eu poderia ter me esforçado mais para ela ficar.

— Não. Essa foi uma lição bem difícil que eu aprendi. Não importa quanto você implore para alguém ficar. Se a pessoa quiser ir embora, ela vai, independentemente de qualquer coisa. Tudo que podemos fazer... Tudo que alguém pode aprender é a arte de deixar a pessoa livre, não importa o que aconteceu. É óbvio que ela amava você.

— Ela era o mundo para mim e, depois que eu a perdi, Tucker se tornou o meu melhor amigo. Eu sentia que, de algum modo, ele era uma parte dela. — Baixei a cabeça e fechei os olhos. — Diga alguma coisa para mudar de assunto — implorei. — Diga qualquer coisa para fazer parar esse turbilhão que está na minha cabeça.

Grace pigarreou e de repente começou a cantar "Tubthumping", de Chumbawamba.

Eu ri na hora. Eu precisava daquilo. Precisava dela ao meu lado para me afastar um pouco da escuridão.

— Mandou bem — falei, soltando o ar e relaxando os ombros.

— Sinto muito por sua mãe.

— Tudo bem. Ela é o principal motivo de eu não acreditar no amor.

— Você não acredita no amor? Não mesmo?

— Não. Eu vi bem o que o amor pode fazer quando é encontrado e o que ele se torna quando é perdido. Meu pai é quem ele é agora por causa do sofrimento, porque perdeu o amor da vida dele. Durante meses, ele nem conseguiu levantar da cama. Ele procurou consolo na bebida como uma maneira de se sentir melhor. Ele tentava beber até apagar minha mãe de suas lembranças e, quando isso não funcionou, ele continuou bebendo e agora está... destruído.

— Como o seu pai era? Antes de mudar?

— Feliz — respondi. — Essa é a única palavra que consigo pensar. Ele tinha uma risada sonora, sabe? Daquele tipo que retumba dentro de você, fazendo você rir junto com ele. E estava em sintonia com os carros. Ele conseguia consertar qualquer coisa. Eu me lembro de como achava isso incrível quando era pequeno.

— E agora ele ficou assim por causa do sofrimento.

— Exatamente. Eu odeio quem ele é agora, odeio vê-lo desse jeito porque fico puto da vida diariamente. Eu não conheço mais aquele homem que está lá dentro, mas não posso culpá-lo. O amor da vida dele morreu de uma forma horrível, bem depois de dizer a ele que não o amava mais. Se eu fosse ele, teria enlouquecido também.

— Você acha que ele vai conseguir ficar bem algum dia?

— Não sei. Acho que sim. Mas realmente não sei. Já tentei levá-lo para a reabilitação, mas ele não quer nem ouvir falar sobre o assunto. Acho que ele se pergunta por que iria. Não importa o que aconteça, nada a trará de volta. Além disso, ele sofreria sóbrio. Talvez fosse ainda pior.

— Você acha que um coração partido tem cura?

— Acho que sim — declarei de maneira direta. — Mas ele começa a bater de um jeito um pouco diferente.

— Então talvez um dia o coração do seu pai se cure.

Neguei com a cabeça.

— Para que um coração partido seja curado, a pessoa tem que querer isso. É meio como o motor de um carro. Você pode consertar se você se dedicar e trabalhar em todas as peças quebradas, mas acho que meu pai se acostumou com a sensação de sofrimento. Acho que é como ele se sente confortável agora.

— E quanto ao seu coração? — perguntou Grace. — Ele está bem?

— Eu perdi meu coração no dia em que ela morreu.

— Ah, Jackson... — Ela baixou a voz, e senti um aperto no peito. — Vê-lo assim me faz sofrer.

Não dissemos mais nada, mas ela não saiu do meu lado por um bom tempo. Grace não sabia daquilo, mas, naquele instante, fiquei muito feliz por ela ter ficado. Eu estava desesperado por alguém que ficasse comigo.

Capítulo 27

Grace

Em uma segunda-feira à tarde, passei por Finn na cidade, e ele ficou gritando meu nome.

Eu me esforcei para ignorá-lo, mas ele não desistiu.

— Gracelyn! Grace!

Eu desisti e me virei para olhar para ele.

— O que você quer, Finn? — sussurrei, exasperada, sem querer chamar atenção.

— Eu... — Ele passou a mão pelo cabelo curto. — Eu acho que a gente precisa conversar sobre as coisas. Sei que você está zangada, mas a gente ainda é marido e mulher, Grace. Você não pode me evitar para sempre.

— Você quer dizer do mesmo jeito que você me evitou nos últimos oito meses?

— Eu sei que não lidei bem com a situação e peço desculpas por isso. As coisas andam um pouco complicadas.

— Autumn está grávida de um filho seu. Além disso, ela me contou que você disse que *eu* tinha deixado *você*. Sério, Finley? É assim que você consegue levar as mulheres para a cama agora? Fazendo com que eu pareça um monstro?

Ele baixou a cabeça e fez uma careta.

— Eu cometi muitos erros, mas estou me esforçando para aprender com eles e a me tornar uma pessoa melhor. Eu devo mais pedidos de desculpas a você do que jamais vou conseguir expressar, e só quero que a gente consiga conversar um pouco. Pensei em terapia de casal... Ou talvez pudéssemos começar a orar juntos de novo. Você se lembra de como a gente costumava orar juntos?

— Eu lembro bem. Depois você começou a dizer que estava cansado demais para se ajoelhar ao meu lado.

— Estou tão perdido, Grace. Eu só... Eu preciso de você de volta. Eu não sei viver sem você ao meu lado.

O quê?

Como é que é?

Fiquei confusa.

Completamente confusa ao ouvir aquelas palavras.

— Você me dá nojo — declarei, virando-me para me afastar.

Não havia terapia, oração ou pedido de desculpas capaz de consertar as coisas entre nós.

Ele tinha destruído o nosso relacionamento sozinho, e as partes jamais poderiam ser consertadas.

— Por que você está dormindo com ele? — perguntou Finn, em voz nada baixa, forçando-me a olhar para ele.

— Como é que é?

— É para se vingar de mim? Porque eu magoei você?

— Eu não estou acreditando no que estou ouvindo.

— Ele é perigoso, Grace. E, tipo, tem a metade da sua idade.

— Ele tem vinte e quatro anos de idade, Finley. Isso não chega nem perto da metade da minha idade.

— É, mas ele é um garoto comparado com você. Além disso, ele transa com todo mundo na cidade.

— Parece que vocês dois têm alguma coisa em comum — retruquei, revirando os olhos.

— Você realmente quer ser mais uma na lista dele? Você não está sendo nada inteligente, Grace. Nem está se cuidando. Você sabe que pode pegar uma doença que ele pegou de alguma mulher por aí?

Será que ele não via? Como era irônico que Finn — o marido que me traiu — estivesse me dizendo que eu estava correndo o risco de pegar uma doença quando ele teve a cara de pau de se deitar na cama comigo depois de inúmeros casos.

— Eu não vou ter essa conversa com você — avisei.

— Tudo bem, então está claro que você não quer conversar comigo, nem com sua mãe. Talvez com a Judy? Ela sempre foi uma pessoa muito equilibrada. Você precisa de uma distração que não seja Jackson Emery.

— Você não tem o direito de se meter na minha vida. Você não pode mais opinar sobre o que eu faço ou deixo de fazer com o meu tempo livre. Assim como eu não posso mais me meter na sua vida.

Fui até a casa da Judy, tentando afastar da cabeça as palavras de Finn.

Ele era como um carrapato nojento do qual eu não conseguia me livrar. Pior de tudo é que ele parecia ser louco. Era quase como se esperasse que eu simplesmente deixasse a traição dele passar só porque o meu amor deveria ser forte o suficiente para perdoar qualquer erro que ele cometesse.

Quando voltei para a casa da Judy, parei na varanda e olhei pela janela. Minha irmã estava atrás de um púlpito, com uma colher de pau na mão, como se estivesse segurando um microfone, e empostou a voz como se estivesse se dirigindo a um auditório lotado. Quanto mais eu ouvia, mais percebia o que ela estava fazendo. Ela estava dando um sermão.

Quando ela se virou e me viu, rapidamente soltou a colher e correu para abrir a porta.

— O que você está fazendo, Grace? — perguntou, corada.

— Judy... — falei com os olhos arregalados. — Você estava dando um sermão?

— Não, imagina. Não é nada disso — retrucou ela, alisando o vestido. — Eu não dou sermões. Só estava entediada e resolvi brincar

Balancei a cabeça.

— Pois você realmente parecia uma pastora e estava falando como uma.

Ela ficou com os olhos marejados, e eu vi um brilho de esperança.

— Sério?

— Sério mesmo.

Fui até o vestíbulo e abri um sorriso para ela.

— Se você quiser fazer mais do que ficar brincando por aí, eu poderia falar com o papai.

— Por favor, não faça isso — pediu ela rapidamente. — Eu não posso fazer isso. Estou feliz conduzindo os estudos bíblicos e coordenando os eventos da cidade.

— Mas você merece mais que isso — argumentei. — Antes de o papai descobrir que eu queria ser professora, ele conversou comigo sobre assumir a igreja depois dele. Deus sabe que isso é uma coisa que eu jamais vou querer na vida, mas você seria ótima nisso! Tipo, se você...

— Grace, deixe isso para lá, está bem? — pediu ela, claramente constrangida diante da ideia. Vi como Judy se encolheu, então acatei o pedido. — Você está animada para o Festival do Pêssego? — perguntou ela.

Todos os anos, a cidade organizava um grande festival para comemorar os pêssegos mais doces de toda a Geórgia. Era um evento enorme, com desfiles de carros alegóricos e show de fogos de artifício, que acontecia todos os anos, mas aquele era o primeiro ano que Judy era a organizadora oficial.

— Estou, sim. Se precisar de qualquer coisa, é só dizer.

Ela mordeu o lábio inferior.

— Você está falando sério? Qualquer coisa?

Levantei uma das sobrancelhas.

— Aonde você quer chegar com essa pergunta?

— Bem, no dia do evento, a mamãe precisa de ajuda com os bolos...

Eu gemi. Não era segredo para ninguém que minha mãe e eu não estávamos de boa. Mas eu sabia o quanto significava para Judy dar tudo certo com o festival, então eu ia me esforçar para aturar a chatice da nossa mãe por ela.

— Eu posso fazer isso por você.

Ela deu um gritinho.

— Obrigada, obrigada mesmo! Você não faz ideia de quanto estresse você acabou de tirar dos meus ombros.

— Sempre e para sempre — respondi. — Só voltei em casa rapidinho para trocar de roupa e sair.

— Ah, e para onde você está indo? — perguntou ela, arqueando uma das sobrancelhas.

Senti o rosto esquentar pelo jeito como ela fez a pergunta. Como se já soubesse para onde eu ia.

— Tenho ouvido muitas fofocas sobre você e Jackson Emery — disse ela. — A mamãe está fora de si com isso.

— E quando é que nossa mãe não está fora de si por causa de alguma coisa? — brinquei, sentindo um aperto no estômago.

Eu estaria mentindo se dissesse que não me importava de meu relacionamento com minha mãe estar tão ruim ultimamente. A vida toda eu sempre tinha me esforçado para deixá-la orgulhosa de mim, e agora parecia que tudo que eu fazia era decepcioná-la.

Judy franziu a testa.

— Eu só quero ter certeza de que você está bem. Sei que o que aconteceu com Finn e Autumn foi demais para você, e eu nem consigo imaginar o que está passando pela sua cabeça, sabe? Eu só não quero que você sofra ainda mais por estar andando com pessoas como Jackson Emery. Ele é uma pessoa horrível.

— Ele é melhor do que Finn — declarei com a voz trêmula.

— Só porque ele é melhor, não significa que ele seja bom.

— Judy...

— Não quero dar uma de mãe para cima de você, Grace. Deus sabe que essa é a última coisa de que você precisa agora, mas só quero que você tenha cuidado. Sei que seu coração está partido, e não quero que ninguém a magoe ainda mais.

— Você se preocupa muito, maninha — brinquei.

— Não é excesso de preocupação, é a quantidade certa de preocupação. Eu amo você. Isso é tudo.

— Também amo você. Sempre e para sempre.

Se minha mãe tivesse tido a mesma abordagem que Judy com suas preocupações comigo, as coisas teriam sido diferentes. Enquanto ela foi dura, Judy foi gentil. As duas queriam o melhor para mim, mas minha mãe tinha dificuldade de expressar isso de um jeito gentil. Talvez ela e Jackson tivessem mais em comum do que pensavam. Eles tinham dificuldades para se expressar.

Eu entendia bem por que todo mundo se preocupava sobre Jackson fazer parte da minha vida agora. Eles ainda olhavam para ele e viam a imagem distorcida que as pessoas da pequena cidade de Chester tinham criado.

Eu, por outro lado, estava olhando para ele com atenção.

Quando cheguei à casa de Jackson, um pouco mais tarde, fiquei um pouco insegura. Mandei uma mensagem de texto para ele e esperei algum tempo, antes de desistir e voltar para casa. Além disso, sempre que a gente marcava, ele já estava lá, esperando por mim.

Eu me esforcei para não dar muita importância àquilo. Jackson tinha a vida dele, e eu, a minha. Era só legal quando a gente ficava junto.

Passaram-se alguns dias e Jackson ainda não tinha dado notícias. Eu sabia que não tínhamos aquele tipo de relacionamento no qual eu tinha o direito de me preocupar, mas estava preocupada. Era difícil não me preocupar, considerando que havia muitas nuvens tempestuosas na mente dele.

Eu deixava livros no canto dele na livraria, mas, sempre que voltava, os recados escritos em Post-it permaneciam intocados, o que me fez ficar ainda mais nervosa.

Depois de cinco dias sem notícias, eu me vesti e fui até a casa de Jackson para ver o que estava acontecendo. Quando ele não atendeu, fui até a oficina, mas ele também não estava lá. Então contornei a loja e o vi segurando a marreta, destruindo um outro carro. A camiseta branca estava enfiada na lateral da calça jeans, enquanto ele golpeava os vidros do automóvel.

Seus braços estavam musculosos e bronzeados como se ele tivesse passado os últimos dias pegando sol. Pigarreei algo e observei enquanto o corpo dele reagia ao som. Ele sabia que eu estava ali, mas não olhou para mim.

Depois de abrir e fechar a boca algumas vezes, finalmente reuni coragem de fazer uma pergunta:

— Está tudo bem? Não tenho visto mais você na livraria e, quando eu liguei, você não atendeu nem retornou a ligação.

Ele ergueu a marreta e golpeou o capô do carro.

— Estou ocupado.

Ele ainda não tinha olhado para mim.

— Ah, tudo bem... eu só queria saber se você estava bem.

Ele não respondeu.

Eu gostaria de ter a capacidade de entrar na cabeça de Jackson para ver o que ele estava pensando. Eu sabia que as questões dele eram muito mais profundas do que ele demonstrava. Eu deveria tê-lo deixado em paz e permitido que ficasse sozinho, mas algo em meu coração me disse para não ir embora. Algo em meu coração me fez ficar.

— Jackson, o que houve?

— Nada.

— Jackson, vamos lá. Você pode conversar com...

— Porra, será que a gente pode não fazer isso? — gritou ele, soltando a marreta. — Será que você pode ir embora? — ele se irritou, provocando um frio na minha espinha. Ele estava agindo como o monstro que eu conheci logo que cheguei à cidade, e eu não fazia ideia do motivo.

Uma lágrima escorreu do meu olho. A frieza dele doía muito mais do que imaginei que doeria. Da última vez que nos vimos, pareceu que estávamos avançando, como se ele finalmente estivesse derrubando o muro que tinha construído em volta de si durante todos aqueles anos.

Além disso, ultimamente, parecia que ele era a minha única fonte de conforto, e eu estava convencida de que todo mundo na cidade estava errado sobre Jack. Agora, porém, ele estava agindo exatamente como as pessoas da cidade o viam — como uma fera raivosa.

Funguei e enxuguei o rosto, assentindo.

— Sinto muito.

Eu me virei para ir embora e o ouvi resmungar *"Merda"*, antes de chamar meu nome. Quando me virei, ele estava diante de mim, o suor escorrendo de cada pedacinho do seu corpo como se os raios de sol estivessem brilhando apenas sobre ele. Cada parte do seu corpo estava encharcada. Ele estava completamente molhado. Senti o rosto queimar e meu estômago deu algumas cambalhotas.

— Estou de péssimo humor — explicou ele, enxugando a testa com as costas da mão. Fingi que o nervosismo crescente não existia e concordei com a cabeça. Ele cruzou os braços e continuou falando:
— E meus pensamentos estão bem fodidos no momento.

Ele esfregou os olhos e depois levou as mãos à boca, onde ficou dando batidas enquanto falava:
— Tipo, fodidos de verdade, mas em vez de tentar decifrar meus pensamentos ou tentar encontrar alguma merda para me fazer esquecer, decidi continuar de péssimo humor e destruir esse carro aqui. Eu sei qual é a sua intenção e agradeço pela mão que está estendendo, mas se eu falar agora, provavelmente vou ser um babaca, e não quero

ser um babaca com você porque você é *legal*. Você é uma boa pessoa, mas vou perder a cabeça se você continuar me pressionando, e eu sei ser um tremendo de um babaca, Grace. E então você vai me odiar, e eu me sinto mal com isso. Então... Só preciso ficar sozinho para me sentir um merda por um tempo.

Eu assenti de novo. Marretar um carro era a válvula de escape para a sua raiva, para o seu sofrimento. Eu era o cinto de segurança que impedia que ele se enfiasse em um buraco, e eu o tinha interrompido.

No caminho de volta para casa, eu me senti uma idiota por ter cruzado aquele limite com Jackson.

Como eu podia ser tão ingênua a ponto de achar que ele ia me deixar me aproximar tanto assim?

Capítulo 28

Grace

Passaram-se alguns dias desde que Jackson tinha me pedido para deixá-lo em paz, e eu não tinha tido mais notícias, até que ele foi ao meu canto na livraria no fim da tarde de quarta-feira.

— Oi — sussurrou ele, empertigado e com as mãos enfiadas nos bolsos do jeans preto.

— Oi — respondi baixinho.

— Eu queria pedir desculpas... — começou Jackson, mas eu o interrompi.

— Não, sou eu que tenho que pedir desculpas. Você deixou claro que precisava de um tempo, e eu não ouvi, e sinto muito por isso. Você me pediu isso e eu não atendi.

Uma pessoa fez shhh para mim, mas quando viu o olhar intenso de Jackson, disse um "Deixa pra lá", levantou-se e foi embora.

Eu nunca tinha visto um olhar tão poderoso.

Ele passou a mão pela nuca e suspirou.

— Eu não sei lidar com pessoas querendo saber se estou bem. Eu reagi mal e só queria pedir desculpas pelo jeito como eu a tratei. Você merece mais.

— Está tudo bem. De verdade. Mas você está bem?

— Não — respondeu ele. — Mas isso é normal.

Eu gostaria que ele compreendesse que não havia nada de normal em não estar bem.

— Você pode conversar comigo, sabe? Sei que é contra as regras e tudo o mais, Jackson, mas você pode confiar em mim.

Olhei seu pomo de adão se mexer enquanto ele engolia em seco. Seu corpo começou a tremer. Ele abriu a boca para falar, mas seus olhos ficaram marejados antes que qualquer palavra saísse de sua boca. Ele se esforçou muito para controlar as lágrimas, mas, pelo jeito que seu corpo estremecia, ele estava prestes a perder aquela batalha.

Eu me levantei e me aproximei dele.

— O que foi? O que aconteceu?

Jackson pigarreou, e seu lábio inferior tremeu.

— Tucker se foi.

— O quê? — arfei, pousando uma das mãos em seu braço. — Como assim se foi? O que aconteceu?

— Ele... Hum... Ele morreu cinco dias atrás. Eu acordei, e ele nem conseguia andar. Eu o levei ao veterinário e ele me disse que era falência de órgãos. Disseram que não teria chegado ao fim da semana, então tive que tomar a decisão de sacrificá-lo.

— Minha nossa, Jackson... — Eu me aproximei mais e vi o corpo dele ficar tenso. — Sinto muito.

— Está tudo bem.

— Não está, não.

— Eu sei, mas...

— Jackson, essa não é a parte em que você discute comigo.

— Que parte é, então? — perguntou ele.

— Essa é a parte que você me deixa te abraçar.

Ele abriu a boca para falar, mas se rendeu, curvando os ombros. Ele assentiu de leve e, em questão de segundos, eu o envolvi em um abraço apertado. Eu o abracei enquanto sentia seu corpo tenso começar a relaxar contra o meu.

Quando ele pediu que eu o soltasse, o abracei com mais força porque sabia que ele precisava que eu ficasse bem perto naquele momento. Depois de um tempo, ele se afastou e esfregou os olhos, balançando a cabeça.

— Você quer fazer uma coisa comigo?

— Qualquer coisa — respondi. — Seja o que for que você precisar, estou aqui.

~

Fomos até um bosque que ficava dentro da propriedade de Jackson. Ele estava com uma caixa nas mãos e, depois de seguirmos por entre as árvores, chegamos a uma clareira. Havia um terreno aberto e o sol se pondo tocava cada canto do espaço. No meio do campo havia um cavalete com uma tela. Havia tintas em volta e uma pequena cruz feita com pincéis.

— Foi aqui que enterramos as cinzas da minha mãe — revelou ele. — Era aqui que nós íamos construir o estúdio de arte para ela. Achei que seria bom enterrar as cinzas de Tucker ao lado das dela.

— Que ideia linda, Jackson.

Ele colocou a caixa no chão e pegou o elefante de pelúcia de Tucker e as vasilhas de comida e água. Depois, pegou a urna com as cinzas e arrumou tudo. Ele pigarreou enquanto se empertigava e seu rosto se contraía. Peguei a mão dele e a apertei de leve.

— Ele salvou a minha vida — disse Jack com um olhar melancólico. — Alguns anos atrás, quando tive uma overdose, Tucker me encontrou e levou Alex até a oficina para me ajudar. — Ele engoliu em seco, e sua voz falhou. — Só estou vivo hoje por causa dele.

Meu coração não parava de se partir diante daquele sofrimento de Jackson. Segurei a mão dele por mais um tempo, mas não disse nada. Não havia o que dizer ao se ouvir uma história como aquela. Eu só agradecia por Jackson ainda estar vivo e bem.

— Não sei como me despedir — declarou ele suavemente, olhando para as vasilhas vazias.

— Então não se despeça. Só diga boa noite e até amanhã.

Jackson fechou os olhos e respirou fundo antes de colocar Tucker no seu lugar de descanso e se ajoelhar. Dei um passo atrás, querendo lhe dar todo o espaço de que precisava. Mas não me afastei muito porque queria que ele sentisse a minha presença. Queria que soubesse que não estava sozinho, mesmo que tivesse um pouco de espaço.

— Ei, garoto — começou ele com voz suave. — Eu não sei como fazer isso. Não sei como deixar você partir. — Ele fungou, enxugando o nariz com a mão. — Você foi um bom garoto e a definição de amor incondicional. Quando todo mundo me abandonou, você ficou ao meu lado. Você me amou até nos dias em que eu não merecia ser amado. Você ficou do meu lado nos dias bons e nos dias ruins. Você aturou as minhas alterações de humor e me amou independentemente de qualquer coisa. — Ele fungou, abaixou-se e tocou a grama. — Você estava comigo quando eu não tinha nada. Você foi o melhor amigo que eu já tive, e eu não vou mentir, estou sofrendo muito. Estou sofrendo mais do que achei que sofreria, mas você não ia querer me ver descontrolado, então não vou fazer isso. Não acredito no paraíso, mas hoje vou acreditar por você. Espero que esteja correndo pelo maior parque cheio de ossos e brinquedos de cachorro. Você foi o melhor cachorro que eu poderia querer, e eu nunca serei capaz de agradecer o suficiente. Eu amo você, Tuck. E sempre vou amar. Sempre e para sempre. Boa noite. Até amanhã.

Chamou minha atenção quando ouvi a expressão "Sempre e para sempre" sair da boca de Jackson. Ele nem sabia o que tinha dito, mas a declaração usada pela minha família tinha acabado de sair da sua boca. Senti a pele dos meus braços se arrepiar.

Quando ele se levantou, enxugou as lágrimas do rosto e se virou para mim com o olhar mais triste que eu já tinha visto na vida. Sem dizer nada, eu o abracei.

Ele apoiou a testa contra a minha e respirou fundo.

— Gracelyn Mae?

— Hã?

Ele roçou os lábios nos meus e fechou os olhos.

— Estou muito feliz por você existir.

Capítulo 29

Jackson

Dez anos de idade

— Sério? — Eu estava radiante, olhando para os meus pais. — Eu posso escolher um mesmo? — Minha bochecha estava até doendo porque eu não conseguia parar de sorrir. Estávamos em um pet shop, olhando para as vitrines com diferentes tipos de filhotes.

— Pode. Suas notas estão boas. Além disso, achamos que você já tem idade para ter um pouco de responsabilidade. Então — meu pai fez um gesto em direção aos cachorrinhos. — Vamos escolher seu novo amigo.

Senti vontade de chorar porque era aquilo que eu queria.

Eu sempre quis um amigo, e agora teria um.

Meus pais andaram pela loja comigo, apontando para os cachorros de que gostavam. Não concordavam com nada e, então, diziam alguma coisa cruel um para o outro. Mesmo que se esforçassem para esconder, brigavam até quando respiravam. Eu não entendia por que andavam tão irritados um com o outro ultimamente.

O que precisavam fazer era dizer "Eu te amo" e resolver tudo. Mas não deixei a briga deles me afetar naquela tarde. Eu tinha a missão de encontrar o cão certo para ser meu parceiro. Desse modo, quando meus pais estivessem brigando, teria alguém para me fazer companhia.

— E este aqui? — perguntei, indicando com a cabeça um filhotinho preto que começou a abanar o rabo muito rápido quando olhou para mim. Parecia que ele também estava animado para encontrar um novo amigo.

O funcionário da loja o trouxe para nós e nos acompanhou até uma sala para interagirmos com o filhote e ver se ele se dava bem comigo. No instante em que ele colocou o cachorrinho no chão, ele saltou na minha direção e pulou no meu colo. Começou a lamber meu rosto e me abraçar enquanto eu o abraçava também.

Minha mãe sorriu.

— Acho que encontramos um carinha perfeito para você.

Eu ri, enquanto ele continuava lambendo meu rosto.

— Agora precisamos escolher um nome para ele — comentou meu pai.

Sempre que eu tentava afastá-lo um pouco de mim, ele dava um jeito de afundar mais no meu colo.

— O que vocês acham de Tucker?

— Tucker, então — assentiu minha mãe, sorrindo. — Adorei a escolha.

— Eu também — concordou meu pai.

Eles concordaram.

Então, realmente tinha sido a escolha certa.

— Oi, Tucker — sussurrei, abraçando-o. Parecia que ele estava retribuindo o abraço e aquilo foi do que mais gostei. Eu nunca ia deixá-lo ir embora. — Eu vou amar você para sempre.

Capítulo 30

Grace

— Gracelyn Mae! Você pode vir aqui embaixo? — gritou minha mãe na manhã do Festival do Pêssego. Eu ia ajudar na casa dela, assando *cupcakes* a manhã inteira. Toda a cidade estava ocupada aprontando tudo, e eu tinha acabado de colocar um vestido vermelho que a minha mãe havia escolhido para mim.

Nós não tínhamos conversado sobre nada, e a verdade era que eu estava feliz com isso. Eu tinha certeza de que se nós conversássemos, o resultado seria outra discussão, e eu estava farta daquelas discussões com ela.

Eu logo voltaria para Atlanta e para meu emprego como professora. Desse modo, não via motivo para brigar com ela.

Quando desci, minha mãe colocou a cabeça para o lado.

— Ah! É assim que fica no corpo?

— Não comece, mãe — avisei, sentindo todas as minhas inseguranças começarem a surgir.

— Não, não. Está bom. Você está bem.

Então Judy entrou na sala e minha mãe levou as mãos à boca.

— Meu Deus, querida, você está linda! — exclamou ela sobre o vestido branco da minha irmã.

Os vestidos eram idênticos, só a cor era diferente.

Judy ficou radiante e deu uma voltinha.

— Não é legal? Nossa, estou muito animada para hoje e para o show de fogos de artifício também. Acho que vamos arrecadar muito dinheiro para caridade.

— Com esse seu lindo sorriso, você vai fazer todo mundo doar dinheiro para nossa causa. Você já escolheu para qual caridade vai querer doar?

Nos Festivais do Pêssego, a igreja sempre organizava um grande churrasco e uma parada, e todo o dinheiro arrecadado ia para a caridade. Considerando que Judy era a responsável pela organização do evento, ela podia escolher para onde o dinheiro do evento iria.

— Já — respondeu, olhando para mim. — Eu quero doar para a MISS Foundation — declarou.

Meu coração quase parou.

— Judy — sussurrei, e ela abriu um sorriso gentil.

— Acho que é importante, sabe? O trabalho que eles fazem. Os valores e o apoio. Isso salva vidas.

Pisquei para afastar as lágrimas e concordei. Eu sabia por experiência própria como eles poderiam salvar vidas.

A MISS Foundation ajudava famílias que sofriam a terrível perda de um filho. Quando perdi o primeiro bebê, eu os procurei. Quando perdi o sétimo, eles impediram que eu me afogasse.

Eu havia mencionado a fundação para Judy uma vez muitos anos antes; eu não fazia ideia de que ela ainda se lembrava.

Mas é claro que ela se lembrava. Afinal de contas, ela era a pessoa que restaurava a minha fé na humanidade todos os dias.

Fui até ela e dei um abraço apertado.

— Obrigada — agradeci.

— Sempre e para sempre — respondeu ela, retribuindo o abraço com mais força. — O vestido ficou muito melhor em você.

Ah, minha irmã. Você e suas mentiras.

O desfile começou e todo mundo da cidade estava lá — a não ser pelos homens da família Emery, é claro. Eu tinha perguntado para Jackson se ele iria, e ele disse que preferia comer cinco latas de anchovas do que estar cercado por toda a formosa população de Chester.

Eu não poderia culpá-lo. Se não fizesse parte da realeza de Chester, eu também teria evitado o festival.

Provavelmente foi bom ele não ter ido, porque o número de vezes que seu nome saiu da boca de alguém foi irritante. Jackson não falava de ninguém na cidade. Droga, eu tinha quase certeza de que ele nem sabia o nome das pessoas, mas elas pareciam fanáticas pelo dele.

Sempre que alguém dizia algo de ruim a seu respeito, os pelos dos meus braços se eriçavam. Sempre que alguém o chamava de monstro, eu sentia vontade de defendê-lo. Ele não era um monstro, não o verdadeiro Jackson. Ele era gentil e bondoso. E me salvou quando eu estava completamente sozinha.

Quando Susie Harps disse que a cidade seria perfeita se não tivessem deixado o lixo continuar ali, eu estava a ponto de pular em cima dela e arrancar seu aplique.

— Só estou dizendo que seria melhor se o pai dele bebesse até morrer. Então, talvez Jackson se matasse depois — comentou ela com um tom horrível.

Como alguém poderia dizer palavras como aquelas?

Como alguém poderia ser tão incrivelmente maldoso? Desejar a morte de alguém? Sério?

Levantei a mão e, se não fosse por um toque no meu braço, Susie teria sido atirada no chão.

— Calma, garota — sussurrou Alex. Eu me virei e vi a expressão sorridente em seu rosto. Ele balançou a cabeça. — Não vale a pena.

— Mas você ouviu o que ela acabou de dizer?

— Ouvi. Mesmo assim, não vale a pena — insistiu ele. — Quanto mais você reage a esse tipo de comentário, mais poder eles têm sobre você. Só se afaste. Venha, vamos comer um algodão-doce.

Ele me abraçou pelos ombros, ainda sorrindo. Mas eu estava enjoada.

— Eles simplesmente desejam vê-lo morto — argumentei.

— Então esse é um carma com o qual eles vão ter que lidar. Se você tivesse puxado o cabelo daquela garota, esse seria o seu carma, mas olhe! O seu carma está limpo e você ainda vai ganhar um algodão-doce. Essa é uma situação ganha-ganha.

Alex comprou um algodão-doce para mim e eu balancei a cabeça, incrédula.

— Como você consegue sempre se manter tão positivo? Com tudo e com todos?

— Ah, isso é fácil. Eu fumo muita maconha. — Ele riu. — Eu queria conversar com você sobre Jackson, na verdade. Só queria agradecer.

— Pelo quê?

— Por dar uma chance a ele, apesar do seu lado sombrio. Como você sabe, ele é uma boa pessoa, uma vez que você consiga descascar as camadas mais externas, e significa muito para mim você ter dedicado seu tempo para fazer isso.

— Não é uma via de mão única, Alex. Ele fez o mesmo por mim. Sempre que eu estava prestes a desmoronar, ele estava lá para me pegar.

— Esse é o tipo de amigo que Jackson é. Leal e sempre lá para você.

Meu coração palpitou.

— Você acha que somos amigos?

Alex riu e levantou uma das sobrancelhas.

— Você acha que não? Dizem por aí que ele manda mensagens de texto para você.

— Manda...

— Eu não quero soar dramático nem nada — continuou ele, aproximando-se de mim. — Mas aquele babaca nem responde às minhas mensagens. Acho que você deve ser a pessoa favorita dele. Se fosse qualquer outra pessoa, eu estaria puto da vida, mas como é você... Vou deixar passar.

— Então o que ele faz nos dias do festival? Ele fica com o pai?

— Não. Em geral ele vai até o telhado da oficina e fica bebendo enquanto assiste ao show dos fogos de artifício.

— Sozinho?

— É. Eu tentei me juntar a ele, mas ele não aceita. Jack está acostumado a ficar sozinho, eu acho. E tem dificuldade de quebrar esse padrão.

Bem, talvez tivesse chegado a hora de alguém tentar quebrar esse padrão por ele.

— O que você está fazendo aqui? — perguntou Jackson quando cheguei ao telhado da oficina, segurando uma sacola.

— O que parece que estou fazendo? Estou trazendo churrasco para você. — Entreguei a comida e ele me lançou um olhar melancólico.

— Valeu. Pode deixar aqui e ir.

— Ooooou... — Abri um sorriso radiante e me sentei ao seu lado. — Eu posso ficar.

— Ooooou... — respondeu ele, franzindo a testa. — Você pode ir.

— Mesmo depois de eu trazer comida para você? Isso é muito rude. Eu não vou falar nada. Juro. Só quero um lugar legal para assistir à queima de fogos.

— Alex disse que eu estava aqui?

— Acho que ele talvez tenha mencionado.

Jackson revirou os olhos.

— É claro que sim. Como foi a parada? — perguntou.

Eu ri.

— E desde quando você se importa com os eventos de Chester?

— Eu não me importo, mas pareceu ser importante para você, então pensei em perguntar.

Eu quase desmaiei de tanta emoção. Espere um pouco, qual foi mesmo a última vez que eu quase desmaiei de emoção?

Eu nem me lembrava.

— Foi bom. Eles arrecadaram dinheiro para uma grande causa.

— E eu contei a ele sobre a MISS Foundation e o que ela significava para mim, como tinham me ajudado depois que perdi meus bebês.

— Sete? — perguntou ele.

Assenti devagar.

— Sete. Conversei com Josie há algumas semanas. Ela também passou por isso, e tem uns coraçõezinhos com asas de anjo tatuados no pulso, como uma lembrança da breve vida deles. Pensei em fazer isso também, mas minha família é completamente contra tatuagem. Não é elegante, como diria minha mãe.

— Seu corpo, sua escolha — comentou Jackson, fazendo-me sorrir um pouco. — Acho que é uma boa ideia ter uma lembrança deles.

— É... Talvez. Só estou um pouco cansada de decepcionar minha mãe.

— Às vezes você precisa decepcionar as pessoas para se curar — argumentou ele.

— Talvez — respondi, ainda incerta.

— Você vai chegar lá — disse ele. — Você vai chegar ao ponto em que não se importará com o que as outras pessoas pensarão.

— Parece um ótimo lugar para se estar.

— Pode acreditar quando digo que é. — Ele se virou para mim e olhou diretamente em meus olhos. — Você seria uma ótima mãe.

Ah, Jackson...

— Ah, fala sério, princesa. Achei que já tínhamos passado desse lance de choro — brincou ele, passando o polegar embaixo dos meus olhos.

— Foi mal, eu... foi uma coisa realmente gentil que você disse, Jackson. Obrigada.

— Eu só disse a verdade.

Ficamos ali em silêncio, e não demorou muito para o grande show começar.

Se havia uma coisa que a cidade de Chester fazia muito bem — além de fofocar — era organizar um show de fogos de artifício.

— Esse Festival do Pêssego foi o último momento a sós que passei com minha mãe — contou Jackson, olhando para o céu que se iluminava. — Ficamos aqui comendo picolé e doces, enquanto assistíamos ao show. Ficamos em silêncio e eu me lembro de ter me sentido inteiro, tipo, como se, pela primeira vez em muito tempo, tudo ficaria bem. Eu sei que ela morreu logo depois disso, mas, naquele momento, o mundo estava parado. Naquele momento, eu estava feliz.

— É nessas coisas que você deve se prender. Em momentos como esse.

Ele abriu um meio sorriso.

— Este é um bom momento — comentou ele com voz baixa enquanto voltava a olhar para os fogos.

Era sim.

— Então, Jackson, nós somos... amigos?

Ele gemeu e revirou os olhos de forma dramática.

— Não faça isso, Grace. Sério mesmo.

— Fazer o quê?

— Ser brega.

— E como é que eu estou sendo brega?

— Você não sai por aí perguntando para as pessoas se elas são suas amigas. Elas simplesmente... são.

— Ah. — Assenti devagar, olhando para o céu. — Então a gente simplesmente... é?

— Isso. — Ele bateu com o ombro no meu. — A gente simplesmente é.

Eu não disse para ele como me senti bem — só por estar com ele. Enquanto olhava para o céu, sua voz ficou mais baixa.

— Eu sei que não sou a pessoa mais fácil do mundo. Sou um pouco frio e difícil de ler, então valeu.

— Por que você está me agradecendo?

— Por ser minha amiga. Eu nunca soube que precisava de você, mas eu precisava. Eu *preciso*. — Ele se virou para mim com um meio sorriso, aquele que sempre fazia meu coração palpitar. Jackson Emery não sorria muito, mas, quando o fazia, parecia que estava dando um presente secreto só para mim. — O único amigo que eu já tive na vida foi o Tucker, sabe? Agora, tenho você.

— Você quer saber um segredo? — perguntei.

— Quero.

— Eu acho que você é a pessoa mais graciosa da cidade.

Ele riu.

— Merda nenhuma.

— Não, é sério. Não estou falando da pessoa que você mostra para a cidade, mas sim de quem você realmente é, uma pessoa que se dedica a cuidar do seu pai, que abraça uma garota que está tendo um ataque de pânico, o cara que não revida quando todo mundo está lutando contra você. Você é a pessoa mais graciosa que eu já vi.

— Princesa?

— O que, Oscar?

— Você torna as coisas muito difíceis para mim.

— Que coisas?

— Odiar o mundo inteiro.

Capítulo 31

Grace

Jackson e eu começamos a nos ver quase todos os dias. Era como se eu fosse a sua fuga da realidade, e ele fosse a minha — ou, mais precisamente, nós nos ajudávamos a fugir da fachada de superficialidade do povo de Chester. A cidade tinha sido o meu lar a minha vida toda, mas ultimamente parecia que eu não me encaixava mais. Eu só sentia que alguma coisa fazia sentido quando estava com Jackson.

Na escuridão dele, eu encontrava a minha luz.

Começamos a fazer várias coisas juntos como uma maneira de nos conhecermos melhor. Ele tinha passado a vida inteira cuidando do pai, e eu, tentando ser perfeita para minha mãe. Então, pela primeira vez, escolhemos dedicar um tempo para descobrir juntos quem nós éramos como indivíduos.

Fomos ao cinema assistir a filmes aos quais jamais teríamos assistido e amamos. Saímos para caminhar, e eu odiei. Tentamos construir um móvel só para dizer que podíamos. (Ele conseguiu, eu não.)

No entanto, alguns dos meus momentos favoritos eram quando estávamos nos fundos da The Silent Bookshop, um ao lado do outro, lendo livros diferentes juntos. Era tão fácil ficar em silêncio com ele. O silêncio parecia um lar.

Meus outros momentos favoritos eram quando estávamos juntos no sofá da casa dele, sem fazer nada, mas conversando sobre nada e sobre tudo.

Naqueles momentos, eu sentia que aprendia mais sobre o homem diante de mim. Eram momentos breves que eu adorava.

— Eu só aprendi a nadar com dezessete anos. Só tive um animal de estimação, um gato, a quem dei o nome de Rato. Meus dois dentes da frente caíram quando eu levei um tombo de cara no chão durante uma parada de comemoração da fundação da cidade. Consigo entender espanhol, mas não consigo falar nenhuma palavra. Cardeais são os meus pássaros favoritos — falei, contando mais alguns fatos aleatórios.

Ele se aconchegou mais na almofada do sofá.

— Meu nome foi escolhido como uma homenagem a Jackson Pollock. Meu nome do meio é Paul porque este é o primeiro nome de Jackson. Eu quase me apaixonei uma vez quando tinha dezenove anos por uma garota que estava de passagem pela cidade. Acho que eu a escolhi porque ela não poderia ficar. Eu odeio ervilhas, mas acho que que combinam com estrogonofe de carne. Sou obcecado por *Game of Thrones* e julgo secretamente qualquer pessoa que não seja.

— Confissão: eu nunca assisti a nenhum episódio de *Game of Thrones*.

Seus olhos pousaram em mim antes de ele desviá-los.

Eu ri.

— Pare de fazer isso.

— Parar de fazer o quê?

— De me julgar em silêncio.

Ele arqueou uma das sobrancelhas.

— Eu não estou jugando.

— Claro que está! Eu consigo ver nos seus olhos.

— Não. Sério. Eu entendo. Não é sua culpa ser uma pessoa completamente alienada.

Eu ri e o empurrei.

— Ah, para com isso — pedi.

— Não, eu não transo com gente que não curte o Jon Snow.

Fiquei vermelha ao ouvir aquilo e desejei que ele não percebesse na sala mal iluminada.

— Aposto que você é o tipo de pessoa que nunca viu *Breaking Bad* nem *The Walking Dead*.

— Com certeza.

— *Sons of Anarchy*?

— Nunca nem ouvi falar.

Ele arregalou os olhos.

— Minha nossa, Grace! O que exatamente você faz no seu tempo livre?

Dei um sorriso e encolhi os ombros.

— Sei lá. Eu vivo a minha vida?

Ele fez uma careta.

— Aposto que você faz crochê para se divertir.

Fiquei vermelha.

Ele estreitou os olhos.

— Você faz crochê, não faz?

Mordi o polegar.

Eu simplesmente amava fazer crochê.

— Ai, meu Deus. Você é uma velhinha — gemeu ele, batendo com a mão no próprio rosto. — Merda, se nossos caminhos vão continuar se cruzando, você tem que assistir a pelo menos alguns episódios de *Game of Thrones*. Vou livrar você dessa velhice precoce.

Eu comecei a rir.

— Bem, se nós vamos assistir a *Game of Thrones*, vou fazer crochê enquanto assistimos.

— Você não pode fazer isso. Você precisa estar cem por cento focada no programa. Caso contrário, é só uma perda de tempo. Você não vai saber o que... Grace?

— Hã?

Ele olhou para baixo, e vi que, de alguma forma, em algum momento, minha mão encontrou a dele e eu entrelacei meus dedos nos dele. Eu tinha me aproximado mais dele e nem tinha notado.

Puxei minha mão rapidamente e respirei fundo.

— Foi mal — sussurrei.

— Não precisa se desculpar — respondeu ele, aproximando sua mão bem devagar da minha, até seu dedo mínimo roçar no meu. — Você sente falta disso, não é? Dos pequenos momentos?

Fechei os olhos ao sentir o toque.

— Sinto.

Ele colocou a mão sobre a minha e entrelaçou os dedos nos meus.

— E disso? — perguntou ele, com a voz grave e suave. — Ficar de mãos dadas?

Respire devagar...

— Sinto.

Ele se aproximou mais e colocou a outra mão na minha nuca. Seus dedos começaram a massagear lentamente a minha pele, fazendo-me inclinar um pouco a cabeça.

— E você sente falta disso?

Sim...

Ah, como eu sentia falta daquilo.

A coxa dele roçou na minha e nossa respiração estava em sintonia.

Isso... Bem assim... Isso.

— Eu sinto falta disso — confessei, colocando as mãos no peito dele. — Sinto falta de ser tocada, de ser abraçada sem todo o lance do sexo.

— Então, se você deixar — começou ele com a voz suave, encostando a testa na minha. A respiração dele acariciava os meus lábios enquanto eu mantinha os olhos fechados. — Eu vou ficar abraçadinho com você.

Ele me ergueu nos braços e me colocou em seu colo. Eu o envolvi com as pernas, e ele me abraçou. Eu estava tão perto que minha cabeça pousou no peito dele. Estávamos tão próximos que, cada vez que eu respirava, ouvia as batidas do seu coração.

Uma respiração, uma batida.

Duas respirações, duas batidas.

— Jackson — sussurrei enquanto seus dedos brincavam com meu cabelo. — Posso pedir para você fazer uma loucura?

— É só dizer o que você quer.

— Será que você pode me levar para o seu quarto e ficar deitado lá comigo e só me abraçar por um tempo?

Sem dizer mais nada, ele me levantou no colo e seguiu para o quarto, onde me colocou suavemente na cama e se acomodou ao meu lado. Ele me puxou para perto e eu me aconcheguei ao seu corpo. Seu calor me envolveu por inteiro e eu inspirei todos os cheiros dele. Jack parecia o meu cobertor favorito, e eu queria ficar agarrada com ele pelo maior tempo possível.

Não havia nenhum barulho à nossa volta, apenas o som da nossa respiração. Ele aninhou os lábios no meu pescoço e, pela primeira vez em muito tempo, senti que estava exatamente onde deveria estar.

— Jackson? — sussurrei, aproximando-me ainda mais dele. Nós éramos peças de quebra-cabeças diferentes, mesmo assim nós nos encaixávamos de forma perfeita.

— Hã?

Respirei fundo e soltei o ar devagar.

— Eu gosto de ouvir as batidas do seu coração.

Capítulo 32

Jackson

— Oi — cumprimentou Grace, na minha varanda na tarde de terça-feira, com um sorriso estampado no rosto e um olhar maroto. — Quer fazer uma loucura hoje?

— Tudo bem, espere um pouco! Só um pouquinho. — Grace fez uma careta no estúdio de tatuagem quando Alex estava prestes a encostar a agulha na parte de trás do seu ombro.

— A gente já está esperando há meia-hora. — Dei uma risada. — É agora ou nunca.

— Você pode segurar a minha mão? — pediu ela.

Eu entrelacei meus dedos nos dela.

— Sempre e para sempre.

Ela me olhou por um instante como se tivesse visto um fantasma, seus lábios se abriram como se fosse dizer alguma coisa. Ela se virou para Alex e assentiu.

— Tudo bem. Estou pronta.

Era mentira.

Na hora em que a agulha encostou na pele dela, Grace deu um grito absurdamente alto e quase deu um salto enquanto apertava a minha mão com uma força ridícula.

— Pense em coisas boas, princesa — sugeri.

Ela respirou fundo e concordou com a cabeça:

— Ovos em bolo, filhotinhos de cachorros, vestidos, *tacos*...

— Pizza, waffles, parques...

— Livrarias, Natal, Halloween... Puuuuuuuutz grila! — exclamou ela, apertando minha mão.

— Você está bem? — perguntou Alex. — Tem certeza de que vai querer tatuar sete corações com asas? Você pode fazer menos.

— Não — declarou ela com veemência. — Eu consigo. Eu só... — Ela respirou fundo e eu peguei a outra mão dela. — Eu consigo fazer isso.

— Tudo bem então, mas já que estamos fazendo isso, será que podemos conversar sobre o fato de que em vez de falar uma porção de palavrões, você disse "putz grila" para reclamar da dor? — perguntei.

Ela riu.

— Acho que estou passando tempo demais com minha irmã. Estou começando a falar como ela.

— Vocês duas são chegadas?

— Ela é a única coisa que mantém a minha fé na humanidade. Judy é um anjo e uma pessoa muito boa.

— Fico feliz que você a tenha do seu lado.

— É, eu também. Ai! — Ela se sobressaltou um pouco.

— Concentre-se em mim, princesa — pedi a ela. — Converse comigo. Faça perguntas. Qualquer coisa para você se distrair da agulha.

— Eu posso fazer perguntas?

— Pergunte o que quiser.

Ela mordeu o lábio inferior e fez um gesto com a cabeça em direção à pulseira de borracha no meu braço.

— O que significa? Momentos poderosos?

Eu fiz uma careta.

— Mergulhando de cabeça, hein?

— Você não precisa me dizer. Eu notei que você fica sempre puxando a pulseira.

Eu me remexi um pouco na cadeira. Alex olhou para mim e fez que sim com a cabeça uma vez.

Quase como se estivesse me dizendo que não havia problema se eu me abrisse um pouco. Se eu permitisse que mais alguém visse as minhas cicatrizes.

— Ganhei essa pulseira na reabilitação. Sempre que eu sentia vontade de voltar a usar, o médico me dizia para puxar a pulseira e soltá-la contra o meu punho como um lembrete de que essa vida é de verdade, e que a dor que eu sinto quando a pulseira bate no meu punho era para me lembrar que o próximo passo que eu desse seria real também. Essa seria a minha chance de ser poderoso em momentos sombrios.

— Momentos poderosos — sussurrou ela, assentindo devagar. — Gosto muito disso.

— É. Costuma funcionar na maior parte do tempo.

— Você já quase se desviou do caminho?

— Todos os dias. — Eu sorri. — Mas acho que é uma luta que vale a pena.

— Vale mesmo — concordou ela. — Posso fazer outra pergunta?

— Isso vai fazer você parar de pensar sobre a tatuagem?

— Vai.

— Então pode.

— Por que você começou a usar?

Franzi a testa e encolhi os ombros.

— Porque estava cansado de sofrer e achei que era uma maneira fácil de consertar as coisas.

— E era?

— Era, sim... Pelo menos até o barato passar. Aí eu acabava sofrendo ainda mais. Quanto maior o barato, maior o bode que vem depois.

— Eu realmente sinto muito orgulho por você ter conseguido superar isso — disse ela. — Eu nem consigo imaginar tudo pelo que você já passou, mas você está aqui agora, firme e forte. Isso é incrível.

Aquilo significou mais para mim do que ela poderia imaginar.

Quando Alex pegou um ponto mais sensível nas costas de Grace, ela apertou minhas mãos com mais força ainda, e eu deixei.

— Você consegue. Momentos poderosos, está bem?

Ela concordou com a cabeça.

— Eu consigo.

E ela conseguiu. Levou tempo, e algumas lágrimas escorreram pelos seus olhos, mas o resultado ficou perfeito. Ela ficou de costas para o espelho, olhando por sobre o ombro para ver a obra de arte, um sorriso iluminando seu rosto.

— Você gostou? — perguntou ela.

— Eu amei. — Coloquei a mão na cintura dela e dei um beijo em seu rosto. — Ficou perfeito.

— Também achei — concordou ela, olhando para mim. — Mas nós temos que fazer mais uma coisa.

— O quê?

Ela puxou um cartão.

— Espero que você não se importe, e se você realmente odiar a ideia, não precisa fazer, mas vi que o veterinário mandou um cartão para você com a impressão das patas do Tucker. Pensei que talvez você pudesse tatuar a impressão em alguma parte do seu corpo como uma homenagem à memória dele.

Apertei o topo do nariz e pigarreei.

— Você é sempre assim?

— Assim como?

— Perfeita.

Fiz a tatuagem da impressão da pata de Tucker atrás do ombro e abaixo acrescentei as palavras *momentos poderosos*. Grace acrescentou as mesmas palavras abaixo dos seus anjinhos.

Ela não fazia ideia de o quanto me confortou naquela tarde. Grace não fazia ideia de quanto vinha me confortando nas últimas semanas.

— Tudo bem. E agora? — perguntei, beijando a testa dela quando terminamos tudo.

Ela abriu um sorriso enorme, e isso me fez sorrir também.

— Sorvete, mas primeiro vou ao banheiro.

— Boa ideia. A gente se encontra lá na porta.

Quando ela saiu, Alex abriu um sorriso e balançou a cabeça.

— O quê? — perguntei.

— Nada. É só que fica muito bem em você. Isso é tudo.

— O que fica bem em mim?

— A felicidade.

Capítulo 33

Grace

— Você precisa escolher, Grace — declarou Jackson com seriedade. — Sei que isso é muito difícil para você, mas precisa fazer isso. Nos próximos trinta segundos, você precisa fazer uma escolha.

— Mas... — Mordi o lábio enquanto estava na fila da sorveteria, olhando para o cardápio de sabores. — Eu não sei. Qual você vai escolher?

— Não vou dizer, porque senão você vai escolher o mesmo sabor que eu.

— Que mentira!

Ele arqueou uma das sobrancelhas.

Tudo bem, era a mais pura verdade. Ainda que eu tenha descoberto a forma como gostava de ovos, ainda estava aprendendo as outras coisas de que gostava sem a influência dos outros à minha volta.

— Está bem. Eu posso fazer isso. — Respirei fundo e, quando chegamos ao balcão, falei para Jackson pedir primeiro, mas ele não caiu na armadilha. Olhei para Mary Sue, a caixa, e abri um sorriso. — Oi, Mary Sue, vou querer um *sundae* de manteiga de amendoim, por favor.

— Claro. E para você? — perguntou ela para Jackson, e vi nos olhos dela que estava babando por ele.

— Vou querer o mesmo — disse ele.

— Como assim?! Você não pode pedir a mesma coisa que eu! — reclamei.

— Mas ele sempre pede isso — contou Mary Sue, sorrindo para Jackson com um olhar cheio de segundas intenções. *Que nojo.* — É para cobrar junto ou separado?

— Separado — apressei-me a responder.

— Junto — contradisse Jackson, entregando o cartão de crédito.

— Você não precisa fazer isso.

— Eu sei. — Ele abriu um sorriso discreto para mim antes de pegar o cartão de volta. — Vou ao banheiro e já volto.

Fui até uma mesa, mas Mary Sue me chamou:

— Grace! Grace!

— O quê?

Ela mordeu o lábio inferior e colocou a mão na cintura.

— Não quero ser intrometida nem nada, mas você e Jackson estão num encontro?

— O quê? Não. Nós não... Não somos... Nós não estamos em um encontro. Nós só estamos... — Minhas palavras morreram. — A gente não está junto.

— Ah, que bom! — exclamou ela, unindo as mãos na frente do peito. — Sei que isso pode parecer estranho, mas acho que você já deve saber que Peter e eu nos separamos recentemente, e Deus sabe quanto estou sofrendo com isso. Então fiquei pensando se talvez você não poderia dar uma forcinha para mim. Sinto que se eu tiver uma chance com o solucionador, talvez consiga que Peter volte para mim.

Que merda de cidade era aquela.

— Hum, eu não sei, Mary Sue. Acho que talvez isso seja algo que você mesma deva fazer.

— Ah, por favor, Grace! Você sabe como sou tímida. Eu não posso simplesmente olhar para ele e pedir que fique comigo por um tempo.

— Está bem. Vou ver o que posso fazer.

Eu não vou ajudá-la nem a pau.

— Obrigada! Você é um doce de pessoa! Significa muito para mim. E será que você pode manter isso entre a gente? Não quero fazer parte de nenhuma fofoca.

— Pode acreditar que seu segredo está seguro comigo.

Ela me agradeceu de novo e me entregou os sorvetes. Fui até uma mesa e me acomodei.

Acho que aquela tinha sido a conversa mais constrangedora que eu tinha tido durante todo o tempo que estava em Chester, Geórgia. Mary Sue estava me pedindo para armar um encontro entre ela e o homem com quem eu estava dormindo.

— Que cara é essa? — perguntou Jackson quando chegou.

— Mary Sue quer transar com você — declarei de forma direta.

— E quem é essa tal de Mary Sue?

Fiz um gesto na direção do caixa, e ela estava olhando para nós com um grande sorriso no rosto. Ela deu um tchauzinho para Jackson antes de ficar vermelha e se virar.

— E por que ela quer transar comigo?

— Para solucionar os problemas do relacionamento dela.

— Ah — disse ele, enquanto se sentava. Jackson começou a comer o sorvete. — Não estou interessado.

Aquela resposta me trouxe mais conforto do que achei que traria.

— Mas por que não? Ela é bonita e, logo, logo, eu vou voltar para Atlanta.

— E daí?

— Daí você vai ser livre para fazer o que quiser quando eu for embora.

Fiquei com vontade de vomitar só de falar aquilo. A verdade é que, ultimamente, eu vinha criando situações hipotéticas nas quais Jackson e eu descobríamos um modo de fazer as coisas se tornarem reais entre nós.

Mas aquilo era só a minha mente idiota provocando meu coração.

Havia um milhão de motivos por que Jackson e eu não daríamos certo juntos... Mas meu coração ficava me dizendo que só era necessário um bom motivo para se tentar.

Ele fez uma careta.

— Você quer que eu durma com a Mary Sue?

— O quê? Não. Só estou dizendo que tem uma fila de mulheres esperando por você quando eu for embora.

Ele franziu o cenho.

— Eu não quero mais fazer isso. Não quero mais ficar com mulheres aleatórias.

Estreitei os olhos.

— Por que não? Não é isso que a gente está fazendo?

Ele baixou a colher.

— Fala sério, princesa... — Ele olhou para mim. — Você não acredita que é isso que a gente está fazendo, não é?

— Eu sei que a gente já tomou sorvete ontem, mas estou com desejo — disse alguém entrando na sorveteria.

Ergui o olhar e avistei Autumn entrando, enquanto Finn segurava a porta para ela passar. No instante em que eles me viram, empalideceram, quase como se tivessem visto um fantasma.

— Grace — murmurou Autumn, a voz trêmula.

Meus olhos pousaram na barriga dela, que estava começando a crescer, e senti um forte enjoo.

Finn apressou-se em afastar a mão das costas dela. Seus olhos ficaram alternando entre mim e Jackson e ele pigarreou, mas não disse nada.

Autumn ficou com os olhos marejados.

— Não faça isso — gemi.

— Não fazer o quê?

— Chorar.

— Eu... Eu não vou. Eu só... — Ela começou a chorar e ela era linda. E isso me fez querer chorar também.

— Eu só vou ao banheiro — avisou ela, afastando-se rapidamente.

Finn ficou parado ali, com as mãos enfiadas nos bolsos.

— Então vocês dois agora são... colegas? — perguntou ele, engrossando a voz, o que foi muito estranho.

— Finley, não faça isso — pedi. — Vá embora.

— É só uma pergunta — retrucou ele, aproximando-se mais. Ele se virou para mim. — Eu tenho ligado para você.

— E eu já avisei que bloqueei seu número.

— A gente precisa conversar.

— Acho melhor você ir embora — insisti com a voz séria.

A onda de alívio que senti quando Jackson colocou uma das mãos no meu joelho por baixo da mesa e apertou de leve foi chocante. Eu precisava daquilo.

Eu precisava dele ali.

— É, mas... — começou Finn.

— Você deveria ouvir o que ela disse — declarou Jackson com dureza.

— E você deveria ficar na sua — retrucou Finn. Ele olhou para mim e, depois, para o meu sorvete. — Desde quando você gosta de sorvete de pasta de amendoim? Você sempre escolheu sorvete de morango.

— Estou experimentando coisas novas.

— É mesmo? — bufou ele, olhando novamente para Jackson. — É isso que você está fazendo?

— Tudo bem. Depois disso, nós vamos embora. Aproveite seu encontro com Autumn — falei, me levantando.

— Não é um encontro. É só... sorvete. Ela tem tido desejos.

— Eu não estou nem aí.

— O que é isso nas suas costas? — perguntou ele, vendo a proteção de plástico filme que cobria minha nova tatuagem. — Meu Deus, você fez uma tatuagem? Sua mãe vai ficar pau da vida.

— Dá para parar com isso, Finn? Nós não vamos mais conversar, está bem? Venha, Jackson. Vamos embora.

Quando comecei a me afastar, Finn rapidamente agarrou meu punho e me puxou para ele.

— Você não é assim, Grace. Seja lá o que estiver acontecendo entre você e esse... cara, você não é assim.

— Você não faz ideia de quem eu sou — respondi.

— Talvez não, mas você não faz ideia de quem *ele* é.

— Eu quero que você me solte agora, Finley.

— Não, eu não posso deixar você ir embora com esse cara — insistiu ele, enquanto eu tentava fazê-lo soltar o meu punho.

Jackson deu um passo à frente e baixou a voz enquanto fulminava Finn com o olhar.

— Você tem cinco segundos para soltá-la, antes que eu arranque o seu braço do corpo.

Por um instante, Finn relutou, incerto se deveria levar a ameaça a sério ou não.

— É melhor você fazer o que ele está falando — avisei. — Da última vez que um cara o irritou, ele partiu o celular dele ao meio.

Finn me soltou e deu um passo atrás.

— É só uma questão de tempo até ele te magoar, Grace. Gente como ele sempre se descontrola.

— E gente como você sempre decepciona pessoas como eu.

— Você está agindo de maneira irracional — gritou ele, mas não respondi mais.

Peguei a mão de Jackson e saí, sentindo um nó no estômago e a mente girando. Eu odiava como Finn ainda tinha esse efeito sobre mim, como ele ainda fazia com que eu me sentisse pequena e ingênua.

Aquela era a maior diferença entre os dois homens diante de mim.

Finley sempre me enjaulou.

Jackson permitia que eu voasse.

Capítulo 34

Jackson

Depois do encontro com Finn e Autumn, voltamos para minha casa, para uma maratona de *Game of Thrones*, como tínhamos planejado. Eu já estava com tudo pronto — pipoca, refrigerante e o doce favorito dela: copinhos de manteiga de amendoim da Reese.

Era incrível que eu já soubesse o doce favorito dela.

Eu nunca tinha permitido que ninguém se aproximasse o suficiente para descobrir suas preferências.

Eu esperava que a distração ajudasse Grace a esquecer aquela interação com as duas pessoas que mais a magoaram na vida.

Depois de arrumar tudo na mesinha de centro, fui pegar o refrigerante na geladeira e, quando voltei, vi Grace olhando para a tatuagem no espelho. Havia um sorriso triste em seu rosto.

— Tudo bem?

— Tudo. É só... — Ela se virou para mim e encolheu os ombros.

— Hoje é o aniversário.

— Ah, eu não sabia...

Senti um nó no estômago ao pensar naquilo. Eu vinha agindo de maneira estúpida... Permitindo que meus sentimentos por ela crescessem. Mas aquilo não adiantaria nada. Ela ainda era uma mulher casada, e acabaria voltando para o marido quando cansasse do que eu e ela estávamos fazendo. Além disso, nosso caso de verão logo terminaria e ela voltaria para sua vida real em Atlanta.

Nós tínhamos feito um trato, e ele terminaria no final de agosto; ela seguiria o seu caminho e eu, o meu.

Grace não me devia nada.

Mesmo assim... Eu queria que ela tivesse tudo.

— Então ver Finn na cidade com Autumn deve ter sido difícil para você — comentei.

— Não, Jackson. — Ela negou com a cabeça, colocando a mão no meu braço. — Não é o aniversário de casamento. É o aniversário do primeiro bebê que perdi.

— Ah, meu Deus. Sinto muito. — Eu me senti um idiota.

— Não. Está tudo bem. Na verdade, não está, mas está, sabe? É por isso que eu quis fazer a tatuagem hoje, para honrá-los. Mas não vou mentir: ver Autumn hoje e sua barriga crescendo, especialmente hoje, me atingiu em cheio.

— Não consigo acreditar que aquilo aconteceu — sussurrei, colocando uma mecha do cabelo dela para trás da orelha. — Eu não consigo compreender como eles dois tiveram a coragem de fazer aquilo com você.

— Ela deu a ele a única coisa que eu não consegui — comentou Grace. — Aquilo era tudo o que eu queria ter feito por ele, sabe? Por mim. Tudo que eu sempre quis foi ter uma família, ser mãe e, por algum motivo, eu não consegui fazer a coisa que todas as mulheres deveriam ser capazes de fazer. Eu não consegui... — Ela respirou fundo e fechou os olhos. — Tudo que eu queria era dar uma família para Finn e, em vez disso, ele saiu de casa e criou uma para ele.

— Sinto muito, Grace.

Ela abriu o sorriso mais triste e deu de ombros.

— Às vezes a vida é tão injusta, mas acho que as coisas são como são. Acho que sou só a quase garota, sabe?

— Quase garota?

— Sabe... — Ela respirou fundo. — A garota que quase consegue realizar todos os sonhos. Que quase consegue o amor eterno. Que quase teve um casamento eterno e foi uma quase mãe. Mas, depois de sete perdas, eu finalmente percebi que aquilo não era para mim. Os médicos disseram que se eu continuasse tentando, o meu corpo não ia aguentar, mas, na verdade, eu estava mais preocupada com a minha mente. Eu sentia que estava enlouquecendo a cada dia que passava. E não tive tempo de resolver isso antes de Finn me abandonar. Minha mente estava tão frágil. Meu coração, partido. Eu estava farta de quase ser alguém, isso é tudo.

— Isso não existe — falei para ela, pegando sua mão. — Ser uma quase mãe não existe. Você teve sete filhos, tenham eles chegado aqui ou não, e isso não apaga o fato de que eles existiram. Eles eram seus filhos e tiveram o seu amor incondicional, mesmo que apenas por um pequeno tempo. Você é mãe, Grace. E sinto muito por você nunca ter podido segurar seus filhos no colo, mas você é e sempre será mãe.

O corpo dela começou a tremer, e eu a puxei para mim, esforçando--me ao máximo para que ela soubesse que não estava sozinha naquela noite.

— Às vezes eu finjo que sei o sexo de cada um deles e escolhi um nome para cada um — confessou ela.

— E qual é o nome deles?

— Emerson, Jamie, Karla, Michael, Jaxon, Phillip e Steven — listou ela, enquanto as lágrimas escorriam pelo seu rosto.

— São lindos nomes.

A dor de Grace vinha em ondas.

Por alguns momentos ela ficava bem, mas, então, era como se a verdade a atingisse, a verdade de todas aquelas perdas que ela enfrentou durante anos.

Não havia palavras que pudessem consolá-la. Nada que eu fizesse apagaria aquela dor, então fiz a única coisa que poderia fazer naquela noite — eu a abracei. Permiti que ela desmoronasse nos meus braços, e permiti que ela ficasse mal.

Eu a abracei tão forte, por tanto tempo que, quando chegou a hora de seus olhos se fecharem, ela adormeceu no meu peito. Partiu meu coração ver que, mesmo durante o sono, as lágrimas continuaram escorrendo de seus olhos.

Até mesmo no sono, onde deveria encontrar um pouco de paz, ela ainda sofria.

Grace merecia mais, muito mais do que o mundo tinha lhe dado. Ela merecia a felicidade mais do que qualquer um naquela cidade. Eu odiava o fato de a vida ter sido tão dura para alguém tão bom. Eu odiava que coisas ruins engolissem o coração da mulher mais graciosa que eu já tinha conhecido.

Eu odiava não conseguir aliviar o sofrimento dela naquela noite.

Ela simplesmente merecia mais, tão mais.

~

Ficamos mais na cama do que deveríamos, e eu a abracei por mais tempo do que tinha planejado. Ela ainda estava dormindo, a respiração suave enquanto seu peito subia e descia contra o meu corpo. Eu nem notei quando aconteceu, meus lábios tocando sua testa. Ela havia sofrido tanto na noite anterior, me contando sobre os seus dias mais sombrios, e, enquanto ela falava, eu sabia que estava revivendo cada um dos momentos.

Emerson, Jamie, Karla, Steven...

Os filhos que ela nunca conseguiu segurar, as vidas que ela tanto desejou, as almas das quais teve que se despedir antes de poder dizer oi.

Eu não conseguia imaginar seu sofrimento. Eu não conseguia imaginar sua dor.

Tudo que eu podia fazer era abraçá-la e esperar que meu toque fosse o suficiente para ajudá-la a passar por aquelas lembranças. Se eu já tinha conhecido uma mulher que merecia ser mãe, essa mulher era a Grace.

O mundo era egoísta, injusto. Como tanta gente que não merecia tinha a chance de ter filhos que nem queria, enquanto tantas pessoas tão dignas e merecedoras não tinham a mesma chance?

Grace se virou um pouco e se aconchegou mais a mim, enquanto um bocejo escapava pelos seus lábios.

— Eu dormi aqui — sussurrou ela.

— Dormiu — respondi.

— Desculpe. Eu conheço as regras. — Ela se sentou e se espreguiçou. — É melhor eu ir.

— Ou...

— O quê? — ela quis saber, olhando por sobre o ombro.

Seu cabelo estava despenteado e eu não sabia como ela conseguia parecer ainda mais linda.

— Você está bem? Depois de tudo o que aconteceu ontem?

Ela se virou para mim e deu um sorriso cansado.

— Eu sempre estou bem.

— É, eu sei... Mas se você não estiver, você pode... — *Ficar. Você pode ficar comigo.* — Tipo, se você precisar de alguém com quem conversar, estou aqui.

O olhar dela se suavizou e desviou de mim.

— Cuidado, Jackson — sussurrou ela, passando os dedos pelo cabelo. — O verão está quase acabando e você não deveria fazer meu coração palpitar dessa maneira. — Ela se sentou na beira da cama. — Agora você vai ter que falar alguma coisa bem cruel para mim.

— Eu não quero falar nada cruel para você.

— Eu sei, mas se nós vamos manter isso, eu preciso equilibrar os bons momentos com alguns momentos de crueldade. Diga algo. Pense em algo bom que você gostaria de dizer e diga o contrário.

— Tudo bem. Você é a mulher mais feia que já vi na vida. Seu rosto parece um repolho estragado e quando você vai embora eu fico feliz.

Ela se aconchegou mais e encostou a testa na minha.

— Ah — disse ela, suavemente. — Então a verdade é o oposto disso?

Concordei com a cabeça, devagar.

— O oposto é a verdade.

— Jackson Emery? — Ela fechou os olhos.

— O quê? — Eu fechei os meus.

— Meu coração está palpitando de novo.

— Bem, talvez não tenha problema, sabe? Às vezes o coração precisa dar uma palpitada para continuar batendo.

— Posso ficar mais um pouquinho? — perguntou ela com voz trêmula e insegura.

— Claro que pode. E depois pode ficar um pouco mais.

Eu a abracei e nós nos deitamos na cama. O jeito como ela derreteu contra o meu corpo fez minha mente se anuviar, mas eu não me importei. Eu não me sentia daquele jeito havia tanto tempo — um sentimento de intimidade e proteção. Eu queria protegê-la do resto do mundo, de todas as mágoas e sofrimentos, mesmo assim, egoistamente, eu queria mantê-la perto de mim. Eu queria senti-la contra a minha pele, contra a minha boca, contra o meu peito. Eu queria senti-la no meu coração.

O meu coração...

Maldito coração.

Eu não tinha certeza se ele ainda sabia bater.

Capítulo 35

Grace

— Gente, isso é bobagem — reclamou Judy enquanto Hank e eu estávamos sentados em frente a ela na sala. — Acho que essa ideia não é boa e o momento não poderia ser pior. Mamãe e papai já estão fazendo tanta coisa e estão mais ocupados do que nunca. Acho isso tudo uma grande bobagem — choramingou ela, puxando a barra do vestido.

— Judith Rae, eu juro por Deus que se você der para trás agora eu vou dar um chute tão forte no seu traseiro que você vai parar na Califórnia. Agora, vamos lá, faça de novo — ordenei, recostando-me ao lado de Hank enquanto minha irmã se levantava, segurando alguns papéis.

— Mas... — Ela franziu as sobrancelhas e roeu a unha.

Hank se levantou, foi até ela e pegou suas mãos.

— Querida, olhe para mim. Você é a melhor mulher que eu já conheci, e você é a melhor pregadora que eu já tive o prazer de ouvir, está bem? Você merece esta chance, e eu juro que não há como nós deixarmos você desistir agora, certo? Então se concentre. Você consegue. Você consegue fazer isso.

— Como você sabe? — perguntou ela com a voz trêmula. — Como você sabe que eu vou conseguir?

— Porque você é você. Você consegue fazer qualquer coisa.

Eu os amava tanto que chegava a enjoar.

— Agora vamos lá — estimulou Hank, dando um tapinha na bunda dela. — Dê esse sermão para mim e para Grace. — Ele voltou para o sofá e se sentou.

Judy respirou fundo e começou a falar devagar. Então deu um dos sermões mais emocionantes que eu já tinha ouvido. Ela sentia as palavras e dava para perceber que acreditava no que estava dizendo. Era lindo de se ver, minha irmã caçula se transformando.

Ela fez isso sozinha, aquele era o seu dom, o seu talento e de ninguém mais. Judy tinha nascido para fazer pregações. Ela havia encontrado a própria luz, o que a fazia feliz, e ninguém poderia tirar isso dela.

Eu não poderia estar mais orgulhosa.

Quando terminou, enxuguei as lágrimas de emoção que ela havia provocado.

— Foi bom? — perguntou ela, ainda nervosa.

Eu me levantei e a puxei para um abraço bem apertado.

— Foi muito mais do que bom. Foi excelente, Judy. Agora faça exatamente a mesma coisa no jantar de hoje à noite com papai e mamãe.

Ela respirou fundo e assentiu.

— Tudo bem. Obrigada. Muito obrigada a vocês dois, por acreditarem em mim. Eu não estaria fazendo essa loucura se não fossem vocês dois.

— Sempre e para sempre — declarei para ela, apertando suas mãos e sorrindo. — Agora é melhor eu pintar o meu cabelo antes do jantar.

— Como é que é? — Judy estava boquiaberta. — O que você quer dizer com pintar o cabelo? Grace, a mamãe vai ter um treco! Ela já viu sua tatuagem?

— Não, mas ela vai ficar bem.

— Você está falando sobre a nossa mãe? — brincou ela.

Hank estreitou os olhos.

— Parece que esse papo é entre irmãs, então vou assistir à ESPN no quarto.

Ele saiu, deixando Judy e seu olhar preocupado.

— Grace... — começou ela. — Foi você que decidiu isso? O que quero dizer é que se você sempre quis fazer essas coisas, como se tatuar e pintar o cabelo, eu dou o maior apoio. Deus sabe que se alguém precisa se descobrir esse alguém é você. Eu só quero ter certeza de que isso é uma decisão sua, e não por causa de alguma influência de Jackson.

— Judy. — Peguei a mão dela. — Essa é uma decisão exclusivamente minha.

— Jura?

— Juro.

Ela assentiu.

— De que cor você vai pintar?

— Ruivo.

Ela arregalou os olhos.

— Você quer matar nossa mãe do coração. — Ela deu uma risada.

— Pense desse modo. Se ela não morrer, provavelmente vai viver para sempre.

— Tudo bem então. Vamos logo. Vamos fazer isso.

— Como assim?

— Eu não vou deixar você fazer isso sozinha. Vou ajudá-la a pintar. Melhor quatro mãos do que só duas.

Eu amava o fato de minha irmã estar sempre ao meu lado, mesmo quando não compreendia minhas escolhas.

Ela me amava o suficiente para permitir que eu explorasse um território desconhecido e nunca me deixava ir sozinha.

❧

Seguimos para o jantar, e os nervos de Judy estavam à flor da pele. Mamãe e papai se sentaram à mesa enquanto o *chef* deles servia o jantar. Hank e eu não conseguíamos esconder o sorriso de animação diante do que estava prestes a acontecer.

O jantar já estava acabando e Judy ainda não tinha dito nada. Então decidi dar o primeiro passo.

— Acho que Judy tem algo a compartilhar com todos nós — declarei, atraindo a atenção de todos. Judy me fulminou com o olhar, mas eu respondi com um sorriso.

— É mesmo? — perguntou nosso pai, olhando para minha irmã. — E o que é, Judy?

— Eu... Hum... eu — começou ela, com voz trêmula.

— Fale logo, Judy — ordenou nossa mãe.

— Bem, eu só estava pensando que talvez, tipo, que talvez um dia eu pudesse fazer um sermão no culto de domingo. Eu até... — Antes que ela conseguisse pegar a impressão do sermão que ela havia escrito, nossos pais caíram na risada.

— Você fazendo um sermão? — perguntou o meu pai, achando graça da ideia, o que me deixou mais chateada do que qualquer coisa. Ele deveria ser diferente. Ele deveria apoiar o sonho de Judy, mas, pensando bem, na cabeça dos meus pais Judy era só um rostinho bonito sem nenhum grande sonho.

— Ah, querida — disse minha mãe, rindo. — Essa foi muito boa. Agora o que você queria dizer mesmo?

Meus pais não perceberam o jeito como o espírito da minha irmã se encolheu.

Hank abriu a boca para protestar, mas Judy pousou a mão no joelho dele e meneou a cabeça discretamente.

— Eu só ia dizer que estou muito animada com o desfile do Dia dos Fundadores — comentou ela, contendo as lágrimas, enquanto se empertigava como uma dama.

— É mesmo, vai ser fantástico, e você vai estar em um dos carros também. Você vai ser a garota mais linda da cidade, Judy — comentou minha mãe.

— Ela é muito mais do que uma garota bonita, mãe — reclamei, cada vez mais irritada.

— Grace — pediu Judy suavemente, lançando-me um olhar, suplicando que eu deixasse para lá.

Por ela eu deixaria; mesmo assim, eu estava puta da vida.

— Ah, eu esqueci que Hank e eu temos uma reunião sobre o desfile e ela começa em quinze minutos. Então é melhor irmos agora. — Judy empurrou a cadeira, enquanto mantinha o sorriso fixo no rosto. — Vamos, Hank.

— Mas...

Ela mordeu o lábio inferior para segurar as lágrimas.

— Por favor, Hank. A gente não pode se atrasar.

Ele se levantou, relutante, e saiu com ela. Então meus pais voltaram a conversar casualmente, como se nada tivesse acontecido.

— Vocês só podem estar de brincadeira — reclamei, irritada, fazendo os dois olharem para mim.

— O que foi, Grace? — perguntou minha mãe.

— Como é que vocês foram capazes de fazer aquilo com ela? Como foram capazes de rir da cara dela quando Judy falou sobre fazer um sermão?

— Ah, Gracelyn Mae... — Minha mãe revirou os olhos. — Sua irmã só estava brincando.

— Não, ela não estava. Ela está treinando há semanas, talvez meses, e quando finalmente reuniu coragem para compartilhar isso, vocês riram da cara dela. Como puderam não perceber quanto a risada de vocês a magoou? Ela praticamente saiu correndo daqui.

— Ela não pode estar falando sério — retrucou meu pai, surpreso. — Ela não é uma pregadora.

— E o que você quer dizer com isso? — perguntei, estreitando os olhos, sentindo-me confusa.

— Bem, você sabe, sua irmã gosta de coisas diferentes, como fazer compras, organizar eventos na cidade, planejar festas. Coisas assim.

Ela é como uma *cheerleader* da cidade. Judy não nasceu para conduzir uma igreja — declarou ele.

Naquele momento, pela primeira vez na vida, eu vi meu pai sob uma ótica diferente.

— Você acha que ela é burra? — perguntei.

— Não foi isso que eu disse.

— Nem precisava — retruquei. — Pois eu vou dizer que ela é uma pregadora. Eu ouvi o sermão dela e Judy tem uma das vozes mais fortes que eu já ouvi. Ela tem tanto amor e compaixão por cada pessoa desse mundo. Ela tem um dom além de qualquer comparação, e você teve a coragem de rir da cara dela quando contou para você o sonho dela! — gritei, sentindo-me tomada pela situação e pela necessidade de fazê-los compreender.

— Grace, olhe o tom — ordenou minha mãe.

— Não mesmo. Eu não vou ficar calada diante disso. Ela se esforçou muito para isso, e você dois foram desrespeitosos. Se vocês tivessem um sonho e o compartilhassem com Judy, ela os estimularia pelo resto da vida. Ela acreditaria mais em vocês do que vocês mesmos, e vocês não deram nem uma chance para ela.

— Acho que está na hora de você sair da mesa — declarou minha mãe em voz baixa e irritada.

Meu pai não disse nada.

E isso me magoou mais do que tudo.

Meus olhos ficaram pousados nele, e não consegui evitar as lágrimas que enchiam meus olhos.

— Eu podia esperar uma coisa dessa dela, pai. Mas de você? Você deveria sempre acreditar em nós. Você deveria ser a pessoa que ouve os sonhos dos outros e nos diz que podemos voar. A pessoa que vi aqui esta noite? O jeito como você riu da cara da minha irmã? Eu nem sei quem você é agora.

— Que engraçado, vindo da garota que está tendo um caso? — retrucou minha mãe.

— Como é que é? — perguntei, perplexa.

— Você sabe exatamente do que estou falando. Só vá embora, Grace. Vá embora. Vá se encontrar com o seu delinquente.

Dei uma risada sarcástica.

— Uau. Eu estava esperando você jogar isso na minha cara, mas acho que você fez isso na hora errada. Isso não tem nada a ver com o que está acontecendo aqui.

— Tem tudo a ver com o que está acontecendo. Suas palavras e sua personalidade agora são nulas para mim porque você está correndo pela cidade como uma louca. E eu estou falando sério! Tatuagens? Cabelo ruivo?! O que está acontecendo com você? Você não é assim. E está andando com um cachorro imundo que nem merece um osso. E está dando tudo para ele como uma vagabunda nojenta.

Fiquei boquiaberta.

— Do que você acabou de me chamar?

— Você nem sabe o trabalho que estou tendo para controlar tudo que você está fazendo nesse seu rompante que já dura algumas semanas. Tatuar a sua pele... Sair da casa de Jackson tarde da noite. Você sabe quanto tem sido difícil para mim?

— Quanto tem sido difícil para você? — bufei.

— É. Você sabe o que as pessoas andam dizendo para mim? Você sabe o que elas andam dizendo sobre a nossa família?

— Não. Você sabe o que as pessoas estão dizendo sobre *mim*? Sabe de uma coisa, eu não consigo mais fazer isso. Não consigo mais falar com você.

— Você é uma desgraça para o nome dessa família! Dormir com aquele monstro imundo quando você ainda é casada!

Meu coração estava se partindo, e ela nem sequer notava. Engoli em seco e baixei a cabeça.

— Foi o Finley quem me traiu, e não o contrário, mas você se importa? Parece que você está determinada a ficar do lado de qualquer pessoa, menos das próprias filhas. Para mim chega. Eu estou farta da igreja e dos seus julgamentos, e estou farta de você e dos seus julgamentos. E só para você saber, nessas últimas semanas o Jackson me tratou com mais respeito do que você jamais me tratou em toda a minha vida; então, se ele é um monstro, mãe, você deve ser o diabo em carne e osso.

Capítulo 36

Grace

— Eu não sabia que ela estava falando sério — declarou meu pai na porta da casa de Judy mais tarde naquela noite. Ele estava com as mãos nos bolsos e os ombros curvados. Judy e Hank ainda não tinham chegado quando ele apareceu. Os olhos do meu pai carregavam o peso da culpa.

Esfreguei a testa e suspirei.

— Isso é porque vocês nunca a levam a sério. Ela é boa, pai. Maravilhosa, para dizer a verdade. Se você der uma chance a ela, Judy vai provar que é a pessoa mais que certa para assumir a igreja um dia. Só dê uma chance para ela. Dê a ela uma oportunidade para ser mais do que uma organizadora de eventos.

Ele se sentou no último degrau da varanda e esfregou as mãos.

— Acho que hoje foi um dia de fracassos para os pais de vocês.

— Não precisa ser se você consertar as coisas com ela. É difícil ver como Judy é tratada às vezes. Ela é mais do que um rostinho bonito. Ela é tão mais que isso, mas é como se a cidade tivesse pintado essa imagem de *miss* beleza e não desapegam. Ela merece uma chance. Uma chance de verdade de realizar seu sonho.

— Vou falar com ela.

— Obrigada. Sinto muito sobre o que aconteceu no jantar. A mamãe me sufoca às vezes.

— Acho que vocês sufocam uma à outra. Vocês se parecem muito, sabe? — declarou ele.

Fiz uma careta.

— A gente não se parece em nada.

Ele sorriu e negou com a cabeça.

— Foi o que sua mãe disse quando falei a mesma coisa para ela. Minha flor, está tudo bem? Você sabe que eu não costumo dar ouvidos para as fofocas, mas o fato de você estar sendo vista com Jackson Emery é um pouco preocupante para mim.

— Por que todo mundo está sempre contra ele? — perguntei. — Ele não é uma pessoa má.

— Não — concordou ele. — Mas ele tem problemas, o que pode ser perigoso. Não quero que você se machuque, principalmente quando você já está sofrendo tanto. Talvez manter distância entre vocês dois não seja uma coisa ruim, principalmente enquanto você tenta entender o que está acontecendo com seu casamento.

— O que você quer dizer com "entender o que está acontecendo"? Pelo amor de Deus, Finn escolheu outra mulher e vai ter um filho com ela.

— Eu sei, mas você não acha que é importante ser mais para o Finn do que ele foi para você? Ter a elegância de resolver completamente a situação antes de seguir para os braços de outra pessoa? Eu sei que você está sofrendo, e sua mente está confusa, e é exatamente por isso que estou tentando ser um pouco protetor em relação a você agora. Jackson Emery nunca facilitou a vida das pessoas. Ele causa confusão, e eu não quero que ele faça isso com seu coração, não depois de já estar partido.

— Ele não é ruim como você pensa, pai — sussurrei com a voz trêmula.

Ele apertou o topo do nariz e colocou os óculos na cabeça.

— Se ele não é tão mau assim, então vai esperar até você resolver os detalhes do seu casamento.

— Então o quê? Você quer que eu o evite porque a cidade acha que ele é uma má influência?

— Não, não é nada disso. Eu só quero que você tenha um pouco de espaço para respirar. Parece que sua vida está um turbilhão, e não quero que você saia de uma situação para cair em outra. Só se dê um tempo para se curar antes de mergulhar em outra coisa. — Ele colocou a mão no meu joelho e apertou de leve. — Você vai ficar bem, Grace. Só não tenha pressa para cair em alguma coisa que provavelmente não vai durar. Jackson Emery não tem um histórico de muitos amigos, e tenho certeza de que existe um motivo para isso. Eu só não quero que você descubra da maneira mais difícil.

— Eu gostaria que você pudesse ver o que eu vejo quando olho para ele — sussurrei.

— E o que você vê?

Engoli em seco e encolhi os ombros.

— Esperança.

Antes de ele ter a chance de responder, Hank e Judy chegaram.

— Pai? O que você está fazendo aqui? — perguntou ela.

Ele se levantou e enfiou as mãos nos bolsos.

— Eu queria ouvir um sermão.

Os olhos de Judy ficaram marejados, e, quando as lágrimas escorreram, ela se apressou em enxugá-las.

— É bobagem, pai. Melhor deixar para lá.

— Não é bobagem — respondeu ele, caminhando até ela. — Não é mesmo. Minha reação foi fria e errada e peço desculpas por magoá-la. Eu adoraria entrar e ouvir suas palavras, Judith Rae, se você deixar.

Ela sorriu e assentiu.

Os dois entraram, e Hank ficou ao meu lado.

— Obrigado — sussurrou ele.

— Sempre e para sempre — respondi.

Capítulo 37

Jackson

— Você está bem? — perguntei quando Grace apareceu na minha casa. Ela não tinha dito muita coisa, mas eu conseguia ver em seus olhos que ela queria usar o sexo para esquecer a noite.

— Não — respondeu ela, enquanto desabotoava a blusa. Seus olhos estavam cheios de emoção enquanto eu colocava a mão sobre a dela, fazendo-a parar.

— O que foi?

— Nada, na verdade. Será que a gente pode... — As palavras morreram nos seus lábios enquanto ela se esforçava para impedir as lágrimas, mas Grace não conseguia esconder as emoções muito bem. Suas emoções subiam à tona enquanto as minhas mergulhavam cada vez mais fundo.

Ela fechou os olhos e respirou fundo. Seus pensamentos deviam estar passando rapidamente por sua mente, porque ela entreabriu os lábios, mas não disse nada.

Coloquei a mão em suas costas e a puxei para um abraço.

— A gente não precisa conversar — falei. — E a gente também não precisa transar. Eu posso apenas abraçar você.

Ela negou com a cabeça, enquanto seu corpo estremecia.

— Isso é contra o nosso trato.

— Acho que a gente já está a anos-luz daquele trato, princesa.

Ela respirou fundo antes de falar.

— Tudo está muito confuso. Meu pai acha que estou cometendo um enorme erro por ficar tão próxima de você. Ele não disse exatamente com essas palavras, mas sei que ele está decepcionado com o jeito como estou lidando com tudo, e minha mãe... — murmurou ela com a voz falhando. — Ela é tão dura comigo.

— Não leve para o lado pessoal. Ela é dura com todo mundo porque a vida a tornou assim.

— Como aconteceu com você? — perguntou ela.

— Exatamente como aconteceu comigo — respondi.

Mesmo que eu não suportasse Loretta Harris, percebi como tínhamos alguns traços em comum.

Ela fungou e apoiou a cabeça no meu peito.

— A cada dia que passa, fica mais difícil respirar. Eu fico bem quando estou com você, mas quando vou embora as coisas voltam a ser difíceis. É como se eu estivesse usando um curativo temporário para a minha dor.

— Pode me usar à vontade — respondi. — Da maneira como você quiser.

Senti o coração palpitar.

Meu coração andava palpitando demais quando eu estava com ela, e eu não sabia bem o que aquilo significava. Eu simplesmente permitia que isso acontecesse, sem querer analisar muito aquilo tudo.

— Eu estou despedaçada — confessou ela.

— É, eu sei. — Peguei sua mão e beijei a palma. — Eu também.

Ela colocou as mãos no meu peito e sentiu as batidas do meu coração.

— Você pode me consertar um pouco?

— Posso fazer isso a noite toda e continuar amanhã.

Capítulo 38

Grace

Ele não me consertou com o corpo, mas com as palavras. Ficamos acordados a noite toda, conversando sobre tudo e sobre nada em nossas vidas, o que me ajudou a respirar. Saber mais fatos sobre Jackson fazia a minha vida parecer menos solitária.

— Quando você soube que queria trabalhar com carros? — perguntei.

Ele fez uma careta e deu de ombros.

— Não era o que eu queria. Eu queria fazer Belas-Artes. Puxei mais o lado da minha mãe do que o do meu pai, mas, depois de tudo que aconteceu, achei que deveria ajudar na oficina.

— Você nunca quis ser mecânico?

— Nunca.

Fiquei triste por ele. Jackson nem conseguiu encontrar tempo para correr atrás dos próprios sonhos depois de passar tanto tempo cuidando do pai.

— Você pode voltar a estudar.

Ele deu de ombros.

— Estou bem aqui.

— Mas você está feliz aqui?

— A felicidade nunca pareceu ser uma opção para uma pessoa como eu.

— Você merece muito ser feliz.

— Menos do que você. — Ele deu um sorriso. — Você merece toda a felicidade do mundo.

Nós vivíamos em um universo estranho, ele e eu. Um universo no qual não éramos exatamente livres para expressar como realmente nos sentíamos em relação ao outro, mas, na minha mente, eu não parava de repetir:

Eu adoro você. Eu adoro você. Eu adoro você..

Ele passou os dedos pelo meu punho e puxou meu braço para me beijar ali.

— Machuquei você da última vez que a segurei pelo punho.

— Existem maneiras bem piores de se machucar. — Dei uma risada. Ele franziu um pouco a testa, olhando para a marca no meu punho. — Está tudo bem, Jackson. Eu estou bem.

— Eu não quero machucar você.

— Ultimamente você é a única coisa que *não* me machuca. — Eu me aproximei e dei um beijo leve em sua boca.

Ele fechou os olhos por um segundo e quando os abriu de novo senti um frio na espinha.

— Quando você tem que voltar para Atlanta para dar aula?

A gente nunca conversava sobre a minha partida. Nos últimos meses, a gente só caía um nos braços do outro e não trocava muitas palavras, a não ser por gemidos. Quando conversávamos, era sempre sobre o nosso passado, nunca sobre o futuro.

— Em umas três semanas — respondi.

Ele baixou o olhar, com expressão de decepção.

— Ah, está bem.

— O que foi? — perguntei.

— É só que... Vou sentir saudade. Só isso.

Senti o coração palpitar.

312

— Jackson Paul Emery sente saudade das pessoas? — brinquei, tentando controlar o sentimento que tomava o meu peito.

— Não das pessoas... só de você.

Eu adoro você. Eu adoro você. Eu adoro você...

Eu o abracei e comecei a acariciar sua pele, enquanto ele me envolvia em seus braços. Pousei o olhar em sua boca. Aquela mesma boca que já tinha passeado por todo o meu corpo, mas o que me tocava mais eram as palavras que saíam por entre aqueles lábios.

— Eu também vou sentir saudade — declarei suavemente. — Sem você, eu teria me afogado neste verão.

Ele me beijou, e alguma coisa mudou naquela noite. Os beijos dele foram diferentes, mais reais do que a história fictícia que vínhamos contando um para o outro todos os dias durante todas aquelas sema**nas. Ele não disse as palavras, nem eu, mas nossos beijos pareciam** implorar por um pouco mais de tempo, alguns toques a mais e mais palpitações no peito.

Fiquei até mais tarde naquela noite enquanto nosso toque imitava algo que poderia ter sido confundido com amor. Quando o sol nasceu, eu me vesti para voltar para casa.

— Eu vou levar você — disse ele.

Sorri e bocejei.

— Você sabe que eu não vou aceitar.

— Então mande uma mensagem de texto para avisar que chegou.

— Posso fazer isso.

— Tudo bem. — Ele sorriu e se apoiou no batente da porta.

— Tudo bem — respondi.

— Gracelyn Mae?

— O quê?

Ele pigarreou e enfiou as mãos nos bolsos.

— O que você acha de a gente sair um dia desses? Tipo em um encontro de verdade?

Senti um frio na barriga.

— Eu não sabia que Jackson Emery convidava pessoas para encontros.

— Não pessoas... Só você.

Mais um pouco de frio na barriga.

— Na verdade, eu ia convidar você para ir a um lugar comigo.

— Onde? — perguntou ele.

— Todos os anos, desde que me entendo por gente, meus pais dão uma festa a rigor no salão de baile da prefeitura para arrecadação de fundos para a caridade. É um acontecimento aqui na cidade, e todo mundo se veste como se fosse a entrega do Oscar ou coisa assim. Tem um jantar e um baile e literalmente todo mundo da cidade vai estar lá.

— O Baile dos Harris. Já ouvi falar.

— Você vem comigo? — pedi. Ele fez uma careta e senti meu coração se partir. Enrubesci de vergonha. — Se não quiser, não precisa ir. Juro, eu só achei que...

— Eu quero ir — disse ele, tentando me tranquilizar. — Minha única preocupação é que as pessoas dificultem as coisas para você se aparecer lá comigo. Não quero estressar você ainda mais e causar mais problemas na sua vida. As pessoas vão comentar.

— Que comentem — respondi, colocando a mão no peito dele. — A gente simplesmente não vai ouvir.

Ele sorriu. O tipo de sorriso que fazia meu coração saltar no peito. Ele se inclinou e encostou a testa na minha.

Seus lábios roçaram os meus, e eu sabia que estava acabada.

— Então... — sussurrou ele. — Temos um encontro?

— Sim. — Senti um frio na espinha. — Temos um encontro. Boa noite, Jackson Paul.

Ele me deu um beijo suave na boca, e senti com todas as fibras do meu ser quando suas mãos pegaram minha nuca. Ele massageou a pele com suavidade e falou com voz rouca:

— Bom dia, Gracelyn Mae.

Capítulo 39

Jackson

— Vai fechar mais cedo hoje? — perguntou Alex, um pouco surpreso.
— Você nunca fecha a oficina mais cedo.

— Eu sei, mas tenho planos para esta noite.

Ele arqueou uma das sobrancelhas.

— Planos? Com uma mulher chamada Grace?

— Não faça isso — pedi.

— Fazer o quê?

— Sorrir.

— Eu sempre faço isso.

— Eu sei, mas é irritante — brinquei.

— Então vocês dois estão... namorando?

— O quê? Não. Nós somos só.... amigos.

— Amizade colorida.

— Algo do tipo.

— Mas é mais que isso — comentou ele. — Tão mais que isso.

— Alex, vou precisar que você cale a boca agora.

— Tudo bem, mas só estou falando que não tem problema você gostar de alguém. Eu sei que você acha que tem, mas não tem. Faz parte da natureza humana.

315

Franzi a testa e encolhi um dos ombros, enquanto guardava as ferramentas.

— Eu não posso gostar dela, Alex. E, mesmo que eu gostasse, ela vai embora da cidade em algumas semanas.

— E daí? Vá com ela.

Revirei os olhos.

— Até parece.

— Cara, estou falando sério. Saia desse inferno e vá viver sua vida. Mesmo que não seja com Grace, você pode ir embora deste lugar.

Eu bufei.

— Não é como se eu pudesse deixar o meu pai. O único motivo de eu ter conseguido ir para a reabilitação foi porque você entrou em cena, e eu jamais vou pedir para você fazer isso de novo.

— Cara, seu pai não é responsabilidade sua.

— Eu não vou deixá-lo aqui para morrer. Eu sou tudo o que ele tem.

— Tudo bem, vou parar de falar sobre isso, porque dá para perceber que você está ficando chateado. Só quero que você saiba que o mundo vai continuar a girar mesmo se você for viver a sua vida. Meu ponto aqui é que você tem permissão para ser feliz, talvez mais do que a maioria das pessoas, e acho que a Grace faz você feliz e que você a faz feliz também.

Engoli em seco.

— Você acha?

— Ela estava pronta para puxar o cabelo de uma mulher que estava falando mal de você. Ela é tão protetora em relação a você quanto você é em relação a ela. Eu nunca vi uma coisa que fizesse menos sentido fazer tanto sentido até olhar para vocês dois juntos.

— Ela é tão... boa.

Ele riu, aproximou-se de mim e me deu uns tapinhas no ombro.

— Você também é. Agora vou dar o fora daqui. Divirta-se essa noite, está bem?

— Valeu. Boa noite.

Ele saiu da oficina e eu continuei arrumando tudo antes de voltar para casa e tomar banho. Eu tinha alugado um terno para o evento porque não tinha nada no meu armário que fosse bom o suficiente para o Baile dos Harris.

Eu queria ficar bonito para Grace. Não queria decepcioná-la.

O fato de ela me levar àquele evento, de permitir que eu a abraçasse, era mais do que um pequeno gesto. Ela estava fazendo uma declaração para a cidade inteira de que era livre para viver a vida do jeito que ela quisesse.

Eu amava isso e amava o fato de ser eu a entrar de mãos dadas com ela.

Grace apareceu na minha casa às sete e meia da noite e, quando abri a porta, dei alguns passos para trás.

Ela estava deslumbrante.

Desde os cachos ruivos até o vestido justo prateado, ela parecia uma deusa.

— Uau — ofeguei. Ela começou a ficar vermelha e eu amei.

— Uau — repetiu ela, olhando-me de cima a baixo. Ela estendeu a mão para mim. — Vamos?

Peguei a mão dela, e caminhamos pelas ruas de Chester. As pessoas nos viram e não nos importamos. As pessoas nos julgaram, mas não ouvimos.

Quando chegamos ao salão da prefeitura, todo mundo se virou para nos olhar. Senti os olhares como um soco no estômago e fiquei imaginando o que estariam pensando.

Que eu não era bom o suficiente para estar de mãos dadas com um dos membros da realeza de Chester.

Como eu era simplesmente um aproveitador.

Quando estava prestes a pedir a Grace para irmos embora, ela apertou minha mão, me tranquilizando.

— Momentos poderosos — sussurrou ela, puxando-me para si. Ela então aproximou os lábios dos meus e me beijou na frente de todo mundo. Eu retribuí, porque como seria possível não retribuir? Tudo que eu queria era sentir os lábios dela nos meus.

— Momentos poderosos — respondi, enquanto nos afastávamos devagar.

De algum modo, naquele exato instante, a opinião de todos ficou oficialmente nula porque Grace tinha me escolhido.

Na frente do mundo, ela pegou a minha mão.

Capítulo 40

Grace

As pessoas logo me cercaram e começaram a fazer perguntas sobre mim e Jackson, e ele se afastou para pegar bebidas. Aquilo era um pouco sufocante, mas tentei lidar com tudo da melhor maneira possível porque ele valia o risco de eu ser julgada por todo mundo.

E, cara, como eles julgavam.

— *É um pouco cedo demais para começar a namorar, você não acha?*

— *Você deveria ficar sozinha por um tempo.*

— *Acho que você e Finn vão voltar a se acertar.*

— *Finn obviamente ainda gosta de você.*

Tantas opiniões. Tantas almas intrometidas.

Eu só sorria para todos e me esforçava para não me deixar afetar.

— Se me derem licença, eu preciso encontrar... uma coisa — falei, com um sorriso forçado.

No segundo em que me afastei de todo mundo, encontrei Marybeth Summers.

Marybeth era uma alma calma que ficava na dela. Ela olhou para mim e fez um gesto com a cabeça.

— Oi, Grace.

— Oi, Marybeth.

319

— Acho que vocês dois formam um lindo casal.

— Obrigada. — Dei um sorriso, ainda sentindo um nó no estômago. Estava esperando o próximo comentário, como o de todo mundo.

Em vez disso, ela disse simplesmente:

— Vocês merecem ser felizes.

Ela me abraçou, e o abraço pareceu tão sincero. Eu a segurei um pouco mais do que deveria.

Talvez nem todo mundo na cidade tivesse tendência para fofoca.

Talvez algumas pessoas realmente desejassem o meu bem.

— Gracelyn Mae — chamou minha mãe, caminhando na minha direção. Ela pareceu surpresa ao me ver enquanto alisava o vestido.

— Oi, mãe.

— O que você está fazendo aqui?

— Eu nunca faltei a nenhum dos bailes. E não pretendo começar agora.

— Você está aqui só para causar uma cena? Para fazer algum tipo de escândalo?

— O quê?

— Eu a vi chegar com aquele rapaz. Só não quero nenhum drama. Você o trouxe aqui para se vingar de mim depois da nossa última conversa? Por causa do que eu disse?

— Ah, mãe. — Eu sorri e me aproximei mais dela. — Nem tudo tem a ver com você.

Eu me afastei e encontrei Josie, que estava com um sorriso aberto, enquanto olhava para mim.

— Ah, minha nossa! Será que eu acabei de testemunhar você dar um fora na sua mãe? — perguntou ela, tomando um gole de champanhe.

— Acho que foi exatamente isso.

— Vi que você trouxe uma certa pessoa como seu acompanhante esta noite — comentou ela com um sorriso maroto.

— Eu trouxe.

320

— Que bom para você, Grace. — Ela ergueu a taça como se fosse brindar. — Muito bom para você.

A banda preparou os instrumentos e Josie ergueu o olhar.

— Ah! A música vai começar. É melhor eu chegar até o meu marido antes que alguma garota de Chester tente conseguir a primeira dança dele. A gente se vê mais tarde.

A primeira dança do Baile dos Harris é algo divertido de se ver. A tradição diz que quem quer que a convide para dançar, você tem que aceitar. Sem nenhum "se" e nenhum "mas".

Foi assim que consegui que Finn dançasse comigo tantos anos atrás.

Foi assim que comecei a me apaixonar por ele naquela época.

Meus olhos passearam pelo salão, enquanto eu procurava Jackson. Comecei a seguir até ele, que ainda estava perto do bar, mas meu coração afundou no peito quando ouvi as palavras:

— Gracelyn Mae, quer dançar comigo?

— Não — respondi, virando-me para ir embora, mas ele continuou falando.

— Mas é a tradição. Você não pode negar.

Soltei um gemido.

— Ele está certo, sabe? — interveio uma senhora, passando por nós com um jovem que parecia desanimado. Estava claro que ele não a tinha chamado para dançar. — É a tradição.

Revirei os olhos e olhei para Finn.

— Uma dança. Nada mais.

— Isso é tudo que eu quero.

— Isso é tudo que você vai ter.

Seguimos para a pista de dança e ele tentou colocar a mão nas minhas costas, mas eu não permiti e ele teve que colocar as mãos nos meus ombros, como se estivéssemos em um baile do ensino médio.

— Obrigado por isso — disse ele, com hálito cheirando a uísque.

— Você está de porre — comentei, olhando naqueles olhos sem brilho.

— Eu tomei alguns drinques. Só estava tentando reunir coragem para vir falar com você, para convidá-la para dançar. Achei que isso despertaria lembranças em nós dois.

Não respondi.

— E então? — insistiu ele. — Você se lembra?

— Finley, onde está a Autumn?

— Sei lá. Eu não me importo com ela. Só me importo com você!

— Desde quando? Desde que eu comecei a conversar com Jackson? Ele fez uma careta.

— Eu fico louco quando a vejo com ele, sabia? Fico louco da vida. — Seus olhos ficaram marejados. — Grace, está me matando vê-la com outro homem.

— Agora você sabe como eu me sentia.

— Você tem que me desculpar, Grace. Estou falando sério — disse ele, enquanto lágrimas escorriam pelo seu rosto. Eu não conseguia me lembrar da última vez que ele tinha chorado na minha frente. — Depois que perdemos o primeiro bebê, eu me perdi. Foi difícil para mim, e eu tinha que esconder a minha dor porque sabia que você estava sofrendo demais. Eu só precisava de espaço para pensar e clarear os pensamentos.

— Usando o corpo de outras mulheres? Por quanto tempo você acha que eu deveria esperar por você? Por quanto tempo você acha que eu deveria ficar sentada, orando para você voltar a me amar?

— Você não entende. Depois de tudo que aconteceu, eu não conseguia respirar.

— Eu gosto de ver como você usa os bebês que eu perdi como uma desculpa para a sua infidelidade quando você deveria ter agido de maneira completamente diferente. Eu... — Pisquei e respirei fundo. — Quando eu mais precisei de você, você não ficou ao meu lado. Quando eu precisava que você me amparasse, você simplesmente ficou olhando enquanto eu desmoronava, e quando estava prestes a atingir o chão, você me deu as costas e foi embora.

— Grace...

— Chega, Finn. Acabou.

— Você não é assim. Esse cara está entrando na sua cabeça. Você me ama — afirmou ele. — Você me ama e eu sei disso. Você não pode desistir da gente, Grace. Você não pode...

— Eu quero o divórcio — interrompi. Eu estava farta de ele me procurar e ir embora quando lhe desse na telha. Estava farta de ele tentar me dizer quem eu era e no que eu acreditava. — Eu não quero mais fazer isso. Não quero mais implorar para você me amar. Eu não quero ficar acordada a noite inteira, me perguntando se você está com outra mulher. Eu não quero que você me queira só porque acredita que outra pessoa me quer. Eu quero me libertar dessa prisão, Finley. Eu quero me separar de você.

— O quê? Não. — Ele ficou tenso, tentando me segurar, mas eu me afastei.

— Você é a única mulher que eu já amei.

Eu não sei por que, mas aquilo me magoou.

— Então acho que você não sabe o que é amar.

Eu me virei para ir embora, mas Finn me segurou.

— Gracelyn, por favor. — Ele me segurou com força, e seus olhos estavam suplicantes. Olhei naqueles olhos azuis cristalinos por um momento. Aqueles mesmos olhos para os quais acreditei que eu olharia pelo resto da minha vida. Aqueles olhos que sempre acreditei que me trariam paz durante as tempestades mais sombrias.

— Finley James... — sussurrei, vendo que Autumn tinha acabado de entrar no salão. Ela estava linda no seu vestido dourado, que mostrava suas curvas. Cada uma delas. — Quero que você me largue agora.

Ele soltou minha mão e olhou para Autumn.

— Merda — resmungou.

Eu me afastei depressa, tentando me acalmar. Quando estava prestes a escapar, Jackson me viu. Ele abriu um meio sorriso, e eu correspondi.

— O que houve? — perguntou ele.

— Nada.

Jack estreitou os olhos.

— O que aconteceu?

Eu neguei com a cabeça.

— Sério, eu só preciso de um pouco de ar. Isso é tudo.

Ele se empertigou e pigarreou.

— O fato de eu estar aqui com você está fazendo você ficar mais estressada? Porque, se for isso, eu posso ir embora. Sei que esse evento é importante para você e para a sua família, e não quero prejudicar em nada...

Ah, Jackson...

— Você estar aqui é a única coisa que está impedindo que eu me afogue.

— O que aconteceu? Alguém magoou você?

— Sim, não, bem... Eles só magoam o meu coração.

Ele se aproximou e colocou um cacho solto do meu cabelo atrás da minha orelha.

— Esse é o pior tipo de mágoa.

Uma lágrima escorreu pelo meu rosto, e eu nem me preocupei em enxugá-la. Jackson franziu o cenho.

— O que eu posso fazer por você?

— Eu só preciso tomar um pouco de ar lá fora. Será que você pode... me esperar? — pedi com um sussurro, colocando a minha mão no peito dele.

Quando olhei para os seus olhos castanho-claros, vi tanta suavidade. Olhei naqueles olhos castanhos por um instante. Aqueles mesmos olhos que me ajudaram a respirar...

Aqueles mesmos olhos que me trouxeram paz durante minhas tempestades mais sombrias...

— Por favor, Jackson — supliquei. — Espere por mim.

— Princesa... — Ele passou o polegar pelo meu rosto e enxugou as lágrimas que escorriam. Depois inclinou a cabeça e me deu um sorriso.

Era bem discreto. A maioria das pessoas nem notaria a expressão, mas eu estava olhando atentamente para Jackson e notava cada movimento dos seus lábios. Senti uma onda de conforto, enquanto ele respondia suavemente: — Como eu poderia não esperar por você?

Capítulo 41

Jackson

Grace se afastou por um minuto para tomar um pouco de ar, e fiquei esperando por ela. Eu estava parado ali, sentindo-me totalmente deslocado. O terno me pinicava. As pessoas eram grosseiras, e a comida era servida em porções mínimas. Eu estava oficialmente no inferno.

— Não é a sua turma usual, hein? — comentou uma mulher.

— Não mesmo.

Ela estendeu a mão para mim.

— Eu sou a Judy, irmã de Grace.

É claro — elas tinham os mesmos olhos. Apertei a mão dela.

— Prazer em conhecê-la. Ouvi muitas coisas sobre você.

— Eu também ouvi muitas coisas sobre você. — Ela sorriu e se agitou um pouco.

Eu arqueei uma das sobrancelhas.

— Essa é a parte que você me manda ficar longe da Grace?

— Não. Por que você pensaria uma coisa dessa?

— É o que todo mundo tem me mandado fazer.

— Entendi. Não é por isso que estou aqui. Eu só quero pedir para você ser gentil com ela, está bem?

— O que você quer dizer?

— O coração dela... é frágil. Grace já passou por mais do que ela mesma percebe, e não sei se vai aguentar mais um golpe. Se você vai permitir que ela se apaixone por você, por favor, esteja pronto para ampará-la, pois não sei se ela vai conseguir se reerguer de mais uma decepção.

Ela amava a irmã e deixou isso bem claro com suas palavras. Judy não estava gritando para eu ficar longe da Grace, só pedindo para eu ter cuidado com o coração e com a alma dela.

— Eu posso fazer isso — respondi.

— Promete?

— Prometo.

Ela sorriu esfregando o braço direito com a mão esquerda.

— Você gosta dela.

— Gosto.

— Ela gosta de você.

Espero que sim...

— Divirta-se hoje à noite, Jackson, e, por favor, ignore todo mundo que está nesta festa, menos ela. Ela é tudo que importa nesta noite, está bem?

Judy me agradeceu antes de se afastar para falar com outras pessoas. Eu consegui ver tanto da personalidade de Grace em sua irmã. Era bom saber que existiam pessoas boas no mundo, além de Grace.

Eu queria ir atrás dela, pois já tinha saído havia um tempo, mas estava me esforçando para ser paciente. Ela precisava respirar, e eu estaria esperando quando ela voltasse para mim.

— Você deve estar muito orgulhoso de si mesmo, hein?

Eu me virei e vi Finn caminhando na minha direção. Ele parecia um pouco enlouquecido quando falou comigo.

Finn estava bêbado.

Eu já tinha visto aquele brilho nos olhos do meu pai o suficiente para saber.

— Finn, não vamos brigar esta noite — avisei.

— Fique longe da minha mulher — ordenou ele, arrastando um pouco as palavras.

— Mulher? — bufei. — Acho que você está usando a palavra no sentindo amplo, não é?

— Não tente bancar o esperto — avisou ele, cambaleando na minha direção.

Eu suspirei. *Essa é a última coisa de que preciso agora.*

Respirei fundo e tentei controlar meu instinto natural de acabar com ele. Mesmo que ele fosse um babaca, ainda era o ex da Grace, e eu não queria fazer nenhuma bobagem que pudesse irritá-la.

— Olha só, cara, você está bêbado e não está pensando direito. É melhor você beber um pouco d'água.

— Ah, vá se foder — sibilou ele, dificultando ao máximo as coisas para mim. — Você está se achando o máximo por estar dormindo com a minha mulher, hein?

— Novamente usando a palavra no sentido amplo.

— Ela foi minha por quinze anos.

— E você a deixou.

Ele fez uma careta e passou as mãos pelo rosto. Aproximou-se mais e empurrou o meu peito.

— Eu vou consegui-la de volta.

— Por favor, não encoste em mim — avisei, sentindo minha raiva crescer a cada segundo.

— E eu não quero que você encoste na minha mulher — argumentou ele, deixando-me cada vez mais irritado. Grace não pertencia mais àquele cara. Ele a tinha abandonado e ficou claro que só estava mudando de ideia porque se sentia ameaçado.

— Tudo bem, vá em frente. Ela é toda sua. — Eu me virei e segui para a porta de entrada porque não queria causar uma cena. Eu não ia alimentar as fofocas porque era exatamente isso que ele queria. Finn queria que eu reagisse. Desejava soltar o monstro que eu queria manter preso dentro de mim e provar que eu não era bom para Grace.

Na frente da cidade inteira. Então me afastei.

Soltei um suspiro pesado enquanto ouvia Finn, bêbado, me seguir.

— Eu só quero deixar bem claro que se você chegar perto dela eu vou acabar com você — berrou ele.

Aquilo me fez rir. Finn não era forte, e eu tinha certeza de que conseguiria derrubá-lo com um só golpe.

— Tudo bem, cara. Agora pode me deixar em paz.

— Venha logo — provocou ele, correndo atrás de mim e me empurrando por trás. — Se você é tão valentão, brigue comigo.

Parei de andar.

Ele não vale a pena.

Ele me empurrou de novo.

Eu respirei fundo e puxei a pulseira no meu punho.

Ele não vale a pena.

Quanto mais cedo ele me deixasse sozinho, mais cedo Grace e eu ficaríamos juntos. Mesmo assim, estava cada vez mais claro que ele queria arrumar uma briga. Ele queria soltar a fera, e eu não queria sair.

— Você não vai revidar? — provocou Finn, irritado.

— Não. Eu não vou.

— Por quê? Porque você acha que a Grace vai ficar decepcionada? Você acha que ela vai sentir nojo do monstro que você é? O que você acha que vai acontecer? Você acha que ela vai escolher você ou algo assim? — Olhei para ele e, por um segundo, senti meu coração disparar. Ele deve ter visto a expressão nos meus olhos, porque começou a rir. — Puta merda, você realmente acredita que ela vai escolher você?

Fiquei em silêncio.

Puxei a pulseira.

— Você não tem nada a oferecer para ela — gritou ele, cheio de ódio. — Você é a raspa do tacho, e ela nunca vai escolher você, sabia? Você pode ser um caso de verão para ela, mas nunca vai tê-la de verdade. Ela está sofrendo, mas não é burra. Você não é nada. Você não tem nada, você nunca vai ser nada. Depois de um tempo, ela vai voltar a ser ela mesma sem você, e você vai continuar não sendo nada.

— Isso mesmo, Finn. Você está certo. Parabéns.

Ele se aproximou de mim e me empurrou com força.

— Você não é nada além de lixo, e seria melhor se estivesse morto, como a vaca da sua mãe.

Quando ele falou da minha mãe, eu perdi a cabeça.

Quando dei por mim, estávamos rolando pela pista de dança. Eu o joguei no chão e ele me acertou um soco no olho. Quando tentei recuperar o equilíbrio, Finn pulou em cima de mim, me fazendo cair de costas direto na mesa na qual havia um bolo de cinco andares. Caí no chão e o glacê voou para todos os lados.

Continuamos trocando socos enquanto uma turma tentava nos separar.

Ele continuava me socando, então revidei, de novo e de novo.

A briga só foi apartada quando o xerife Camps apareceu e nos separou.

Antes de eu conseguir me explicar, ele nos colocou atrás das grades. *Ótimo.*

Esse era exatamente o oposto de como aquela noite deveria terminar.

~

Jackson

Dez anos de idade

— *Dê o fora daqui, esquisitão!* — *berrou Tim para mim no primeiro dia da volta à escola, depois do enterro da minha mãe. Ele e seus amigos ficaram me empurrando.* — *Ninguém quer você aqui.*

Eles continuavam debochando de mim, mas eu não me importava.

Eu não me importava com mais nada.

Minha mãe tinha morrido, e a minha vida não importava mais.

Então deixei que me empurrassem.

Eu não conseguia sentir mais nada mesmo.

— Você é um fracassado! Você nunca vai ter amigos, seu esquisitão —
provocou um dos garotos, colocando o pé na frente para eu cair.

Eu me estabaquei no chão e gemi. Quando tentei me levantar, um deles
me chutou de novo.

Eu não disse nada.

Fomos para a aula, e Tim continuou chutando a minha cadeira.

— Esquisitão, esquisitão — sussurrava ele.

Eu continuava ignorando.

Tentei repetir o que minha mãe teria me dito.

Eu sou extraordinário. Eu sou extraordinário...

Eu não queria dar corda para o Tim porque já não me importava mais
se ele gostava ou não de mim.

Eu não me importava se alguém gostava de mim ou não.

Só queria minha mãe de volta.

— Eu gostaria que você desaparecesse e nunca mais voltasse — sibi-
lou. — Como a idiota da sua mãe que morreu.

E então, sem pensar, eu revidei.

Capítulo 42

Grace

— Xerife Camps, ele não merece estar atrás das grades — gritei, entrando na delegacia.

No instante em que ouvi falar sobre a briga e a prisão de Jackson, segui direto para lá.

O xerife estava com o terno e a gravata que tinha usado na festa, sentado à sua mesa.

— Pois é, e eu não mereço estar aqui preenchendo uma porção de formulários porque parece que seus dois homens não conseguem deixar de agir feito dois macacos em público.

— Eu sei, mas não foi culpa dele. Ele não fez nada de errado. E eu acho...

— Espere um pouco. De quem você está falando? — quis saber o xerife. — Qual dos dois você veio salvar?

— Jackson — declarei como se fosse óbvio. — Estou aqui por ele.

— Boa escolha. Parece que foi o Finn que começou a briga, o que é um pouco chocante.

Aquilo não era nem um pouco chocante para mim.

— Posso ir até lá ver os dois com você?

Ele negou com a cabeça.

— Eu não sei, Grace. A gente não deixa ninguém entrar.

— Xerife Camps... Sou eu. A pequena Srta. Gracelyn Mae. Eu só quero falar com os dois, isso é tudo, eu juro.

Ele suspirou.

— Acho que não vai fazer mal a ninguém. Vamos lá. Mas você não pode contar para ninguém que eu deixei, está bem? Não quero que as pessoas achem que sou um molengão.

Concordei em manter aquilo em segredo e fomos até os fundos. Senti meu coração disparado.

Quando olhei para Jackson, ofeguei um pouco.

Ele tinha cortes pelo rosto, e marcas roxas e azuladas. A gravata estava frouxa em volta do pescoço e ele parecia tão derrotado.

Meu Deus, Finn. No que você estava pensando?

— Oi — murmurou ele.

— Oi — respondi.

— Parece que você ganhou um passe-livre da cadeia, cara, graças à sua mulher aqui. Agradeça a ela, pois eu ia deixá-lo passar a noite atrás das grades — comentou o xerife enquanto procurava a chave para abrir a cela de Jackson.

No instante em que ele abriu a porta, eu o abracei.

— Você está bem?

— Estou. Sinto muito.

— Sente muito? Por quê? Você não fez nada de errado.

— Eu sei. Mesmo assim eu não deveria ter aceitado as provocações do Finn. — A voz dele estava tão baixa que era quase um sussurro. Percebi na hora que a mente dele estava um turbilhão e eu esperava que ele não se afastasse de mim.

Fique aqui comigo, Jackson...

— Vou me encontrar com você lá na frente em um minuto, está bem? — falei, acariciando o braço dele. Ele assentiu e foi até a frente da delegacia. Fui até a cela de Finn. Ele olhou para mim e seu rosto estava tão ferido quanto o de Jackson.

— Acho que você não está aqui para pagar a minha fiança, não é? — brincou ele.

Eu mal conseguia olhar para ele. Finn parecia um estranho para mim.

— Você ainda está de porre.

— Um pouco.

— Você não faz esse tipo de coisa, Finn.

— Bem, talvez você não seja a única que tenha mudado um pouco. — Ele se levantou e se aproximou de mim, segurando as grades. — O que é que você está fazendo, Grace? Saindo com um viciado?

Uau, ele estava jogando sujo.

— Ele está limpo — argumentei. — Há anos.

— Por ora. Tipo, olhe o que ele fez com o meu rosto. Ele é perigoso.

— Você fez a mesma coisa com ele, Finn.

— Sim, mas... — Ele suspirou, virou de costas e, depois, olhou para mim. — Eu amo você.

— Pare de dizer isso.

— Não, eu não vou parar, porque eu te amo. Nós temos uma história de quinze anos juntos e não posso ficar sem fazer nada enquanto vejo você cair nos braços daquele babaca. Eu amo você demais para isso.

— Eu orei tanto para você dizer essas palavras de novo para mim — sussurrei, balançando a cabeça. — Eu orei para você me querer de volta, para você voltar para mim, mas não era o que você queria.

— É, sim. Estou dizendo para você aqui e agora que é você que eu quero. Eu sei que as coisas estão confusas, mas...

— Você só demonstrou interesse em mim depois que outro homem demonstrou, Finn. Isso não é amor, isso é ciúme, e eu não quero participar desse jogo. Não quero participar de jogo nenhum. Só quero que você me deixe em paz.

— Eu não vou desistir — avisou ele. — Eu não vou desistir de nós. Não vou desistir disso.

— Não existe um nós, Finn.

— Por causa daquele merda?

— Não. — Neguei com a cabeça. — Por sua causa.

～

— Está tudo bem — resmungou Jackson, sentado no sofá enquanto eu pressionava um pano úmido em seu olho. — Não é a primeira vez que fico com o olho roxo por dormir com a mulher de outro homem.

— Eu não sou a mulher dele — declarei com voz séria, observando enquanto ele fazia careta por causa da pressão do pano. — E ele não é o meu homem.

— Se você não é a mulher dele, de quem você é?

— Eu não sou de ninguém — respondi sem ar, sentindo meu coração disparar. — Antes de eu ser de alguém, preciso saber ficar sozinha.

— Nossa — sussurrou Jackson, balançando a cabeça e mordendo o lábio inferior. — Você não faz ideia como é bom ouvir o que você acabou de dizer.

Dei um sorriso para ele e voltei a atenção para o olho roxo.

— Você está conseguindo — sussurrou ele, segurando a minha mão, para eu parar de aplicar o pano em seu rosto.

— Conseguindo o quê?

— Descobrir quem você é.

Eu sorri e pendurei o pano.

— Acho que você vai sobreviver.

— Bom saber — resmungou ele, olhando para os dedos.

— O que foi? — perguntei. — O que houve?

— O que você vê quando olha para ele? O que você vê quando olha para o Finn? — perguntou Jackson, com a voz insegura.

Parei por um tempo, agachando-me no chão, antes de olhar diretamente para ele.

— Eu vejo o meu passado. Vejo tudo que eu era e tudo que eu não era.

— E o que você vê quando olha para mim?

Juro que havia uma pequena centelha no olho dele que curou partes de mim que eu nem sabia que estavam quebradas. Passei a mão pelo cabelo, mordi o lábio e encolhi os ombros.

— Possibilidades.

Capítulo 43

Jackson

Fiquei chocado quando a manhã de domingo chegou, e Loretta Harris apareceu batendo na porta da minha casa. Quando abri, notei que ela estava elegante na sua roupa de domingo, com chapéu de abas largas e vestido esvoaçante. Parada ali, na minha porta, parecia tão sulista quanto era possível.

Eu odiava o fato de o rosto dela ser tão parecido com o da filha. Isso tornava muito difícil continuar a desprezá-la.

— A senhora não deveria estar no culto, orando para o seu Deus? — perguntei, apoiando-me no batente da porta com os braços cruzados.

Ela não chegou com todo o ímpeto da primeira visita que fizera à oficina.

Não estava fazendo exigências nem gritando comigo. Estava agindo de maneira calma e controlada.

Isso me deixou um pouco inseguro.

— Eu não falo há dias com a minha filha — informou ela. — E a última vez que nos falamos, eu disse coisas das quais me arrependo.

— Pois é. Talvez a senhora devesse pensar antes de falar. Agora, se me der licença, tenho mais o que fazer. — Comecei a fechar a porta e ela a bloqueou com o braço. Arqueei uma das sobrancelhas. Ela rapidamente baixou o braço.

— Sinto muito, é só que... — Ela suspirou e meneou a cabeça. — Eu a vi na cidade, e ela me virou a cara. Ela está usando esse cabelo ruivo e fez tatuagens, e Grace não é assim. Ela nem tem ido à igreja.

— Eu também não iria se as pessoas falassem de mim o que andam falando dela.

— E você acha que eu gosto? Você acha que eu gosto de ouvir o que as pessoas estão falando dela?

— Acho que não. — Balancei a cabeça. — Eu sei que a senhora não gostou, mas também acho que não fez nada para impedir.

Ela abriu a boca, mas parou, enfiando a mão na bolsa e puxando um cheque.

— Achei que eu tinha dito que não quero seu dinheiro.

— Talvez você devesse dar uma olhada no valor. É o suficiente para dar a você e ao seu pai uma vida boa. Vocês poderiam recomeçar em qualquer lugar do mundo.

Peguei o cheque e o rasguei ao meio.

— Eu não quero o seu dinheiro. A senhora não vai expulsar o meu pai e a mim das nossas terras. Além disso, o que importa? Grace vai voltar para o trabalho em algumas semanas.

— Eu sei, mas ela voltará nos feriados, e você ainda estará aqui. Então ela começará a vir nos fins de semana para visitar você, e logo encontrará um emprego mais perto daqui. Será que você não vê? Você está mexendo com a cabeça dela, fazendo com que ela acredite que poderia se apaixonar por você. Você não percebe, não é? O jeito como ela olha para você?

Como?

Como ela olha para mim?

— Não quero problemas — falei. — É melhor a senhora ir embora.

— Jackson, por favor, você precisa ser realista. Gracelyn já passou por muita coisa, e no caminho de se reencontrar ela não precisa de distrações que possam desviá-la. Eu sei que você está tentando ajudá-la, mas você só está magoando a ela e a si mesmo. Eu vou fazer mais um cheque — disse ela, enfiando a mão na bolsa.

— Eu já disse que não quero o seu dinheiro. Além disso, Grace é adulta. Vou deixá-la tomar a decisão de me excluir da vida dela ou não. — Tentei fechar a porta e ela gritou, fazendo-me parar.

— Foi o meu Samuel! — gritou Loretta.

Arqueei uma das sobrancelhas.

— Hã?

— Foi o meu Samuel. — Ela pigarreou, e algumas lágrimas escorreram pelo seu rosto enquanto eu observava seu corpo tremer. — O homem que sua mãe amava era o meu marido. Era com Samuel que ela ia partir naquela noite.

Cerrei os punhos e senti a boca seca.

— Qual é o seu problema? Por que a senhora mentiria sobre uma coisa dessa?

— Não estou mentindo. Eu descobri na noite da tempestade. Samuel me contou como ele tinha se apaixonado pela mulher com quem ia partir. Mas ele não me disse o nome dela. — Ela estreitou os olhos e balançou a cabeça enquanto olhava para a varanda de madeira. — Antes de sua mãe, as mulheres eram só uma fuga. Ele nunca tinha gostado de nenhuma delas, e sempre voltava para mim. Porque quando ele vacilava, eu ainda estava ali para ele. Eu era a mulher para quem ele voltava todas as noites e sussurrava "eu te amo". Eu era dele para sempre, e ele era meu.

Ela continuou:

— Então, um dia, uma nova família comprou uma propriedade aqui na cidade, e uma mulher com olhos iguais aos seus entrou na igreja. Ela era linda, e Samuel notou, assim como eu. Eu não me ofendi com isso, porque, no fim do dia, era para mim que ele sempre voltava. Nós tínhamos esse trato. Por respeito e lealdade, ele sempre voltava para mim. Mas então ele começou a trabalhar cada vez até mais tarde.

Algumas vezes chegava tão tarde que eu jurava que o sol já estava nascendo. Ele parou de dizer que me amava e eu sentia o cheiro dela nele. Madressilva e framboesa. — Ela fechou os olhos e mais lágrimas escorreram por seu rosto. — Eu tinha as minhas suspeitas sobre quem era a mulher, mas ficou muito claro para mim quando eu soube que sua mãe tinha morrido em um acidente de carro. Eu nunca vi um homem ficar realmente de luto até ver meu marido cair de joelhos e chorar por sua mãe.

— A senhora está mentindo — declarei, chocado.

— Não estou, não. E acho que você sabe disso.

— Sai da minha casa — berrei.

— Por que você acha que seu pai atacou a igreja, Jackson? Por que acha que ele começou a odiar a minha família?

— Eu disse para sair.

— Tudo bem, eu vou embora. Mas me diga uma coisa... Você pode ficar com a minha filha, a mulher cujo pai é o motivo de sua mãe ter deixado vocês tantos anos atrás, e amá-la de verdade? Você acha que vai conseguir se doar para Grace sem nenhum ressentimento e raiva? Vai conseguir olhar nos olhos dela, tão parecidos com os do pai, e não ligá-la àquele terrível acidente? Eu sei que não conseguiria.

Não respondi, porque não fazia ideia de como dizer qualquer palavra naquele momento. Entrei em casa e fechei a porta enquanto as palavras dela invadiam cada fibra do meu ser.

~

— É verdade? — perguntei, entrando na casa do meu pai. Ele estava sentado no sofá, os olhos semicerrados enquanto assistia ao noticiário matinal. O lugar já estava uma zona, apesar de eu ter arrumado tudo alguns dias antes.

Ele parecia um zumbi. Olheiras profundas, cabelo oleoso, roupas imundas. Nada no meu pai lembrava alguém com vida.

— E aí? — insisti, levantando as mãos com irritação. — É verdade?

— Do que você está falando? O que é verdade?

— Samuel Harris era o homem com que a mamãe estava tendo um caso?

O jeito como as sobrancelhas dele caíram e ele abriu a boca deixou bem claro para mim que era verdade mesmo.

— Você está de sacanagem com a minha cara? Você está me dizendo que esse tempo todo você sabia que Samuel Harris foi o homem responsável pela morte da minha mãe e você não achou necessário me contar?

— Eu disse para você tirar a porra daquele carro da minha oficina. Eu falei para você parar de comer a porra daquela garota. O que mais você queria?

— Ah, eu não sei, pai. Quem sabe a porra da verdade? Por que você não me contou?

— Porque não era da sua conta, garoto — respondeu ele, pegando a garrafa de uísque para tomar um gole. — Você não tinha o direito de saber.

Arranquei a garrafa da mão dele e a atirei no outro lado da sala.

— Eu tinha todo o direito de saber.

— Dê o fora daqui, Jackson. Eu não tenho tempo para isso.

— Minha mãe morreu por causa dessa situação e a sua vida é uma merda por causa de tudo isso. Você podia ter me contado. Eu não teria deixado aquela família nem chegar perto da oficina. Eu teria lutado por você, por nós. Eu teria...

— Essa porra toda já passou. Agora saia da minha casa.

— Mas, pai...

— Sua mãe está morta e enterrada e ela não vai voltar mais, tá legal? Esqueça isso. Não me faça falar de novo. Vá embora. Eu não quero olhar para a sua cara.

Ele falou comigo, completamente bêbado, como se não fosse nada de mais. Como se a morte da minha mãe não fosse nada, apenas uma lembrança passageira, em vez de uma sensação diária de sofrimento. Ele falou como se não revivesse aquele pesadelo todos os dias, do mesmo jeito que eu. Ele falou como se ela não fosse nada, quando, na verdade, ela era tudo.

E o homem responsável pelo seu trágico fim morava no fim da rua. O pai da mulher por quem eu quase me apaixonei.

Mais alguns dias e eu teria permitido que ela entrasse no meu coração.

Mais alguns dias e eu teria dito para ela as palavras que nunca tinha descoberto antes.

No entanto, naquela manhã, as correntes da minha alma me aprisionaram novamente. Não havia chance de Gracelyn Mae voltar a chegar perto de mim de novo.

Capítulo 44

Grace

— Tudo bem, Jackson, preciso falar duas coisas. Eu só tenho mais uma semana na cidade para terminar as duas últimas temporadas de *Game of Thrones* com você, então é melhor fazermos duas maratonas de dois episódios por dia. E, dois, estou com fome, e acho que a gente deve pedir comida chinesa para comer assistindo aos episódios desta noite — declarei, entrando na oficina e vendo que Jackson estava com a cabeça embaixo de um capô.

Ele não respondeu na hora, então fui até lá e coloquei a mão no seu ombro, sentindo-o ficar tenso na hora.

Senti um nó no estômago.

— Está tudo bem?

— Está — respondeu ele de forma concisa, sem olhar para mim.

Era óbvio que ele estava mentindo.

— Jackson, o que está acontecendo?

— Estou trabalhando.

— Tudo bem... mas... você também está sendo super seco comigo.

Ele olhou para mim e eu fiquei chocada com a frieza em seu olhar. Eu não via aquela expressão há tanto tempo, e fiquei sem saber por que ele estava olhando para mim daquele jeito.

— O que foi? — sussurrei, sentindo a palma das mãos começarem a suar. — O que está acontecendo?

— Acho melhor a gente terminar tudo agora — declarou ele, voltando a trabalhar no carro.

— O quê?

— Eu só não vejo motivo para continuarmos juntos. Nós não vamos levar as coisas adiante, então podemos muito bem terminar tudo agora.

— Do que você está falando? De onde você tirou essa ideia?

— Eu só andei pensando e a verdade é que não quero ter nada a ver com você.

— Você está mentindo. O que nós temos... O que nós somos... — Minha voz ficou trêmula, porque fui pega totalmente de surpresa.

Seus olhos pousaram em mim, e seu olhar frio cortou a minha alma, e ele fez uma careta.

— Nós não somos nada, princesa, está bem? Tudo que aconteceu neste verão foi um erro. Você foi um erro e é um erro que eu não vou cometer de novo, certo?

— Por que você está agindo dessa maneira?

— Porque eu sou assim — falei, irritado. — Esse que você está vendo aqui é quem eu sempre vou ser.

— Não. Você é bom, Jackson. Você é bom e gentil e...

— Para com isso, Grace. Eu não tenho merda nenhuma para dizer para você. Então pode dar meia-volta e dar o fora daqui porque essa conversa acabou.

— Quem está na sua cabeça agora? — perguntei com voz suave, colocando as mãos no rosto dele, olhando direto em seus olhos. E eu vi. Um leve tremor no lábio inferior. — Quem foi que colocou esses pensamentos na sua cabeça? Foi o seu pai? Finn? A minha mãe?

Ele me segurou pelos punhos e afastou as minhas mãos do seu rosto.

— Vá embora, princesa, e não olhe para trás. Não há mais nada aqui para você.

Senti os olhos cheios de lágrimas e dei alguns passos para trás.

O que fez as coisas mudarem tão rapidamente? O que tinha acontecido?

No outro dia mesmo, nós vimos possibilidades. Como nós tínhamos chegado tão rápido ao capítulo final de nossa história, quando eu estava convencida de que ainda estávamos no capítulo dois?

— Eu conheço você — declarei. — Você não é assim.

— Você não me conhece — retrucou ele, a voz fria e dura. — Você nunca conheceu, e eu nunca conheci você. Você não é nada além de mais um trepada para mim. E eu já cansei de tirar a sua roupa. Então, pode ir agora.

Cambaleei para trás ao ouvir aquilo. Eu me senti traída. Ferida. Incrivelmente magoada.

— Você não está falando sério. Não está mesmo. Quando não tínhamos ninguém, tínhamos um ao outro. Eu não sei o que está se passando por essa sua cabeça, mas, seja lá o que for, nós podemos resolver juntos, porque é isso que nós fazemos, Jackson. Nós nos ajudamos.

— Pare de tentar nos transformar em uma coisa que não somos. Eu não sou seu amigo. Eu não sou seu amante. Não sou nada para você. Você não é nada para mim. — Ele se virou e voltou ao trabalho, me deixando parada ali, surpresa.

Enxuguei as lágrimas e me virei para ir embora. Não vi motivo para continuar aquela conversa com Jackson. Ficou claro que ele não tinha a menor intenção de me deixar entrar de novo.

— Grace?

Eu me virei para olhar para ele.

— O quê?

— Não volte mais.

Aquelas três palavras doeram mais porque significavam que todas as possibilidades tinham oficialmente acabado.

∼

— Grace, o que você está fazendo aqui? — perguntou Finn enquanto eu estava parada no corredor do hospital. Eu estava esperando que ele passasse para poder falar com ele. — O que houve? Está tudo bem? — perguntou ele, parecendo alarmado.

— Você disse alguma coisa para ele? — perguntei cruzando os braços. — Você falou alguma coisa para o Jackson?

— O quê?

A expressão vazia nos olhos de Finn me fez franzir a testa. A confusão dele era genuína, de quem não fazia ideia do que eu estava falando.

— Eu não o vejo desde a briga.

— Não minta para mim, Finn.

— Não estou mentindo. Eu juro. Por que você...? — Ele arqueou uma das sobrancelhas e balançou a cabeça. — Ele terminou com você.

— Você não sabe do que está falando — respondi, virando-me para ir embora.

Finn me chamou.

— Eu não acredito que você esteja tão surpresa assim, Grace. É exatamente o que todo mundo estava tentando te dizer. Ele é uma bomba-relógio, e era só questão de tempo até ele magoar você.

— Ele não é quem você pensa — declarei. Eu conhecia o Jackson. Conhecia os cantos ocultos de sua alma que ele nunca tinha dividido com ninguém. Alguma coisa tinha acontecido e tinha que ser uma coisa muito ruim para ele me mandar embora daquele jeito. — Ele é bom.

— Olhe para minha cara, Grace. Como ele pode ser bom? — argumentou Finn.

— Foi você que começou a briga.

— Eu estava bêbado. Ele estava sóbrio. Além disso, eu conheço você. Eu conheço você melhor do que você se conhece. Ele não é a escolha certa para você. Você é muito melhor do que ele.

Eu ri.

— Essa é boa.

— O que é tão engraçado?

— Que você acha que me conhece. A verdade é que a garota que você conhecia morreu no dia em que você a traiu.

— Ele é um monstro, Grace. Ele vai continuar magoando e decepcionando você. — Eu me afastei sem responder, enquanto as lágrimas escorriam pelo meu rosto. Mesmo assim, Finn continuou falando: — Eu não vou desistir de nós dois, Grace. Não vou parar de lutar por nós.

Achei uma loucura a maneira como a vida funcionava.

Enquanto Finley falava sobre "nós", minha mente estava presa em Jackson e no que tinha maculado seu coração.

— Gracelyn Mae — chamou Autumn, sentada atrás do balcão da recepção. Ela se levantou devagar, revelando a barriga de grávida.

Toda vez que eu a via, queria morrer. Ela correu para o meu lado.

— O que você está fazendo aqui? Alguém se machucou?

— Não aja como se você se importasse.

— É claro que eu me importo. Eu... — Seus olhos ficaram marejados, e senti um frio descer pelo meu corpo. A última coisa que eu queria era que ela começasse a chorar. Eu não tinha tempo para as lágrimas dela. — Você estava conversando com Finn.

Arqueei uma das sobrancelhas, mas não respondi.

Ela continuou a falar, enquanto seu corpo tremia.

— Eu sei que não é da minha conta, mas... As coisas estão bem confusas. Minha própria família mal fala comigo, e agora Finn está tão distante... Vocês dois... Tem alguma coisa...?

Eu cruzei os braços.

— Você está me perguntando se meu futuro ex-marido está traindo você comigo?

As lágrimas dela começaram a escorrer pelo rosto.

— É só que ... Estou tão perdida. Nem sei como lidar com tudo isso. Finn fez um monte de promessas sobre o futuro e eu não...

— Não — interrompi. — Você entende por que nada disso é da minha conta, não entende? Eu não sou mais sua amiga, Autumn Você não pode me contar suas coisas quando foi você que roubou a minha vida. Você entende isso, não é?

Ela deu alguns passos para trás.

— Claro, claro que eu entendo, desculpe.

Quando comecei a me afastar, ouvi um soluço e senti um nó no estômago. Mesmo que eu a odiasse, uma parte de mim ainda sentia pena dela. Pode me chamar de burra ou de idiota, mas a solidão dela foi uma coisa que eu vivi. O ponto em que você questiona todos os seus defeitos que fizeram Finn não voltar para você. O ponto em que duvida de cada batida do seu coração.

Autumn não era uma boa amiga. Ela magoou o fundo da minha alma de mais formas do que eu podia contabilizar, mas as palavras do meu pai passaram devagar pela minha cabeça.

Se você der as costas para um, deu para todos.

— Você o ama? — perguntei olhando para ela.

Com desconforto, ela assentiu, envergonhada de admitir.

— Amo.

— E você se ama?

Mais lágrimas escorreram pelo seu rosto.

— Não.

Suspirei porque aquela era a primeira vez, desde que soube sobre Finn e Autumn, que eu realmente olhei para ela. Olhei além da beleza, além de tudo o que ela era e que eu achei que deveria ser. Enxerguei as rachaduras em sua alma e as cicatrizes em seu coração.

Ela fez uma escolha, assim como Finn. Eles decidiram me trair, e a escolha deles mudou todo o curso da nossa vida. Agora os dois tinham que lidar com as consequências daquilo, assim como eu. Nos olhos dela, quase parecia que ela não sabia quem era ou para onde sua vida estava indo. Além disso tudo, ela ainda precisava descobrir uma maneira de ser forte pelo filho que logo traria ao mundo.

Nos olhos dela vi arrependimento.

Tristeza. Dor.

Autumn não fazia ideia do que estava fazendo.

Estava confusa, destruída e sozinha. Sua família tinha virado as costas para ela, e o pai do filho dela estava correndo atrás de outra mulher. Autumn estava no fundo do poço, e não sabia mais quem ou o que ela era.

Eu sabia exatamente como era aquilo — estar em um lugar tão sombrio que você nem se lembra mais de como é a luz.

— Não dá para amar alguém sem se amar primeiro, Autumn. Isso é impossível — declarei.

— Eu sei, eu sei. É só que... Estou tão perdida — disse ela, chorando.

— Eu sei — respondi. Mesmo que ela não fosse minha amiga e que tivesse me magoado profundamente, eu entendia o que significava estar perdida. Talvez mais até do que a maioria das pessoas. — Mas não tenho obrigação de ajudá-la a se encontrar. Assim como também não é obrigação do Finn. Você tem que fazer isso por você. Caso contrário, vai passar o resto da vida sendo tudo para todo mundo e, em cem por cento dos casos, ainda assim não será o suficiente. Então você tem que escolher você. A partir de agora, tem que se colocar em primeiro lugar. Caso contrário, vai se afogar.

— Obrigada, Grace.

Eu quase respondi, sempre e para sempre, mas não queria mentir para Autumn.

~

— Mãe, você disse alguma coisa para o Jackson hoje? — perguntei, entrando na sala.

— Que bom vê-la também, Gracelyn Mae. Estou feliz de ver que ainda se lembra do endereço de casa. Se você ao menos pudesse se lembrar do caminho da igreja, então tudo ficaria bem — comentou ela com sarcasmo.

— Mãe. Você conversou com Jackson hoje?

— Grace...

— Diga a verdade. — O lábio inferior dela tremeu. Meu coração afundou no peito. — Mãe, como você pôde?

— Olhe para você, Gracelyn Mae. Você não é assim — disse ela, fazendo um gesto para mim.

— Eu gostaria que as pessoas parassem de me dizer isso.

— Mas é verdade. Você não é assim. E está agindo de maneira estranha há muito tempo. Eu falei com ele porque amo você. Eu dou a maior força para você se descobrir. Mas Jackson Emery não é o caminho para isso.

— Você não pode fazer essa escolha por mim. Você não pode controlar a minha vida. Mas Jackson nem quer mais falar comigo. O que foi que você disse para ele?

— Não importa.

— Mãe, por favor, me conte.

Mas ela não contou. Ela não abriu a boca para me dizer a verdade. Eu nem conseguia imaginar o que ela poderia ter dito que pudesse tê-lo feito se afastar daquele jeito, torná-lo tão frio comigo depois de ter se derretido por mim.

— Para mim basta. Estou farta dessa cidade, desse estilo de vida e estou farta de você, mãe. Toda a minha vida, tudo que fiz foi tentar deixá-la orgulhosa de mim e a única vez que me coloquei em primeiro lugar você me deu as costas. E o tempo todo declarando o seu amor por mim. Isso não é amor, mãe. Isso é manipulação. E a minha mente não é mais sua para você controlar.

— Gra...

— Eu nunca mais quero ver você.

— Você não está falando sério — retrucou ela. — Eu sou sua mãe.

— Não. Você é apenas a mulher que me pariu. Não é minha mãe.

Eu me virei e fui embora, sentindo-me cada vez mais sozinha. Quando cheguei à casa de Judy, comecei a arrumar as malas. Não me restava mais nada em Chester, Geórgia.

Eu ia alugar um carro e sair de lá num piscar de olhos.

— Grace? — chamou Judy, entrando no meu quarto. — O que está acontecendo? Acabei de receber uma ligação meio desesperada da mamãe. Você está bem?

— Estou indo embora.

— O quê? Por quê? O que foi que aconteceu? — A voz dela estava assustada, enquanto ela se aproximava de mim. — Fale comigo.

— Não posso. Só preciso ir embora. Vou alugar um carro e voltar para Atlanta e alugar um canto por uma semana até poder me mudar para o meu apartamento. Eu só não posso... — Respirei fundo. — Eu não consigo respirar aqui.

— Está bem. — Ela assentiu. — Eu vou com você. Vou dirigir.

— O quê? Não. Judy, você não precisa fazer isso. Eu posso ir sozinha.

— Sei que pode, mas não vai. Eu vou dirigindo.

Ela não me deixou discutir, e, antes que eu me desse por mim, minha bagagem já estava arrumada no porta-malas do carro dela.

Passamos pelas ruas de Chester e paramos no sinal perto da oficina de Mike.

Consegui ver Jackson marretando o carro quebrado do outro lado da oficina. Quando ele ergueu o olhar, meu coração palpitou.

Judy se virou para mim.

— Você quer se despedir? — perguntou ela.

— Não — respondi, porque mesmo que minha mãe tenha dito alguma coisa para ele, foi uma escolha dele ter ficado frio comigo. Ele podia fazer aquela escolha, como todos os seres humanos podem. Nossas escolhas nos definem. Nós podíamos ir para a direita ou para a esquerda. Podíamos dizer sim ou não. Podíamos segurar ou soltar. Jackson escolheu soltar e, como resposta, eu só poderia fazer o mesmo.

Ele e eu passamos um verão de desejo. De descobertas sobre nós mesmos. De nos perdermos um no outro. De encontrarmos um ao outro. De perdermos um ao outro.

Mesmo que tivesse acabado, eu não me arrependia de nada. Se pudesse voltar no tempo, eu cairia nos braços de Jackson Emery porque, para mim, ele representava possibilidades. Ele significava que mesmo nos dias mais sombrios ainda era possível encontrar a luz. Durante aquele verão, ele se tornou a minha fé, e eu podia jurar que, por um breve momento, eu fui a dele.

No porta-malas escuro do Honda de Judy havia malas descasadas, gastas e rasgadas. Cada uma delas levava um pedaço de mim. Cada uma contava uma história da mulher que eu tinha sido e da mulher que eu estava me tornando. E Jackson Emery, o homem que tinha entrado na minha vida, o homem que tinha feito com que eu me lembrasse da sensação de respirar de novo, ficou olhando enquanto partíamos.

Capítulo 45

Jackson

Ela já tinha ido embora havia algumas semanas, e eu não tinha parado de pensar nela. Eu me esforcei muito para tirar Grace da minha cabeça, mas parecia que sua missão era aparecer em cada pensamento meu.

Eu não me importava.

Se não podia tê-la, podia viver das lembranças do que tínhamos vivido.

Em uma noite fria de setembro, recebi a ligação que eu temia havia anos. A ligação virou meu mundo de ponta-cabeça e me deixou tonto e confuso.

— Jackson, é o Alex. Seu pai está na UTI.

No instante em que as palavras foram ditas, senti como se eu estivesse morrendo. Corri para o hospital e, quando cheguei à recepção, entrei em pânico.

— Oi, meu pai foi trazido para cá. Ele está na UTI, eu... eu... e... — comecei a gaguejar enquanto a recepcionista olhava para mim.

Autumn.

— Mike Emery. Sim. Vou procurar em que quarto ele está, Jackson — disse ela, digitando alguma coisa. — Ele está no quarto 234 O elevador fica no fim do corredor, à esquerda.

Comecei a andar antes de ela terminar de falar. Comecei a correr e subi a escada. Meu coração estava na boca enquanto eu corria até o quarto 234 e, quando cheguei, Alex estava conversando com o médico no corredor.

— O que está acontecendo aqui? — gritei, dando um passo à frente. — Qual é o lance? — A raiva me tomou por inteiro quando vi Finn olhando para mim. — Você é o médico dele?

— Sou e...

— Não. Eu quero outro médico.

— O quê? Sinto muito, eu sou o único de plantão aqui e...

— Eu não estou nem aí. Ligue para outro médico — ordenei. A última coisa que eu queria era aquele babaca cuidando do meu pai.

— Olha só, Jackson, eu sei que nós tivemos nossos problemas, mas eu quero que você saiba que meus pacientes são a minha prioridade — declarou ele. — Meus problemas pessoais não vão afetar o tratamento do seu pai.

— Eu não acredito em você. Eu quero outro médico — declarei entredentes. Meu sangue estava pulsando nas veias, e eu não tive a chance de me controlar desde a ligação do Alex.

— Jackson — interrompeu-me Alex. — Só ouça o que ele tem a dizer. Ele estava me dando informações sobre a condição de Mike.

Fiz uma careta e não disse mais nada. Cruzei os braços e olhei nos olhos de Finn. Eu não confiava naquele babaca, mas, naquele momento, eu não tinha escolha.

— Seu pai está em coma alcoólico. Seu tio o encontrou desmaiado com vômito na boca e logo chamou a ambulância. Ele ainda não acordou, mas estamos trabalhando para estabilizá-lo. Estamos monitorando as vias respiratórias e mantendo a circulação e a respiração. Agora é basicamente uma questão de esperar até ele acordar.

— Isso é tudo? — perguntei. — Tudo que você pode fazer é esperar? Você está de sacanagem comigo.

Finn franziu a testa, e senti vontade de dar um soco na cara dele.

— Eu gostaria de ter mais informações, mas isso é tudo que temos.

Eu queria xingá-lo, mas não fiz isso. Entrei no quarto de hospital do meu pai e o vi ligado a todas aquelas máquinas, e jurei que meu coração morreu de novo.

— Merda — praguejei, soltando o ar e puxando uma cadeira para o lado da cama dele. Baixei a cabeça e funguei.

Ele estava péssimo. Tão magro e fraco, e parecia que aquelas máquinas é que o estavam mantendo vivo.

— Eu não acredito que você fez isso — falei, pegando a mão dele. — Olha só, eu não tenho tempo para isso, então será que você pode acordar agora? Está bem? — Cutuquei seu braço. — Acorde, por favor!

— Jackson... — A voz de Alex era baixa, e eu o ignorei.

— Acorde logo, seu merda — pedi para o meu pai, o homem que um dia tinha sido o meu herói.

Meu peito queimava enquanto eu engasgava com as minhas palavras e as lágrimas escorriam dos meus olhos. Minha cabeça se apoiou nas nossas mãos unidas e eu comecei a me descontrolar.

— Por favor, pai — pedi com um sussurro. — Acorde, por favor.

Sete horas se passaram e ele ainda não tinha acordado. Eles usavam o termo coma alcoólico e diziam que tudo que podiam fazer era esperar.

Eu estava farto de esperar.

— Jackson — chamou uma voz da porta.

Eu estava na mesma cadeira, na mesma posição, desde que tinha chegado. Ergui o olhar e vi Judy parada ali. Ela me deu um sorriso.

— Oi, Jackson.

Ver os olhos dela me fez sentir saudade de Grace.

— O que você está fazendo aqui? — perguntei.

— Ouvi sobre o que aconteceu com seu pai. Você sabe que as notícias viajam bem rápido por aqui. Então achei que você ia precisar de alguém para ficar um pouco com você. — Senti um nó no estômago, mas não respondi quando ela entrou no quarto. Ela se sentou e sorriu novamente. — Você está bem?

— Não.

— Tudo bem. Tudo bem não estar bem. Mas saiba que você não está sozinho.

Baixei a cabeça, surpreso por Judy estar ao meu lado. Ela não me devia nada, nem um minuto do seu tempo, nem um pouco da sua energia, mas estava ali, sentada ao meu lado, dizendo que eu não estava sozinho.

— Por que você está aqui? — perguntei.

— Porque eu fiz uma promessa.

— Para quem?

— Para a minha irmã.

Eu me virei para ela, confuso.

— Como assim?

— Eu a levei de volta a Atlanta algumas semanas atrás, e, quando eu estava pronta para partir, ela me pediu para fazer uma coisa.

— E o que foi?

— Tomar conta de você.

Eu fiz uma careta e uni as mãos. Fiquei batendo com os pés no piso de ladrilho.

— Estou com saudade dela — confessei.

— Eu sei — respondeu Judy. — E ela também está. O que torna muito difícil entender por que vocês não estão se falando.

— É complicado.

— Não é. — Ela negou com a cabeça. — Não é, não. Se apaixonar por alguém não é difícil. É a coisa mais fácil do mundo. É tudo que está em volta que dificulta as coisas. Mas o sentimento que vocês têm um pelo outro? Isso é fácil e, se você permitir que ele aconteça, vai ficar muito feliz. Mas vocês dois podem resolver as coisas no seu tempo. Por ora, eu só vou ficar aqui com você, se você quiser, tudo bem?

— Está bem. — Assenti. — Pode ficar.

Ficamos em silêncio, olhando as linhas piscarem nas máquinas enquanto meu pai lutava pela vida.

— Será que você poderia não contar nada disso para Grace? — perguntei. — Por favor, eu não quero que ela fique preocupada.

— Se é isso que você quer, eu vou respeitar. Mas não tem problema precisar dela. Não tem problema precisar das pessoas.

Não respondi o comentário dela. Só agradeci por ela ter ficado comigo naquela tarde. Ela deu um sorriso e apertou o meu joelho de leve.

— Sempre e para sempre.

Se ela soubesse o que aquilo significava para mim.

Dias se passaram e nada mudou. Judy ia até lá todos os dias e ficava comigo sempre que Alex não estava. Não conversávamos sobre nada; ficávamos simplesmente em silêncio, esperando que meu pai abrisse os olhos. Quando a noite de sexta-feira chegou, eu me sentei no quarto e quando ouvi uma voz na porta ergui o olhar. Senti o peito queimar.

— Gracelyn — murmurei, me levantando.

— Oi.

— O que você está fazendo aqui?

Grace ficou parada na porta.

— Posso entrar?

Assenti e ela entrou devagar. Doeu muito quando vi o temor em seus olhos ao ver meu pai.

Ele estava péssimo e isso era óbvio.

Então ela olhou para mim.

Doeu muito ver a expressão de tristeza em seus olhos ao me ver.

Eu estava péssimo, e isso era óbvio também.

Ela não disse mais nada, mas me envolveu em seus braços e me puxou para perto dela.

Meu Deus, como senti falta disso.

Senti saudade dela. De nós.

— Sinto muito — sussurrou ela.

— Eu também — respondi.

Eu a abracei por um tempo, com medo de soltá-la e descobrir que ela era só uma miragem.

Quando finalmente a soltei, fui até a janela e respirei fundo.

— Ele está em coma — contei, a voz falhando. — Já está assim ná dias agora e, se não acordar... — Minha voz falhou e eu passei a mão pelo cabelo. — Eu o odeio — revelei. — Eu o odiei por tanto tempo. Pela pessoa que ele se tornou, pela pessoa na qual ele me transformou. Mas se alguma coisa acontecer com ele... Se eu o perder... — Fechei os olhos. — Ele é meu pai, Grace. Ele é tudo que eu tenho, e se eu perdê-lo, vou perder meu mundo.

Enxuguei uma lágrima teimosa que escorreu pelo meu rosto.

— Jackson, venha aqui — pediu ela suavemente. Eu odiava como a suavidade da sua voz trazia um pouco de tranquilidade para a minha mente.

— Não — respondi. — Eu estou bem. Como você sabia que eu estava aqui? Eu pedi para Judy não contar para você.

— E ela não contou, mas você mora em Chester, Geórgia. As notícias se espalham bem rápido por aqui e chegam até Atlanta. Agora venha aqui.

— Eu estou bem. Sério. Você pode ir — falei para ela, olhando para o meu pai.

— Jackson — chamou ela, colocando a mão no meu ombro. Ela então estendeu a outra mão para mim. — Por favor, venha aqui.

Suspirei e dei a minha mão a ela. Ela me puxou para outro abraço apertado.

Ela não era uma miragem.

Ela não era um sonho.

Ela era real... Ela estava comigo.

— Eu estou bem — afirmei.

— Mentira — respondeu ela.

— Gracelyn...

— Não... — Ela negou com a cabeça e colocou a mão no meu peito. — Você não pode discutir comigo sobre isso, está bem? Você tem que me deixar abraçá-lo por um tempo. Então só fique quieto e me deixe fazer isso, está bem?

Eu respirei fundo e a puxei para mim.

Conforto.

Eu não estava acostumado com isso, mas estava muito acostumado com o sofrimento. Naquela tarde, Grace me ofereceu tanto conforto que, mesmo se eu quisesse deixá-la ir, meu coração não teria permitido.

— Obrigado — sussurrei, puxando-a para mais perto e descansando a testa na dela. — Obrigado por voltar.

— Sempre — respondeu ela suavemente, sua respiração tocando os meus lábios. — E para sempre.

Capítulo 46

Grace

Eu não havia saído do hospital desde que descobri que o pai de Jackson foi internado. Eu saí para procurar comida e café para Jackson porque tinha certeza de que ele não sairia do lado daquela cama e, quando estava voltando para o quarto, senti um frio na espinha.

— Grace, o que você está fazendo aqui?

Eu me virei e vi Finn olhando para mim.

— Como assim o que eu estou fazendo aqui? O pai do Jackson está internado e estou aqui para dar uma força para ele.

— Ele ligou para você? — perguntou Finn, parecendo surpreso.

— Não, mas estou surpresa por você não ter ligado. Eu sei que estamos passando por muita coisa, mas você não me contar que sabia que o pai de Jackson estava aqui... Você deveria ter me contado.

— Eu não podia. Confidencialidade médico-paciente.

— Ah, fala sério. Você deveria ter me contado!

— Não, eu não poderia e, francamente, não sei como você ficou sabendo — declarou ele.

— Eu contei para ela — revelou Autumn, aparecendo atrás de nós.

— Você fez o quê? — Finn gritou com ela. — Por que você faria uma coisa dessa?

— Só achei... — Ela suspirou. — Eu passei pelo quarto do Jackson e o vi sentado sozinho lá. O tio dele foi trabalhar e Jackson passou o dia inteiro sozinho. Eu só achei que seria bom ele ter o apoio de alguém.

— Você não deveria ter se metido — rosnou Finn, ficando com o rosto vermelho. — Você passou dos limites.

— E eu estou feliz que ela tenha feito isso — declarei. Eu não conseguia olhar para Autumn porque vê-la ainda me fazia sofrer.

— Ela não deveria ter se metido e, Grace... Jackson Emery não é o tipo de pessoa de que você precisa agora.

— Não é você que decide isso.

— Ele é perigoso. *Violento*.

— Nós não vamos fazer isso de novo, Finn. — Parecia que estávamos correndo sem sair do lugar toda vez que nos encontrávamos. — Foi você que começou aquela briga.

— Foi ele que revidou.

— Você o deixou com o olho roxo!

— Ele mereceu!

— Não é você quem decide isso. Você foi atrás dele para começar a briga! Ele não fez nada de errado — falei, irritada.

— Ele é um peso na sua vida. Você não deveria ser amiga dele.

— E você não pode tomar esse tipo de decisão por mim.

— Ela está certa, Finn — interveio Autumn, entrando na conversa.

— Autumn, será que você pode ficar fora da porra desse assunto?! Estou tentando conversar com a minha mulher aqui! — exclamou ele, e no instante que as palavras saíram da sua boca, eu senti como elas devem ter magoado Autumn.

Sua mulher.

Eu finalmente olhei para ela e vi o peso do seu olhar.

Então veio o constrangimento, a culpa e a vergonha.

— Desculpe. Fique à vontade para conversar com a *sua mulher* — disse ela, antes de se virar e ir embora.

Finn suspirou e apertou o topo do nariz.

— Meu Deus, não foi isso que eu quis dizer. Eu só... — Ele parou de falar, e Autumn continuou andando. — *Merda!* — Ele ficou ali parado por um momento, olhando para mim, sem saber o que dizer. — Eu não sei bem o que fazer — confessou.

Respirei fundo e balancei a cabeça.

— Você tem duas opções: pode ficar aqui comigo ou ir atrás dela — expliquei de forma direta. — Mas pode acreditar quando digo que ficar aqui comigo não vai trazer absolutamente nada para você.

Ele suspirou e assentiu. Então se virou para ir atrás de Autumn.

— E, Finley?

Ele olhou para mim com aqueles olhos azuis que eu costumava amar.

— O quê?

— Você não tem mais uma mulher. É hora de me libertar.

Nenhuma outra palavra foi dita porque ele sabia. Ele já sabia que tudo estava acabado e terminado entre nós.

Não era segredo para ninguém que nossa história tinha chegado ao seu último capítulo, e algumas histórias simplesmente não tinham um final feliz.

Algumas histórias simplesmente acabavam.

Mais dois dias se passaram, e Mike ainda não havia acordado. Eu estava doente de preocupação. Jackson estava se descontrolando, e eu não sabia como ajudá-lo a se manter firme. Ficávamos sentados no sofá do hospital, e eu me apoiava nele enquanto ele fechava os olhos, e me concentrava na respiração dele. Às vezes eu trazia um livro e lia em voz alta para evitar que ele enlouquecesse.

— A gente devia ir até a sua casa para você tomar um banho — sugeri.

Ele negou com a cabeça.

— Eu não quero sair daqui.

— Você já está aqui há dias, Jackson. Assim que as coisas mudarem, eles vão avisar. Nós só precisamos levar você para casa, para descansar um pouco por algumas horas.

Ele assentiu devagar e finalmente cedeu.

Caminhamos no mais absoluto silêncio, e, quando vi que o corpo dele começou a se curvar, peguei a mão dele e dei um aperto leve para que soubesse que não estava sozinho.

Chegamos à casa dele, abri o chuveiro e peguei uma muda de roupa. Coloquei as roupas na bancada do banheiro e fui chamá-lo na sala.

Ele estava diante de um dos quadros da mãe, olhando para eles com muita tristeza.

— O banho está pronto — avisei.

— Obrigado.

Ele pigarreou e entrou no banheiro. Então, colocou a cabeça para fora.

— Grace?

— Hã?

— Você pode ficar aqui comigo?

Posso.

Fui até o banheiro com ele, e nós nos despimos bem devagar. O único som que ouvíamos era o do chuveiro na banheira. Entrei primeiro, e ele me seguiu. Ficamos em silêncio, enquanto ele ensaboava as minhas costas e eu lavava o cabelo dele. Nós enxaguamos a nossa pele, nossas mágoas, nossos medos e, quando o sabonete escorreu todo no nosso corpo, continuamos na água quente.

Jackson pressionou a testa na minha e fechou os olhos. Senti a respiração dele na minha pele, enquanto ele inspirava e expirava.

— Eu não posso perdê-lo, Grace — declarou, suavemente, e vi suas lágrimas se misturarem com a água que escorria por sua pele. — Eu não posso perdê-lo.

Senti o peso de suas palavras; então, pela primeira vez, fiz a única coisa que eu conseguia pensar quando a vida parecia tão fora de controle.

Fechei os olhos, respirei fundo e comecei a orar.

Querido Deus, sou eu, Gracelyn Mae...

Capítulo 47

Jackson

Ele não acordava, e cada dia que passava a probabilidade de ele acordar era menor. No domingo de manhã eu estava cansado de ficar olhando para o meu pai na cama do hospital, mas não sabia ao certo o que eu poderia fazer. Não podia sair por longos períodos porque sentia que ele poderia morrer sozinho porque eu não estaria com ele quando isso acontecesse.

Sei que parece besteira, mas, quando perdi minha mãe, ela estava sozinha. Ela morreu sozinha, sem ninguém, e eu não conseguia imaginar aquilo acontecendo com meu pai.

Eu nunca me perdoaria se não estivesse ao lado dele quando ele acordasse ou partisse para sempre.

— Logo chegará a hora em que teremos que tomar algumas decisões importantes — informou Finn no quarto do hospital enquanto Grace estava em um canto. Sempre que ele chegava, ela soltava minha mão, só para facilitar as coisas para todo mundo.

Finn começou a falar sobre as opções e, então, mencionou que meu pai talvez nunca saísse do coma. Assim, os próximos passos precisavam ser considerados.

— Você quer dizer desligar os aparelhos? — perguntei.

— Estou dizendo que temos que fazer a melhor escolha para a vida dele. Vou dar a você algum tempo para pensar em tudo.

Eu assenti e, antes de ir embora, ele olhou mais uma vez para Grace.

— Ele ainda ama você — sussurrei, baixando a cabeça e olhando para as minhas mãos. Eu não sabia por que aquilo me incomodava, mas incomodava. Eu não conhecia Grace há tanto tempo assim, e nós deixamos bem claro o que um significava para o outro. Mesmo assim, ver como ele olhava para ela me magoava.

Uma parte de mim se perguntava se, com o passar do tempo, ela voltaria a olhar para ele do mesmo jeito.

— Ele ama a ideia de mim — declarou ela. — Mas, para dizer a verdade, ele nem me conhece mais. Além disso, acho que é mais um lance de "querer o que não pode ter". Ele só me quer porque acha que você me tem.

Eu me virei para ela e dei um sorriso triste. Eu queria falar tudo que estava passando pela minha cabeça. Queria abrir meu coração e dizer a ela o que eu estava sentindo, mas segurei a língua.

Mais tarde naquela noite, ela voltaria para Atlanta para seguir seu futuro, e eu ainda estaria em Chester, preso ao meu passado.

Se houvesse uma maneira, porém, eu gostaria que ela pudesse ser minha porque tantas partes de mim queriam ser dela.

— Eu estava pensando — começou ela, voltando para o sofá. Ela se sentou e cobriu as minhas mãos com as dela. — Às vezes, minha família recebe uma pessoa que está passando por dificuldades, e nós oramos e oferecemos um jantar para ajudá-la a superar os tempos difíceis. Achei que você talvez pudesse ser nosso convidado esta noite, antes de eu voltar para Atlanta.

Arqueei uma das sobrancelhas.

— Achei que você tivesse parado de orar.

Ela deu de ombros.

— Parei, mas comecei a orar de novo.

— Por mim? — perguntei.

Ela concordou com a cabeça.

— Por você.

Eu não orava, não acreditava em Deus, mas, por algum motivo, aquilo significou tudo para mim, mais do que ela poderia saber.

— Sua família me odeia.

— Só minha mãe, e não se preocupe, porque ela talvez me odeie mais do que odeia você — brincou ela.

— Claro que não.

— Como você sabe?

— Porque ninguém consegue odiar você, Grace. Pode acreditar. — Acariciei a palma das mãos dela com os polegares. — Eu tentei.

— Eu não vi nem falei com a minha mãe desde a última briga que tivemos, então talvez seja um pouco estranho vê-la, mas, quando ela vir quem você é, quem você é de verdade, ela vai entender o que eu vejo.

— Mesmo que ela não consiga, não tem problema. Você deve fazer as pazes com ela, independentemente de qualquer desentendimento ou drama — declarei, olhando para o meu pai. — Porque, no fim das contas, esses desentendimentos não importam. O que importa mais é a família, mesmo que ela seja um pouco confusa.

Ela engoliu em seco.

— Você está me encorajando a fazer as pazes com a minha mãe?

— Você nunca vai se perdoar se não fizer isso.

— Você não está errado... Então você vem? Seria bom espairecer um pouco. Só por um tempinho. — Ela era boa nisso, em me fazer respirar quando eu me esquecia como. — Aceite, por favor — implorou ela.

Então eu aceitei.

Eu me senti estranhamente nervoso, parado na frente da casa dos pais da Grace. Se meu pai soubesse que eu estava diante da casa dos Harris para orar pela vida dele, teria se recuperado rapidinho, só para poder me matar. Mas Grace tinha um jeito de me convencer a fazer coisas que eu normalmente não faria.

— As flores são bregas? — perguntei. Eu tinha comprado uma dúzia de rosas vermelhas para Loretta Harris. E o céu estava em chamas e o inferno, congelado.

— São perfeitas — assegurou ela. — Está tudo bem. — Ela apertou minha mão para me dar um pouco de conforto, mas aquilo não durou depois que a porta se abriu e Loretta apareceu diante de nós.

— Mas o que é que ele está fazendo aqui? — ofegou ela, olhando para mim.

— Eu avisei que ia trazer uma pessoa que estava precisando de orações. Lembra, mãe?

— Lembro — respondeu ela com voz fria e baixa. — Mas você se esqueceu de mencionar que era *ele*. — Ela cuspiu a última palavra como se eu fosse uma doença.

Eu não poderia culpá-la — eu costumava fazer o mesmo com o nome da família dela.

— Verdade, mas nós damos as boas-vindas a todos em nossa casa, não é, Loretta? — interveio o marido dela, chegando ao vestíbulo. Ele olhou para mim e me cumprimentou com um gesto de cabeça, que eu não retribuí. Quanto mais tempo eu ficava ali, mais eu me arrependia da minha decisão.

Pigarreei.

— Eu trouxe flores

Loretta as olhou.

— Estou vendo — murmurou ela.

— Muito gentil da sua parte — comentou Samuel. — Obrigado, Jackson.

Loretta se virou para o marido e resmungou ao passar por ele:

— Isso é um grande erro. — Ela se afastou.

Samuel olhou para mim e sorriu.

— Estamos felizes por recebê-lo, Jackson. Sinto muito pelo seu pai.

Mesmo assim, não respondi, mas quando ele estendeu a mão para mim, eu a apertei.

Quando entramos na casa, meus olhos pousaram no quadro no vestíbulo e senti um nó no estômago.

Eu tinha quase certeza de que aquela casa era o último lugar em que aquele quadro deveria estar.

O jantar foi estranho para mim. Quando todos estavam à mesa, eles começaram a orar, e fiquei sem saber o que fazer, então fiquei olhando para o relógio na parede. Por quanto tempo será que as pessoas oravam? E se as orações funcionavam mesmo, era necessário fazer por um período definido?

Eu me senti inquieto durante toda a refeição, mas Judy e seu marido, Hank, amenizaram um pouco as coisas. Eles pareciam muito com Grace, e isso facilitou um pouco as coisas para mim. Eles realmente pareciam boas pessoas.

— Mãe, você não vai mostrar a casa para o Jackson? — perguntou Grace. Ela, então, olhou para mim. — Ela sempre mostra a casa para as pessoas. Esse lugar é seu orgulho e sua alegria.

Ela fulminou Grace com o olhar.

— Não. Tenho que lavar a louça.

Judy deu uma risada.

— E desde quando você lava a louça, mãe?

Loretta censurou a filha e se levantou, enquanto pegava as coisas.

— Desde sempre, Judith Rae. Agora venha me ajudar.

Judy revirou os olhos em direção a Grace e fez uma careta, o que me fez rir. Pelo menos eu não era o único que Loretta irritava.

— Pode deixar que eu mostro para ele — ofereceu Samuel, levantando-se. — Eu queria mesmo ter uma conversa com ele.

— Conversar com ele sobre o quê? — perguntou ela, deixando transparecer todo o seu nervosismo.

— Coisas entre nós dois, isso é tudo. Que tal você e Hank ajudarem a tirar a mesa? Venha, Jackson, vamos fazer um passeio.

Eu sabia que não tinha escolha, não mesmo, então me levantei e o acompanhei.

Enquanto andávamos pelos jardins, Samuel começou a falar sobre tudo.

Contou histórias sobre as orquídeas, sobre os arbustos de frutas e sobre a piscina usada para os batismos, mas eu o interrompi quando ele começou a falar sobre as quadras de tênis.

— Nós não precisamos fazer isso — falei.

— Fazer o quê?

— Jogar conversa fora.

Ele fez uma careta e parou de andar, sabendo exatamente aonde eu queria chegar. Ele cruzou os braços e olhou para mim.

— Nós nunca conversamos em todos esses anos, não é? — perguntou ele.

— Eu nunca tive nada para dizer a você — afirmei de forma dura, sentindo um aperto no peito. Ele nem piscou diante das minhas palavras, provavelmente porque sabia que as merecia.

— Jackson... A Loretta me disse que você sabe sobre mim e sua mãe.

Fiquei tenso.

— Sei.

— Eu nem posso imaginar o que essa descoberta causou em você. Sinto muito que você tenha tido que descobrir daquela forma. Que você tenha descoberto, na verdade.

— O quadro no vestíbulo... sua mulher sabe quem pintou?

Ele apertou o topo do nariz antes de tirar os óculos e colocá-los na cabeça. Depois negou.

— Não.

— Alguém mais sabe?

— Não.

Eu suspirei e me virei para ele.

— Ela contou para o meu pai. Ela nunca disse que era por você que tinha se apaixonado, mas que havia outro homem. Minha mãe disse todas as palavras que o mataram por dentro, e você pendura um quadro dela na sua casa. Bem na cara da sua mulher. Isso não parece ser algo de um homem de Deus.

— Se as coisas tivessem acabado de outra forma... — Ele fez uma pausa e respirou fundo. — Eu não teria mantido as coisas em segredo.

— Bem, sorte a sua poder levar esse assunto para o seu túmulo. Seu legado permanecerá imaculado.

— Jackson, as coisas são complicadas.

— Não são, não. Tudo isso só é triste por causa da minha mãe... — Minhas mãos começaram a suar e fechei os olhos. — Minha mãe merecia ser amada para o mundo ver. E você manteve o luto em segredo.

Ele baixou a cabeça.

— Eu a amei como eu nunca tinha amado antes, e me culpo pelo que aconteceu todos os dias.

— Não foi culpa sua. Pelo menos não só sua. Você sabia que minha mãe era casada, e sabia muito bem que você era casado. Mesmo assim você traiu ambas as famílias ao criar uma história que nunca deveria ter acontecido. Meu pai passou anos ingerindo álcool em uma tentativa de curar o coração partido que ela deixou para ele. Antes mesmo que ele tivesse a chance de começar a odiá-la, teve que ficar de luto pela morte dela, e agora está lutando pela vida, contra os demônios que você colocou dentro dele.

— Eu sinto muito pelo seu pai. Eu tenho orado...

— Nós não queremos as suas orações — declarei de forma direta. — Eu não vim aqui para isso, para receber a sua orientação, não vim por você nem pelo seu deus. Sério, eu não acredito em nenhum dos dois.

— Então por que você veio?

— Porque Grace me pediu para vir. Ela queria que eu viesse. Eu não acredito em você nem no seu deus, mas acredito nela. Ninguém ficou ao meu lado na minha vida, exceto ela, então o mínimo que posso fazer é ficar ao lado dela também. Essa família significa muito para Grace, então é por isso que estou aqui. Por ela e só por ela.

Ele baixou a cabeça e uma expressão de culpa apareceu em seu rosto.

— Se ela descobrir sobre o que aconteceu...

— Ela nunca vai perdoá-lo, eu sei, e foi por isso que não contei nada. Você é tudo para ela, e só porque você é o demônio da minha família, não significa que não pode ser o anjo da dela. Não vou destruir a imagem que ela tem de você.

— Obrigado — agradeceu, com sinceridade. Ele pigarreou e cruzou os braços. — Posso fazer uma pergunta? Seu pai atacou a igreja por causa do que aconteceu entre mim e sua mãe, não é?

— Acho que sim.

— E como foi que ele descobriu sobre nós dois?

— Não faço a menor ideia. Ele não falava no assunto.

Ele baixou o olhar.

— Eu nem posso imaginar o que isso fez com ele.

— Você não precisa imaginar. O estado atual dele é uma prova viva das feridas dele.

Ele franziu o cenho.

— Obrigado novamente, por não contar para Grace.

— Tudo bem. Mas isso me faz pensar... Você não quer contar para ela porque não quer que ela veja você de forma diferente, não é? Porque você quer que ela continue amando você por quem ela acha que é?

— Exatamente.

— Mas é isso que você realmente quer? Quer o amor das pessoas ao manter segredos delas ou quer o amor verdadeiro delas quando elas virem todos os seus defeitos?

Ele não respondeu, tirou os óculos e apertou o topo do nariz de novo.

— Vocês dois estão sérios demais — ouvi uma voz atrás de mim e fiz uma careta ao me virar e ver Grace parada ali. — O que está acontecendo?

— Nada de mais — respondi. — Só um papo de homem.

— Você está mentindo. Você sempre sorri quando está escondendo alguma coisa de mim. Pai? O que foi?

— Nada de mais — repeti, pegando as mãos dela. — Mas eu preciso voltar para o hospital agora.

— Eu vou com você — disse ela, mas neguei com a cabeça.

— Não, fique mais um pouco com sua família. Só passe lá antes de ir embora, está bem?

Ela assentiu e me puxou para um abraço.

— Tudo bem, mas se você precisar de qualquer coisa, me avise.

Enquanto ela me abraçava, eu a abracei com mais força e senti com cada fibra do meu ser.

Eu a amava.

Eu estava apaixonado por cada parte da sua alma.

Capítulo 48

Grace

— O jantar foi bom — comentou Judy enquanto terminávamos de arrumar a cozinha naquela noite. — Estou feliz por tê-lo trazido aqui.

— Você acha que as coisas saíram bem? Mamãe não disse muita coisa. — Franzi a testa. Eu ainda achava incrível que, mesmo depois de tudo que tinha acontecido, eu ainda desejasse a aprovação dela. Talvez isso nunca acabasse de verdade. Talvez uma pessoa sempre desejasse o amor e a compreensão dos pais.

— Talvez o fato de ela não falar tenha sido bom — comentou Judy. — Talvez isso signifique que ela está absorvendo tudo.

— Espero que sim. — Eu realmente esperava que sim.

— Eu nunca vi aquele olhar antes — comentou minha mãe, entrando na cozinha e encostando no batente. A voz dela era tão suave e baixa que quase não acreditei que fosse minha mãe mesmo. — O jeito como aquele rapaz olhou para você. O jeito como você olhou para ele... — Os olhos dela ficaram marejados, e ela enxugou as lágrimas que escorreram. — Eu não tinha entendido.

— Mãe... — sussurrei, surpresa com a emoção que via nos olhos dela. Em toda a minha vida, eu nunca a tinha visto chorar. Nem mesmo nos períodos mais difíceis.

— Minha teimosia me impediu de entender. Meu orgulho ficou no caminho, mas Gracelyn Mae, o jeito como vocês olham um para o outro esclareceu tudo para mim. É como se vocês realmente se vissem. Eu nunca vi isso em toda a minha vida.

— A não ser por você e pelo papai — comentou Judy.

Minha mãe franziu a testa.

As lágrimas continuavam caindo.

— O que está acontecendo? — perguntei, completamente confusa diante das emoções dela.

Ela não conseguia falar. Judy e eu fomos até ela e a abraçamos. Eu não fazia ideia do que estava causando tanto sofrimento. Eu não sabia por que ela estava desmoronando daquela forma. Tudo que eu sabia é que ela precisava de mim por perto, e era exatamente onde eu estaria.

É muito doloroso testemunhar tamanho sofrimento nos pais.

É como se você visse a sua Mulher-Maravilha despencar do céu.

— Está tudo bem? — perguntou meu pai, entrando na cozinha. Os óculos estavam na cabeça dele, no alto da cabeça, como sempre, e suas mãos estavam enfiadas nos bolsos enquanto nós consolávamos a nossa mãe.

— Ele a ama, Samuel — declarou minha mãe, apontando para mim. — Aquele rapaz ama a nossa filha.

— O quê? Não... — sussurrei. O Jackson não me amava...

Jackson Emery simplesmente não amava

— Ama — concordou meu pai. — Ele ama, sim.

Minha mãe enxugou os olhos

— Mesmo depois do que falei para ele, ele ficou do lado dela. Durante todos esses anos, eu venho tentando apagar aquela mulher das nossas vidas, e agora vem o filho dela e se apaixona pela minha filha.

— Aquela mulher? — perguntei. — O que você quer dizer com isso?

Minha mãe enxugou as lágrimas e saiu de lá, deixando-nos, Judy e eu, completamente confusas. Eu me virei para o meu pai.

— Pai? Do que ela está falando?

Ele engoliu em seco e eu vi a emoção que tinha tomado conta da minha mãe brilhar nos olhos dele.

— Nós temos que conversar.

— Você está chateada — comentou meu pai, indo me encontrar no degrau da varanda, onde eu estava sentada pelos últimos dez minutos, depois de ele ter me revelado sobre o seu passado.

— Estou confusa — corrigi.

Ele se sentou ao meu lado, a culpa estampada no rosto enquanto olhávamos para o céu noturno.

— A mãe do Jackson... Você a amava? — perguntei.

— Amava.

— Se ela estivesse viva, você estaria com ela?

Ele franziu a testa.

— Estaria.

— Você ama a mamãe?

— Sua mãe sempre foi a minha rocha.

Eu dei uma risada, meneando a cabeça.

— Não foi isso que eu perguntei.

— Eu sei.

— Antes de Hannah Emery, houve outras mulheres? Ou ela foi a única?

— Grace... você precisa compreender... — começou ele, e eu revirei os olhos.

— Não. Eu já entendi. Você foi infiel à mulher que se manteve ao seu lado apesar de tudo. Tudo faz sentido para mim agora. Minha mãe me pressionar tanto para eu voltar para o Finn. Ela realmente acredita que não importa o que aconteça, você deve ficar ao lado do seu homem. Foi isso que ela fez. Ela sempre ficou ao seu lado, e você continuou com suas traições.

Ele fungou, olhando para o céu estrelado.

— Eu cometi muitos erros.

— Você tem razão nisso, e usou a lealdade dela para abusar do coração. Não é de estranhar que tenha ficado tão fria. Ela não sabe mais o que é o amor.

— Você me odeia — declarou ele.

— Sim. — Fiz uma pausa. — Não.

Meus sentimentos pelo meu pai ficaram complicados, de repente. Parecia que eu tinha sido atingida por um trem e deixada para juntar os cacos da minha alma.

— Quando cheguei aqui no verão, você me disse que nós fomos criados para sentir e, às vezes, esses sentimentos ficavam desordenados. Você disse que o coração pode bater por amor em um instante e, no próximo, o ódio aparecia. É assim que estou me sentindo agora. Simplesmente confusa.

— Sinto muito.

— Eu sei. É engraçado. Eu sempre me perguntei onde eu tinha errado com Finn. Como eu tinha caído em um relacionamento no qual o fundamento da lealdade não existia. — Respirei fundo e olhei para as mesmas estrelas que ele olhava naquela noite. — Acontece que eu me casei com um homem que era exatamente como o meu pai.

— Eu a decepcionei.

— Decepcionou, sim, mas eu vou ficar bem. Sou mais forte do que jamais achei que seria. Todos nós somos, no fim das contas. Mas eu queria pedir um favor.

— Qualquer coisa.

Minha mãe tomou os meus pensamentos. Eu não conseguia imaginar como ela se sentia perdida. Como sua alma devia estar magoada. Apoiei a cabeça no ombro dele e fiz meu único pedido:

— Ou você a ama de forma completa ou a deixa livre para partir.

Capítulo 49

Jackson

Meu pai acordou naquela noite.

Os médicos e as enfermeiras estavam no quarto dele, e eu estava esperando do lado de fora até que me deixassem entrar de novo. Eu não sabia como lidar com aquilo. Os batimentos do meu coração não se acalmavam.

Ele estava acordado, e a primeira pessoa para quem eu mandei uma mensagem foi Grace.

Sempre que alguma coisa boa ou ruim acontecia, ela era a primeira pessoa para quem eu queria contar. Sempre que eu dormia, era ela que eu queria que estivesse ao meu lado. Eu não era um homem de orações, mas se orar significava que eu teria Gracelyn Mae, eu cairia de joelhos todas as noites.

— Ele acordou? — perguntou Grace, vindo na minha direção. Antes de eu poder responder, ela me abraçou. — Jackson, isso é incrível. — Ela abriu um grande sorriso. — Incrível mesmo.

— Talvez as orações da sua família tenham funcionado — brinquei.

— Minha família... — Ela desviou o olhar e deu um passo atrás. O sorriso morreu nos lábios, e sua expressão demonstrou toda a sua tristeza. — Eu tenho que contar uma coisa para você.

— Pode contar.

Ela engoliu em seco.

— Era o meu pai. Ele era o homem com quem sua mãe estava tendo um caso.

Enfiei as mãos no bolso.

— É, eu sei.

— O quê?

— Foi isso que sua mãe me contou algumas semanas atrás. Foi isso que fez com que eu me afastasse de você, e eu me odeio por isso. Por permitir que as feridas dos nossos pais tenham me feito fugir de você. Eu devo a você um pedido de desculpas por isso. Pelo modo como desisti de tudo. Foi egoísta e infantil da minha parte. É que... Parecia que eu estava perdendo a minha mãe de novo. Só que, dessa vez, eu sabia o porquê.

— Não. Sou eu quem deve um pedido de desculpas para você. Meu pai foi o motivo de sua mãe ter deixado vocês. Se não fosse por ele... — Os olhos dela ficaram marejados.

— Não é verdade. Seja lá o que você vai falar, não é verdade. Não foi culpa de ninguém. A verdade é que duas pessoas se apaixonaram, e a vida atrapalhou tudo.

Ela continuou com a testa franzida.

— Por que você não me contou assim que descobriu?

— Seu pai é seu mundo. Eu nunca tiraria isso de você.

Um médico saiu do quarto e disse que eu podia entrar. Fiz uma careta e assenti, olhando para Grace.

— Quer vir comigo?

— Não — respondeu ela. — Ele acabou de sair de um coma. A última coisa de que ele precisa é ver o rosto sorridente de alguém da família Harris. — Ela deu um risinho. — Além disso, vocês dois precisam passar um tempo juntos, e eu tenho que colocar o pé na estrada porque preciso trabalhar amanhã.

Eu a puxei para um abraço e beijei sua testa.

— Obrigado por ter vindo me ver.

— Eu volto no próximo fim de semana.

— Não precisa.

— Eu volto no próximo fim de semana — insistiu ela com firmeza — Mande notícias do seu pai, está bem?

— Pode deixar que eu mando. — Encostei os lábios na testa dela. — E, princesa, será que você pode fazer uma coisa para mim?

— Claro, qualquer coisa.

Coloquei uma mecha do cabelo dela atrás da orelha e olhei direto naqueles lindos olhos azuis enquanto pedia:

— Se um dia você se apaixonar de novo, por favor, que seja por mim.

Capítulo 50

Grace

Mike já tinha recebido alta do hospital havia alguns dias, e teve sorte de não ter ficado com nenhuma sequela. Desde que o pai tinha voltado para casa, Jackson ficava de olho nele. Estava com medo de ele ter uma recaída, o que não seria nada incomum.

A quantidade de álcool que Mike ingeria regularmente era assustadora. Eu nem conseguia imaginar a preocupação que tomava conta da alma de Jackson.

Quando voltei à cidade na manhã de sábado, fui direto para a oficina me encontrar com Jackson, que tinha dito que estaria lá.

Enquanto esperava, vi a porta dos fundos da oficina se abrir e Mike entrar com uma caneca de café. Ele foi até a cafeteira e se serviu.

Em seguida, acrescentou uma dose grande de uísque que tirou do bolso.

— Você só pode estar brincando! — exclamei, perplexa. Depois de tudo pelo que ele havia passado, depois de Jackson quase tê-lo perdido, ele tinha voltado a beber.

Aquilo partiu meu coração de uma maneira que eu nem conseguia descrever, e sabia que se Jackson descobrisse, ia perder a cabeça.

— O que você está fazendo aqui? — gritou ele.

— Estou esperando seu filho. Você voltou a beber? Depois de tudo pelo que acabou de passar?

— Não venha até aqui para julgar as minhas escolhas como se você me conhecesse.

— Tem razão, eu não conheço você, mas conheço seu filho, e o que você está fazendo está destruindo o Jackson.

— Você não sabe nada sobre ele. Passou algumas semanas com ele, agora é *expert* sobre como a mente dele funciona? Você não sabe porra nenhuma. Aquele garoto é perdido.

— E eu me pergunto o que tornou ele assim.

Ele fez uma careta e se virou para ir embora.

— Você está roubando a vida dele — avisei.

Ele parou.

— Escolha suas próximas palavras com sabedoria.

— Mas é o que você está fazendo. Você sabia que ele nem gosta de consertar carros? Ele queria fazer faculdade de Belas-Artes, como a mãe. Ele queria ver o mundo.

— Agora sei que você não sabe nada sobre o Jackson. Ele ama carros.

— Não, ele aprendeu para poder ajudar aqui. Ele queria ajudar a tomar conta de você.

— Ninguém pediu a ajuda dele.

— Pediu sim — retruquei.

Ele arqueou uma das sobrancelhas e resmungou:

— Mas do que é que você está falando?

— A última coisa que sua mulher pediu para ele foi "tome conta do seu pai".

— Você tem muita coragem de entrar aqui na minha oficina e começar a falar sobre a minha falecida esposa. Você não sabe nada sobre ela.

— Verdade, mas sei que meu pai a amava, e sei que ela o amava também. E sei que quando ela contou para você que amava outro homem, isso destruiu seu coração. Sei como é ser traída. Pode acreditar. — Ele não disse mais nada, então continuei: — Jackson sabe sobre tudo que você passou. Até mesmo nos seus dias mais sombrios ele continuou te amando. Ele ama a mãe também, e é por isso que ele nunca vai sair do seu lado. Esse foi o último pedido dela, para que ele tomasse conta de você, mas enquanto cata os cacos da sua vida, ele está perdendo a chance de viver a dele. Em um dia ele perdeu a mãe e o pai, e todas as manhãs acorda com medo de ter que enterrá-lo também.

— Então qual é a sua? Você veio aqui só para dizer como eu sou um grande filho da puta e como eu arruinei a vida do meu filho?

— Não, eu estou aqui para dizer que você sempre tem a oportunidade de acertar as coisas. Bem agora, neste momento, você tem uma escolha: o uísque ou Jackson.

Ele olhou para a bebida na caneca e deu um suspiro pesado.

— É melhor você ir embora agora.

— Tudo bem, eu estou indo, mas será que uma vez na vida você poderia ser o pai do seu filho, em vez de ser o contrário?

— Ela está certa, sabe, Mike — disse uma voz atrás de mim, e eu me virei e vi a minha mãe parada ali. — Você tem sido um filho para o seu próprio filho durante todos esses anos, e eu não o estou julgando porque fiz a mesma coisa com as minhas filhas. Nós dois fomos traídos tanto tempo atrás. Nós dois fomos magoados pelas pessoas que eram o nosso mundo. E nós descontamos nosso sofrimento em nossos filhos. Mesmo com toda essa escuridão que passamos para eles, eles conseguiram ser bons. — Ela foi até Mike e franziu o cenho, pousando uma das mãos no braço dele. — Será que você já não se cansou de sentir tanta raiva o tempo todo?

O lábio superior dele tremeu, e ele colocou a caneca na mesa.

— Ele queria estudar arte?

— Queria — respondi.

— Ele não falou mais sobre arte desde que Hannah... — As palavras dele morreram, e senti um aperto no peito. Ele estava tão incrivelmente triste que era doloroso de ver.

— Qual foi a última vez que vocês dois tiveram uma conversa de verdade?

A dor na expressão do seu rosto aumentou, e ele se virou para sair da oficina.

Dei um passo para tentar me explicar melhor, mas minha mãe colocou a mão no meu ombro.

— Deixe-o ir, Gracelyn Mae.

— Eu só quero fazê-lo entender.

— Pode acreditar em mim. — Ela balançou a cabeça. — Ele ouviu cada uma das suas palavras.

— Como você pode ter tanta certeza?

— Porque os olhos dele mostraram exatamente o que eu sinto no meu coração.

Fiquei triste ao ver quanto a minha mãe estava sofrendo. Será que ela sofria tanto quanto Mike? Por que eu nunca dediquei um tempo para olhar atentamente para minha própria mãe? Talvez seja porque os filhos costumam esquecer que os pais são humanos também. Talvez seja porque a gente presuma que eles sabem tudo, por causa dos sorrisos forçados que dão para nós.

— Mas o que você está fazendo aqui? — perguntei.

— Procurando você. Ouvi que você estava aqui na oficina.

— Mas eu acabei de chegar à cidade — comentei. — Como é que pode você já saber?

— Estamos em Chester, querida. As notícias voam. E é por isso que eu queria ser a primeira a contar para você. Seu pai e eu decidimos nos separar. Bem, ele decidiu. Eu fui obrigada a aceitar.

— Mãe... — comecei, mas ela negou com a cabeça, dando um sorriso triste.

— Tudo bem. Eu estou bem. Mas devo um pedido de desculpas a você. Durante o último verão, durante todos esses anos... Eu pressionei tanto você quanto a sua irmã para que fossem perfeitas, leais às pessoas que não mereciam a lealdade de vocês.

— É assim que você se sente em relação ao papai?

Ela fechou os olhos e respirou fundo.

— Eu amo aquele homem. Mais do que tudo. Eu o amo, e tentei ser tudo que eu podia por ele. Eu queria ser perfeita para que ele correspondesse ao meu amor. A verdade é que ele nunca conseguiu me amar do jeito que eu o amava, e isso parte o meu coração.

— Ah, mãe...

— Acho que é isso que eu mereço depois de tê-la tratado como tratei. Acho que é o meu castigo.

— Sinto muito que você esteja sofrendo tanto assim.

— Durante muito tempo eu achei que não merecia ser amada. Eu orava para isso todas as noites, pedindo a Deus que curasse o meu coração partido. Que fizesse meu marido me amar, mas ele não podia. E agora Samuel disse que não quer mais ficar comigo. Que eu mereço mais. O que isso quer dizer? Mais o quê? Tudo que sei e tudo que sempre saberei é ser dele. Ser a mulher do pastor. E agora ele vai me deixar e eu... — Ela respirou fundo e fechou os olhos. — Eu não sei ficar sozinha.

— Você não está sozinha, mãe. Eu estou aqui com você.

Ela manteve os olhos fechados e o corpo dela começou a tremer.

— Eu fui tão dura com você.

— Verdade, mas eu sinto que você foi ainda mais dura com você mesma.

Quando ela abriu os olhos, senti que eu estava me olhando no espelho.

— Como foi que você conseguiu? — perguntou ela. — Como foi que você conseguiu recomeçar, depois de tantos anos, a se tornar outra pessoa?

— A gente começa respirando devagar. Sempre que você se sentir devastada ou for tomada pelo sofrimento, lembre-se de respirar devagar.

— Respirar devagar... Eu consigo fazer isso.

— Claro que consegue.

— Eu só não sei mais quem eu sou. Sem o Samuel, será que eu sequer existo? — perguntou-me ela.

Como era estranho ouvir a minha mãe fazer as mesmas perguntas que eu fiz para mim mesma.

— Você provavelmente existe mais neste momento do que em toda a sua vida. Você vai se surpreender com as coisas que vai aprender sobre o seu coração e o que o faz bater. E se você precisar se afastar um pouco, venha ficar comigo pelo tempo que precisar. Eu tenho um quarto livre.

— Você faria isso por mim? — perguntou ela com a voz falhando, como se eu a tivesse surpreendido.

— Ah, mãe. — Eu a puxei para um abraço apertado. — Eu faria qualquer coisa por você.

Ela respirou fundo e soltou o ar devagar.

— Respirar devagar — sussurrou ela.

— Isso — respondi. — Respire bem devagar.

Capítulo 51

Jackson

Até onde eu sabia, meu pai estava se mantendo longe da bebida. Eu me sentia extremamente grato por aquilo. Nunca mais queria vê-lo do jeito que ficou no hospital. Eu nunca tinha sentido tanto medo em toda a minha vida.

Na tarde de quinta-feira, fui até a oficina e senti um nó no estômago ao ver meu pai em uma escada, arrancando o letreiro da Oficina do Mike da fachada.

— Pai, o que você está fazendo? — perguntei, indo até ele.

— Fechando a oficina — respondeu ele.

— O quê? Como assim, fechando a oficina?

— É exatamente o que acabei de falar. — O letreiro caiu no chão e meu pai desceu da escada. — Eu vendi a oficina — resmungou ele, entrando, deixando-me perplexo.

— Você andou bebendo? Você não pode simplesmente desistir de tudo — argumentei, entrando atrás dele.

— Na verdade — disse ele, dando de ombros — eu posso fazer exatamente isso. Eu vendi a oficina, a casa, o terreno e todo o resto.

— Você está de sacanagem! Você vendeu a minha casa?

— Bem, não é mais sua.

— Para quem você vendeu? Eu vou pegar de volta. É óbvio que você não está bem. Você passou por muita coisa nessas últimas semanas, e você está confuso.

— Não. Pela primeira vez em muito tempo eu estou pensando de forma clara.

— Mas...

— Que tipo de arte? — perguntou ele, pegando-me de surpresa.

— Hã?

— Que tipo de arte você gostaria de estudar? Para onde você iria para aprender diferentes técnicas?

— Você precisa descansar.

— Eu já dormi o suficiente. Agora venha aqui. — Ele fez um gesto para eu me aproximar, e eu hesitei. — Venha logo, filho, eu não tenho o dia todo. Venha aqui.

Ele me entregou um cheque de uma quantia absurda.

— O que é isso? — perguntei.

— A sua parte da venda. É claro que você ainda não vai ver a cor do dinheiro até o pagamento sair e a documentação for feita e essa merda toda, mas é o suficiente para você viver por um ano ou mais.

— Como assim?

— Você está livre Jackson — declarou ele, abrindo um meio sorriso. — Vá se encontrar.

— Pai, você está sendo ridículo. Sei exatamente quem está por trás disso, e vou resolver tudo. Não se preocupe.

Antes de ele ter a chance de responder, eu já estava a caminho da casa de Loretta Harris. Estava claro que ela estava por trás da compra da nossa propriedade. Ela vivia insistindo que queria ampliar a igreja. A situação tinha o nome dela carimbado.

Respirei fundo enquanto aguardava que ela abrisse a porta.

— Jackson? O que você está fazendo aqui? — perguntou, confusa.

— Você realmente não conseguiu se controlar, né? — gritei, sentindo a respiração ofegante.

— Eu não sei do que você está falando.

— Não banque a idiota. As nossas terras, a oficina do meu pai — expliquei. Ela arqueou uma das sobrancelhas. — Ele vendeu tudo para você e para a igreja.

— O quê? — perguntou ela, pasma. — Desculpe, mas eu não sei do que você está falando...

— Pare com esses seus joguinhos e seu fingimento.

— Ela não está fingindo — interveio Samuel, indo até a varanda. — Ela não teve nada a ver com isso. O negócio foi feito entre mim e Mike.

— O quê?

— Ele me procurou na igreja na outra noite e me perguntou se a oferta que Loretta tinha feito ainda estava de pé — explicou-me ele.

— Por que ele faria uma coisa dessa? Por que você deixou que ele fizesse uma coisa dessa?

Samuel baixou o olhar e cruzou os braços.

— Ele me procurou e me disse que estava cansado de sentir tanto ódio. Que estava farto de estar sempre zangado e que se continuasse naquela propriedade o ódio ia continuar dentro dele. Então ele queria se livrar de tudo. Mas queria se certificar de que você tivesse dinheiro suficiente para sobreviver sem a oficina. Eu entendi isso também. Querer se livrar de todo o sofrimento do passado. Eu só pedi uma coisa em troca de fechar o negócio.

— E o que foi?

— Reabilitação.

Senti um aperto no peito.

— Reabilitação?

— Isso. Ele vai passar um tempo em uma das melhores clínicas de reabilitação dos Estados Unidos. Vai receber o melhor tratamento feito pelos melhores médicos nos próximos meses. Vai ser difícil para ele, mas ele concordou. Seu tio disse que vai levá-lo à clínica nesta quinta-feira.

Reabilitação?

— Ele vai mesmo?
— Vai.

Sem dizer mais nada, dei um forte abraço em Samuel.

Tudo que eu sempre quis foi que meu pai recebesse ajuda. Tudo que sempre quis foi que ele encontrasse um caminho para sair da escuridão.

— Obrigado — sussurrei, emocionado. — Muito obrigado.

Na quinta-feira, eu estava em frente à oficina enquanto Alex colocava a bagagem do meu pai no porta-malas do carro.

— Tem certeza de que não quer que eu vá com você, pai? — perguntei, inseguro sobre eles irem para a clínica sem mim.

— Tenho certeza, sim. — Ele franziu o cenho e coçou a barba. — Prefiro não fazer muito estardalhaço em relação a isso. Não sou muito bom com despedidas.

— Não vamos nos despedir — falei, puxando-o para um abraço. — Vamos dar um boa-noite e até amanhã.

Ele me puxou e colocou uma das mãos no meu ombro.

— Filho.
— Pai.
— Vejo você depois — despediu-se ele, entrando no carro.
— Espere, pai! Aqui — falei, correndo até ele.

Tirei minha pulseira e entreguei para ele.

— Momentos poderosos?
— Para ajudar nos dias mais difíceis.

Ele me agradeceu.

— E aquela garota Harris? Você realmente gosta dela.
— Gosto.
— Então ouça o meu conselho... Tire um tempo para você se descobrir e dê a ela um tempo para ela se descobrir. Se for para ser, o caminho de vocês vai voltar a se encontrar.

— E se não for? — perguntei.

Ele baixou a cabeça, riu e deu de ombros.

— Só não afogue suas mágoas no uísque. — Ele sorriu, algo que eu não o via fazer há muito tempo. — Quando chegar a hora, você a deixa entrar, combinado?

— Combinado.

Nós demos boa-noite e dissemos até amanhã mais uma vez, e fiquei olhando enquanto meu pai partia para se encontrar.

Acabou que a autodescoberta era um processo que todo mundo devia continuar explorando. Ninguém nunca parava de crescer e, dessa forma, as descobertas nunca acabavam.

— Então, ele chegou bem? — perguntou Grace ao telefone quando eu já estava na cama na noite de quinta-feira.

— Chegou. Alex já mandou uma mensagem de texto avisando que eles tinham chegado.

— E como você está se sentindo? — quis saber ela.

Eu respirei fundo.

— Livre.

— Eu estava pensando que poderia ir aí neste fim de semana para ver você ou talvez você pudesse vir para cá.

Pigarreei e fechei os olhos.

— Eu sou apaixonado por você, Gracelyn Mae — declarei, sentindo um aperto no peito ao dizer essas palavras. — Eu sou apaixonado por cada parte sua, mas antes de poder me doar por inteiro, acho que preciso descobrir mais coisas sobre mim mesmo. Sobre meus desejos, minhas necessidades, antes de poder ser tudo que você merece.

— O que você quer dizer com isso?

— Meu pai me deu um cheque, e é o suficiente para eu explorar o país por um tempo. Parar em alguns lugares e descobrir quem eu sou e no que acredito. Assim, vou conseguir curar as partes de mim que ainda precisam ser curadas.

Ela ficou em silêncio por um tempo, e morri de medo que ela fosse contra a ideia. Que ela não fosse querer que eu explorasse o mundo. Que talvez nosso tempo tivesse acabado.

— Tudo bem — disse ela.

Eu me sentei na cama.

— Tudo bem?

— Eu nunca fiquei realmente sozinha. Não de verdade. Acho que vai ser bom para nós dois dedicarmos alguns meses para descobrir o que se passa na nossa mente e no nosso coração. Então, quando realmente ficarmos juntos, será porque somos duas pessoas inteiras, e não duas pessoas despedaçadas servindo de apoio para evitar que o outro caia.

— Exatamente. Vamos aprender a caminhar sozinhos para depois podermos caminhar juntos.

— Será que você pode me dar notícias de vez em quando? Só para eu saber que você está bem?

— Sempre e para sempre — respondi.

Ela deu um suspiro.

— Essas palavras... quem você acha que as inventou primeiro? Sua mãe ou meu pai?

— Não sei. Acho que é uma dessas coisas, sabe? A origem de uma expressão não importa. Tudo o que importa é o seu significado.

— Já estou com saudades — confessou ela.

E eu me apaixonei mais um pouco por ela.

— Eu também — respondi.

— Jackson?

— Hã?

— Quando você se encontrar, volte para mim.

～

No dia em que eu estava deixando a cidade, ouvi uma batida na minha porta. Quando abri, havia uma caixa de transporte na minha varanda com um laçarote em cima e um bilhete.

Querido Jackson,

Sei que hoje marca o primeiro dia da sua nova aventura, e eu queria deixar todo o meu amor com você. Além disso, como alguém pode colocar o pé na estrada sem ter um bom companheiro?

Permita-me apresentá-lo a Watson. O apelido dele é Wats. Ele é um Golden Retriever de três anos que ama de paixão passear de carro. Está sempre abanando o rabo e gosta mais de um colo do que eu.

Sei que embora você esteja tentando se encontrar, não deve ficar sozinho o tempo todo. Não quero que você ache que ele é um substituto para o Tucker.

Tucker era um bom garoto e o amor dele jamais poderá ser substituído, mas acho que Watson pode trazer um pouco mais de amor para você.

Esse é o lance do amor — sempre há espaço para mais.

Esse é um presente em nome de novas amizades e novos começos.

— Gracelyn Mae

P.S.: Também sou apaixonada por você.

Sorri para o bilhete e o li diversas vezes, antes de me abaixar e olhar para o cachorro dentro da caixa de transporte. Ele abanava o rabo sem parar e estava com a língua para fora.

— E aí, carinha — falei. Ele era lindo. Quando abri a porta da caixa de transporte, ele pulou direto no meu colo e começou a lamber meu rosto. — *Eita*, calma aí, cara.

Ele continuou lambendo e eu continuei rindo.

— Será que dá para parar, seu cachorro idiota? — brinquei, mas ele não reagiu.

Simplesmente continuou abanando o rabo sem parar, até eu finalmente me render a todo aquele amor.

Bom garoto, Wats, pensei com os meus botões, abraçando-o.

Bom garoto.

Capítulo 52

Grace

Nós nos demos espaço porque não queríamos mais servir de muleta um para o outro. Se íamos ficar juntos, primeiro precisávamos ser inteiros sozinhos. Eu voltei a dar aulas e, quando não estava trabalhando, tentava coisas novas.

Por um tempo, achei que fosse gostar de ioga, até que fiquei empacada em uma postura. Não sabia desenhar nem pintar. Quando chegou o outono, minha mãe e eu fizemos aula de *pole dancing*. Eu não sabia o que era mais perturbador, o fato de a minha mãe ter gostando tanto e continuar frequentando sozinha, ou o fato de ela ser dez vezes melhor que eu.

Meu pai não sabia o que estava perdendo.

Ela também começou a rir mais.

Eu quase tinha me esquecido do quanto amava o som da risada da minha mãe.

Uma noite, no fim de novembro, recebi um pacote pelo correio com um livro e um bilhete escrito em um Post-it. Meu coração palpitou enquanto meus dedos passeavam pela capa e, então, li as palavras de Jackson:

Estou em Cave Creek, Arizona, assistindo ao pôr do sol com Watson. Ontem à noite, li este livro, e não consegui parar de pensar em você e no que você acharia da história escrita nessas páginas.
A leitura é difícil, mas vale a pena.
— Oscar
P.S.: Descobri que odeio sushi

Gostei do final, mas o meio foi bem difícil. Chorei horrores, o que não é surpresa para ninguém. Ainda é muito fácil me fazer chorar.
Tente este livro. Ele vai partir o seu coração
— Princesa
P.S.: Eu também odeio sushi.

Alex me deu este livro de Natal.
Se você ler de trás para a frente é melhor.
— Oscar

Não sei por que estou mandando este livro para você. Vá direto para o capítulo cinco. É tão bom que compensa por todas as outras páginas.
— Princesa

Hoje senti saudade das batidas do seu coração.
— Oscar

Hoje eu senti saudade do seu toque.
— Princesa

~

Hoje é 23 de março e estou na Califórnia. Assisti ao pôr do sol e pintei o céu. Você amaria este lugar, Princesa. Ou talvez eu só amaria que você estivesse aqui. Conte alguma coisa que eu deveria saber.
— Oscar

~

Uma coisa que você deveria saber?
Isso é fácil.
Hoje é 4 de abril e eu ainda amo você.
— Princesa

~

Hoje é 3 de maio e eu também ainda amo você.
— Oscar

O fim de maio chegou e eu estava me preparando para encerrar outro ano letivo. Era assustador como as coisas tinham mudado em apenas um ano, como cresci como pessoa e quanto aprendi sobre o meu coração e sobre o que o faz bater.

Na manhã de sábado, minha mãe foi à igreja. Isso foi uma coisa que aprendeu sobre ela mesma — não importava se ainda estava com meu pai ou não, ela manteve a sua fé. Às vezes eu ia com ela, e outras, eu ficava em casa e orava sozinha.

No ano que passou, aprendi que a fé não tinha a ver com a igreja propriamente dita, mas sim com o coração.

Eu podia ir à igreja e estar cercada por outras pessoas e me juntar a elas em oração, ou poderia simplesmente fechar os olhos, sozinha, e encontrar paz. As duas formas valiam a pena. As duas eram corretas.

Não existia um jeito certo de acreditar — havia um milhão de possibilidades no mundo.

Essa foi uma das minhas descobertas favoritas. Eu não precisava ser uma cristã perfeita para existir no mundo.

Quando o Dia das Mães chegou, fui à igreja com a minha mãe e me sentei no banco segurando a mão dela. Em toda a minha vida houve dias realmente difíceis. Dias quando mesmo que eu me esforçasse muito para ser feliz, meu coração ainda sangrava, e o Dia das Mães era um desses dias. Para os outros era um dia de comemoração. Para mim, um dia que me lembrava de todas as minhas perdas e do meu fracasso.

Eu já tinha aceitado que não teria filhos. Não era o meu destino e eu tinha aprendido a aceitar isso.

Mesmo assim, havia dias que eram mais difíceis que outros.

— Que culto lindo — comentou minha mãe enquanto caminhávamos para casa de braços dados.

— Foi mesmo.

Ela sorriu e olhou para mim.

— Você está bem.

— Estou, sim. Só um pouco cansada. Judy vai vir para o jantar, então acho que vou tirar um cochilo antes de ela chegar.

— Boa ideia. — Ela pegou minha mão e deu um aperto. — Hoje é um dia difícil para você?

— É, sim.

Ela apertou minha mão de novo e não disse mais nada. Mas seu gesto de conforto foi o suficiente.

Isso era tudo que eu queria da minha mãe, o seu conforto.

Quando subimos para meu apartamento e abri a porta, meus olhos ficaram marejados e eu ofeguei enquanto olhava à minha volta.

Espalhados pela sala de estar e de jantar, havia buquês de rosas vermelhas.

Sete buquês para ser exata.

— Mãe... — comecei.

Fui até as rosas que estavam na mesinha de centro e peguei o bilhete. As lágrimas começaram a escorrer pelo meu rosto.

Como não existe uma "quase" mãe,
sete buquês dos seus sete anjos.
Feliz Dia das Mães, Princesa.

Meu coração palpitou enquanto eu lia a assinatura no cartão.

— *Emerson, Jamie, Karla, Michael, Jaxon, Phillip, Steven e Oscar.*

Havia um buquê para cada um dos filhos que perdi.

Todos os meus bebês.

Os meus amores.

Minha mãe se aproximou e leu as palavras.

— Ah, filha — ofegou ela, tão surpresa quanto eu. — Ele é o seu amor.

Ele era muito mais que isso. Mesmo que estivéssemos separados, ele ainda controlava as batidas do meu coração.

Bem nessa hora, ouvi uma batida na porta e, quando abri, senti que comecei a me curar por completo.

— Oi — sussurrou Jackson, segurando um buquê de rosas nas mãos. Watson estava sentado ao lado dele, abanando o rabo.

— Oi — respondi, sentindo o corpo trêmulo.

— Eu, hum... — Ele passou a mão na nuca. — Eu vi tantos lugares nesses últimos meses. Vi o sol nascer um milhão de vezes e vi o sol se pôr outras tantas. Segui por milhares de estradas e não importava por qual delas eu seguisse, não importava se eu ia para a esquerda ou para a direita, se eu ia para o norte ou para o sul, todas elas pareciam me trazer de volta para você.

— Jackson... — comecei, mas as lágrimas e o amor na minha alma fizeram minhas palavras sumirem.

— Você é meu mundo, Gracelyn Mae — disse ele, aproximando-se. Minha mãe pegou as rosas da mão dele, e Jackson pegou as minhas mãos. — Você é a minha fé. Você é a minha esperança. E você é a minha verdadeira religião. Eu sou um homem melhor porque você existe. Eu sou eu por causa de você. E, se você permitir, eu adoraria passar o resto dos meus dias adorando as batidas do seu coração.

Peguei a mão dele e me aproximei mais. Olhando para ele, respirei devagar enquanto nossos olhares se encontravam. Respirei bem devagar.

Rocei os lábios nos dele e sussurrei:

— Eu vou venerar você e você vai me venerar.

Então ele me beijou.

Foi um beijo lento, gentil e repleto de amor.

Ele nem precisava dizer, mas senti o nosso amor. Senti passar por todo o meu corpo enquanto seus lábios cobriam os meus. Nossas almas se ligaram e nossa chama era infinita.

O jeito como nos amávamos era simples.

Nós amávamos as cicatrizes do nosso passado e o desconhecido no nosso futuro. Amávamos os erros que cometemos. Amávamos as comemorações. Amávamos o nosso lado sombrio e o nosso lado iluminado.

Nossa conexão não era mais construída em torno do sofrimento.

Nós vivíamos de esperanças.

Eu não esperava Jackson Emery.

Apesar de todas as minhas orações, nunca achei que receberia um homem como ele. Nós nem acreditávamos no mesmo Deus, mas isso não era problema. Nós nem sempre amávamos as mesmas coisas, mas isso também não era um problema. Nós nem sempre concordávamos, mas isso também não era um problema. *Estava tudo bem.*

Porque amor — amor de verdade — não significava ter as mesmas crenças. Não significava que tínhamos que pensar igual em todos os assuntos. O amor de verdade significava uma compreensão mútua. Um respeito pelos sonhos, pela esperança, pelos desejos e pelos medos.

Jackson respeitava a minha escolha de orar para Deus, e eu respeitava a escolha dele de não fazer isso.

Nós dedicamos o nosso tempo para descobrir o que fazia o nosso coração bater e, nessa jornada, aprendemos que, muitas vezes, nos momentos mais importantes da noite, nosso coração batia em sincronia.

A partir desse ponto, ficamos inseparáveis. Nós nos comprometemos com o nosso futuro e aprendemos a deixar o passado para trás. Fiquei grata por todas as bênçãos que eu não esperava receber na minha vida. As bênçãos que fui cega demais para perceber que estavam chegando para mim. Essa foi a última lição que tive que aprender. A lição que, às vezes, para uma bênção chegar, você precisa sair do caminho.

Tudo tinha acontecido exatamente como precisava acontecer. Até mesmo os dias difíceis que me levaram para onde eu precisava estar. Todos os pontos se ligaram, eu só não consegui enxergar isso enquanto trilhava o caminho. Sem a traição de Finn, eu jamais teria voltado para Chester, Geórgia, tantos meses antes. Sem todo aquele sofrimento, eu nunca teria descoberto o que realmente era o amor verdadeiro.

E, por tudo isso, eu era grata. Pelos altos e baixos, pelos erros e acertos, pelo sofrimento e pela cura. Eu era grata a tudo aquilo e, toda noite, antes de dormir, eu fechava os olhos e fazia as minhas preces.

Querido Deus, sou eu, Gracelyn Mae...

Capítulo 53

Jackson

— Meu pai vai se aposentar — comentou Grace durante o jantar numa noite no fim de junho. — Judy vai assumir a congregação e vai fazer o seu primeiro sermão neste domingo. Você vai comigo?

— Claro.

Não havia dúvidas. Quando alguma coisa era importante para Grace, era importante para mim também. Havia meses que não íamos a Chester, e eu não mentiria dizendo que a volta não seria difícil. Aquela cidade representava muitos demônios para mim, mas voltar de mãos dadas com Grace me ajudaria a engolir aquilo.

Loretta veio com a gente porque, apesar de não querer rever Samuel, ela queria ver a filha o suficiente para superar aquele desconforto.

Chegamos à igreja na manhã de domingo, e percebi o nervosismo de Loretta quando subimos os degraus. Coloquei a mão no seu ombro e apertei de leve.

— Você está bem?

Ela assentiu.

— Respirando devagar.

Samuel estava à porta, cumprimentando as pessoas, e quando nos aproximamos, vi seus olhos pousarem em Loretta.

— Oi — disse ele.

Loretta se empertigou.

— Olá, Samuel.

— Você está... Linda. — Ele parecia um pouco chocado e balançado com a beleza de Loretta, o que me causou certa estranheza. Todas as mulheres da família Harris eram lindas.

Ela deu um sorriso e encolheu um pouco o ombro esquerdo.

— Claro que estou. — E seguiu para a igreja.

— Oi, pai — cumprimentou Grace, aproximando-se do pai e dando um beijo em seu rosto.

— Oi, minha flor. Tudo bem?

Ela me deu o braço e abriu um grande sorriso.

— Melhor do que bem.

Entramos na igreja e nos acomodamos em um dos bancos. Eu não me lembrava da última vez que tinha entrado numa igreja, quanto mais para ouvir o sermão de alguém, mas era um momento importante para Judy. Eu não acreditava na igreja, mas acreditava na família.

Então, eu me sentei e ouvi.

O sermão de Judy foi sobre o poder do perdão.

Ela falou sobre como a vida às vezes tinha suas reviravoltas e, mesmo assim, no fim das contas, você sempre tinha a chance de recomeçar na manhã seguinte.

Ela estava confiante, como se tivesse nascido para fazer sermões. Judy tinha encontrado sua paixão e era poderoso vê-la viver aquilo em voz alta.

Depois do culto, ela se aproximou de Grace e de mim, e eu juro que nunca vi ninguém mais feliz que ela.

— Como eu me saí? — perguntou ela.

Grace puxou a irmã para um abraço apertado.

— Você foi perfeita. Cada segundo foi perfeito.

— Ela está certa. Você nasceu para isso — comentei. Judy sorriu e agradeceu.

— Ah, você já viu a sua antiga casa? Eu adoraria ouvir sua opinião — disse Judy. Eu levantei uma das sobrancelhas e me virei para Grace. — Você não contou para ele?

— Achei que seria melhor mostrar para ele — retrucou Grace.

— Mostrar o quê?

As duas abriram um sorriso e me olharam com aqueles olhos azuis.

— Você vai ver — disseram ao mesmo tempo.

Começamos a andar em direção à minha antiga casa, e fiquei surpreso quando vi que a casa do meu pai, a oficina e a minha casa tinham desaparecido completamente. Em vez disso, havia trilhas pontilhando todo o terreno. Havia lindas flores por todo o espaço e um pequeno playground onde crianças estavam brincando, fazendo muito barulho.

— Você transformou minha casa num parque? — perguntei, um pouco surpreso.

— Sim, e nós demos a ele o nome de alguém bem chegado a você — comentou Grace, apontando para uma placa. Olhei na direção do dedo dela. *Parque do Tucker.* — Já que existem tantos cães na região, achei que eles poderiam ter um lugar para brincar. Então fizemos algumas trilhas na área aberta no fim do parque. Venha, vou te mostrar.

Caminhamos pelas trilhas até a clareira onde Tucker e minha mãe tinham sido enterrados. O local estava protegido por um portão e havia uma placa dizendo "*In memoriam*".

Havia pessoas passeando com seus cães ou brincando de jogar bolinhas para eles pegarem, e consegui sentir a felicidade que reinava naquele lugar. Aquilo era além de incrível.

Senti um aperto no coração quando olhei além do memorial para uma construção logo atrás. Era nova para mim, mas eu sabia exatamente o que era assim que vi.

— Você construiu o estúdio de pintura da mamãe? — perguntei, e minha voz falhou quando li a placa acima da porta. Foi criada com o letreiro da oficina do meu pai, mas agora estava escrito: *Estúdio de pintura da Hannah.*

Grace pousou a mão no meu braço.

— Tudo bem para você? — perguntou ela, preocupada. — Eu só achei...

Eu a interrompi com um beijo.

De certa forma, era como se minha mãe estivesse viva naquele dia.

— Nós oferecemos aulas de arte aqui — comentou Judy. — As crianças amam. Às vezes nós nos sentamos ao ar livre e pintamos o pôr do sol.

— Isso é incrível — comentei, ainda surpreso. — Isso é muito mais do que incrível.

— Se você estiver na cidade e quiser dar uma aula, nós vamos adorar. — Judy abriu um sorriso e cutucou a irmã. — Grace, por que você não mostra o estúdio para ele? Está fechado agora, então vocês vão poder olhar com calma.

— Claro! Venha. — Ela pegou minha mão, nós seguimos para o estúdio e entramos.

Era lindo. Encostados na parede, havia alguns quadros da minha mãe que eu nem conhecia.

— Onde vocês conseguiram tudo isso? — perguntei.

— Encontramos no porão da casa do seu pai, e ele disse que poderíamos usar. Achei que seria um toque especial. Também estudei alguns dos seus trabalhos mais antigos e achei que os desenhos com carvão seriam ótimos para as crianças mais novas. E, nos fundos, abrimos uma lona todas as noites de sábado na qual as pessoas podem jogar tinta à vontade. Eles a chamam de Sala Jackson Pollock, mas nós preferimos chamá-la de Jackson Emery, é claro. — Ela continuou falando sobre o espaço e o jeito como ela falava fazia meu coração flutuar. Ela percebeu que estava falando rápido demais e diminuiu um pouco o ritmo. Ela franziu um pouco as sobrancelhas.

— Tudo bem para você? Eu só achei...

Eu a interrompi com mais um beijo.

— Case comigo — sussurrei com os lábios encostados nos dela.

Ela deu uma risada leve, pensando que eu estava brincando, mas, depois, ela se afastou um pouco e me olhou nos olhos, inclinando um pouco a cabeça.

— Casar com você?

— Sim. Case comigo, Gracelyn Mae.

Ela apoiou as mãos no meu peito, mordeu o lábio inferior e assentiu devagar.

— Está bem — sussurrou ela, roçando os lábios nos meus. — Eu me caso com você.

Capítulo 54

Jackson

Um ano depois

— Você está ótimo, cara — comentou Alex, arrumando minha gravata. — Mas vou precisar que você pare de suar dentro desse terno.

Eu não conseguia controlar o nervosismo enquanto me preparava para entrar na igreja e me casar com a mulher dos meus sonhos. Eu não sabia que dias como aquele poderiam existir. Eu não sabia que eu poderia ser tão feliz.

— Isso foi tudo que eu sempre quis para você, Jackson — declarou Alex, dando tapinhas no meu ombro. — Que você fosse feliz.

— Eu também — disse uma voz na porta Levantei os olhos e vi meu pai parado ali, de terno e gravata. Sua aparência era saudável, algo que achei que nunca mais veria de novo. Desde que passou pela reabilitação, ele encontrou o equilíbrio. Não sem alguns percalços, mas a cada queda, ele se reergueu. E quando ele cambaleava, eu o ajudava.

Porque era isso que a família fazia. Aparecia para ajudar mesmo nos dias mais sombrios. Por sorte, naquela tarde o dia estava cheio de luz.

— Posso ter uma conversa a sós com o meu filho, Alex? — perguntou meu pai. Alex assentiu e saiu por um minuto. Meu pai enfiou as mãos nos bolsos e sorriu. — Você está ótimo.

— E você não está nada mal.

— Meu filho... Eu sei que causei muitas decepções a você durante anos a fio e não sei me expressar muito bem, mas quero que você saiba que você é tudo para mim. Eu não fui um bom homem. Eu cometi erro atrás de erro, mas a melhor coisa que aconteceu na minha vida foi você. Eu agradeço todos os dias por você ter se tornado um homem melhor do que eu jamais fui. Agradeço por você ter se agarrado às melhores partes de mim e de sua mãe. Você é muito mais do que eu poderia ter desejado. Eu amo você, filho.

Aquelas palavras...

A porra daquelas palavras...

— Não seja um frouxo e comece a chorar — brincou ele, enxugando as próprias lágrimas.

— Foi mal, pai. — Eu o puxei para um abraço. — Eu também amo você.

Quando nos separamos, ele enxugou os olhos de novo e deu uma fungada.

— Mais uma coisa. Sua mãe fez uma coisa na semana que você nasceu. Ela escreveu cartas para ocasiões especiais na sua vida. Ela escreveu uma carta que ela queria entregar para você no dia do seu casamento. Tipo, ela escreveu outras cartas também. Seu aniversário de dezesseis anos, sua formatura e, merda, eu perdi essas datas. — Ele franziu a testa, cheio de culpa. Permanecer sóbrio às vezes era difícil para ele, pois significava enfrentar todos os erros que ele tinha cometido no passado.

— Tudo bem, pai.

— Não está não. Não mesmo. Mas eu vou entregar essas outras cartas para você em um outro dia. Hoje você vai receber esta. — Ele enfiou a mão no bolso e a pegou. Então, enfiou a mão no outro bolso e tirou uma caixinha. — E dizem por aí que você deve dar um presente para a sua noiva. Então, se você ainda não comprou, eu achei que você poderia usar este.

Ele abriu a caixinha.

Fiquei com os olhos marejados.

— O anel da mamãe.

— É. Achei que Grace gostaria.

— Com certeza. Mais do que as palavras possam expressar. Obrigado, pai.

— Não precisa agradecer, filho. Agora vou deixá-lo para ler a carta e a gente se vê na igreja. — Ele me abraçou mais uma vez e seguiu para a porta antes de parar. — Sabe de uma coisa? Até que aquela Grace não é tão ruim assim. — Ele riu e encolheu os ombros. — Mesmo sendo uma Harris.

— Pois é. — Dei uma risada. — Também estou começando a gostar dela.

— Trate-a bem. — Ele assentiu uma vez. — Enquanto vocês dois viverem, você tem que tratá-la bem.

Ele saiu e eu respirei fundo antes de abrir a carta que minha mãe deixou para mim.

Meu doce Jackson,

Hoje você vai dar sua vida para uma mulher que eu espero que seja tudo para você e mais um pouco. Você dirá "sim" a ela, e ela fará o mesmo por você. Vocês farão votos de para sempre. Então, acho que preciso dizer algumas coisas a você sobre como amar uma mulher e facilitar um pouco a sua vida.

Sejam gentis com o sentimento um do outro. Um dia ela pode acordar zangada sem aviso. Abrace-a bem apertado nesse dia. Outras vezes ela vai acordar chorando. Abrace-a ainda mais apertado nesses dias. Lembre-se de rir alto, o tipo de riso que faz você perder o ar. Segure a mão dela, mesmo que ela não tenha pedido. Diga que ela é bonita quando estiver doente.

Dance com ela.

Sinta saudade quando ela estiver longe.

Diga que a ama todos os dias.

Todos. Os. Dias.

Ame-a, mas deixe-a livre para voar também.

Dê todo apoio para os sonhos dela, do mesmo jeito que ela vai apoiar os seus.

Assista ao nascer do sol e ame o pôr do sol.

Saiba que sempre estarei aqui quando você precisar da sua mãe. Eu fui a primeira mulher a ter a honra de amar você e, quando eu não estiver aqui, quando o sol se puser e as estrelas brilharem no céu, lembre-se do meu amor por você.

Essa vida é bonita porque você está aqui, filho.

Aproveite este momento. Aproveite este dia. Esse é o seu felizes para sempre.

Eu amo você, Jackson.

Sempre e para sempre.

— Mamãe

— Posso falar com você?

Eu me virei e vi Samuel parado ali, de terno e gravata. Fiz um gesto afirmativo e ele veio na minha direção.

— Você está nervoso? — quis saber ele.

— Estou, mas estou pronto também.

— Que bom. — Ele fez uma careta e enfiou as mãos nos bolsos. — Jackson... Eu tentei pensar em algo para dizer para você ou em qual abordagem eu poderia ter hoje, mas nada me veio à mente. Então só vou lhe dar os parabéns e agradecer por tratar a minha filha do jeito que você trata.

— Ela é a minha melhor amiga — declarei.

— E você é o melhor amigo dela. — Ele ficou com os olhos marejados, e assentiu uma vez. — Não deixe isso morrer.

— Não vou deixar.

Ele se virou para sair, mas parou.

— Sua mãe sentiria muito orgulho de ver a pessoa que você se tornou.

Aquilo significou muito para mim.

— Samuel?

— Hã?

Respirei fundo e soltei o ar devagar.

— Eu entendo, sabe? Você ter se apaixonado pela minha mãe. Eu a amava também. — Dei um sorriso para ele, esperando que fosse capaz de sentir o perdão nele. — Tipo, como você poderia não se apaixonar?

Ele se aproximou e me deu um abraço. E eu vi o sofrimento de ter perdido o amor da sua vida. Eu entendia agora que aquilo o perseguiria para sempre; desse modo, não havia motivo para ele sentir que eu o odiava pelo resto da sua vida.

Ele já sofria o suficiente.

Ninguém seria tão duro com Samuel quanto ele mesmo.

Então eu o libertei.

— Obrigado por isso, Jackson — agradeceu ele em voz baixa.

— Sempre e para sempre.

Capítulo 55

Grace

— Será que eu deveria estar tão nervosa assim? Não sei por que estou tão nervosa. — Alisei o vestido. — Eu estou gorda, não estou? — perguntei para Judy. Então eu me virei para a minha mãe. — Estou gorda, não estou?

— Você está linda — disse alguém.

Eu me virei e vi Mike parado na porta, encostado no batente.

— Desculpe, eu não queria interromper, mas estou fazendo meu papel. Sei que você está com pouco tempo, mas eu queria saber se você poderia me dar um minutinho para eu te dar um presente.

Alisei o vestido, sentindo o estômago contrair de nervosismo.

Ele estendeu a mão para mim e eu a peguei.

— Então, eu conheço a tradição do "uma coisa velha, uma coisa nova, uma coisa emprestada e uma coisa azul" — começou Mike, enquanto seguíamos pelo corredor e passávamos por portas duplas. — Mas eu achei que poderia ser uma coisa rosa.

Diante de nós, havia um carro.

Não um carro qualquer, mas o meu carro. A minha Rosie cor-de--rosa com um grande laçarote no alto.

— Mike. — Suspirei. — O que...

— Levou muito tempo — revelou ele, encolhendo os ombros. — E muitas peças são novas, mas eu achei que depois de tudo que fiz você passar, eu poderia pelo menos consertar o seu carro.

Fui até lá e passei os dedos no capô.

— Ela está linda. Eu nem sei como agradecer por isso.

— Não precisa agradecer. Você salvou o meu filho e, ao fazer isso, me salvou também. Você é a mulher mais graciosa deste mundo, e nós temos muita sorte de tê-la em nossas vidas.

Eu o puxei para um abraço.

— Estou muito feliz por você estar aqui hoje.

As palavras o atingiram em cheio, porque ele sabia o significado. Havia tantos caminhos que Mike podia ter escolhido que fariam com que ele não estivesse ali para celebrar o casamento do filho, e ainda assim ele estava ao meu lado. Todos nós conseguimos atravessar a tempestade.

Todos nós sentíamos a luz do sol.

— Quer saber um segredo? — perguntou ele.

— Que segredo?

Ele abriu um sorriso exatamente igual ao do filho e fungou, enquanto olhava para mim.

— Eu sempre quis ter uma filha.

Voltamos para a igreja e encontramos meu pai, que parecia estar me procurando.

— Ah, aí está você, Grace. Está na hora de começar.

Ele olhou para Mike e, por uma fração de segundo, senti a tensão.

Os dois homens que amaram a mesma mulher estavam cara a cara.

O silêncio naquele momento foi ensurdecedor, mas, então, a magia aconteceu.

Naquele momento, eles escolheram ficar do meu lado, em vez de continuar com a briga deles.

Mike estendeu a mão para o meu pai.

— Meus parabéns pela sua filha — disse ele.

— Meus parabéns pelo seu filho — retrucou meu pai, apertando a mão dele.

E meu coração se encheu de muito amor.

Meu pai entrelaçou o braço no meu.

— Está pronta, minha flor?

— Mais pronta do que nunca.

Caminhamos pela nave da igreja e sorri quando vi Jackson no altar, esperando por mim. Ele retribuiu o sorriso. Ele chorou, e eu também. Ele era tudo que eu nunca soube que eu queria.

— Oi — cumprimentou ele.

— Oi — respondi.

— Você está linda. — Ele abriu um sorriso, enxugando os olhos antes de pegar minha mão. — Você é linda.

Não soltamos a mão um do outro durante toda a cerimônia e, quando chegou a hora de fazermos nossos votos, abri um sorriso quando Jackson começou a fazer o dele para mim.

— Eu perdi o primeiro dente quando tinha seis anos de idade, não consigo bater na cabeça e esfregar a barriga ao mesmo tempo. Odeio picles, a não ser no hambúrguer. — Ai, meu Deus, *Jackson Paul e seus fatos aleatórios*. Ele apertou minhas mãos e começou a ficar mais sério. — A primeira vez que vi você, te achei linda. A primeira vez que nos abraçamos, eu não queria soltá-la. A primeira vez que você me beijou, eu sabia que era seu. Você é a definição do que existe de mais puro no mundo. Você me ensinou o que é o amor. Como ele é, qual é o seu cheiro e o seu gosto. Você me ensinou a ser o melhor homem que eu poderia ser. Você me ensinou que minhas dificuldades não são defeitos, são apenas partes do que me torna completo. Então, hoje, quero dizer alguns fatos aleatórios sobre nosso futuro. Eu prometo que vou estar a seu lado todos os dias, mesmo nos mais difíceis. Estarei a seu lado sempre que precisar de mim. Serei seu melhor amigo, seu parceiro. Vou amá-la de todas as formas possíveis e imagináveis. Darei tudo de mim para você, porque você é o meu mundo. — Ele respirou fundo. — Você é meu mundo, e nunca vou deixar de te amar. Essa é a promessa que faço a você, aqui e agora, Gracelyn Mae. Prometo que sempre serei seu.

Respirei fundo e soltei o ar devagar.

— E prometo que sempre serei sua.

~

Naquela noite, estávamos no meio do jardim em frente ao Estúdio de Arte de Hannah — eu ainda de vestido de noiva, e Jackson, de terno e gravata. Não conseguimos ver o pôr do sol, mas tivemos a sorte de ver as estrelas brilhando no céu. Nossas vidas estavam completas.

Talvez não tivéssemos filhos. Talvez não viajássemos pelo mundo. Talvez nunca ficássemos ricos. Talvez fôssemos morar em uma casa pequena no subúrbio de alguma cidade desconhecida, e mesmo assim nossa vida ainda seria completa porque nosso amor era suficiente.

Não importava o que a vida colocasse em nosso caminho, nós éramos vencedores da nossa história porque enfrentaríamos juntos cada tempestade.

Com ele, eu era completa. Com ele, eu encontrei o meu para sempre.

— Isso é bom demais — disse ele com voz baixa e tímida enquanto eu me sentava em seu colo com as pernas envoltas na cintura. — Como vamos continuar assim? Como vamos evitar que as nossas cores desbotem?

— Nós continuamos escolhendo isto — respondi, encostando a minha testa na dele. — Você e eu. Nós continuamos sempre um ao lado do outro. Fique ao meu lado hoje e eu ficarei ao seu lado amanhã.

— Sempre e para sempre? — perguntou ele com um sussurro, roçando os lábios nos meus, provocando arrepios por todo o meu corpo.

Assenti devagar e respondi com toda a certeza que eu sentia quando declarei a nossa maior verdade:

— E para sempre.

Agradecimentos

Este livro é para as mães que tiveram que se despedir cedo demais. Eu vejo vocês, eu ouço vocês e eu honro os coraçõezinhos com asas de vocês. Vocês são os seres mais fortes do planeta, e eu acho incrível a força que têm, sua capacidade de amar e não desistir da vida.

Este livro é para a minha família. As pessoas que me abraçam quando estou sofrendo. Elas são o meu sempre e para sempre. Meu coração e minha alma. Sou a mulher mais sortuda do mundo por fazer parte da melhor tribo de todos os tempos.

Este livro é para os meus amigos, que compreendem quando desapareço às vezes na minha caverna de autora. Obrigada por me amarem e por permitirem que eu entre no "modo escritora" de vez em quando.

Este livro é para Staci Hart, que criou mais uma linda capa.

Este livro é para os leitores beta que não desistem de mim. Talon, Christy e Tammy... Vocês salvaram esta história. Obrigada por terem lido vários manuscritos e não terem me matado.

Este livro é para os editores e revisores que se adaptaram quando eu tive que mudar os meus prazos, que me estimularam quando eu achei que estava fracassando, que me apoiaram apesar de tudo. Caitlin, Ellie, Jenny e Virginia: vocês não fazem ideia de quanto significam para mim. Obrigada por fazerem parte do meu time.

Este livro é para a minha agente, Flavia: você mudou a minha vida, e eu adoro você.

Este livro é para o homem que me abraçou durante os meus ataques de pânico e me disse que tudo ficaria bem. O homem que me faz rir quando estou com vontade de chorar. O homem que me deixa "ganhar" os jogos, mesmo que eu quase sempre perca. O cara que me ensinou que nem todos os homens são iguais. O cara que me faz dar o tipo de sorriso que faz as bochechas doerem enquanto o coração palpita no peito. O que sempre provoca frio na minha barriga. O que me fez voltar a acreditar em histórias de amor.

Este livro é para todas as pessoas que já sentiram que perderam suas vidas, que tiveram seu mundo virado de ponta-cabeça. Para quem já foi destruído, mas não desistiu. Você merece encontrar o caminho de novo. Você merece apresentar novamente seu coração para sua alma. Você não está sofrendo por causa de alguns percalços. Você não é um fracasso por causa de alguns erros. Você é um ser humano. Você está crescendo, aprendendo, se desenvolvendo e isso é extraordinário.

Você. É. Uma. Pessoa. Extraordinária.

Obrigada por lerem.

Obrigada por olharem com atenção para mim.

Obrigada por enxergarem meus defeitos e, ainda assim, falarem que eles são bonitos.

Amo cada um de vocês.

Sempre e para sempre.

Este livro foi composto na tipografia ITC Berkeley Oldstyle Std em corpo 11,5/16, e impresso em papel off-white no Sistema Cameron da Divisão Gráfica da Distribuidora Record.